Jan Weiler, 1967 in Düsseldorf geboren, ist Journalist und Schriftsteller. Er war viele Jahre Chefredakteur des *SZ Magazins* und Kolumnist beim *Stern*. Sein erstes Buch «Maria, ihm schmeckt's nicht!» gilt als eines der erfolgreichsten Romandebüts der letzten Jahre. Es folgten: «Antonio im Wunderland» (rororo 24263), «Gibt es einen Fußballgott?» (rororo 24353), «In meinem kleinen Land» (rororo 62199), «Drachensaat» (rororo 24894) sowie «Mein Leben als Mensch» (rororo 25401).

Jan Weiler lebt mit seiner Frau und den zwei Kindern in der Nähe von München. Seine Kolumnen erscheinen in der *Welt am Sonntag* und auf www.janweiler.de

«Großartig, wie er die kleinen und großen Katastrophen des Daseins seziert. Statt platter Pointen liefert er kluge Beobachtungen – keine Frage, hier schreibt ein echter Menschenfreund.» *(Petra)*

Jan Weiler

*Das Buch
der neununddreißig
Kostbarkeiten*

Rowohlt Taschenbuch Verlag

Veröffentlicht im Rowohlt Taschenbuch Verlag,
Reinbek bei Hamburg, Oktober 2012
Copyright © 2011 by Rowohlt Verlag GmbH,
Reinbek bei Hamburg
Umschlaggestaltung ANZINGER | WÜSCHNER | RASP, München
(Umschlagfoto: Daniel Josefsohn)
Satz ITC New Baskerville PostScript, InDesign,
bei KCS GmbH, Buchholz bei Hamburg
Druck und Bindung GGP Media GmbH, Pößneck
Printed in Germany
ISBN 978 3 499 25711 7

Inhalt

Laudatio auf Jan Weiler
von Elke Heidenreich   9

1 Multi-Tasking   17
2 Ein Traum von einem Autofahrer   23
3 Gustav Mahler darf nicht in die
   Walhalla (24.10.2005)   26
4 «Moooment» – Das letzte Interview
   mit Vicco von Bülow   33
5 Die Krise auf der Fahrt nach Goslar   52
6 Das schlichte Glück
   der Bodenständigkeit   77
7 Das tote Eichhörnchen   80
8 Auf der Wiesn   82
9 Einer fehlt   100
10 Über Franken   114
11 Warum wollen Frauen
   ständig gekrault werden?   119
12 Frank Schirrmacher fährt aus
   Gleis zehn (4.11.2005)   121

13	~~Liebe~~ Sabine	125
14	Im Reich der Rechtecke	162
15	«Ich liebe Spießer!» – Ein Interview mit Peter Alexander	164
16	Eugen Braatz, König der Braatzkartoffeln	176
17	Die Experimente des Albert Kamp	179
18	Ich bin ein Nichtschwimmer	198
19	Auf Lesereise	208
20	Das Panoptikum der Maulhelden	213
21	Nur einen wenzigen Schock	228
22	Mister Ctvrtlik sollte die Frauenkirche meiden (9.2.2006)	247
23	Warum bemalen Frauen ihre Lippen?	253
24	Das Kölner Wartezimmer-Massaker	255
25	Das Haus mit der langen Leitung	276
26	Warum verwahrlosen Männer, wenn man sie allein lässt?	278
27	Nick, Wallace und Gromit	281
28	Beethoven ist taub, die braune Ente ist frei, und Beuel ist gefährlich (22.11.2005)	291
29	Die Maroni-Mafia	296
30	Sehnsucht, die wie Feuer brennt	301

31	Sibylle aus Hameln	306
32	«Die großen Gefühle sind uns abhandengekommen» – Ein Interview mit Jean-Christophe Ammann	308
33	Europa aus dem Kopf	319
34	Willkommen im Paradies	334
35	Ein Brief ans Netzbürgertum	342
36	«Unterhaltung und Achselnässe passen nicht zusammen» – Ein Interview mit Jürgen von der Lippe	345
37	Pissoir-Gespräch	356
38	La mia nuova famiglia	359
39	Die Geschichte vom Sandkorn Ali	366

Anhang

Quellenverzeichnis	373
Bildnachweis	397

Laudatio auf Jan Weiler

Zum Ernst Hoferichter Preis – München, 18. Januar 2011

Meine Damen und Herren, liebe Jurymitglieder, liebe Preisträger, ganz besonders: lieber Jan Weiler,

den Mann, über den ich hier heute rede, habe ich vor diesem Abend erst zweimal im Leben getroffen: einmal bei einer gemeinsamen Lesung in Berlin und einmal kurz auf der letzten Frankfurter Buchmesse. Das ist nicht viel, um über jemanden etwas mehr zu sagen als: Ich mag ihn. Aber wenn einer so viel schreibt und wenn einer *so* schreibt wie Jan Weiler, dann kennt man ihn schon besser, dann glaubt man zumindest, ihn zu kennen, denn fast alle seiner Kolumnen und sogar sein berühmtester Roman, «Maria, ihm schmeckt's nicht!», operieren ja mit dem verhängnisvollen Wörtchen ICH. Hier erzählt einer von sich, und auf diesen Leim geht man immer leicht.

Wir wissen aber doch seit Rimbaud: «*Ich* ist ein anderer.» Ich ist nicht wirklich der, der da schreibt. Ich ist eine Erzählperspektive, mehr nicht. Mehr nicht? Ist er es nun, oder ist er es nicht? Ein schwieriges Dilemma, gehen wir es ganz einfach an: Wenn einer, wie Jan Weiler, als Werbetexter angefangen hat, als Journalist und Chefredakteur gearbeitet, eine Italienerin und deren ganze Familie geheiratet hat – dann ist das vermutlich doch das Umfeld, in dem er sich auskennt, darüber kann er schreiben, und für Geschichten aus dem Leben eines – sagen wir – isländischen Einsiedlers oder eines chinesischen Wanderarbeiters müsste er schon deutlich länger recherchieren und einen deutlich anderen Erzählton finden. Die Welt, die Jan Weiler beschreibt, ist seine, der Blick des Lesereisenden auf «mein kleines Land», wie er Deutschland nennt, ist der seine, das Temperament, der Witz, die Neugier, mit denen er Menschen, Dinge, Begebenheiten erfährt und notiert und Literatur daraus macht – das ist sein Temperament, sein Witz, seine Neugier, und mit seinem schriftstellerischen, mit seinem Erzähltalent macht er daraus Geschichten, die uns erfreuen, die uns begleiten, die heute mit einem Preis – übrigens seinem ersten Preis – belohnt werden.

Der erste Preis, lieber Jan, ist immer der schönste. Der tut richtig gut, was dann danach kommt, landet im Nebenregal, aber das erste Mal von einer Bühne herunter richtig gelobt und ausgezeichnet zu werden, das macht glücklich. Lass mich Dir im Vertrauen sagen: Das mit den Preisen geht meistens so weiter, wenn es denn erst einmal angefangen hat, und es wird immer komischer: Ich habe im Jahr meines Krachs mit dem ZDF einen Preis für Zivilcourage von deutschen Winzern bekommen, das war ein 300-Liter-Fass besten Weißweins aus dem Markgräfler Land, und im letzten Jahr einen anderen schönen Preis, bestehend aus 99 Flaschen besten Rotweins. Da musst Du hinkommen, das macht richtig Spaß, mehr als goldene Kameras oder Rehe oder Ähnliches.

Heute also der erste Preis für den Autor Jan Weiler, der Ernst Hoferichter Preis für Originalität, Weltoffenheit, Humor. Hoferichter ist ein guter Name, solche Preise kann man annehmen. Originalität, Weltoffenheit, Humor – das alles kennzeichnet auch Jan Weiler, wie einst Ernst Hoferichter. Dennoch – originell sind viele, Humor hat man in

Bayern schon von Haus aus, freiwillig oder unfreiwillig, und Weltoffenheit gehört bei einem so klugen Menschen wie Jan Weiler ohnehin dazu. Was also ist das Besondere, das zu Preisende an seinen Texten?

Für mich ist es eine zarte Doppelbödigkeit, dieser schmale Grat zwischen Komik und Verzweiflung, dieser schwankende Draht, auf dem wir tapfer über die Abgründe unseres Lebens gehen. Er weiß davon.

Ich muss ein bisschen ausholen: Ich kannte also Jan Weilers Texte, so wie wir alle sie kennen, und als ich daranging, für meine Musikbücher-Edition eine Anthologie mit Texten zur Musik zusammenzustellen – «Ein Traum von Musik» –, da hatten die Lektorin Linda Walz und ich irgendwie das Gefühl: Dieser Weiler darf in unserer Anthologie nicht fehlen. In dem Buch schreiben Musiker wie Kent Nagano, Hans Werner Henze oder Thomas Quasthoff über ihre Beziehung zur Musik, es schreiben Liedermacher, Schauspieler, Schriftsteller von André Heller bis Campino, Künstler von Tomi Ungerer bis Volker Schlöndorff, und irgendwie wollte ich diesen typischen Jan-Weiler-Ton dabeihaben, mich interessierte auch, ob der Mann eine Beziehung zur Musik hat.

Er willigte ein, obwohl wir uns zu diesem Zeitpunkt noch nicht kannten, und er schrieb eine der schönsten Geschichten in diesem Buch, sie heißt «Hüsteln bei Horowitz» und handelt vorrangig von seinem Vater.

Er beschreibt seinen (seinen? *Ich* ist ein anderer!) – er beschreibt *einen* Vater, der klassische Musik hört, sammelt, katalogisiert, und er geht in Konzerte, und einmal, in einem live aufgezeichneten Konzert des begnadeten Pianisten Wladimir Horowitz, einmal hüstelt er im Konzert, und zwar so, dass dieses Hüsteln für alle Ewigkeit nun auf eine Platte gebannt zu hören ist. Immer hat der Vater abgestritten, dass es beabsichtigt war, reiner Zufall, sagt er und weiß doch auf die Sekunde genau, wann das Hüsteln kommt – es ist eine besonders leise Stelle ...

Die Geschichte handelt noch von mehr, von Weilers erster und unseliger Begegnung mit der Oper zum Beispiel, aber dieses Hüsteln bei Horowitz, dieses Sicheinbringen eines leidenschaftlich Musikliebenden, eines verhinderten Musikers, das rührt mich an, das lässt mich lachen und weinen zugleich. Und immer ist *das* doch die Literatur, die uns am meisten erreicht: Wenn wir lachen, und in uns weint es, wenn wir weinen und unter Tränen lachen, wenn einer es schafft, den ganzen Aberwitz des Lebens in Worte zu bannen, die uns das Tragische und das Komische unserer Existenz gleichzeitig zeigen – da ist Literatur am besten. Dorothy Parker, die große New Yorker Erzählerin, war zum Beispiel eine Weltmeisterin darin – bei ihr war der Witz geradezu Überlebensstrategie. Bei Weiler blitzt unter dem Witz fast immer auch das Düstere hervor. Und nur so werden Leichtigkeiten erträglich. Die großen Erzähler können das alle und spielen souverän auf dieser Klaviatur der Gefühle. *Nur tragisch* ist unerträglich, *nur komisch* ist seicht, der Unterton macht es, der Grauschleier vom Wissen einer Grundvergeblichkeit all dessen, was wir tun, schreiben, denken, leben, lieben, das tiefste, gern aus Überlebensgründen verdrängte Wissen darum, wie verletzlich wir sind, «*how fragile we are*», singt Sting, die Ahnung, dass letztlich nichts Bestand hat, dass alles verschwindet, was uns ausmacht, und dass ein Hüsteln bei Horowitz schon unter Umständen das Eindrucksvollste sein kann, was von einem Menschen bleibt, wenn er geht. Für diese Nachtseite liebe ich den wirklich komischen Autor Jan Weiler. Das Komische ist sein großes Talent, das Melancholische ist die nicht zu kopierende, nicht künstlich herzustellende Beigabe, ja, es ist diese Gabe, diese Zutat, die das Talent zum Erfolg macht.

Jan Weiler ist gebürtiger Düsseldorfer. Es gibt einen großen Düsseldorfer, der diese Gabe von Komik und Verzweiflung im Übermaß besaß, er hieß Hermann Harry Schmitz und nahm sich 1913 mit nur 33 Jahren das Leben, die Melancholie hatte letztlich die Oberhand gewonnen und war zur Verzweiflung geworden. Schmitz hat uns unfassbar groteske Momentaufnahmen aus dem bürgerlichen Heldenleben des Scheiterns hinterlassen, die alle auf dem schwarzen Samt der Verzweiflung liegen, und seine Geschichte von der Tante, die eine Bluse kauft und damit das Personal so schikaniert, dass hinter ihr Verkäuferinnen dem Wahnsinn verfallen und das ganze Kaufhaus schließlich in Schutt und Asche sinkt, hat starke Bezüge zu Jan Weilers Erzählung vom Schwiegervater Antonio, der *«eine Flachebildschirme»* kaufen geht. «Mein Leben als Mensch», es ist nicht immer einfach, es geht alles nur, wenn man trotzdem lacht.

Wir haben es bei Jan Weiler mit einem freundlichen Menschen zu tun. Aber Vorsicht, der Mann sieht hin, hört hin, und wenn es aussieht, als würde er am Nebentisch Zeitung lesen, spitzt er in Wirklichkeit die Ohren und notiert, worüber wir reden. In einem Interview hat er das sogar zugegeben: «Merk dir das mal», sagt er zu sich, «das kannst du für irgendwas brauchen.»

Er sitzt mitten im Leben und schreibt es auf, und sein Geheimnis ist, dass wir im selben Leben sitzen und uns also wiedererkennen in seinen Geschichten.

Sein berühmtestes Buch ist das über die italienische Sippe, sein populärstes sind die Kolumnen, sein groteskestes ist das über seine Lesereise durch unser kleines Land, durch die Desasterzone namens Deutschland, da, wo sie Brake, Koblenz oder Duisburg heißt, Hildesheim oder Braunschweig, Orte, in denen oft die Bahnhöfe zum Wieder-Abfahren das Schönste sind, so wie einst Randy Newman in

Sail Away gesungen hat, dass das Beste an Amerika die vielen Küsten sind, von denen man wegsegeln kann. Das Süße und das Bittere, die Liebe und die Enttäuschung, hier liegt alles ganz dicht beieinander.

Das schönste, das für mich wichtigste Buch von Jan Weiler aber – bis jetzt, denn er wird hoffentlich noch viel für uns schreiben –, das ist sein Roman «Drachensaat». Da geht es nicht um den ganz normalen Irrsinn, sondern um den tatsächlichen Irrsinn. Es geht um gescheiterte Menschen, die aus dem üblichen Raster herausgefallen sind, weil sie die Rohheit und Gleichgültigkeit der Welt, der Menschen um sie herum, die Banalität des Fernsehens, die allgemeine Rücksichtslosigkeit und das ewig fordernde Tempo nicht mehr ertragen, daran sozusagen *ver-rückt* werden, keinen Ort mehr haben und nun in einer Privatklinik zusammentreffen zu einer Art Heilung, einer Art Therapie. (Die Klinik erweist sich letztlich auch als Schwindel, was schon der Name suggerierte: «Haus Unruh».)

Der Ich-Erzähler mit Namen Bernhard Schade ist Vater eines behinderten Kindes, er kommt mit der Situation nicht klar, versucht, sich mit einem Kopfschuss das Leben zu nehmen, und scheitert selbst daran. Er schießt daneben. Alles geht ihm schief, er gehört auch zu denen, die vierzehn lange Jahre auf eine Karte für Bayreuth warten müssen – schon lachen wir wieder. Und lachen noch mehr, wenn auch schon wieder mit Gänsehaut, weil er sich ausgerechnet im Zuschauerraum von Bayreuth erschießen will, als es mit den Karten für die *Götterdämmerung* nach wie gesagt vierzehn Jahren endlich geklappt hat. Er sagt: *«Ich verstand nichts mehr von der Welt, in der ich lebte. Und die Welt verstand nichts von mir.»*

Und er landet zusammen mit anderen Gescheiterten, mit Menschen, die um ihre Würde und Integrität auf fast

Honey Pie, you're not safe here, Düsseldorf 1991.

verlorenem Posten kämpfen, bei einem seltsamen Doktor in diesem Haus namens «Unruh». Das Buch schraubt sich zu einer aberwitzigen Satire hoch, es ist sehr komisch zu lesen, und doch ist es im Grunde tieftraurig und geradezu verzweifelt, denn es spricht die Wahrheit aus, die wir alle in den Knochen stecken haben: Es ist ein Wunder, dass nicht noch mehr Menschen ausrasten und komplett durchdrehen angesichts dessen, was man ihnen, was man uns täglich zumutet. Es ist auch die Geschichte der kriminellen Energie der Ausgestoßenen, eine Geschichte über die Revolution der Verzweifelten, die sich geradezu ausgewildert fühlen und sich nach einem anderen menschlichen Beziehungssystem sehnen – einem freundlichen, einem höflichen, einem respektvollen. Das aber ist anscheinend nicht zu haben, und in diesem Roman spürt man, wie fein die Sensoren des Schriftstellers Jan Weiler für das Unerträgliche sind, für all den Kummer, für das gewaltige Scheitern der nicht ganz so Schnellen, der nicht so Schönen und Glücklichen. Wir säen da etwas, eben jene Drachensaat, die dem Buch den Titel gibt, und der ungemütlichste Gedanke ist der, dass die vermeintlich Gesunden aus den vermeintlich Verrückten, den Gescheiterten ihre Kraft und Rechtfertigung beziehen.

Wir haben es mit einem zutiefst menschlichen Autor zu tun. Hätte er nicht die Fähigkeiten, die man auch Ernst Hoferichter zuschreibt – Humor und Weltoffenheit –, er würde verzagen. Aber sein liebevoller Blick rettet ihn und uns, und dieser Preis für diesen Autor ist mehr als gerechtfertigt.

Wir danken der Jury für die kluge Entscheidung, und wir verneigen uns vor dem Autor und vor allem vor dem Menschen Jan Weiler und sagen: danke.

Elke Heidenreich, Januar 2011

1

Multi-Tasking

Ich soll also bis heute einen politischen Text schreiben, einen analytisch-kritischen Artikel für dieses Heft, das ich nie lese und eigentlich nicht einmal kenne. Aber das macht nichts, denn sie zahlen ganz gut oder jedenfalls nicht übel, und daher habe ich zugesagt, auch wenn ich mich an meine Rolle in der Friedensbewegung der frühen achtziger Jahre kaum noch erinnere. Mir ist mal Hoimar von Ditfurth auf den rechten Fuß getreten, aber das will doch keiner lesen. Oder anders gesagt: Ich habe keine Lust auf den Text.

Außerdem hätte ich in dieser Woche auch ein paar Gedichte abzugeben. Nur so, weil mich ein Radiomensch darum gebeten hat. Ich bin zwar kein Lyriker, aber wenn der es mir zutraut, dann ist das natürlich ein Kompliment, und daher habe ich zugesagt, auch wenn ich keinen blassen Schimmer habe, wie man ein Gedicht schreibt. Und wieso.

Und dann ist da noch die Anthologie von der Frau aus dem kleinen Verlag. Sie hat mich gebeten, meine Lieblingsoper zu beschreiben, was nicht ganz unproblematisch ist, weil ich keine Lieblingsoper habe. Aber die Anfrage war so charmant formuliert – sicher eine attraktive Frau –, und es ist ja auch mal was anderes. Aber eben viel Arbeit, denn vermutlich werde ich erst in die Oper gehen müssen, damit ich nachher darüber schreiben kann. Habe ich mir auch länger vorgenommen, aber ehrlich gesagt: glatt vergessen. Wie den ganzen Auftrag. Abgabe war – huch! – vor zwei Wochen. Nun sitze ich vor meinem Terminkalender und stelle fest, dass mir gerade alle drei Aufträge sanft entgleiten.

Habe ich etwa zu viel versprochen? I wo! Gewiss nicht. Ich kann das alles. Nur gerade jetzt nicht. Aber gerade jetzt muss es sein. Jetzt, noch heute, muss ich tief in die Harfe greifen und mir für alle drei Kunden etwas ausdenken. Nur: Pazifismus *und* Lyrik *und* Klassik, das geht nicht einfach so rubbeldikatz an einem Nachmittag. Da muss man ja auch mal drüber nachdenken. Gut, daran hat mich niemand gehindert in den letzten acht Wochen. Aber ich habe schließlich auch noch was anderes zu tun, als für fremde Magazine, entlegene Radiosendungen und Anthologien in Kleinverlagen riesige Epen zu verfassen. Oder nein: Eigentlich habe ich nichts anderes zu tun, Schreiben ist ja mein Beruf. Aber in diesem Beruf gehört es nun einmal zwingend dazu, dass man hie und dort Aufgaben prokrastiniert. Und weil man also das eine oder andere endlos vor sich herschiebt, gehört zu den Grundfertigkeiten dieses Berufes außerdem: Zeit schinden. Die Ausrede ist für den Autor quasi, was der Mörtel für den Maurer ist, nämlich die Basis für höchste Qualität. Als Schriftsteller Zeit zu schinden bedeutet, Geschichten zu erfinden, damit man die Muße hat, Geschichten zu erfinden.

Ich schreibe also eine Mail an den Herrn von der Zeitschrift:

«Lieber Herr Berger, leider habe ich große Schwierigkeiten mit dem Thema, denn ich bin zwar Pazifist und kann mich an vieles erinnern, aber ich war damals blutjung und besaß mehr Hormone als die Russen Munition und kann daher das Mädchen von der Demo nicht vergessen, in das ich mich damals verliebte. Darüber könnte ich für Sie etwas schreiben, aber ich denke, dass Sie das nicht wollen, immerhin steht Ihre Zeitschrift für schonungslose Analysen und rationale Schlüsse, und da kommt mir mein Zugang viel zu emotional und auch zu unterhaltsam vor. Ich schlage vor, dass wir den Artikel lieber fallenlassen.»

Gut gemacht. Maximalforderung. In der Regel kommt darauf eine Mail zurück, in welcher der Redakteur vorschlägt, das Thema noch einmal sackenzulassen und sich auf in einer Woche zu vertagen. Bis dahin hat man genug Zeit, seine Meinung zu ändern und den Text schließlich doch noch unter Verschiebung riesiger Blockaden zu schreiben.

Herr Berger antwortet auch postwendend und teilt mit, dass er die Geschichte mit dem Mädchen eine glänzende Idee fände, um auch mal von diesem Politgefasel wegzukommen, das sonst das Heft fülle. Eine romantische Verklärung über die erste große Liebe während einer Anti-Nachrüstungsdemo, das sei genau, was dem Magazin fehle, und er habe das so auch dem Chefredakteur vorgeschlagen, der sich ungeheuerlich freue, dies gleich morgen zu lesen. Mist. Auftrag nicht abgewendet. Mehr noch: Der Druck wächst.

Ich schreibe leicht panisch eine Mail an den Radiomann mit den Gedichten.

«Lieber Herr Wacker, ich habe nun bereits neunzehn Gedichte verfasst, aber sie gefallen mir alle: nicht. Der Grund für die Verspätung der ganzen Lieferung besteht darin, dass ich einfach mit mir als Lyriker nicht zufrieden bin. Ich kann Ihnen das hier nicht zumuten, das verbieten gleichermaßen meine Scham und mein Stolz. Ich bitte Sie sehr um Verständnis.»

Klingt super. Flagellant und ehrlich. Sehr gut.

Herr Wacker schreibt umgehend zurück, dass es überhaupt kein Problem sei, wenn ich mit meinen Ergüssen nicht zufrieden wäre. Er schlägt vor, das Material ganz einfach von einem sensationellen Sprecher – Otto Sander oder so – einlesen zu lassen. Da sei dann im Prinzip völlig wurscht, welche Qualität die Gedichte hätten, sie würden auf jeden Fall gut klingen. Darüber hinaus sei er unheimlich neugierig auf meine Arbeiten. Ob er denn nicht wenigstens die acht oder neun meiner Ansicht nach besten Stücke haben könne? Nur, um mal zu schauen, ob ich mich mit meiner sympathischen Selbstkritik nicht grundlos geißele. Er könne sich vorstellen, dass eigentlich alles in Ordnung sei. Morgen Nachmittag hätte er Zeit, sich der Sachen anzunehmen.

Doppelmist. Acht oder neun Gedichte. Bis morgen Nachmittag. Au Backe.

Ich schreibe eine Mail an die Opernfrau.

«Liebe Frau Merk, ich habe nun mehrere Wochen meinem ergreifendsten Opernerlebnis hinterherrecherchiert und kann es leider einfach nicht mehr finden. Ich erinnere mich zwar noch sehr gut an den Abend in Kopenhagen, wo ich das Stück irgendwann Anfang der Neunziger gesehen habe, aber es will mir nicht mehr einfallen, wer der Komponist war und wie das Stück hieß. Und ich kann, obwohl es mein allerschönstes Opernerlebnis war, wirklich nicht mehr rekapitulieren, worum es genau ging. Ich erinnere mich nur an einen Raum mit allerhand Türen und einen schlechtgelaunten Hausherrn sowie jede Menge Blut an Pflanzen und Waffen, alles sehr düster, bin aber nicht sicher, ob ich das nicht doch geträumt habe oder ob es sich dabei nicht eventuell um einen Film mit

Vincent Price handelt. Aus dieser Verwirrung heraus bin ich natürlich jetzt kurzfristig nicht in der Lage, einen unterhaltsamen Text zu schreiben. Vielleicht geben Sie mir einfach noch Zeit.»

Ausgezeichnete Formulierung. Kurzfristig nicht in der Lage. Bedeutet ja nichts anderes als: würde natürlich gerne, geht aber nicht.

Frau Merk schreibt zurück, dass sie meine Mail sehr amüsant gefunden habe, weil sie einen tiefen Einblick in die Verstörung gebe, die eine Oper wie die gesuchte auslösen könne. Es handele sich dabei nämlich, wenn sie mir da ein wenig unter die Arme greifen dürfe, um «Herzog Blaubarts Burg» von Béla Bartók. Sie habe bereits Sekundärliteratur herausgesucht und einige Links zusammengestellt, um meine Erinnerung aufzufrischen, und da ich das in der Anlage zu ihrer Mail vorfände, freue sie sich darauf, den Text schon gleich morgen Abend in Händen zu halten. Und Frau Merk fügt hinzu, dass es sicher ein Genuss sein werde, meine Eindrücke von dieser sehr außergewöhnlichen Oper lesen zu dürfen.

Diese Oper gibt es wirklich? Die habe ich mir doch ausgedacht! O Gott.

Na dann. Ich werde schreiben müssen. Die ganze Nacht. Vielleicht gibt es noch eine Möglichkeit, den ganzen Schlamassel wenigstens zu rationalisieren. Womöglich so: Erstens: Ich schreibe eine Geschichte über das Mädchen von der Demo im Bonner Hofgarten und schmücke sie ein bisschen aus, indem ich ihr Hoimar von Ditfurth auf den Fuß treten lasse, was mich zum Pazifisten wendet. Zweitens: Ich schreibe demselben Mädchen ein paar Liebesgedichte, in denen Otto Sander vorkommt, was sich sicher bei der Aufnahme der Lyrik als Kracher entpuppt. Und dann verfasse ich eine Rezension über die Aufführung einer Oper in Kopenhagen, in welcher zwar die Oper nicht vorkommt, aber dafür die Häppchen in der Pause. So machen das alle. Totale Rezensions-Dekonstruktion. Schnell einen Kaffee zischen, und dann geht's los. Ich spüre schon, wie das Blut durch meinen Kopf saust. Fühle mich maximal inspiriert. Drei Texte bis morgen, das wäre doch gelacht.

2

Ein Traum von einem Autofahrer

Kennen Sie den besten Autofahrer der Welt? Nicht? Ich aber. Das bin nämlich ich. Und was mich neben meiner vorausschauenden, zügigen, dabei niemals rücksichtslosen, stets eleganten, kraftstoffsparenden und sicheren Fahrweise ganz besonders auszeichnet, ist meine geradezu sprichwörtliche Bescheidenheit. Nie würde ich mit meinem einzigartigen Talent angeben. Im Gegenteil. Und ich bin auch noch sozial integer. Weder zeige ich anderen einen Vogel, noch hupe ich, und keinesfalls blinke ich links, um zu drängeln. Die Lichthupe verwende ich nur, um auf meine Vorfahrt zu verzichten. Ich nehme Anhalter mit und schleppe liegengebliebene Hausfrauen ab. Ich gewähre Starthilfe, und wenn es sein muss, wechsle ich in Schnee und Eis Reifen fremder Verkehrsteilnehmer.

Und wenn ich fahre, trinke ich nie, nie, nie auch nur den kleinsten Tropfen Alkohol. Ich besitze erst gar kein Handy, damit ich nicht in Versuchung gerate, damit während der Fahrt zu telefonieren. Das Radio läuft nur wegen der Verkehrsnachrichten, und wenn Umleitungen angesagt werden, dann richte ich mich unbedingt danach. An Unfallorten glotze ich nicht, ich bleibe nur so lange auf der linken Spur, wie ich muss, und habe noch nie auch nur einen Gedanken daran vergeudet, rückwärts in eine Einbahnstraße zu fahren. Vorteilsnahme ist mir ebenso fremd wie Ressentiments und Spott gegen Autofahrer aus den Niederlanden oder Polen. So gut bin ich.

Oder vielmehr: So gut war ich – bis letzte Nacht. Da hatte ich einen seltsamen Traum von jener Sorte, die sich vollkommen real anfühlt. Ich träumte also, dass ich an einer Tankstelle einem Herrn mittleren Alters vorgestellt wurde. Wir unterhielten uns, und bald wies ich ihn darauf hin, dass ich der beste Autofahrer der Welt sei. Er lachte knapp und schüttelte sanft den Kopf. Ich wurde ärgerlich. Dann saßen wir in seinem Auto, und er fuhr durch eine schöne Sommerlandschaft in Spanien. Er fuhr ebenso elegant wie zügig und hatte den Wagen im Griff. Ich wurde noch ärgerlicher, denn tatsächlich fuhr er wie eine Mischung aus Sebastian Vettel und Oscar Wilde, eben genauso wie ich.

Wir hielten an einer Fabrik, aus deren Schornstein rosa Qualm quoll. Ich folgte dem Mann ins Innere des Gebäudes, wo er mich einem anderen Herrn vorstellte, der sich als Direktor der Fabrik erwies und mir anbot, diese zu besichtigen. Wir gelangten zu einer Fertigungsstraße, und an dieser Stelle verwandelte sich der bis dahin nicht unangenehme Traum in ein reines Horrorszenario. Denn es waren nicht Autos, die hier vom Band purzelten, sondern Autofahrer. Hervorragende, sichere und gutaussehende Führerscheinbesitzer. Jedes Exemplar wurde nach Fertigstellung in einer Teststraße überprüft. Und jedes Exemplar (es gab sowohl männliche als auch weibliche von unterschiedlichstem Aussehen und in vielen verschiedenen Größen) machte seine Sache über die Maßen gut. Dann jedoch passierte etwas Fürchterliches: Eine junge Frau in einem Kleinwagen missachtete den Zebrastreifen, umfuhr knapp eine Dackel-Attrappe mit dazugehörender Großmutter und krachte in einen Obststand. Darauf stieg sie – zum Glück unverletzt – aus, schnappte sich ein paar Orangen und warf sie wütend gegen die Papp-Oma. Die fiel um, und die junge Frau rief: «Passen Sie gefälligst auf, wo Sie langlaufen! Wir sehen uns vor Gericht! Sie Schlafmütze!» Dann hielt sie inne, und weißer Rauch drang aus ihren Ohren. Ihre Stimme klang nun seltsam gedehnt und tiefer. «Und weeer zoahlt miiir moanon Schoooden? Pooooolizoi!» Plötzlich hingen ihre Arme schlapp herunter, der Kopf sank auf die Brust, und Knistergeräusche drangen aus dem Inneren der Frau. Aus einem Hauseingang stürzten weißgekleidete Männer, welche die schmelzende Dame auf eine Bahre legten und wegtrugen. Es war gespenstisch.

«Das war Ursula, sie neigt zum Kabelbrand», sagte der Direktor. «Sie ist noch nicht ganz ausgereift. Mehr ein Prototyp, wissen Sie?»

Da wachte ich schweißgebadet auf. Ich versuchte, den Traum zu vergessen. Aber heute auf dem Weg zur Arbeit, da habe ich sie alle wiedergesehen, die Figuren aus der Fabrik. Sie stehen neben mir im Stau, und sie sehen mich so komisch an. Siee wooolen mir deeen Steckeeeer rausziehen, aber daaaas woerde ich niiicht zuolaaasn. Ich muuuuss hior weeeg. Schneeel weeg …

3

Gustav Mahler darf nicht in die Walhalla (24.10.2005)

Nach Regensburg kommt man ja auch nie, das liegt nicht auf dem Weg nach irgendwo. Sondern vorm Böhmerwald. Oberpfalz, strukturschwache Gegend, heißt es. Dünn besiedelt und gering industrialisiert. Nichts, womit man angeben kann. Früher muss das mal anders gewesen sein, Regensburg war mal wichtig. Es ist die viertgrößte Stadt in Bayern und verfügt selbstredend über einen kapitalen Dom. Am Südwest-Eingang des Doms Sankt Peter hängt ein Schild, das auf eine gewisse «Judensau» an der rechten Säule neben dem Eingang hinweist. Wie bitte? Ich glaube, es geht los.

Bei der «Judensau» handele es sich um die Abbildung einer Sau mit an den Zitzen herumspielenden Juden. Das sei als Schmähung gemeint gewesen, denn in südwestlicher Richtung vom Dom befand sich das Judenghetto. Ausweislich des Schildes müsse man die «Judensau» in einem geschichtlichen Kontext begreifen, und heute sei das Verhältnis zwischen Christen und Juden von Verständnis und Toleranz geprägt. Trotzdem seltsam: Das Judenghetto ist weg, das wurde schon vor fünfhundert Jahren niedergebrannt. Wo damals die Synagoge stand, wurde später die erste evangelische Kirche von Regensburg hingebaut. Aber diese schreckliche «Judensau» hängt immer noch am Dom. Das ist jetzt kein Satz für Kunsthistoriker, aber: Ich würde diesen Scheiß ja abschrauben und wegschmeißen.

Wie dem auch sei. Schon aus Gründen politisch korrekter Erregung muss ich das Regensburger Anti-Juden-Schwein natürlich sehen und betrete neugierig den Dom. Aber ich finde die «Judensau» nicht. Komisch. Die ganze Aufregung für die Katz. Aber so ist das nun einmal. Da gibt es in dieser traumhaft schönen Kirche atemberaubende Fenster, den berühmten «Lachenden Engel» und ein zweiunddreißig Meter hohes Gewölbedach. Und was bleibt am Ende in Erinnerung? Fünfhundert Jahre alter Quatsch, den man nicht einmal zu sehen kriegt.

Es ist gar nicht so einfach, sich in Regensburg zurechtzufinden, denn dieser weitgehend bei Bombardements ausgelassene und daher zauberhafte Ort besteht zu einem Gutteil aus autofreier Altstadt, Kirchen und Geschenkläden mit Ratzinger-Tellerchen. Man verläuft sich leicht in den Gässchen, die voll sind von Holzspielzeuggeschäften und sehr angenehmen Cafés. Schon das Navigationsgerät im Auto hatte vor der «Unteren Bachgasse» kapituliert. Dort hat man mir ein Zimmer gebucht. Im Hotel «Orphée». Man muss ganz verboten zwischen den Fußgängern durchtuckern, anders bekommt man sein Gepäck nicht dorthin. Das Hotel ist dafür aber ein Traum.

Wenn alle Hotels so wären wie das «Orphée», würden alle Menschen Handelsvertreter werden wollen. Es ist nicht bloß geschmackvoll eingerichtet und freundlich geführt, sondern hat Atmosphäre, was man heute von fast nirgendwo mehr sagen kann. Sogar das Zimmermädchen ist hinreißend. Man wünschte, man wäre ein Bett und würde von ihr frisch bezogen. Aber nun nicht ins Säfteln kommen. Ich bin ja noch nicht vierzig.

Die Lesung findet in der Nähe statt, in einem Saal, der «Leerer Beutel» heißt, was erst einmal alle Alarmglocken schrillen lässt. Leerer Beutel klingt nach schlimmer Studentenkneipe, auf deren Speisekarte «Knobibrot» und «Salat mit Putenbruststreifen» und «Rotwein haut rein» steht. Es stellt sich zu meiner Erleichterung heraus, dass es sich beim «Leeren Beutel» um einen historischen Saal und ein angrenzendes anständiges Restaurant handelt, wo ich vor der Lesung eine Kokos-Linsen-Suppe esse.

Nach der Lesung starke Müdigkeit. Vielleicht habe ich mich bei Klaus Kinkel mit Malaria angesteckt. Der soll das ja angeblich haben. Wäre aber schon sehr erstaunlich, wenn ich das von ihm hätte, denn ich bin ihm noch nie begegnet. So was denkt man, kurz bevor man einschläft.

Morgens im Hotelrestaurant gefrühstückt und Zeitung gelesen: die «tageszeitung», also die «taz», dieses Juwel alternativer Meinungsbildung. Und da wird mir schlagartig klar, was das hier für ein Laden ist. Das ist das Hotel für die Bütikofers, die in Wahrheit die neue bürgerliche Mittelschicht bilden und die FDP an den rechten Rand der Neoliberalität gedrängt haben. Hier steigen Menschen ab, die gerne teuren Rotwein trinken, in einem ordentlichen Hotel mit antiken Möbeln schlafen und morgens zur Latte macchiato die «taz» lesen müssen. Was soll ich sagen: Mir gefällt das.

In Regensburg kann man noch ein bisschen bleiben, entscheide ich und gehe spazieren. Ich besteige einen Bus mit Anhänger. Im vorderen Teil erklingt die Stadtführung auf Deutsch, im Anhänger auf Englisch. Bevor das Ding loszuckelt, reißt ein Stadtrundfahrtsangestellter die Tür auf und blökt uns arme schüchterne Rentner an: «Lüftung gibt's nur, wenn Sie die Fenster aufmachen. Wenn Sie die zurammeln, ist hier Pumakäfig.»

Die Stadtrundfahrt bereichert mich um mehrere Anekdoten aus der Stadtgeschichte Regensburgs. Die schönste ist diese hier: Als die berühmte steinerne Brücke gebaut wurde, wettete der Baumeister mit dem des Doms, dass er mit seinem Bauwerk eher fertig würde. Der Brückenbaumeister geriet aber in Verzug und ließ sich auf einen Pakt mit dem Teufel ein. Dieser half ihm bei der Fertigstellung und sollte dafür die ersten drei Seelen erhalten, die die Brücke überqueren. Als die Brücke fertig war, kündigten sich Kaiser, König, Kardinal, Bürgermeister und so weiter an, und der Brückenbauer bekam Panik. Schließlich jagte er einen Hund, einen Hahn und eine Henne über die Brücke, und deren Seelen wanderten in die Hände des Teufels. Der fühlte sich zu Recht veräppelt. Er versuchte daher, die Brücke zu zerstören, indem er sich unter den mittleren Brückenbogen stellte und von unten drückte. Die Brücke ging aber nicht kaputt, sondern erhielt auf diese Weise bloß ihre charakteristische, nach oben gewölbte Form.

Natürlich ist auch viel von Papst Benedikt die Rede. Die Dame auf dem Tonband braucht mehrere Minuten, um seine Verdienste, Titel und Funktionen in und um Regensburg aufzuzählen. Am Ende sagt der Berliner Rentner neben mir halblaut zu seiner Frau: «Und denn wara noch ersta Tenor bei'n Rensburjer Domspatzn.»

Auf dem kurzen Weg durch die Dungau nach Straubing mache ich einen Abstecher zur Walhalla, der 1842 eröffneten deutschen Hall of Fame. Man kann von dort aus nicht nur sehr weit ins Land sehen, sondern auch umgekehrt vom Land aus auf die Walhalla. Unten fließt die Donau, und oben floss zumindest in früheren Zeiten der Schweiß, denn es waren ursprünglich dreihundertachtundfünfzig Marmorstufen zu überwinden, wenn man zu dem langgestreckten Tempel kommen wollte. Dessen aus Dolomitblöcken gefertigter Unterbau scheint in der Sonne. Inzwischen muss aber niemand mehr in der Mittagshitze hinaufsteigen und sich demütigen, denn es fahren klimatisierte Reisebusse mit Tortenkillern in kieselfarbenen Funktionsjacken von hinten bis dicht heran.

In der germanischen Mythologie bezeichnet Walhalla die postmortale Wohngemeinschaft der gefallenen Krieger. So ist das hier auch gemeint. Alle deutschen Helden sollen versammelt sein. Es ist sehr einfach, die ganze Idee in ihrer ernsthaften Pracht ulkig zu finden. Entstanden ist sie jedenfalls vor zweihundert Jahren, als die Deutschen noch gar kein richtiges Volk waren, sondern ein ziemlich lose verbundener Haufen von Kleinstaatlern. Die Walhalla sollte die Identität der Deutschen und mit dem Deutschen stiften. Eigentlich eine sehr fortschrittliche Idee des bayerischen Königs Ludwig I.

Die Brüstung des Innenraumes wird von einem Fries umrahmt, der die Geschichte der Germanen wiedergibt, mit Einwanderung kaukasischer Bewohner aus dem Osten, Barden, Druiden, Einfall der Germanen in Italien und Sieg über Papirius Garbo sowie Völkerschlacht von Adrianopel. Aha. Denkt man da. Und: Soso. Dann natürlich die Helden. Einhundertsiebenundzwanzig deutsche Köpfe. Viele von denen kenne ich allerdings gar nicht, zum Beispiel den Fürsten Barclay de Tolly oder Michiel Adriaenszoon de Ruyter. Der erste war Russe und der zweite Holländer. Ludwig I. hatte verfügt, dass in die Walhalla aufgenommen werden könne, wer «teutscher Zunge» und also nicht notwendigerweise rein deutschen Blutes sei. Es sind daher auch Holländer und Angelsachsen und Franzosen dabei. Der war schon ein echter Europäer, der Ludwig. Und hellsichtig war er auch, denn erstens würde Mozart bei enger Auslegung der Aufnahmekriterien fehlen, und zweitens wäre dann sogar für ihn selbst kein Platz. Ludwig I. wurde nämlich in Straßburg geboren und starb in Nizza.

Das ganze Thema ist hochgradig kompliziert, zumal inzwischen wirklich nur noch reinkommt, wer auch in Deutschland geboren ist. Die Letzten, die als Büste in die Walhalla gestellt wurden, waren Konrad Adenauer und Sophie Scholl, wogegen in beiden Fällen nichts zu sagen ist. Die Scholl-Büste ist aber etwas groß geraten, das arme Mädchen hat einen Wasserkopf bekommen. Auch einige weitere Ehrenköpfe überzeugen mich nicht so. Einstein zum Beispiel. Der sieht mir zu comicköpfig aus. Und Franz Schubert. Da stimmen die Proportionen nicht, oder er sah sonderbar aus.

Mit der Orthographie hapert es da und dort. Immanuel Kant fehlt beispielsweise ein dringend benötigtes «m». Und der Humanist Johannes von Reuchlin heißt auf seiner Büste Reichlin. Das ist doch ein starkes Stück. Da kommt man schon in die Walhalla, und dann ist der Bildhauer Legastheniker.

Schließlich fällt auf, dass einige fehlen. Bertolt Brecht zum Beispiel. Der gehörte hier schon rein. War ihnen aber wohl zu unbürgerlich, der Brecht, hätte vielleicht nachts heimlich Zigarre geraucht und damit den empfindlichen Goethe gestört. Immerhin kommt Heinrich Heine bald in die Walhalla. Ich ahne, dass er selbst das komisch gefunden hätte, denn er war es, der die Walhalla einst als «marmorne Schädelstätte» verspottet hat.

Auch bei den Tonsetzern vermisse ich jemanden. Anton Bruckner ist drin. Bach, Beethoven, Brahms, Gluck, Händel, Haydn (der auf der Büste doch tatsächlich Heyden heißt), Reger, Schubert, Richard Strauss, von Weber und Wagner sowieso. Aber Gustav Mahler nicht. Der hatte schon zu Lebzeiten seine Not mit der Anerkennung. Er konvertierte sogar vom Judentum zum Katholizismus, aber nicht einmal das half ihm weiter. Später wurde er mittels antisemitischer Berichterstattung der lokalen Medien aus Wien weggemobbt. Und nun darf er nicht einmal in die Walhalla, die auf diese Weise in etwas unangenehmer Weise an den Regensburger Dom erinnert. Womöglich ist es gar keine so große Auszeichnung, hier zu landen.

4

«Moooment» —
Das letzte Interview mit Vicco von Bülow

Herr von Bülow, in Umfragen zu den beliebtesten Schauspielern und Entertainern landen Sie oft auf Platz eins. Sie gelten als einer der bekanntesten Deutschen überhaupt. Wollen Sie versuchen, Ihre Popularität zu erklären?
Nein.
Sie stehen hier kurz vor der Seligsprechung. Man geht sehr respektvoll mit Ihnen um …
… manchmal vertraut man mir sogar familiäre Details aus dem Leben in Mannheim an, auch Näheres von der verheirateten Tochter in Gelsenkirchen.
Und was sagen Sie dann?
Ich bedanke mich für so viel freundliche Zuwendung und sage alles, was ich über Mannheim und Gelsenkirchen weiß.
Wenn Sie fliegen, macht der Pilot gerne die Durchsage: «Auf der linken Seite sehen Sie Kassel», das stammt aus einem Sketch über Flugreisen.
Ja, ich darf dann im Cockpit sitzen und werde mit den wichtigsten flugtechnischen Handgriffen vertraut gemacht. Dabei gerät das Flugzeug gelegentlich in Schräglage. Irgendwann werde ich wohl auch mal den Steuerknüppel übernehmen müssen. Sicherer wäre es, wenn ich während des Fluges bei meinen Kreuzworträtseln bliebe.
Fühlen Sie sich beobachtet?
Merkwürdig war es schon, als ich mal ein neues Bett be-

nötigte und es ausprobieren musste. Da lag ich nun, der ganze Laden stand um mich rum, und jeder konnte den Text auswendig.

Hatte das Bett wenigstens Spannfedermuffen?

Das sind Ausgeburten meiner hemmungslosen Phantasie.

Aber damit haben Sie die deutsche Sprache geprägt ...

Ach was?!

... mit eben genau diesen kleinen Füllseln. Ohne Sie kein gedehntes «Moooment», kein «Ach was?!». Ist Ihnen die Wirkung Ihrer Sprache auf die Ihres Publikums bewusst?

Es hat mich überrascht. Diese Worte stehen einfach in einem unzugehörigen Zusammenhang. Wenn jemand bemerkt: «Ihre Frau ist sympathisch», und der Ehemann sagt «Ach was?!», wirkt das verblüffend.

Sie haben auch die Beamten- und Politikersprache populär gemacht.

Eine Politesse, die sich mit einem Autofahrer über das Funktionieren eines Parkautomaten auseinandersetzt, bricht unter der verdrallten Autorität ihrer eigenen Fachsprache zusammen. Da kommt dann auch leider Schadenfreude ins Spiel. Außerdem hat die deutsche Sprache wundervolle Substantive, die im Rahmen einer Liebeserklärung enorme Wirkung haben: Auslegeware oder Sitzgruppe beispielsweise.

Kommt man hier hinter das Geheimnis der Loriot-Komik?

Keine Ahnung, ob es da ein Geheimnis gibt. Ich habe einfach immer nur getan, was mir Spaß macht. Als ich zum Beispiel anfing, Zeichentrickfilme zu drehen, wollte ich nicht die übliche Masche wiederholen. Das zappelige Tempo gefiel mir nicht. Ich sah den Reiz des Zeichentrickfilms in einer ungewohnten Langsamkeit, in seiner Nähe zur Realität.

Vicco von Bülow, Elmau 2002.

Die Herren im Bad wären als richtiger Film nicht lustig?
Überhaupt nicht. Andersherum wäre die Geschichte vom Lottogewinner im Zeichentrick viel weniger absurd, und die Nudel an der Lippe ist überhaupt nur im Realfilm denkbar. Mit der Entscheidung für eine falsche Technik kann man jede Wirkung verkorksen.
Vieles in Ihren Filmen und Fernsehsendungen wirkt sehr choreographiert, berechnet.
Das mag sein. Bei der Geschichte mit dem Mann und der Kalbshaxe Florida muss das quälende Gefühl entstehen, es sei eine Maschinerie gegen ihn in Bewegung, der er nicht entkommen kann.
Warum geht bei Ihnen so oft etwas zu Bruch?
Zerstörung, Misslingen, Destruktion ist Teil jeder Komik, egal, ob nun in Worten oder Taten.
Welche Szene ist Ihrer Meinung nach die populärste?
Vielleicht das Frühstücksei, es berührt ein Thema, das mir immer sehr am Herzen lag: die Kommunikationsstörung.
Sind Sie in dieser Angelegenheit auf Seiten des Mannes?
Ausnahmsweise. Denn meist stört mich das Gehabe meiner Geschlechtsgenossen.
Es gibt Millionen Menschen, die ständig Ihre Sketche nacherzählen. Überall trifft man auf Leute, die Sie zitieren. Stört Sie das?
Nö.
Wir sind ein Volk von Loriot-Klonen, und Sie sind schuld.
Ich bitte um Vergebung.
Zu Ihren populärsten Figuren gehörten Wum und Wendelin. War Wendelin schwul?
Ach nein, er sprach nur so nasal, weil er keinen Rüssel hatte.
Aber er wirkte schon sehr weiblich.

Er war wohl noch vor der Pubertät, da kann man das nicht so genau unterscheiden.
Ihre Figuren gehören immer dem Mittelstand an. Ihr Publikum auch?
Die Klassenunterschiede spielen in Deutschland keine große Rolle, schon gar nicht im Hinblick auf meine Überlegungen.
Sind Sie einverstanden, wenn man sagt, Ihre Figuren seien im Durchschnitt gebildeter, anspruchsvoller und sprachlich besser geschult als Ihre Zuschauer?
Auf welches Glatteis wollen Sie mich denn mit dieser Frage locken? Richtig ist, dass ich mir mit der Sprache große Mühe gebe.
Dasselbe gilt für passende Namen. Wie kommt man auf gute Namen?
Das ist sehr mühevoll. Komik im Verhalten von Menschen entwickelt sich aus Normalität. Heitere Phantasienamen schieben die Situation auf eine ganz andere, unwirkliche Ebene. Der große humoristische Stilist Thomas Mann machte mich immer etwas ratlos mit den Herren Kuckuck, Pepperkorn und Grünlich.
Wenn also der Regisseur in Ihrem «Das ist Ihr Leben»-Sketch nicht Ted Braun, sondern Albert Kuckuck hieße, wäre die Sache nicht so komisch?
Es hätte die Sache erwürgt.
Wir sprechen von vollkommen normalen Namen, über die plötzlich jeder lacht: Herr Striebel, Herr Moosbach, Herr Vogel beim Skatspielen. Herr Müller-Lüdenscheidt, Herr Dr. Klöbner, Herr Lohse in Pappa Ante Portas.
Diese Namen sind von solidem bürgerlichen Klang und sorgen für die Glaubwürdigkeit der Geschichte.
Wussten Sie, dass es in Köln ein Lokal gibt, das nach Herrn Hallmackenreuther benannt ist?

Ach nee. Und was gibt es da?

Man kann gut frühstücken. Wie viel Zeit nehmen Sie sich für Namen?

Mehr, als mir lieb ist. Eine Idee für einen Sketch kommt schneller als die Namen der Personen, die darin auftreten.

In dem Film Die Sunny-Boys *nach dem Bühnenstück von Neil Simon sagt Walter Matthau zu seinem Neffen auf die Frage, welche Worte komisch sind: «Worte mit ‹P› sind komisch, Worte mit ‹K› sind komisch. ‹Pickel› sind komisch. Nicht, wenn man sie hat, aber wenn man sie sagt.» Haben Sie nach solchen Regeln gearbeitet?*

Mit Pickeln nicht.

Die von Ihnen gespielten Figuren sprechen das «S» manchmal so merkwürdig.

Weil ich einen «S»-Fehler habe.

Verzeihung.

Bitte. Ich teile dieses Schicksal mit den meisten Berlinern.

Wie beobachten Sie den Wandel der Sprache? Sind Sie in Sorge?

Die Anglisierung unserer Sprache steigert sich allmählich in eine monströse Lächerlichkeit. Deutsch wird uncool. Gleichzeitig blamieren wir uns mit Worthülsen wie «Ich erwarte mir» oder «Ich gehe davon aus».

Leiden Sie darunter?

Ziemlich. Ich wollte mal einen Brief in einen Kasten werfen, auf dem stand, dass er um zehn Uhr dreißig geleert werde. Er war aber schon geleert, und es war erst zehn. Als ich am nächsten Tag den Postbeamten um eine Erklärung bat, sagte er: «Ich bin davon ausgegangen, dass keiner mehr kommt.»

Manche Ihrer Szenen haben mehrere Ebenen der Komik. Der Herr mit der Nudel ist ja nicht nur wegen der Nudel komisch...

Es liegt wohl auch an der schockähnlichen Sprachlosigkeit der Partnerin. Der penetrante Liebhaber wird ebenso durch sie wie durch die Nudel dekuvriert.
Stimmt der Satz: Die Hölle sind immer die anderen?
Na ja, manchmal ist man sich auch selbst der Deibel ...
Sie hatten viel Glück in der Auswahl Ihrer Schauspieler.
Evelyn Hamann war wirklich wunderbar, auch Ingeborg Heydorn.
Oder Heinz Meier, der Mann mit dem Schnurrbart. Er ist oft schlecht gelaunt, das perfekte Opfer.
Ein großartiger Schauspieler. Diese Genervtheit im Skat-Sketch und das Hilflose des Lottogewinners kann niemand so spielen wie er.
Es wurde sicher viel gelacht beim Drehen.
Nein, gar nicht.
Das glauben wir Ihnen nicht.
Ist aber so. Wenn die Kamera läuft, ist jeder im Team mit seiner Arbeit und sich selbst beschäftigt. Außerdem drehten wir jeden Take durchschnittlich 15-mal. Lachen ist da eher hinderlich.
Verliert man dabei nicht die Sicherheit, dass die Szene auch wirklich komisch ist?
Eine tragische Szene zu drehen ist jedenfalls einfacher. Komik funktioniert nur bei perfektem Timing und exaktem Rhythmus. Die Entscheidung, ob etwas komisch ist oder nicht, ist in den Monaten vorher am Schreibtisch gefallen. Wenn einem beim Drehen Zweifel kommen, ist man erledigt. Und wenn man nach Abschluss der Dreharbeiten am Schneidetisch einen unabänderlichen Fehler entdeckt, möchte man aus dem Leben scheiden.
Wie oft haben Sie den Sketch mit dem schiefen Bild gedreht, bis er perfekt war?
Das war extrem schwierig. Wir mussten die Sache beim

ersten Mal im Kasten haben, weil wir keine Zeit hatten, das ruinierte Zimmer ein zweites Mal aufzubauen. Tatsächlich haben wir dann nur einen einzigen Take gebraucht, mit mehreren Kameras aus verschiedenen Positionen. Die Szene war übrigens nicht ungefährlich. Durch den Sturz auf den Tisch hätte mich ein schwerer Leuchter fast enthauptet. Ein Finale von fraglichem Unterhaltungswert.

Waren Sie ein fröhliches Kind?

Nicht besonders. Ich war still und schüchtern.

Hatten Sie eine schöne Kindheit?

Nach dem frühen Tod der Mutter verlebte ich die Kindheit bei meiner Großmutter in Berlin. Sie war von einer Engelsgeduld im Beantworten meiner Fragen, vermittelte mir unversehens die Grundlagen einer nützlichen, altmodischen Allgemeinbildung und führte mich am Klavier durch die Opern von Mozart bis Puccini. Davon zehre ich noch heute.

Sie kommen aus einer Soldatenfamilie. Was haben Sie im Krieg gemacht?

Ich machte mit 17 das Notabitur, begann als Panzergrenadier eine Offizierslaufbahn, wurde Oberleutnant und verbrachte drei Jahre in Russland.

Warum wollten Sie Soldat werden?

Es war eine Familientradition und wurde seit Jahrhunderten nicht in Frage gestellt.

Waren Sie ein guter Soldat?

Nicht gut genug, sonst hätte ich am 20. Juli 1944 zum Widerstand gehört. Aber für den schauerlichen deutschen Beitrag zur Weltgeschichte werde ich mich schämen bis an mein Lebensende.

Was machten Sie nach dem Krieg?

Nichts. Oder doch … ich verdiente mir meine Lebensmittelkarten als Holzfäller. Ein Jahr lang. Dann folgte ich

dem Rat meines ungeduldigen Vaters und begann ein Studium an der Hamburger Landeskunstschule.
War das nicht eine Überwindung für Ihren Vater?
Nein. Er war ein Mann ohne Vorurteile. Er erkannte einen künstlerischen Beruf für seinen Sohn als richtig, obwohl er selbst, abgesehen von einer Neigung zum Vortragen klassischer Balladen, nicht musisch veranlagt war. Mit dem Tage der Währungsreform 1949 erhielt jeder Bürger vierzig Mark der neuen Währung. Mein Vater kaufte von dem Geld einen Zauberkasten.
Für Sie?
Nein, für sich. Er kaufte sich einen Zauberkasten und reiste zu mir nach Hamburg, um meine Freundin und mich mit einer magischen Vorstellung zu verblüffen. In meinem Acht-Quadratmeter-Zimmer steigerte sich diese Darbietung dann zwischen guter Absicht und missratenen Effekten zu einem Desaster von schier wahnsinniger Komik. Die vierzig Mark hätten nicht besser angelegt sein können. Und aus der Freundin wurde meine Frau, mit der ich noch immer verheiratet bin. Als mein Vater im Sterben lag, saß ich bei ihm und begann einen Satz mit den Worten: «Ich kann mir nicht vorstellen …», und machte eine Pause. In diese Pause hinein sagte mein Vater: «Du brauchst dir nicht vorstellen, ick kenn dir ja schon.» Ich habe ihn sehr geliebt.
Durch Ihr Studium wurde aus einem Leutnant ein Künstler. Viel größer könnte der Bruch nicht sein. Wann haben Sie das Komische als Berufsmöglichkeit entdeckt?
1949. Ziemlich am Schluss des Studiums. Auf einer Party lernte ich eine Sekretärin vom *Stern* kennen, die mir die sensationelle Mitteilung machte, diese Illustrierte würde fünfzig Mark für eine witzige Zeichnung bezahlen. So wurde ich Cartoonist. Meine erste Serie hieß *Auf den Hund gekommen*. Leider hat Henri Nannen sie nach nur sieben

Folgen eingestellt, weil die Abonnenten protestierten. Ich habe dann *Reinhold das Nashorn* auf den Weg gebracht. Nannen sagte, er wolle es nur haben, wenn mir mindestens vier Episoden dazu einfielen. Die Serie lief dann 17 Jahre.

Haben Sie am Anfang Ihrer Karriere kämpfen müssen?

Kaum. Nur die Buchverlage hielten sich sehr zurück. Auch Rowohlt wollte mich nicht, was man sich dort später vorwarf. Ich hörte dann von einem gewissen Daniel Keel, der in Zürich einen Einmann-Verlag gegründet und bis dahin nur ein Buch herausgebracht hatte. Und der nahm mich. Das war der Diogenes-Verlag, der jetzt gerade fünfzigsten Geburtstag hat.

Schon damals spielte der Text zu den Zeichnungen eine große Rolle.

Eher waren es Zeichnungen zu den Texten. Ich habe jedenfalls immer versucht, das eine vom anderen abhängig zu machen.

1968 schrieben Sie im Nachwort Ihres Buches Loriots Großer Ratgeber*: «Nach insgesamt etwa zwanzig Lehrjahren sah ich mich nun imstande, ein kleines Männchen zu zeichnen, das mich bis heute ernährt.» Womit fangen Sie an, wenn Sie das Knollennasenmännchen zeichnen?*

Mit den Haaren. Nicht mit der Nase.

Wie viele waren das wohl so im Lauf der Jahre?

Keine Ahnung ... na, vielleicht so 20000.

Diese Figur hat etwas sehr Melancholisches. Selbst Frauen haben immer diese steife Oberlippe und sind nie wirklich hübsch.

Wer ist schon wirklich hübsch? Jeder Karikaturist neigt zu melancholischen Figuren. Sie haben was Tröstliches.

Täuscht uns der Eindruck, oder sparen Sie das Sexuelle aus?

Da ist Ihnen wohl etwas entgangen ...

Was?

Darauf müssen Sie ohne meine Hilfe kommen.

Das Knollennasenmännchen ist typisch deutsch.

Ist das ein Kompliment? Es trägt einen Stresemann und hat eine gewisse Würde, die es gelegentlich verliert. Vielleicht ist das deutsch.

Zu Ihrer Welt gehören auch Möpse und Buchsbäumchen. Alles ist eher altmodisch.

Ja, das ist es. Wenn ich Autos zeichnete, waren es die Automobile aus meiner Kindheit, Türen hatten immer Füllungen, die Möbel stammten aus der Gründerzeit. Auch meine Figuren passten nie in die Epoche, in der ich sie gezeichnet habe. Das waren die vertrauten Eindrücke der Kindheit im Schutz der Großmutter. Ich bin sehr geprägt von diesen Resten bürgerlicher Romantik. Das hat sich im Lauf der Jahre als Vorteil erwiesen: Unzeitgemäßes hält sich länger.

Woher wissen Sie, was komisch ist?

Aus Erfahrung. Aber es gibt auch Regeln. Jerry Lewis hat viele davon aufgestellt. Eine lautet: Wenn du als Entertainer auf die Bühne gehst, musst du als Allererstes eine sehr gute Geschichte erzählen. Und dann zwanzig Sekunden später noch so eine. Von da an kannst du alle zwanzig Sekunden machen, was du willst. Das Publikum wird im selben Rhythmus weiterlachen. Aber über den Zusammenhang von Komik und Rhythmus sprachen wir schon. Sie brauchen nur Harald Schmidt zu beobachten. Der hat das im kleinen Finger.

Wie vermeidet man es, Dinge zu tun, die nicht komisch sind? Sie müssen es wissen, Sie hatten nie einen Flop.

Man muss sehr rigoros sein und mehr wegschmeißen, als man verwendet. Mir fällt das nicht schwer, manche Texte lese ich einem Mitarbeiter oder meiner Frau vor. Wenn sie nicht reagieren, schreibe ich es um oder werfe es weg. Aber das liegt nun hinter mir.

Leider.

Nein. Nicht leider. Ich habe immer, wenn ich meinte, eine Sache nicht mehr besser machen zu können, damit aufgehört. Das war so mit dem Zeichnen und auch mit dem Fernsehen.

Sie hatten doch sicher hochdotierte Angebote von den Privatsendern?

Schon, aber die wollten zwölfmal im Jahr eine Sendung, und das geht nicht. Nicht auf gleichbleibendem Niveau.

Sie hätten steinreich werden können.

Es tut mir leid, dass ich Sie enttäuschen muss, aber ich blieb immer bei dem, was mir Spaß machte.

Sind Sie eigentlich noch Loriot?

Viele nennen mich so. Aber inzwischen hat sich auch mein richtiger Name rumgesprochen.

Das hat wohl auch damit zu tun, dass Sie sich als Loriot rarmachen. Wie ist denn der Ruhestand so?

Er fängt irgendwie nicht an. Ich versuche, das meiste abzusagen, aber manchmal kann und will ich den Kopf nicht aus der Schlinge ziehen.

Sie geben keine Interviews mehr?

Nur noch dieses hier.

Warum?

Es ist nicht abendfüllend, über sich selbst zu reden. Außerdem ist noch viel anderes zu tun.

Was denn?

Ich moderiere Konzerte, verwalte das Getane, beantworte Briefe, mache Ordnung für die Nachkommen und kümmere mich um meine Familie. Gelegentlich fahren wir auch in unsere kleine Berliner Wohnung, gehen in die Oper, ins Theater und natürlich ins Kino.

Was sehen Sie sich an?

Zuletzt *Italienisch für Anfänger* und den hinreißenden deutschen Film *Bella Martha* von Sandra Nettelbeck.

Gibt es so etwas wie Altersweisheit?

Kaum. Die Jahre vergehen zu schnell, um aus Erfahrungen zu lernen. Wenn man jung ist, teilt man die Menschen in zwei unveränderliche Gruppen: Alte und Junge. Und wenn man alt ist, teilt man sie in Kranke und Gesunde. Erst spät lehrt die Erfahrung, dass man keiner Gruppe entkommt.

Seit wann glauben Sie zu altern?

Die Erkenntnis, alt zu sein, kommt nicht allmählich. Sie überfällt einen ganz plötzlich. Man wacht eines Morgens auf und stellt fest: So, jetzt bist du alt. Ein Anlass zu staunen.

Oder zur Besorgnis?

Karl Valentin sagte, man liest jeden Tag die Traueranzeigen, damit man weiß, wer noch lebt. Eine gewisse Ängstlichkeit macht sich breit, die Ungewissheit über die Fortdauer der Gesundheit.

Dafür müssen Sie wenigstens nicht mehr arbeiten.

Das Alter ist nicht der erwartete beschauliche Ausklang. Die Genussfähigkeit nimmt nicht zu, der Wein schmeckt nicht besser. Ach ja, man kann den Enkeln Märchen vorlesen und lange spazieren gehen. Aber das Getriebe hat schon mal seine 250 000 Kilometer gelaufen und sollte ausgetauscht werden. Auch die kleinen Übel gehen einem langsam auf die Nerven.

Was sind das für Übel?

Ächzendes Verlassen des Taxis, Zögern bei der letzten Treppenstufe, Unauffindbarkeit des zweiten Mantelärmels, zu Hilfe eilende junge Damen … Altern ist schon eine Zumutung.

Können Sie sich erinnern, wann genau Sie das Gefühl hatten, nun alt zu sein?

Nee, nicht genau, ich war so um die siebzig. Da ärgerte mich meine Vergesslichkeit. Die findet man nur eine Weile komisch.

Über diesen Punkt sind Sie hinaus.

Allerdings, Namen, Daten und Filmtitel sind in entscheidenden Momenten wie weggeblasen. Man entwickelt im Laufe der Jahre zwar eine gewisse Geschicklichkeit zur Umschreibung von Dingen oder Personen, aber das hilft nicht, wenn man diese Tricks auch noch vergisst.

Das geht uns allen so. Ihr Publikum hätte dafür Verständnis.

Das tröstet mich.

Sie haben vor knapp dreißig Jahren schon ältere Herren gespielt. Von heute aus beurteilt: Waren Sie gut?

Ich fürchte, ja. Das habe ich von meinem Vater. Er hat mit Wonne zu Hause alte Männer parodiert. Als er selber alt wurde, machte er das immer noch und spielte mit siebzig einen Neunzigjährigen. Ich lebe inzwischen mit dem Vorteil, mich nicht mehr verstellen zu müssen, um mich wie ein alter Mann zu bewegen.

Ist es nicht eine Gnade, sich nicht verstellen zu müssen? Keiner erwartet von Ihnen, dass Sie jünger auftreten oder gar eine junge Freundin haben.

Ich bemerke sehr wohl, mit welchem Geschick Sie versuchen, mich bei Laune zu halten.

Kann man lernen, mit dem Altern umzugehen?

Notgedrungen. Ein gewisser Fleiß ist angebracht.

Gibt es am Altwerden denn gar nichts Schönes?

Man weiß endlich das Notwendige vom Überflüssigen zu unterscheiden. Auch das globale, gemeinsame Altern hat was sehr Beruhigendes.

Sie sind wohlhabend, werden geliebt, Ihre Familie ist wohlauf, Sie sind Ehrenbürger von Münsing und Brandenburg. Es gibt für Sie keinen Anlass zur Beschwerde.

Dafür bin ich auch sehr dankbar und freue mich über jeden Tag, an dem ich noch erwache.
Gibt es Momente, wo Sie aufwachen und nicht mehr wollen?
Sie meinen diese zeitgemäße, weitverbreitete Morgenmelancholie? Die ist nach zehn Minuten vorbei.
Denken Sie dann über den Tod nach?
Na, das ist vielleicht ein heiteres Interview!
Sie kommen aus einer großen Familie. Hilft das?
Wie man's nimmt. Zwölf meiner Altvorderen hängen bei mir an der Wand und lassen mich nicht aus den Augen.
Haben Sie Angst vor dem Tod?
Die Vorstellung einer längeren Krankheit will mir nicht gefallen …
Was empfinden Sie dabei, dass in sämtlichen Redaktionen Deutschlands Ihr Nachruf in der Schublade liegt?
Sosehr ich auch in mich hineinlausche: Ich empfinde nichts.
Was kommt nach dem Tod?
Der Himmel, hoffe ich. Ich habe mir meinen Kinderglauben an den lieben Gott bewahrt.
Wissen Sie, was auf Ihrem Grabstein stehen soll?
Zweckmäßig wäre es, wenn mein Name draufstünde.
Haben Sie den Eindruck, sich mit dem Alter zu verändern?
Man glaubt, die offensichtlich unveränderte innere Jugendlichkeit sei auch äußerlich noch erkennbar. Irrtum!
Sind Sie besorgt um Ihre Gesundheit?
Natürlich. Wegen meiner gelegentlichen Auftritte. Es ist unerfreulich, wenn das Publikum den Atem anhält vor Angst, der greise Künstler könne auf der Bühne stolpern oder in Ohnmacht fallen.
Tun Sie was dagegen?
Vor einiger Zeit ging ich mal zu einem Check-up ins Krankenhaus. Ich meldete mich unter einem falschen

Namen an, damit die Presse mir nicht auf die Pelle rückt. Ich lag mit einem alten Mann im Zimmer, der beharrlich schwieg. Nach drei Tagen sagte er: «Wissen Sie, wie Sie aussehen?» Und ich: «Wie denn?» Er: «Wie der Dings aus dem Fernsehen.» – «Wer?» – «Na, der Fuchsberger.»

Halten Sie sich fit, treiben Sie Sport?

Ich sage mir Hamlet-Monologe auf, die ich noch aus der Schulzeit kann. Aber das wollten Sie wohl nicht hören. Ich glaube, dass mir das Leben weniger gefiele, wenn ich es durch tägliches, stundenlanges Training zu verlängern trachtete. Allerdings ist diese Methode nur mit Vorsicht weiterzuempfehlen.

Sind Sie altersmilde oder altersstreng?

Sie meinen altersstarr? Dieser Starrsinn ist nicht nur negativ. Für einen alten Mann gibt es keinen Grund, mit der eigenen Meinung hinter dem Berg zu halten. Das wirkt vielleicht manchmal unbeweglich, ist aber ein Zeichen von Freiheit. Auch die Vorliebe für feste Rituale macht zwar den Eindruck von Starrheit, aber damit kann ich leben.

Kann man sich bei Ihnen gar nicht vorstellen.

Doch. Ich beharre darauf, Günter Jauch und *Wer wird Millionär?* zu sehen.

Wie weit kommen Sie denn da?

Die Leiter meines Erfolges ist beschämend kurz. Manchmal fliege ich nach der 500-Euro-Frage raus, weil ich den Namen einer Popgruppe nicht weiß. Weiter oben wird es für mich dann leichter.

Und was ist mit der Altersmilde?

Ich habe eine ziemliche Schafsgeduld.

Bereuen Sie etwas?

Leider weiß ich, dass ich nun nicht mehr gutmachen kann, was ich bereue.

Zum Beispiel?

Mir wäre lieb, wenn ich am Ende unseres Gespräches noch Geheimnisse hätte.

Würden Sie gern noch etwas ganz Außergewöhnliches tun? In den Weltraum fliegen und die Erde von oben ansehen oder so etwas?

Nicht geschenkt.

Haben Sie mal die Befürchtung gehabt zu scheitern?

O ja – 1979, kurz bevor ich für einen Sketch die Berliner Philharmoniker dirigierte.

Für einen Musikliebhaber muss das ein Traum sein.

Das war es. Aber auch ein Albtraum.

Warum?

Da sitzen ja nicht irgendwelche Leute, sondern 120 Spitzenprofis. Und es ist ein Unterschied, ob Sie zu Hause im Wohnzimmer eine CD dirigieren oder im Konzertsaal die Berliner Philharmoniker. Ich ging also zur Probe und merkte unterwegs, wie ich beklommener und beklommener wurde. Ich zog mich aufs Pult und dachte, du bist vollkommen verrückt, dich in so eine Situation zu bringen.

Und wie war es dann?

Ich war zutiefst überrascht, als auf mein Zeichen tatsächlich Beethoven zu hören war. Als ich meine Sinne wieder einigermaßen gesammelt hatte, klopfte ich ab und sagte zum Konzertmeister: «Ich habe den Eindruck, wir sind ein bisschen zu langsam.» Darauf er: «Dann dirigieren Sie doch schneller.» – «Was denn, Sie richten sich wirklich nach mir?» Da blieb dann nur noch die Flucht nach vorn. Ich werde es nie vergessen.

Was fasziniert Sie so an Richard Wagner?

Das ist schwer zu beschreiben. Ich war etwa Mitte dreißig, als mich der Tristanakkord traf wie ein elektrischer Schlag. Er eröffnete mir eine neue musikalische Welt, die seither zu meinem Leben gehört.

Aber Ihre Verehrung hinderte Sie nicht daran, den Ring *von 18 Stunden auf einen Abend zu kürzen und humoristisch zu kommentieren.*

Sie glauben nicht, wie viele Wagnerianer und Wagner-Gegner sich überzeugen ließen.

Ihre Arbeit war nie politisch.

Sie war nie parteipolitisch.

Hatten Sie Angst, es sich mit Teilen Ihres Publikums zu verderben?

Nein, aber ich halte künstlerische Popularität für ein unfaires Wahlkampfmittel. Künstler überzeugen ja nicht durch bessere Argumente, sondern durch ihren Bekanntheitsgrad.

Sie stellen einen Teil Ihres Vermögens für wohltätige und kulturelle Hilfe zur Verfügung. Was bedeutet Ihnen das?

Ich gebe nur etwas von dem zurück, was ich dem Wohlwollen der Öffentlichkeit zu verdanken habe.

Sie waren auch in der DDR ein großer Star. Fanden die Sie nicht bourgeois?

Sie wussten, dass ich immer um Ausgleich bemüht war. Man lud mich nach Ostberlin, Weimar und Rostock zu Ausstellungen ein, meine Bücher wurden dort verlegt, und wir haben meinen ersten Film *Ödipussi* im Osten uraufgeführt.

In der DDR?

Ja. In Ostberlin war die Premiere um 16 Uhr und erst abends im Westen. Im Ostberliner Kino sagte ich dem Publikum, ich müsse mich schon sehr wundern, wie viele Genossen um diese Zeit im Kino sitzen, statt am Sozialismus zu arbeiten. Bei aller Tragik der Verhältnisse hatte es einen großen Reiz, die Mauer zu unterlaufen. Es hat mich immer schockiert, dass es eine westdeutsche Generation gab, für die das geteilte Deutschland vollkommen selbstverständlich war, ohne jede Neugier nach drüben – von Sehnsucht ganz zu schweigen.

Fühlen Sie sich als Preuße?

Ja, gewiss. Ich bin zwar seit 45 Jahren glücklicher Oberbayer, aber in Preußen geboren und aufgewachsen wie meine Vorfahren. Und dabei wollen wir es nun auch bewenden lassen. Mir wird ganz elend bei dem Gedanken an die verbiesterten Diskussionen um dieses verschwundene, erstaunliche Land.

5

Die Krise auf der Fahrt nach Goslar

BERND: Noch hundert Kilometer.
CLAUDIA: Was?
BERND: Noch 100 Kilometer.
CLAUDIA: Wann sind wir denn dann da?
BERND: In 100 Kilometern.
CLAUDIA: Ja, und wie lange dauert das noch?
BERND: Dreiviertelstunde.
CLAUDIA: Wir kommen zu spät.
BERND: Wir kommen nicht zu spät, Schatz. Versprochen. Wir sollen um fünf da sein, es ist fünf nach vier, und in einer Dreiviertelstunde ist es zehn vor fünf. Wir sind sogar zehn Minuten zu früh da. Ich kann noch dreimal um den Block fahren, dann sind wir pünktlich. Mein Navi irrt sich nie. Das kann sogar Staus mit einrechnen.
CLAUDIA: Du willst wohl wirklich keine Sekunde zu früh bei meiner Mutter sein.
BERND: Von mir aus können wir sogar eine halbe Stunde zu früh kommen, dann können wir uns umso länger begrüßen.
CLAUDIA: *(imitiert Frauenstimme)* Beeeernd, ach, Beeeernd, komm, lass dich drüücken. Beeeernd.
BERND: Und dann gibt es diese riesigen Torten bei ihr. Kann man die eigentlich regulär kaufen, oder sind das Sonderanfertigungen?
CLAUDIA: *(imitiert Frauenstimme)* Beeeernd! Nimm doch noch ein Stück Torte. Das ist Kääsesahne mit Ruumrosinenrahm.

Bernd: Ach bitte, Mutter, ich hatte doch schon zwei.
Claudia: *(imitiert Frauenstimme)* Wem hat denn jetzt dieses unschuldige Stück Torte was getan, dass es hier liegenbleibt? Beeeernd!
Bernd: Und abends gibt es dann immer diesen Rollbraten.
Claudia: Was hast du denn gegen den Rollbraten?
Bernd: Findest du den nicht auch immer etwas trocken?
Claudia: Ich? Nein. Überhaupt nicht. Du kleiner Heuchler.
Bernd: Wieso bin ich ein Heuchler?
Claudia: Meiner Mutter gegenüber tust du immer so, als gäbe es für dich nichts Köstlicheres als ihren Rollbraten.
Bernd: Ich will sie eben nicht verletzen.
Claudia: Du lügst sie an.
Bernd: Ich schwindle, das ist nicht dasselbe.
Claudia: Schwindelst du mich auch manchmal an?
Bernd: Warum sollte ich dich denn anschwindeln?
Claudia: Vielleicht, um mich nicht zu verletzen.
Bernd: Ich habe keinen Grund, dich anzuschwindeln. Bisher haben wir uns immer alles sagen können. Oder hast du den Eindruck, ich wäre jemals unaufrichtig zu dir?
Claudia: Nein, eigentlich nicht.
Bernd: Du weißt alles von mir. Meinen Kontostand, wo ich bin, wenn ich weg bin. Wann ich wiederkomme. Was ich mittags esse. Alles.
Claudia: Das klingt ja so, als ob du gerne mal ein Geheimnis vor mir hättest.
Bernd: Au ja, bittebitte, lass mich ein Geheimnis haben.
Claudia: Okay, hiermit gewähre ich dir ein kleines Geheimnis vor deiner Frau.
Bernd: Noch 90 Kilometer.

Claudia: Bist du so 'ne Art Bordcomputer?
Bernd: *(mechanisch)* Ankunftszeit 16 Uhr 51 Minuten.
Claudia: Hauptsache, wir kommen nicht zu spät.
Bernd: Wir kommen schon pünktlich. Es ist übrigens sogar unhöflich, wenn man zu früh irgendwo auftaucht. Das bringt die Gastgeber in Verlegenheit.
Claudia: Meine Mutter würde sich freuen.
Bernd: Deine Mutter freut sich auch über Blutwurst.
Claudia: Ich finde, jetzt haben wir genug über meine Mutter gelacht.
Bernd: Ich meine ja nur. Ich habe auch gar nicht gelacht. Aber wenn ich schon da hinmuss, will ich wenigstens meinen Spaß haben.
Claudia: Was soll das denn jetzt heißen? So schlimm wird es schon nicht werden.
Bernd: Du hast doch selber eben deine Mutter imitiert.
Claudia: Ich darf das als Tochter ja auch. Jetzt komm. Alle drei Jahre müssen wir mal zu meiner Mutter. Dafür müssen wir nie zu deiner Familie.
Bernd: Ja, die ist ja nu auch schon tot.
Claudia: So habe ich das nicht gemeint.
Bernd: Schon klar.
(Schweigen, dann weibliche Radiostimme: … unserer Sendereihe «Festival der Sinne» hören Sie in der kommenden Stunde einen Beitrag zum Thema «Der Heringssalat und die neue Rechtschreibung». Es diskutieren der Sternekoch Heinz Kunke und der Philosoph und Deutschlehrer Frieder Butz-Wittmann.)
Claudia: Jetzt hast du schlechte Laune.
Radiostimme: … Doch zunächst wollen wir mit einem historischen Abriss zum Heringssalat kommen. Anders als die von dem deutschen Apotheker Eugen Braatz 1854 erfundene Braatzkartoffel kann der He… *(Radio aus)*

BERND: Ich habe keine schlechte Laune.
CLAUDIA: Hast du doch. Wer freiwillig so was im Radio hört, der muss schlechte Laune haben.
BERND: Ich habe es bereits ausgemacht. Können wir jetzt das Thema wechseln?
CLAUDIA: Sollen wir lieber umdrehen? Ich meine, es hat ja wohl keinen Sinn, wenn du da schlecht gelaunt den ganzen Abend rumhockst.
BERND: Ich bin nicht schlecht gelaunt.
CLAUDIA: Wir kehren um.
BERND: Nochmal: Ich habe keine schlechte Laune.
CLAUDIA: Sondern?
BERND: Wenn du mich nochmal fragst, kriege ich schlechte Laune.
CLAUDIA: Und warum hast du so eine schlechte Laune?
BERND: Danke. Geschafft. Jetzt habe ich schlechte Laune.
CLAUDIA: Wenigstens stehst du endlich dazu. Und woran liegt's?
BERND: An nichts, keine Ahnung. *(Pause)* Langweilst du dich nicht, wenn du bei deiner Mutter bist?
CLAUDIA: Das ist doch nicht so schlimm.
BERND: Ist dir schon mal aufgefallen, dass sie mich seit fünfzehn Jahren fragt, was ich beruflich mache?
CLAUDIA: Du erklärst es ihr sehr nett, vielleicht fragt sie deshalb.
BERND: Sie ist doch nicht senil.
CLAUDIA: Du musst das mit Humor nehmen.
(Sie bläst ihm ins Ohr.)
BERND: Lass das!
CLAUDIA: *(beleidigt)* Puuh. Da ist aber einer geladen. Früher hast du's gemocht, wenn ich dir ins Ohr gepustet hab.
BERND: Früher habe ich auch Bonanza gemocht.
CLAUDIA: Früher warst du lustiger.

BERND: Früher hatte ich auch Grund zum Lachen.
CLAUDIA: Und jetzt?
BERND: Jetzt muss ich zum Sechzigsten deiner Mutter.
CLAUDIA: Das hättest du dir vor fünfzehn Jahren auch nicht träumen lassen, was?
BERND: Da war deine Mutter fünfundvierzig. Jetzt bin ich bald genauso alt. Ich bin fast so alt wie deine Mutter.
CLAUDIA: Du bist fast so alt wie meine Mutter vor fünfzehn Jahren!
BERND: In fünfzehn Jahren bin ich fast sechzig.
CLAUDIA: Na und? Was soll's? Deshalb darf ich dir nicht mehr ins Ohr pusten?
BERND: Seit fünfzehn Jahren die Fragerei. Ich werde immer älter, meine Haut wird grauer, meine Beine tun weh, wenn ich morgens aufstehe. Ich habe eine Krampfader an der Wade. Nur für deine Mutter bleibe ich immer das Jüngelchen, das keinen Spargel schneiden konnte, damals. Sie nimmt einfach nicht zur Kenntnis, dass ich ein erwachsener Mann bin. Ich bin entschieden erfolgreicher – wenn man das mal sagen darf –, als ihr Mann es jemals war.
CLAUDIA: Jetzt lass meinen Vater da raus, den hast du nie kennengelernt.
BERND: Entschuldige, das stimmt. Aber irgendwie kommt es mir so vor, als ob sie nie zuhört, wenn ich etwas erzähle. Ich habe ihr hundertmal erklärt, was Private Equity ist. Und nie hört sie zu.
CLAUDIA: Das ist ihr eben nicht so wichtig.
BERND: Warum fragt sie mich dann? Es interessiert sie nicht. Sie fragt immer denselben Scheiß, und bei den Antworten hört sie nicht zu. Ich hasse diese Ignoranz.
CLAUDIA: Meine Mutter fragt keinen Scheiß.
BERND: Schon okay.

CLAUDIA: Außerdem hat sie Angst vor dir.
BERND: Angst. Vor mir. Ganz bestimmt.
CLAUDIA: Sie weiß nicht, was sie mit dir reden soll, also fragt sie einfach, was sie immer fragt.
BERND: Sie fragt, was sie immer fragt. Wir essen, was wir immer essen, und fahren wieder, wann wir immer fahren.
CLAUDIA: Na und. Ist doch schön.
BERND: Und es ist immer schön.
CLAUDIA: Jetzt lass dich nicht so hängen. Komm, wir machen das Beste draus. Und wenn es dir zu blöd wird, simuliere ich Kopfschmerzen, und wir fahren wieder.
BERND: Ja, klar.
CLAUDIA: Jetzt lächel mal.
BERND: *(übertrieben, aber versöhnlich)* I-hi-hi-hii.
(Bernds Handy klingelt, Telekom-Melodie)
BERND: Monk … Nein, habe ich nicht. Wir haben eine klare Benchmark … Wir haben uns aber darauf committet … Das Paper liegt auf meinem Desk… Du, wir sprechen hier von einem Turnaround, ja, nein. Du, die Verbindung ist ganz schlecht. *(Pustet ins Handy, macht Störgeräusche.)* Am besten, wir klären das im Meeting am Montag. *(Pustet und stört wieder.)* Ich höre dich nicht mehr … Montagsmeeting! Hallo? Haaalloo! *(Drückt aufs Telefon. Knopfdrücken. Piep.)*
(Zu sich selbst) Der Schneider ist so boring. Das ganze Business ist so boring.
CLAUDIA: Warum machst du dann nicht was anderes?
BERND: Du bist gut. Was soll ich denn sonst machen? Wir haben Verpflichtungen. Und außerdem geht's uns gut. Soll ich was machen, wobei es mir nicht gutgeht? Ich bin doch nicht blöd.
CLAUDIA: Weißt du noch, damals wollten wir ein Surfer-Hotel in Sri Lanka eröffnen.

BERND: Ja, weiß ich noch. Stell dir das mal vor. Ausgerechnet wir beide. Damals haben wir noch gekifft.
CLAUDIA: Könnten wir auch mal wieder machen.
BERND: Warum?
CLAUDIA: Nur so, einfach mal gucken, ob es noch geht.
BERND: Das kann ich dir auch so sagen: Ja, es geht. Also brauchen wir den Quatsch nicht mehr zu machen.
CLAUDIA: Warum war das Quatsch?
BERND: Weil man dann ein Surfer-Hotel eröffnen will. Was für eine Schnapsidee.
CLAUDIA: Dann wäre alles ganz anders gekommen.
BERND: Stimmt. Wir säßen heute in Sandalen an irgendeiner Strandbude rum und würden Dosenbier an Holländer verkaufen.
CLAUDIA: Aber nachts würden wir immer in die Sterne sehen.
BERND: Du würdest frieren und dir ein Haus mit Fußbodenheizung und einen weichen Morgenmantel wünschen. Das hast du jetzt. Wir sind glücklich, und damit ist das Surfer-Hotel eine Schnapsidee.
CLAUDIA: Wahrscheinlich hast du recht. Du?
BERND: Ja?
CLAUDIA: Ich muss mal mit dir reden.
BERND: Auweia!
CLAUDIA: Was ist denn?
BERND: Ich wusste es!
CLAUDIA: Was soll das denn jetzt? Ich wollte dir doch nur mal in Ruhe etwas sagen.
BERND: Ja, und ich weiß auch, worauf es hinausläuft.
CLAUDIA: Aha, und worauf, bitte schön?
BERND: Es wird Geld kosten, stimmt's?
CLAUDIA: Wahrscheinlich schon, aber …
BERND: Natürlich wird es Geld kosten. Es gibt nur zwei

Gründe, weswegen eine Frau mit ihrem Mann reden will und das Gespräch mit den Worten «Du, wir müssen mal reden» beginnt. Entweder sie braucht Geld, oder sie will sich trennen.

CLAUDIA: Ach, das weißt du vorher schon?

BERND: Das ist einfach so.

CLAUDIA: Soso. *(beleidigt)* Na dann brauchen wir ja nicht drüber zu reden, wenn du das schon weißt.

BERND: Jetzt red halt, ist jetzt eh egal.

CLAUDIA: Nee, keine Lust mehr.

BERND: Boooaah. Jetzt lass dich nicht so bitten, Frau. Bitte-bitte sag mir, wofür du Geld ausgeben willst. Bitte!

CLAUDIA: Mit dir kann man überhaupt nicht mehr reden. Früher war das mal anders. Da haben wir stundenlang geredet, und du hast dich für mich und für meine Meinung interessiert. Aber inzwischen geht es nur noch um deinen Job. Um deine Kohle. Und um deine Hemden.

BERND: Was soll das denn jetzt? Wird das jetzt hier so was wie ein Tribunal?

CLAUDIA: Ich habe schon das Gefühl, dass ich bei uns eigentlich nicht mehr vorkomme. Du interessierst dich gar nicht mehr für meine Sachen.

BERND: Okay, das reicht jetzt.

CLAUDIA: Welche Schuhgröße habe ich?

BERND: Hallo! Es reicht!

CLAUDIA: Du weißt es nicht.

BERND: 37, manchmal 38.

CLAUDIA: Das war geraten.

BERND: Stimmt es oder nicht?

CLAUDIA: Stimmt, aber es war trotzdem geraten. Alle Frauen haben 37 und manchmal 38. Das ist doch keine Kunst, das zu raten.

BERND: Du kannst einfach nicht verlieren.

CLAUDIA: Gib zu, dass du geraten hast.
BERND: Ich finde, du hast deine Chance gehabt und könntest dich jetzt mal entschuldigen.
CLAUDIA: Von wegen. Meine Telefonnummer im Büro.
BERND: So ein Quatsch.
CLAUDIA: Du weißt sie nicht.
BERND: Ich brauche sie nicht zu wissen, ich habe sie eingespeichert.
CLAUDIA: Du rufst mich dort nie an.
BERND: Warum auch. Du rufst mich ja dauernd an.
CLAUDIA: Unser Hochzeitstag.
BERND: Was soll das? Wird das jetzt ein Quiz?
CLAUDIA: Sag schon.
BERND: Nein. Ich habe keine Lust auf deine Spielchen. Und davon abgesehen könnte ich das andersrum genauso gut. Als ob du irgendwas von mir wüsstest.
CLAUDIA: Was weiß ich denn nicht?
BERND: Das Hotel, wo ich immer wohne, wenn ich in Hamburg bin.
CLAUDIA: Als ob das wichtig wäre.
BERND: Wieso ist das weniger wichtig als deine Büronummer?
CLAUDIA: Weil du überhaupt nicht verstehst, worum es geht.
BERND: Aha, worum geht es denn, da bin ich aber mal gespannt.
CLAUDIA: Es geht darum, dass wir überhaupt nicht mehr so sind wie früher. Wir reden nur noch über Belanglosigkeiten und über Alltagsdinge. Früher hatten wir auch mal politische Diskussionen. Oder wir haben uns über Musik unterhalten.
BERND: Ich kann ja so tun, als würde ich deine Meinung nicht kennen.

CLAUDIA: Du merkst auch nicht, wann es ernst wird, oder?
BERND: Ich meine es ernst. Wir kennen unsere Standpunkte und unsere Vorlieben. Ich kenne jede noch so belanglose Meinung von dir.
CLAUDIA: Meine Meinungen sind belanglos? Früher haben sie dich mal interessiert.
BERND: Früher, früher, früher. Früher waren sie auch noch neu.
CLAUDIA: Ich bin also langweilig. Du findest mich langweilig. Wie meine Mutter.
BERND: Ja. Nein. Ich finde dich nicht langweilig.
CLAUDIA: Also ja oder nein.
BERND: Ehrlich? Ja. *(Pause)* Aber ich finde nicht dich langweilig, ich finde uns langweilig. Wir sind ein langweiliges, ödes Paar auf dem Weg zu einem noch langweiligeren Geburtstag.
(Radio ein, die Diskussion läuft.)
KUNKE: … und da irren Sie sich nun einmal fundamental. Der Heringsalat ist nicht zwangsläufig auf Rote Bete angewiesen.
BUTZ-WITTMANN: Gut, das kann ich zugestehen. Er ist aber auf sein Fugen-«s» angewiesen. Es ist schließlich ein Heringssalat und kein Heringsalat.
KUNKE: Das kommt doch wohl aufs Gleiche hinaus, oder?
BUTZ-WITTMANN: Eben genau nicht. Ein Heringssalat ist unter Umständen was Feines, ein Heringsalat hingegen ist nichts mehr als schlechtes Deutsch.
KUNKE: Mit demselben Recht könnte die Schublade Schubslade heißen.
BUTZ-WITTMANN: Was für ein idiotischer Vergleich!
KUNKE: Wieso, die wird doch geschubst.
BUTZ-WITTMANN: Also, das führt doch jetzt nicht wei…

Bernd: *(Düster)* Und dafür bezahle ich nun keine Rundfunkgebühren.
Claudia: Mein Gott, jetzt geht aber wirklich die Welt unter, was? Das habe ich davon, dass ich freundlich bemerke, dass deine Laune nicht die beste ist. Hätt ich mal bloß nicht gefragt. Dann wäre jetzt alles in Ordnung. Aber ich blöde Kuh muss ja unbedingt fragen, was mit dir los ist. Launische Leute soll man in Ruhe lassen.
Bernd: Hör mit meiner Laune auf. Meine Laune war super, bis du vor lauter Langeweile angefangen hast, auf mir rumzuhacken.
Claudia: Der arme kleine Bernie-Bernie, alle hacken auf ihm rum. Weißt du was, so langsam fängst du an, mir auf den Wecker zu gehen mit deiner ewigen Jammerei. Deine beschissene Laune ist so was von anstrengend.
Bernd: Aha.
Claudia: Es macht so was von gar keinen Bock, stundenlang neben einem Kerl zu sitzen, der sich über jede Kleinigkeit aufregt. Weißt du eigentlich, dass deine Nasenhaare zittern, wenn du sauer bist?
Bernd: Ich habe keine Nasenhaare.
Claudia: Doch, hast du wohl, und sie sehen aus wie kleine Antennen. Kriegst du damit nur Mittelwelle oder auch UKW? Dann würde ich nämlich jetzt gerne Eins-live hören.
Bernd: Lass mich in Ruhe.
Claudia: Nein, ich lasse dich nicht in Ruhe. Seit Stunden muss ich mir dein Genöle anhören. Alle zwanzig Kilometer weist du mich darauf hin, wie weit es noch ist. Noch 400 Kilometer. Noch 324 Kilometer. Noch 130 Kilometer. Als ob ich was dafür könnte, dass meine Mutter nicht bei uns nebenan wohnt.
Bernd: Das wäre ja auch noch schöner.

CLAUDIA: Siehst du? Schon wieder so eine Spitze.
BERND: Das ist reine Notwehr.
CLAUDIA: Nein, reine Notwehr wäre, wenn ich dir jetzt die Thermoskanne über die Rübe ziehen würde. Weißt du, wie oft du in den letzten vier Stunden gemeckert hast?
BERND: Ich habe überhaupt nicht gemeckert, ich habe lediglich meinem Unmut über einige Dinge Ausdruck verliehen, die meiner Ansicht nach nicht besonders gut geregelt sind in diesem Land. Und hier in meinem Auto, für das ich brav jeden Monat unverschämte Leasingraten zahle, darf ich das vielleicht noch. Hier darf ich doch wohl noch sagen, was ich will.
CLAUDIA: Gerne. Natürlich, aber ich sitze auch noch hier, und ich habe langsam keine Lust mehr, mir den ganzen Mist anzuhören. Beim Tanken hast du dich darüber beklagt, dass es nur noch dieses asoziale 100-Oktan-Benzin gibt und dass das Betrug sei. Genauso übrigens wie die belegten Baguettes von der Raststätte, wo immer diese vergammelten Salatblätter drin sind, und dann hast du mir zwanzig Minuten lang erklärt, dass diese Salatblätter erstens kein einziges Vitamin enthalten und zweitens wahrscheinlich in Bulgarien von sechsjährigen Waisen unter Gewaltandrohung auf das Brot gelegt werden müssen. So. Dann fahren dir die anderen entweder zu langsam, wenn du überholen willst, oder zu schnell, wenn sie dich überholen wollen. Der Renault Megane ist das hässlichste Auto der Welt, und die Franzosen können keine schönen Autos mehr bauen, und die A3 gehört eigentlich achtspurig, und mein Bruder ist ein Idiot, und Blumenerde enthält mehr Chemie als Kinderunterhosen von Aldi. Mein Gott, merkst du überhaupt nicht, wie negativ du bist?
BERND: Ich versuche lediglich, mich mit meiner reizenden

Frau zu unterhalten, ohne dass wir gleich in dieses Psycho-Beziehungs-Gesülze abgleiten. Aber wir müssen uns ja nicht unterhalten. Ich kann auch schweigen.

Claudia: Ja, sicher, tagelang, wenn's sein muss. Das ist auch so ein Thema. Diese ätzende Schweigerei, wenn dir was nicht passt.

Bernd: Aha, das ist Madame jetzt also auch nicht recht. Wenn ich was sage, gefällt es dir nicht. Und wenn ich nichts sage, passt es dir auch nicht. Sag mal, was willst du eigentlich?

Claudia: Ich will einen ganz normalen Mann und eine ganz normale Beziehung.

Bernd: Dann fang was mit dem Postboten an.

Claudia: Es ist mir ernst, Bernd.

Bernd: Mir auch, der Typ ist doch ganz okay. Und mindestens zehn Jahre jünger als ich. Außerdem hat der jeden Tag um 15 Uhr Feierabend. Dann könnt ihr surfen gehen oder Anschaffungen besprechen und euch gegenseitig stundenlang zuhören. Außerdem sieht der Typ nach Tantra-Sex aus.

Claudia: Du kannst ein richtiges Arschloch sein.

(Längere Gesprächspause. Handyklingeln bei Claudia. Walzerton.)

Claudia: Hallo! Mama! Jaha! Ja. Wir brauchen nicht mehr lange. Machen wir. Weiß ich nicht. *(Zu Bernd, sehr freundlich)* Wie weit ist es noch, Liebling?

Bernd: *(Sehr freundlich zurück)* 85 Kilometer, Schatz.

Claudia: *(Wieder ins Handy)* So ein halbes Stündchen. Ja. Mach ich. Tschühüs. Meine Mutter fragt, ob wir von der Tanke ein paar Flaschen Bier für dich mitbringen können. Sie hat ja normal kein Bier zu Hause.

Bernd: Sicher.

Claudia: Bist du sauer?

BERND: Nein.
CLAUDIA: Natürlich bist du sauer. Dabei hätte ich Grund, sauer zu sein.
BERND: Sicher.
CLAUDIA: Sicher. Es war ein schöner Tag, bis du angefangen hast, hier alles in Frage zu stellen. Bei meiner Mutter ist es langweilig, unser ganzes Leben ist langweilig. Ich bin langweilig. Das sagt der Richtige. Hältst du dich vielleicht für spannend? Deine ewigen Vorträge über deine Kunden und Kollegen, dieser ganze Finanzmist? Und dann das fettarschige Rumgesitze vor der Glotze.
BERND: Wer hat von uns wohl den fetteren Arsch?
CLAUDIA: Ich tu wenigstens was dagegen.
BERND: Das Gehopse für vierzig Euro die Stunde? Dass ich nicht lache.
CLAUDIA: Als ob du das beurteilen …
BERND: Halt mal die Klappe.
CLAUDIA: Ich lasse mir von dir nicht den Mund verbieten!
BERND: Sei mal leise. Hörst du das?
CLAUDIA: Da ist so ein Klopfen.
BERND: Au Scheiße, der Wagen zieht total nach der Seite.
CLAUDIA: Kannst du anhalten?
BERND: Ja, ja.
CLAUDIA: Ach Mist.
BERND: Ich steig mal aus.
BERND *(steigt aus. Türknallen.)*
(Claudia tippt eine Telefonnummer in ihr Handy. Pieptöne beim Wählen.)
CLAUDIA: Du, Mami, Claudia. Hör mal, wir haben eine Panne. Eine Panne! … Weiß ich nicht. … Ja, schade, dabei sind es nur noch achtzig Kilometer. Ich rufe dich wieder an. Okay? … Okay! Bussi.

(Claudia fährt die Scheibe runter.)
CLAUDIA: Was ist?
BERND: Der rechte Vorderreifen verliert Luft.
CLAUDIA: Kannst du den Reifen wechseln?
BERND: Wofür bin ich beim ADAC. Das sollen die machen.
(Steigt wieder ein, tippt Nummer ins Handy.)
BERND: Hier ist Monk, ich habe eine Panne auf der A 7. Wir stehen kurz vor Göttingen in Fahrtrichtung Göttingen … Meine Mitgliedsnummer? Keine Ahnung. Eine Reifenpanne … Und wie lange? Aha. Na super. Danke.
(Beendet die Verbindung, Piepton.)
BERND: Der kommt gleich. Viertelstunde oder so.
CLAUDIA: Und das kannst du nicht selber?
BERND: Das kann ich schon selber. Aber ich bin ja nicht Mitglied im ADAC, um meinen Reifen selber zu wechseln.
CLAUDIA: Und schließlich zahlst du ja auch dafür.
BERND: Ja, genau, ich zahle dafür.
CLAUDIA: Du zahlst ja für alles.
BERND: Was soll das denn heißen jetzt?
CLAUDIA: Manchmal habe ich das Gefühl, ich bin mit einem Sparbuch verheiratet. Bei dir geht's immer nur um dein Geld, Geld, Geld.
BERND: Ach, hör doch auf. Die Kohle, die ich verdient habe, hat dich doch nie gestört, solange du sie ausgeben konntest. Das ist doch so was von verlogen. Will nicht wissen, was wäre, wenn ich einen genauso coolen Job hätte wie dein Bruder, diese Lusche. Dann dürfte ich mir jetzt wahrscheinlich anhören, was ich für ein Versager wäre.
CLAUDIA: Wenn du mein Bruder wärst, könntest du wenigstens einen Reifen wechseln.

BERND: Ich kann den Scheißreifen wechseln, und ich kann auch noch ein paar andere Sachen, im Gegensatz zu deinem Bruder.

CLAUDIA: Kannst du nicht mal aufhören, an ihm herumzumeckern? Das ist so was von dämlich.

BERND: Der Mann ist einundvierzig und lebt immer noch bei seiner Mutter. Aber nach außen tut ihr alle so, als ob der ein verkanntes Genie wäre. Auch so was Verlogenes.

CLAUDIA: Du nennst mich verlogen?

BERND: Alles hier ist verlogen. Vorhin hast du mich noch Arschloch genannt, und dann ruft deine Mutter an, und plötzlich sind wir wieder ganz süß und putzig. Ich habe das so satt.

CLAUDIA: Was hast du satt?

BERND: Alles, alles habe ich satt. Du kannst nicht leiden, wie ich Auto fahre, du kannst nicht leiden, was ich sage. Du findest, dass ich Haare in der Nase habe, und seit neuestem stört dich auch der Wohlstand, den ich für dich aufgebaut habe.

CLAUDIA: Für mich? Für mich? Mir ist das doch alles so wurscht. Ich kann auch mit weniger auskommen, wegen mir müssen wir nicht zu zweit in diesem Riesenkasten wohnen. Ich brauche diesen ganzen Statusmist nicht.

BERND: Ach so? Als ich dir das neue Auto geschenkt habe vor zwei Wochen, war das da auch nur Statusmist mit Turbodiesel? Oder die Wohnung auf Mallorca, wo du ständig mit deinen Freundinnen hinfliegst. Brauchst du nicht? Gut, verkaufen wir. Wir verkaufen alles! Den ganzen Scheiß! Wir rollen uns einen auf und setzen uns an den Strand und warten auf die Welle! Du kannst mich mal!

(Steigt aus, Türenknallen, Claudia fährt die Scheibe runter.)

CLAUDIA: Bernd! Steig wieder ein! Bernd! Verdammt, renn da nicht auf der Fahrbahn rum!
BERND: Was soll's, ich bin doch bloß ein Sparbuch, kann man doch einfach drüberfahren.
CLAUDIA: Steig wieder ein!
(Bernd steigt wieder ein. Türenschlagen.)
BERND: Ich will jetzt absolute Stille. Ruhe.
CLAUDIA: Kann ich das Radio anmachen?
BERND: Von mir aus.
BUTZ-WITTMANN: … stehe mit dieser Meinung nicht alleine. Horst Gregor, den man wirklich als den Nestor der Heringssalatforschung bezeichnen kann, hat immer wieder auf die fehlende Herausforderung bei einer Hering-Apfel-Kombination hingewiesen. Er hat diese Variante immer als grotesken Etikettenschwindel bezeichnet.
KUNKE: Horst Gregor kann mich mal.
BUTZ-WITTMANN: Also, nun ist aber …
(Radio aus)
CLAUDIA: Ich habe mich doch noch nie beschwert …
BERND: Stimmt, bei mir nicht, bei mir tust du ja immer so, als wäre alles in Ordnung. Bloß nur immer schön den Schein wahren.
CLAUDIA: Ich habe mich nie beklagt.
BERND: Ach nein? Jetzt lüg doch nicht so.
CLAUDIA: Ich lüge dich an?
BERND: Ich meine nur, anderen gegenüber wirst du ja recht deutlich.
CLAUDIA: Was meinst du?
BERND: Deiner Schwester hast du schön brühwarm geschrieben, was für ein Ungeheuer ich im Bett bin …
CLAUDIA: Bitte, was habe ich?
BERND: Kannst es ruhig zugeben.
CLAUDIA: Du liest meine E-Mails?

BERND: Du hast ihr geschrieben, dass du froh bist, wenn ich mal auf Dienstreise bin, weil du hoffst, dass ich da in den Puff gehe, damit ich wenigstens dich in Ruhe lasse.
CLAUDIA: Wann hast du meine Mails gelesen?
BERND: Weiß ich nicht mehr. Irgendwann. Dein Laptop war an und das Mailprogramm offen.
CLAUDIA: Das gibt's doch gar nicht. Du dringst in meine Privatsphäre ein. Der feine Herr Monk, der keine Geheimnisse vor seiner Frau hat, liest heimlich ihre Post.
BERND: Wenigstens weiß ich jetzt, woran ich bin. Und wenn wir schon mal beim Thema Wahrheit sind: Unser Sexleben ist ungefähr so aufregend wie die Weltmeisterschaft im Pfahlsitzen. Mein Gott, glaubst du, mir macht das noch Spaß? Wenn ich dich überhaupt mal rumkriege, frage ich mich währenddessen immer, wer da unter mir liegt. Du kommst mir vor wie Mahatma Gandhi beim Liegestreik.
CLAUDIA: Du bist ja so was von selbstgefällig.
BERND: Wenigstens pumpt bei mir noch Blut durch den Körper.
CLAUDIA: Dann such dir doch 'ne andere. Wobei: Wie soll das gehen? Es darf nichts kosten, und du musst sie irgendwo zwischen Büro und zu Hause finden, denn irgendwo anders kannst du unmöglich eine Frau kennenlernen.
BERND: Da wäre ich an deiner Stelle nicht so sicher.
CLAUDIA: Ach, stimmt, du könntest ja eine Stewardess aufreißen, auf so einem tollen Dienstflug.
BERND: Zum Beispiel.
CLAUDIA: Und was machst du dann mit deiner Saftschubse? Außer ficken meine ich.
BERND: Was soll der Blödsinn eigentlich? Ich habe dich noch nie betrogen.

CLAUDIA: Och komm, ein kleines Geheimnis haben wir ja jetzt schon gelüftet, vielleicht gibt es da ja noch mehr. Aber ich will das gar nicht wissen. Und ich glaube es auch nicht, weil du dafür zu geizig bist. Und zu feige. Aber das ist eben dein Pech: Dann musst du es eben weiter mit deiner unerträglich langweiligen Frau aushalten. Schöne Strafe, da hätte ich auch schlechte Laune.
BERND: Ich bin nicht schlecht gelaunt, sondern deprimiert.
CLAUDIA: Nach fünfzehn Jahren ist das eben nicht mehr so intensiv. Das weiß doch jeder, mein Gott. Wir hatten gerade in der letzten Zeit wieder mehr Sex.
BERND: Ich kam mir dabei vor, als würde ich eine Leiche schänden.
CLAUDIA: Aha. Und woran könnte das liegen? Könnte es vielleicht sein, dass es mir einfach keinen Spaß macht, wenn meine gestresste Führungskraft nach anstrengenden Konferenzen und einer Flasche Rotwein über die Mutti rutscht? Könnte das sein? Die Frau will ich mal sehen, die darauf steht.
BERND: Ach, jetzt bin ich auch noch selber schuld?
CLAUDIA: Sagen wir's mal so: Dein Mundgeruch ist schuld. Und diese widerliche Art, die du hast, wenn du geil bist.
BERND: Ich will das nicht hören.
CLAUDIA: Klar willst du das nicht hören. Kein Mann will gerne hören, dass er Frauen abtörnt.
BERND: Für dich hat's immer noch gereicht.
CLAUDIA: Eben nicht. Wie oft habe ich da gelegen und im Kopf *We shall overcome* gesungen. Je angesoffener du bist, desto mehr Strophen hat das Lied.
BERND: Aha, vielleicht gehe ich doch mal in'n Puff, da wird wenigstens nicht gemeckert.

CLAUDIA: Da wäre ich mir bei dir nicht so sicher.
BERND: Das Niveau nimmt ab. Sorry, das muss ich mir nicht antun. Scheiße!
CLAUDIA: Was ist denn los?
BERND: Jetzt gibt's Ärger. Polizei.
CLAUDIA: Was wollen die denn?
BERND: Im Zweifelsfall helfen. Wir dürfen hier nicht stehen.
CLAUDIA: Wieso? Wir haben eine Panne.
BERND: Ich habe nicht einmal die Warnblinkanlage an.
(Fenster-Automatik, Scheibe runter.)
POLIZIST: Guten Tag. Kann ich mal Ihren Führerschein und die Fahrzeugpapiere sehen?
BERND: Ja, sicher. Moment. Ich sitze drauf. Hab ich gleich. Hier …
POLIZIST: Herr Monk, Sie stehen in einem ungesicherten Fahrzeug auf der Autobahn.
BERND: Auf dem Standstreifen.
POLIZIST: Haben Sie ein technisches Problem?
CLAUDIA: Wir haben ein Eheproblem.
POLIZIST: Wie bitte?
CLAUDIA: Der Kerl liest meine E-Mails.
BERND: Einmal habe ich ihre E-Mails gelesen. Einmal.
POLIZIST: Das macht man aber nicht.
CLAUDIA: Und er hat Sex mit einer Leiche.
POLIZIST: Sie sind nekrophil?
BERND: Nein, Quatsch, bin ich nicht. Ich habe mich ein bisschen aufgeregt, das gibt sich gleich wieder.
POLIZIST: *(Zu Claudia)* Brauchen Sie Hilfe?
CLAUDIA: Ja, leihen Sie mir doch mal Ihre Dienstwaffe.
BERND: Meine Frau ist ein wenig hysterisch.
POLIZIST: Haben Sie Alkohol oder sonstige Drogen konsumiert?

Bernd: Ach, so ein Blödsinn. Nein!
Polizist: Sehen Sie mich an, wenn ich mit Ihnen rede. Folgen Sie mit den Augen meinem Finger. Danke. Hauchen Sie mich mal an.
Bernd: *(Haucht)*
Polizist: Glauben Sie, dass Sie die Fahrt fortsetzen können?
Bernd: Wir haben eine Reifenpanne. Der Mann vom ADAC kommt schon.
Polizist: Sie haben Ihr Fahrzeug nicht gesichert. Ich sehe kein Warndreieck. Ist Ihre Warnblinkanlage defekt?
Bernd: Nein, nicht direkt. Sehen Sie, jetzt habe ich sie eingeschaltet.
Polizist: Wie lange stehen Sie schon hier?
Bernd: Eine Minute, höchstens.
Claudia: Ungefähr zehn.
Polizist: Ich glaube, Ihnen ist Ihre Lage nicht richtig bewusst. Sie gefährden sich und andere Verkehrsteilnehmer mit Ihrem Verhalten.
Bernd: Wir fahren sofort weiter.
Polizist: Sie bleiben jetzt erst mal hier stehen, Herr Monk. Sie erhalten eine Anzeige, das gibt einen Punkt und ein Bußgeld über vierzig Euro. Was die Nekrophilie angeht, so ist diese übrigens strafbar, fällt aber nicht in meinen Bereich.
Bernd: Vierzig Euro?
Polizist: Lesen Sie in Zukunft nur noch Ihre eigenen E-Mails, das erspart Ihnen viel Ärger. Und jetzt stellen Sie bitte das Warndreieck auf. Ich warte so lange.
(Fenster-Automatik, Scheibe nach oben.)
Bernd: Na super.
(Steigt aus, Türenknallen. Claudia tippt Handynummer.)
Claudia: Sabine, ich bin's. Du, der Bernd ist total süß:

kann keinen Reifen wechseln. Nee, ehrlich. Ja, jetzt kommt so ein Pannenhelfer. Aber wir brauchen dann noch so ein halbes Stündchen. Okay? Alsooo, tschüssi.
(Bernd steigt wieder ein, Türenknallen.)
CLAUDIA: Und jetzt?
BERND: Wie und jetzt? Jetzt warten wir auf den Pannenheinz, und dann bringe ich dich zu deiner Mutter. Da könnt ihr euch dann über deinen schrecklichen Mann unterhalten.
CLAUDIA: Ich entnehme dem, dass du lieber wieder nach Hause fährst.
BERND: Lieber? Du glaubst doch nicht, dass ich jetzt noch dein komisches Bauerntheater hier mitspiele?
CLAUDIA: Können wir nicht nach dem Wochenende darüber weiterreden?
BERND: Vielen Dank, ich denke nicht, dass es da noch viel zu bereden gibt.
(Jemand klopft an die Scheibe, pochpochpoch. Scheibe runter.)
BERND: Guten Tag, das ging ja schnell.
ADAC-MANN: Ich war in der Nähe. Was ist es denn?
BERND: Der Reifen rechts vorne. Ich kann den nicht wechseln. Zwei linke Hände.
CLAUDIA: Mein Mann ist technisch nicht so begabt. Er bezahlt lieber für Dinge, die andere Männer von Natur aus können.
ADAC-MANN: Wie bitte?
BERND: Hören Sie einfach nicht hin, es lohnt sich nicht. Ich habe für Sie schon alles dahinten rausgeholt. Müssen wir aussteigen?
ADAC-MANN: Von mir aus nicht. Außer, Sie halten es gemeinsam nicht aus.
CLAUDIA: Ich habe es fünfzehn Jahre ausgehalten, da werde ich es fünfzehn Minuten schon noch schaffen.

(Scheibe hoch.)
BERND: Du arme, arme Frau.
CLAUDIA: Ich verstehe das nicht. Ich begreife es einfach nicht. Wir haben nie Streit, es ist irgendwie alles in Ordnung, und dann, von einem Tag auf den anderen, geht alles so den Bach runter. Und das nur, weil wir zu meiner Mutter fahren.
BERND: Aber das hat doch nichts mit deiner Mutter zu tun. Vielleicht ist das die Art und Weise, wie sich glückliche Menschen trennen. Ich weiß es nicht …
CLAUDIA: Ach, plötzlich sind wir nicht mehr glücklich.
BERND: Bist du glücklich?
CLAUDIA: Ich habe immer gedacht, es ist irgendwie im Großen und Ganzen okay.
BERND: Ist es eben offenbar nicht. Es ist doch jetzt wirklich alles am Arsch. Und ich bin der große Drecksack.
CLAUDIA: Du bist larmoyant.
BERND: Und ich bin larmoyant.
CLAUDIA: Du bist unerträglich. Ein unerträglicher Besserwisser.
BERND: Und natürlich war ich früher nicht so.
CLAUDIA: Wenn du schon früher so gewesen wärst, hätte ich dich nicht geheiratet. Du warst mal ein aufmerksamer, lustiger, spontaner Mann. Man konnte Spaß mit dir haben. Ich wollte immer mit dir alt werden.
BERND: Schön. Und du? Hast du dich nicht verändert? Kann es vielleicht sein, dass ich mich nur angepasst habe? Kann das vielleicht sein?
CLAUDIA: Was soll denn das jetzt heißen?
BERND: Warum habe ich denn diese ganzen Eigenschaften nicht mehr? Weil du mir das Mark aus den Knochen saugst! Weil du jede Spontaneität in mir getötet hast. Weil du mich zu einem Wunscherfüllungsroboter ge-

macht hast. Und jetzt, wo du alles hast, willst du natürlich was anderes. Du verwöhnte höhere Tochter, du musstest doch gar nichts machen.
CLAUDIA: Außer die Beine breit.
BERND: Ich kann das nicht mehr ertragen.
CLAUDIA: Dann trenn dich doch. Ach nee, ist auch wieder zu teuer.
BERND: Manchmal hasse ich dich richtig.
CLAUDIA: Na, da kommt's ja endlich raus.
(ADAC-Mann pocht an die Scheibe. Scheibe runter.)
ADAC-MANN: So, das war's schon.
BERND: Danke, das ging ja schnell. Das ist für Sie.
ADAC-MANN: Fahren Sie vorsichtig mit dem Ersatzreifen. Das ist nur ein Notrad. Dann wünsche ich Ihnen weiterhin eine schöne Fahrt.
CLAUDIA: Zu schön wird sie schon nicht werden.
BERND: Möchten Sie vielleicht noch meine Frau? Als Trinkgeld sozusagen? Oder haben Sie schon so ein stufenlos regelbares Nörgelgerät zu Hause?
ADAC-MANN: Meine Frau ist tot. Die hatte Krebs.
CLAUDIA: Das tut mir leid.
BERND: Entschuldigen Sie.
ADAC-MANN: Also bis dann, nicht wahr?
BERND: Wiedersehen.
(Scheibe hoch.)
BERND: Soll ich losfahren?
CLAUDIA: Ja klar.
(Pause.)
BERND: Und was machen wir jetzt?
CLAUDIA: Keine Ahnung. Einfach weitermachen, denke ich.
BERND: Ja, vielleicht am Ende einfach weitermachen.
(Handyklingeln bei Claudia.)

Claudia: Ja, Mama, hallo. Wir sind gleich da. *(Zu Bernd)* Wie lange noch?
Bernd: Zwanzig Minuten ungefähr.
Claudia: So 'ne Viertelstunde. Ja, das ging dann doch schneller. Ja, wir sind vorsichtig. Bis gleich.
(Pause.)
Bernd: Noch dreißig Kilometer.
Claudia: Magst du noch ein Käsebrot?
Bernd: Nein, danke. Sag mal, worüber wolltest du denn jetzt eigentlich mit mir reden vorhin?
Claudia: Das ist doch jetzt egal.
Bernd: Komm. Wir fangen nochmal an, okay? Ich gebe mir Mühe, es ist mir auch egal, was es kostet. Ich möchte einfach nur ganz normal reden.
Claudia: Okay.
Bernd: Also schieß los, worüber sollen wir reden?
Claudia: Ich bin schwanger.

6

Das schlichte Glück der Bodenständigkeit

Eine ganz wesentliche Erkenntnis des Reisens besteht darin, dass es zu Hause immer noch am schönsten ist. Man möchte fast behaupten, dieser Satz sei eine Binse. Komischerweise fahren aber trotzdem immer noch Menschen in den Urlaub, also dorthin, wo es logischerweise nicht am schönsten ist.

Sie nehmen für Ihren Urlaub eine Menge auf sich. Sie lassen sich von österreichischen Zöllnern gängeln. Sie stehen Stunde um Stunde auf spanischen Flughäfen herum und starren auf Anzeigetafeln, auf denen ein Flug nach dem anderen annulliert wird. Sie essen Lebensmittel, die Sie zu Hause nicht einmal dafür halten würden. Sie kaufen Möbelstücke und Kleidung, für die Sie in der Heimat ausgelacht werden. Sie lassen sich in Flugzeugen in zu engen Sitzen einsargen. Sie ziehen dafür sogar Thrombosestrümpfe an und sehen darin aus wie Mary Poppins auf Fronturlaub. Und am Ende Ihrer Reise schließen Sie Ihre Wohnungstür auf, nehmen einen tiefen Zug abgestandener Luft und rufen: «Zu Hause ist es doch am schönsten!» Diese Erkenntnis hat mich schon vor langem dazu bewogen, möglichst nicht von daheim wegzufahren.

Ich halte Urlaubsreisen generell für überschätzt. Wenn ich also nicht aus beruflichen Gründen reisen muss, vermeide ich dies nach Kräften. Natürlich habe auch ich schon das ein oder andere ausprobiert, mit Frau, mit Kindern, ohne Kinder, mit dem Flugzeug, Auto, Zug. Und ich muss sagen: Die Mühe hat sich kaum gelohnt. Reisen sind für mich Stress, nichts weiter. Das mag auch an mir liegen. Ich bin mit der Planung von Urlaubsreisen schnell überfordert. Schon die wöchentliche Fahrt zum Glascontainer macht mich ganz wuschig. Wie soll so einer ein Reiseziel festlegen oder eine Urlaubsfahrt organisieren?

Ich überlasse diese Aufgaben meiner Frau, die sich dann erkundigen muss, ob es am Zielort weiße Stapelstühle aus Plastik gibt. Dann fahr ich nämlich nicht hin, schließlich sitze ich zu Hause auch nicht auf weißen Plastikstühlen, warum sollte ich dies also in den Ferien machen? Das ist natürlich in Wahrheit bloß ein Trick, damit ich nicht in den Urlaub muss, denn ich bilde mir ein, dass es überall auf der Welt weiße Stapelstühle aus Plastik gibt. Meine Frau hat natürlich trotzdem schon Gegenden gefunden, wo der Stapelstuhl als solcher praktisch unbekannt ist. Urlaub überfordert mich. Plötzlich diese Ruhe. Dieser psychische Druck, alles erlebt, alles gesehen, geschmeckt und gefühlt zu haben. Dieses Nichtauslassenkönnen von Sonnenuntergängen und Schiffsrundfahrten zur James-Bond-Insel. Ich war dort. Es sieht aus wie im Film. Interessant wäre es gewesen, wenn es dort anders ausgesehen hätte. Aber meine Frau war begeistert. Und dann immer dieses Anstarren von fremden Kulturen und dieses Mit-den-Fingern-Essen in Beduinenzelten. Nicht zu reden von der latenten Gefahr, sich in ein Land zu verlieben. Was soll das? Ich liebe ja nicht einmal mein Heimatland, warum sollte ich dann Dänemark oder Chile lieben? Die Welt per Urlaubsreise zu erobern ist anstrengend. Das trifft für jede Form des Reisens zu. Nehmen wir beispielsweise einmal an, Sie mieten ein Ferienhaus am Fuß der Berge, was im Allgemeinen als unstressig gilt. Dann verbringen Sie die ersten drei Tage damit, sich zu arrangieren und die Unzulänglichkeiten des Mietobjektes (Ameisenstraßen, kein Licht, die unvermutete Familie aus Schwäbisch Gmünd, die nicht abreisen will) kreativ auszugleichen. Am vierten Tag stellen Sie fest, dass Ihr Leben genauso verläuft wie zu Hause am Wochenende, bloß ohne Spül- und Waschmaschine. Sie spüren eine gewaltige Teuerungsrate beim Einkaufen im Supermarkt und trinken schlechteren Wein als daheim. Bei Campingurlauben treten diese Effekte noch deutlicher zutage. Camper sind Menschen, die wochenlang Probleme lösen, die sie nicht hätten, wenn sie zu Hause geblieben wären.

Jetzt werden Sie einwenden, dass man nur in der Fremde seinen Horizont erweitert, dass man dort Bilder sieht, die es zu Hause nicht gibt, dass das Kennenlernen die Toleranz gegenüber Fremden fördert. Aber erstens gehört Toleranz zu den Grundtugenden einer zivilisierten Gesellschaft, und zweitens erweitert Lesen ebenfalls den Horizont, und drittens existieren alle Bilder bereits. Ich kenne Bilder von afrikanischen Steppen und Bilder vom Mount Everest und vom Times Square. Der Schiefe Turm von Pisa ist auf jedem Foto eindrucksvoller als in Wirklichkeit.

Bleibt die gemeinsame Grenzerfahrung des Lebens außerhalb der eigenen Wohnung. Für Paare gilt, dass sie erst heiraten sollten, wenn sie zusammen wohnen und zusammen in Urlaub gewesen sind. Da zeigt sich erst die Qualität einer Beziehung. Insofern hat das Reisen doch einen Sinn. Und noch einen: Wie soll ich es dauerhaft zu Hause am schönsten finden, wenn ich nie weg bin? Überredet. Ich fahre in den Urlaub. Aber nur kurz. Und nicht weit weg. Das muss reichen.

7

Das tote Eichhörnchen

Im Tod kommt das ungeheuerliche Verhältnis von Körper und Schwanz erst richtig zur Geltung. Bei Eichhörnchen jedenfalls.

Das tote Eichhörnchen

8

Auf der Wiesn

Auf dem Rückweg von Campobasso nach Hause checken Sara und ich heimlich in einem Wellnesshotel am Gardasee ein. Dort erholen wir uns von unserer Familie und kommen entspannt aus den Ferien heim. Jetzt beginnt der Herbst, und der wird bei uns Münchnern vom nahenden Oktoberfest dominiert. Schon viele Wochen vorher beginnt der Aufbau der Bierzelte, schon Monate zuvor kann man Tische reservieren.

Deutsches Bier übt eine unheimliche Faszination auf Italiener aus, denn Bier gehört nicht unbedingt zu den herausragenden Spezialitäten ihres Landes. Die Bewohner Italiens haben in vielerlei Hinsicht aufgetrumpft, beispielsweise mit der Erfindung sehr langweiligen Fußballs sowie der euphorischen Begeisterung eben dafür. Auch Wein aus Italien ist sehr berühmt – da kann das Bier ruhig schmecken wie feuchter Vogelsand.

Viele Italiener fahren, um richtiges Bier zu trinken, gern einmal im Jahr nach München zum Oktoberfest, wo man außer Italienern auch viele Skandinavier und Australier sieht, deren Bier ebenfalls nicht unbedingt Weltspitze ist. Australier und Skandinavier sind trinkfest und deshalb gerngesehene Gäste im Festzelt, was man von den Italienern nur sehr bedingt sagen kann. Sie vertragen nicht besonders viel und parken die halbe Stadt mit Wohnmobilen voll, denen sie früh entweichen, um auf die Festwiese zu krabbeln, wo sie schon morgens in den Zelten sitzen. Italiener trinken etwa drei Stunden an einem Liter Bier und schlafen dann entweder darüber ein – oder sie tanzen auf den Bänken. Es lässt sich hier eine gewisse Analogie zu der Art und Weise feststellen, wie Italiener sich im Straßenverkehr fortbewegen, nämlich entweder praktisch gar nicht oder aber in einem für alle beunruhigenden Tempo.

Die italienischen Gäste des Oktoberfestes trinken zwar nicht so viel, aber dafür kaufen sie groß ein. Keine Losbude mit rosa Plüschtieren ist vor ihnen sicher, kein Lebkuchenherz zu groß und keine Mütze zu albern. Wenn die Italiener nicht wären, könnte man das Oktoberfest ein hirnloses Rumgeschubse im Vollrausch nennen. Mit ihnen jedoch ist es ein hirnloses Rumgeschubse im Kaufrausch.

Das sind Dinge, die man wissen kann oder zu wissen glaubt, wenn man selbst auf das Oktoberfest geht. Das muss man, wenn man in der bayerischen Hauptstadt lebt. Mindestens einmal im Jahr muss man das, sonst ist man eine soziale Randgruppe. Auch ich möchte gesellschaftlich nicht abseitsstehen und verbringe einen Abend pro Jahr auf der Wiesn. In den ersten Jahren meines Lebens in München pestete ich Ureinwohner gern mit der Frage, ob sie heute Abend mit auf die Wiese gingen. Münchner werden sehr böse, wenn man Wiese sagt und nicht Wiesn. Sie werden überhaupt sehr böse, wenn man irgendwas falsch ausspricht, dabei sprechen sie selber eigentlich alles falsch aus, wenn man es mal vom Standpunkt eines Hochdeutsch sprechenden Menschen aus betrachtet.

Das brünftig Röhrende im bayerischen Idiom verbreitet besonders unter Italienern und Japanern Furcht und Schrecken. So gesehen ist der Oktoberfest-Besuch vieler tausend Italiener als Abenteuerurlaub zu werten. Ähnlich wie Hannibal seine Elefanten, schieben die italienischen Wiesngäste ihre Wohnmobile und Kleinwagen über die Alpen in ein ungewisses Schicksal. Dazu gehört viel Mut und

Geld und eine positive Grundstimmung, die den Italienern beim Reisen aber ohnehin eigen ist. Keine Gegend der Welt kommt heute ohne Italiener aus, die sich verlaufen oder verfahren, auf jeden Fall verirrt haben. Immer wieder mal hört man von erschöpften Kleinwagenbesatzungen, die Mitte Oktober in der irrigen Annahme, das Oktoberfest fände im Oktober statt, nach München kommen. Die Enttäuschung darüber, dass das Oktoberfest im Wesentlichen im September abgehalten wird, und die Verwunderung über die geradezu mediterrane Ungenauigkeit des Begriffs Oktoberfest hält aber nie lange vor. Italienische Touristen lassen sich den Urlaubsspaß niemals verderben und suchen stattdessen für mehrere Tage das Hofbräuhaus auf, wo sie sich den Platz mit Japanern und Amerikanern teilen, die ganzjährig dort zu finden sind.

Saras Cousin Marco plant seinen ersten Oktoberfestbesuch. Er hat sich dafür ein Wohnmobil geliehen und kündigt sein Kommen für das zweite Oktoberfestwochenende an. Dies ist das sogenannte Italiener-Wochenende, wo in Bayern die Verkehrsnachrichten auf Italienisch gesendet werden, in der Hoffnung, die Gäste würden irgendwo weit draußen parken, möglichst in Rosenheim oder noch besser in Innsbruck. Am Italiener-Wochenende gibt es Lebkuchenherzen, auf denen «Ti amo» steht, und ein Gedrängel, das man schon als Mutter aller Gedrängel bezeichnen kann. Das Oktoberfest ist neben der Tokioter U-Bahn vermutlich das Eldorado für Frotteure, besonders am Italiener-Wochenende, woraus man nun aber nicht ableiten sollte, die Italiener seien allesamt Frotteure. Sie schätzen bloß die Geselligkeit.

Marco und seine Kumpel wollen auf keinen Fall bei uns übernachten, da sie ohnehin nicht vorhaben zu schlafen. Sollten sie doch einnicken, dann möchten sie dies wiesnnah in ihrem Wohnmobil tun. Sara versucht, sie zu überreden, sie spricht von der Möglichkeit, zu duschen oder eventuell ausgestreckt auf einer richtigen Matratze schlafen zu können. Aber Marco bleibt hart. Er hat jedoch nicht mit der ordnenden Kraft der bayerischen Polizei gerechnet, die ihm schon auf der Autobahn mitteilt, dass er keinesfalls mit dem Wohnmobil in die Stadt könne. Das Parken rund um die Festwiese wird seit einigen Jahren weitgehend unterbunden, weil die Anwohner sonst in Fäkalien ertrunken wären. Also werden Marco und die Jungs auf einen Campingplatz umgeleitet, der aus der Ferne aussieht wie das Freilaufgehege einer Hühnerfarm.

Marco hat zwei Freunde mitgebracht. Von weitem ist das Trio fast nicht zu unterscheiden, sie ähneln einander wie Tick, Trick und Track, das sind die Neffen von Donald Duck, die man nur anhand der unterschiedlich farbigen Mützen auseinanderhalten kann. Tick, Trick und Track heißen in Italien übrigens Qui, Quo und Qua. Und in Amerika Huey, Dewey und Louie, aber das ist jetzt nicht so wichtig.

Der eine Freund heißt Furio. Er ist ebenso klein, schlank und dunkelhaarig wie Marco. Und Furio hat noch seinen Bruder Francesco mitgebracht, der nur zehn Monate jünger ist als er selbst und daher als Krone der Schöpfung innerhalb seiner Familie gilt. Nach Umarmung, Küssung und dem Austausch von Komplimenten wünschen die drei, unverzüglich zur *festa di birra* gebracht zu werden. Es ist Freitagnachmittag. Leute, das hat doch keinen Sinn! Außerdem regnet es. Egal, egal, egal, wir müssen sofort dahin, wo es Bier und Brezeln und was auf die Fresse gibt. In direkter Nachbarschaft zu Marco und seinen Begleitern campiert eine Truppe aus Schweden. Sie sind leicht zu identifizieren, nicht nur an ihrem Auto, sondern auch an den Wikingerhelmen, die sie tragen, während sie gerade ein Nickerchen machen. Sie schlafen draußen, haben sich mit ihrem Zelt zugedeckt. Einige der Heringe stecken noch im Morast. Ob die Typen auf dem Oktoberfest waren, will Furio wissen. «O ja», antworte ich und registriere die leicht angeekelte Kronbräu-Faszination, mit der er die Skandinavier betrachtet. Für ihn ist der Anblick von betrunkenen Wikingern eine Premiere. Wir in München sehen das jeden Herbst. Dies und noch viel schrecklichere Dinge!

Das Oktoberfest hat sich nämlich in den vergangenen Jahren stark verändert und ist von einer Art Gamsbart-Woodstock zu etwas mutiert, was man auch aus dem Privatfernsehen kennt: sauber angeprollte Massenunterhaltung in tümelnden Klamotten, deren Designer einmal für ihre Geschmacklosigkeiten in der Hölle braten werden. Authentisch ist am Oktoberfest eigentlich bloß noch der Kopfschmerz am nächsten Tag. Mit einem Volksfest hat das Ganze jedenfalls kaum mehr etwas zu tun, mehr mit einem Wir-sind-das-Volk-Fest. Man kann es in etwa mit der Silvesterfeier am Brandenburger Tor vergleichen. Bloß ist das Oktoberfest auf albtraumhafte Weise schicker und dauert vor allem viel länger. Marco ist das schnuppe. Er versteht nicht, warum die Deutschen immer so an sich und aneinander leiden, statt ihren Spaß zu haben.

Und da hat er auch wieder recht. Man schämt sich ja als Deutscher in seltenen, luziden Momenten für diese unangenehme Attitüde, alles früher besser gefunden zu haben oder es ganz anders zu wollen, meistens ohne störende Mitmenschen. Die Wahrheit aus außerdeutscher Sicht ist: Wir können uns ganz einfach auf nichts einstellen und mit nichts abfinden. Nicht mit dem vermurksten Wembley-Tor, nicht mit dem deutschen Essen, nicht mit den Fernsehgebühren.

Solche Sorgen hat Marco nicht. Er fügt sich schulterzuckend in die Unzulänglichkeiten seiner Heimat und freut sich dafür umso mehr, wenn er in der Fremde auf etwas Italienisches stößt. Das ist in München nicht schwer, denn München nimmt für sich in Anspruch, die nördlichste Stadt Italiens zu sein, und das stimmt auch. Man findet überall im Stadtbild die italienische Fahne, besonders wenn man an italienischen Lokalen vorbeikommt, und das ist häufig.

Auf der Theresienwiese verlieren wir Furio innerhalb von etwa einer halben Minute aus den Augen. Uns an den Händen haltend, suchen wir ihn und entdecken ihn schließlich bei einer angeregten Unterhaltung mit Studenten aus Turin, die gerade auf dem Heimweg sind. Sie tragen riesige graue Filzhüte und sind kaum noch des Italienischen mächtig. Immerhin kennen sie den Weg zur Quelle ihrer Trunkenheit und gestikulieren raumgreifend in Richtung eines gigantischen brüllenden Plastiklöwen, der auf einem Zelt montiert ist.

In dem Enthusiasmus, mit dem sich meine Begleiter nun durch die Ströme von verdauenden Leibern zum Ziel quetschen, sind sie Spermien nicht unähnlich, aber ich bin höflich genug, dies jetzt nicht zur Sprache zu bringen. Dafür ist mein Italienisch auch deutlich zu schlecht. Zwar habe ich in den vergangenen Jahren schon sehr viel dazugelernt, aber bei mir besteht immer das Risiko, in dieser Sprache böse auszurutschen.

Einmal ging ich in Campobasso zum Arzt, weil mich der kleine Hund von Tante Maria gebissen hatte. Ich erklärte Dottor Neri, dass meine *polpetta* (Fleischklößchen) heftig schmerzte. Der Doktor sah mich lange an. Dann bat er mich, ihm die Stelle mal zu zeigen. Ich schob die Hose hoch und deutete auf mein *polpaccio* (Wade), worauf er mir in freundlichem Ton zu verstehen gab, dass ich *polpettone* (wirres Zeug) reden würde. In einem anderen Fall lobte ich eine Cousine meiner Frau im Rahmen eines größeren Abendessens mit ungefähr vierzehn aufmerksam zuhörenden Familienmitgliedern für ihren großen *senno* (Verstand). Dachte ich jedenfalls. Tatsächlich pries ich ihren großen *seno* (Busen). Aber jetzt sind wir ja nicht in Italien, sondern auf dem Oktoberfest, und da braucht man kein Italienisch zu können. Da braucht man nur Geld und Geduld, bis man es ausgeben darf.

Natürlich ist das Zelt mit dem Plastiklöwen auf dem Dach geschlossen; und zwar, wie ein Mann mit zitterndem Bart unablässig in die Menge ruft, bereits seit sechs Stunden. Man ließe erst wieder Gäste hinein, wenn mindestens fünfhundert Menschen das Zelt verlassen hätten, was aber unzweifelhaft nie geschehen wird. Marco, Furio und Francesco sind untröstlich. Es gelingt mir, sie davon abzuhalten, es bei allen weiteren Zelten zu probieren, und ich biete ihnen an, die Fahrgeschäfte des Oktoberfestes zu erkunden. Die Jungs sind einverstanden, denn das Oktoberfest macht viel Lärm, und Lärm ist so etwas wie ein Magnet für meine italienische Familie.

Vor einer recht unspektakulär aussehenden Bude kündigt ein Mann an, es werde nun darin eine echte Enthauptung geben. Uiii! Ein Folter-Jokus wird angekündigt, mit Opfern aus dem Publikum. Genau wie in Abu Ghraib, denke ich und löse sofort vier Karten. Bevor die Enthauptung beginnt, müssen wir allerdings erst den Tanz eines etwa siebzig Kilo schweren weiblichen Schmetterlings über uns ergehen lassen.

Zur Liquidierung eines Festwiesenbesuchers wird nun

ein Freiwilliger gesucht. Wir sitzen ganz vorne, und selbstverständlich hebt Francesco sofort die Hand. Er wird auserwählt, was ich problematisch finde. Wie soll ich bloß seinen Eltern erklären, dass wir auf einem Volksfest waren und ihr Sohn dort von einem bayerischen Schausteller geköpft wurde?

Feixend betritt Francesco die Bühne, und dann kommt ein ziemlich durchsichtiger Trick, für den David Copperfield in Las Vegas wahrscheinlich geteert und gefedert würde. Jedenfalls kracht die Guillotine abwärts, ein Kopf fällt in einen Korb, und ich denke: Na gut, so schlimm war's nicht. Alle lachen. Nur Francesco nicht. Der liegt weiterhin auf dem Bauch und rührt sich nicht.

Der Henker fordert ihn auf, sich zu erheben, aber Francesco bleibt liegen, denn er ist vor lauter Aufregung in Ohnmacht gefallen. Natürlich macht Furio zahllose Fotos von den Wiederbelebungsversuchen der Schmetterlingsfrau. Sie erweckt Francesco mittels leichter Wangenstreiche zum Leben, und unter tosendem Applaus verlässt er bleich, aber unversehrt die Bühne.

Auf diesen Triumph muss nun aber endlich mal ein Bier getrunken werden. Wir ergattern einen Platz in einem der Biergärten, die aufgrund des Nieselregens nicht ganz so voll sind, und bereits nach zehn Minuten starrt mich Marco glasig an. Dieses Bier, so bemerkt er, sei ja recht lecker, aber man trinke doch so einen Pokal nicht wirklich ernsthaft aus, oder? Ich muss ihn darüber belehren, dass es in Deutschland schlechtes Wetter gibt, wenn man nicht austrinkt, und dass es sogar angezeigt sei, das Glas zügig zu leeren, damit das Bier nicht schal wird. Keine Ahnung, was schal auf Italienisch heißt, ich sage einfach, dass das Bier innerhalb von zwanzig Minuten schlecht wird. Da sich die Jungs nicht vergiften wollen, trinken sie nun also für ihre

Verhältnisse ziemlich flott. Danach gehen wir auf die *Wilde Maus.*

Das ist eine Art Anfänger-Achterbahn ohne Looping. Auch das Tempo bleibt moderat, dafür sind die Räder unter den Wagen so weit hinter deren Front montiert, dass man vor den rechtwinkligen Kurven immer denkt, man schösse geradeaus, was aber im letzten Moment eben doch nicht geschieht. Ich finde das zumutbar. In Anbetracht von Furios labilem Gemüt möchte ich aber nicht mit ihm fahren, sondern nehme einen Wagen mit Marco, der sich an meiner Jacke festkrallt und wie irre kreischt. Wenig später fährt der Wagen los.

Auf der Fahrt drehe ich mich immer wieder nach den beiden Brüdern um und stelle fest, dass sie starr vor Schreck oder Verzückung die Fahrt zu genießen scheinen. Da ich nach hinten schaue, konzentriere ich mich nicht so auf die Fahrt, und – knack! – in der dritten Kurve dreht sich mein Kopf wie von selbst in Fahrtrichtung, und ein Nackenwirbel springt raus. Mein Chiropraktiker verdient viel Geld mit unbelehrbaren Wiesnbesuchern.

Mir reicht's für heute, es ist auch spät geworden. Auf dem Weg zur U-Bahn kommen wir an einer Hühnchenbraterei vorbei, wo wir einkehren, damit das Bier im Bauch nicht so einsam ist. Die Brüder Furio und Francesco Pizzi und Marco Marcipane trinken noch je eine Halbe zu ihrem Hähnchen und sind der Meinung, dass sich der Besuch schon sehr gelohnt habe. Besonders, wenn wir morgen ganz früh in so ein Bierzelt gingen.

Zwischen U-Bahn und Campingplatz, also in meinem Auto, wird Furio übel. Er müsse mal ganz kurz aussteigen, übersetzt Marco. Leider geht das nicht, weil wir uns auf einer Autobahn befinden. Na gut, dann eben mal schnell die Scheibe runterfahren. Leider geht das nicht, weil die Kindersicherung eingeschaltet ist. Na gut, dann eben alles in eine Einkaufstüte, die zufällig herumliegt. Leider geht das nicht, weil Furio kein Zielwasser, sondern Bier getrunken hat. Na gut, dann eben die Hälfte in mein Auto.

Ich liefere die drei auf dem Campingplatz ab und überlasse sie der Obhut der Wikinger. Dann fahre ich nach Hause und mache mein Auto sauber. Andertags hole ich unseren Besuch wieder ab. Sara bleibt zu Hause, denn sie findet, das sei ein Männerding, und da wolle sie nicht stören. Sie geht gern aufs Oktoberfest, aber immer nur mit ihren Freundinnen. Sie muss nie etwas bezahlen. Frau müsste man sein. Das Leben wäre voller kostenloser Unterhaltung.

Ich treffe Qui, Quo und Qua in einem erbärmlichen Zustand an: Dabei bin ich selber versehrt, ich kann meinen Kopf kaum bewegen wegen dieser dämlichen Maus-Gondel. Trotz eines mörderischen Kopfschmerzes, den er sich nicht erklären kann, besteht Furio darauf, uns ein Frühstück zu machen, welches aus einem löslichen Kaffee und Cornflakes ohne Milch besteht, die er so viel besser findet, weil sie nur ohne Milch richtig knusprig seien. Von nebenan kommt ein Wikinger vorbei und lädt uns auf ein Partyfässchen Faxe-Bier ein. Die Schweden reisen heute ab, und da lohne es sich nicht mehr, zum Saufen extra in die Stadt zu fahren. Wir lehnen dankend ab, denn wir brauchen unsere Kondition noch. Dafür hat der Schwede Verständnis. Francesco moniert den komischen Geruch in meinem Auto, und dies ist der einzige Moment dieses Besuchs, in dem sich meine sonst so gastgebermäßig dufte Laune etwas eintrübt.

Es ist Samstagmorgen, zehn nach zehn. Wie zu erwarten war, sind die Zelte bereits ziemlich voll. Wer einmal drin ist in einem solchen Bierzelt, muss übrigens drinbleiben, denn wenn man nach draußen geht, um etwas von dem Bier wegzubringen, das man vor einer halben Stunde getrunken hat, kommt man nicht mehr hinein, auch nicht, wenn man dort Haustürschlüssel oder Ehefrau hat liegenlassen. Wer nicht oder nicht wieder reinkommt, muss warten. Selbst weinende Männer haben keine Lobby bei Türstehern, und bei F. Zapf erst recht nicht. Der steht vor uns und verweigert den Einlass. Er sieht aus wie Asterix mit dem Körper von Obelix. Sein mit einem riesigen blonden Schnauzbart verzierter Schädel scheint zu gleichen Teilen aus Fett und Haaren zu bestehen. Diese Erscheinung hält Furio von jedem Versuch ab, sich ins Zelt zu mogeln. Also telefoniert er ausführlich mit zu Hause, um Bericht von der Lage zu geben und seine Mutter zu bitten, sein AS-Roma-Trikot nicht zu waschen (Furio ist 33 Jahre alt).

Das geht F. Zapf auf die Nerven. Man muss das auch mal verstehen: Zehn Stunden lang hört sich Zapf das Gemecker, Gewinsel, Gebrüll und Gezeter Hunderter Menschen an. Und dann schreit ihm ein kleinwüchsiger Südländer auch noch von der Seite ins Ohr. Als Furio zu Ende telefoniert hat und uns gerade erzählen will, dass seine Oma im Supermarkt auf einem Fisch ausgerutscht ist, von dem niemand wüsste, wie er dahin gekommen sei, weil es in dem Supermarkt gar keinen Fisch zu kaufen gibt, zieht Zapf ihn zu sich hin.

«Mogst nei?», fragt er ihn drohend, aber mit einer ziemlich drolligen Fistelstimme.

«Cosa?», fragt Furio zurück. Er hat wirklich Angst.

«Obst nei mogst?»

Furio sieht mich hilfesuchend an. Auch ich fürchte mich vor F. Zapf, aber ich trage die Verantwortung für Qui, Quo und Qua und kann sie nicht sich selber überlassen. Also sage ich: «Wir warten hier doch nur.»

«G'herst a zu dene do?»
«Ja, das sind mein Schwager und seine Freunde. Sie sind über tausend Kilometer gefahren, bloß um heute hier reinzugehen.»
Zapf lässt Furio los.
«Dausnd Killometr, wos? Ja, Herrschaft.»
Zapfs Miene hellt sich auf. Das findet er jetzt also schon enorm, dass einer tausend Kilometer mit dem Auto fährt, bloß um sich von ihm vermöbeln zu lassen.
«Seid's ihr aus Idalien oder wos?»
«Aus Campobasso sind die.»
«Wos is jetz' des?»
«Das ist in der Nähe von Neapel.» So ungefähr stimmt das schon. Global betrachtet liegt Kiel ja auch bei Hamburg.
Zapf nickt mit seinem riesigen Kopf, ob er lächelt, kann man nicht genau sagen, aber man wünscht es sich. Und dann geschieht das Wunder von München. Zapf schiebt uns vier mit einer sensenartigen Schaufelbewegung an sich vorbei und sagt: «Kimmt's eini.» Bis zur Abreise wird dieses Wunder auf mich zurückgeführt. Mit wenigen ruhigen Worten, so heißt es später, hätte ich den Riesen überredet, und es floss nicht ein Euro, was den Italienern fast schon spanisch vorkommt.
Innen weht uns der einzigartige Odem des Bierzeltes entgegen. Tausende und Abertausende Menschen sitzen, tanzen, laufen, stampfen, rülpsen, brüllen, singen in schattenfreiem Licht unter einem künstlichen Himmel. In der Mitte eine Empore, auf der die Band gerade das Mantra der Gemütlichkeit spielt. Rechts und links Balkone, von denen aus man wie ein römischer Kaiser auf den Pöbel schauen kann. Und überall Frauen, große Frauen. Qui, Quo und Qua sind überwältigt. Mehr noch. Sie können nicht fassen,

was sie sehen. Eine Riesin, die einen Haufen Bier an uns vorbeiträgt, rüffelt uns an, wir stünden im Weg.

Das geht natürlich nicht, außerdem bekommt nur Bier, der auch sitzt. Also suchen wir uns ein Plätzchen. Zu viert muss das doch klappen. Aber überall blitzen wir ab, außer bei den italienischen Tischen, aber die sind schon so voll, da passen wir nicht mehr hin. Wir landen nach einer ganzen Weile bei einer Runde von älteren Herrschaften in Tracht, die Mitleid mit uns haben.

Wir setzen uns also, und schon nach einem knappen halben Stündchen kommt unser Bier, welches mit Rücksicht auf die Kondition der Italiener nur maßvoll eingeschenkt wurde. Es ist ja Festbier und hat mehr Alkohol als normales Bier, also werden die Gläser auch nur halb vollgemacht. Ich würde mich ja beschweren und dann ehrenvoll rausfliegen, aber wenn die erschütternde Schankmoral meinem Besuch egal ist, ist sie mir eben auch egal. Wir prosten den Senioren aus Landshut zu, von denen einer früher schon mal beruflich in Italien war, wie er sagt. Was er denn da in Italien beruflich gemacht habe, fragt Marco, und der Mann sagt: «Gefreiter im Nachschubbataillon.»

Es ist so ungefähr elf Uhr, und langsam wird die Luft schlecht, was in Bayern immer ein besonderes Indiz für saumäßige Gemütlichkeit ist. Vor mir steht ein Bier, und neben mir steht Francesco, der die Hände in die Luft reißt und brüllt: «Jaaaaaa, erlepp nock, erlepp nock, erlepp nock, stibte nie!» Worum es denn in diesem lustigen Lied gehe, das hier alle immer singen, werde ich gefragt. So genau weiß ich es gar nicht, also höre ich zu und entnehme dem Text Folgendes: Irgendwie gibt es da im Sächsischen eine Art Forst-Zombie, der im Verlaufe des Liedes immer kränker und kränker und siecher und siecher wird und schließlich stirbt, nachdem er im Flur gestürzt ist. Am Ende wird sein Grab besucht, aber der tote Holzmichl liegt nicht darin, ist verschwunden und also offenbar doch nicht tot. Insbesondere den Umstand, dass dieses morbide Lied Anlass für ausgelassenste Fröhlichkeit bietet, finden meine Begleiter skurril, und anstatt zu singen, bleiben sie mehrere Minuten lang betroffen sitzen und starren in ihr Bier.

Um meine Freunde aufzuheitern, hole ich Riesenbrezeln. Ich liebe Riesenbrezeln. Sie verbinden sich im Magen mit Bier zu einer kleisterartigen Substanz, mit der man Tapeten an Wände kleben kann. Wenn man will. Füttert man hingegen kleine Vögel mit diesen Brezeln, fliegen sie wenige Meter weit und explodieren dann. Lecker Brezeln. Dazu sollte man möglichst viel Radi essen, also Rettich. Nach einer Stunde kann es einem dann so gehen wie einem kleinen Vogel, bloß ohne Fliegen.

Das Schicksal des armen alten Holzmichl ist bald vergessen, zumal die Landser aus Landshut eine Runde spendieren. Dann brechen sie auf, mit unsicherem Schritt und ungewissem Ziel.

Wenig später kommen vier lustige Frauen aus Oer-Erkenschwick und fragen, ob bei uns noch Platz sei. Aber natürlich, gerne, immer. Meine Übersetzungsmaschine läuft nicht mehr rund, das mag am Alkohol liegen. Und ich habe ein beständiges Summen im Kopf, dagegen trinke ich an. Marco, Franceso und Furio lassen es sich nicht nehmen und laden die Damen zu einem Getränk ein. Nach jedem Lied tauschen wir die Plätze, damit wir uns alle besser kennenlernen.

Um 12:10 Uhr sitze ich neben Angelika. Sie spricht so, wie man in Oer-Erkenschwick spricht, und hat ein bayerisches Dirndl an, wie man es nur in Oer-Erkenschwick kaufen kann. So richtig hübsch ist sie nicht, aber na ja, was soll's.

12:46. Wir singen.

13:21. Angelika hat ganz schön große Dinger.

13:59. Ich finde Angelika eigentlich doch sehr nett. Sie kann toll singen. Ich bin sicher: Mit der kann man Pferde stehlen. Oder zumindest Pferdeäpfel.

14:04. Ich glaube, da geht was.

14:09. Wir stoßen an und trinken. Danach wird mir klar: Ich habe mich geirrt. Eigentlich sieht Angelika super aus!

14:24. Angelika und ich sind ein Paar. Wir werden gemeinsam durchbrennen und im Hartz-IV-Bezieher-Fernsehen auftreten, wo wir auf kleinen Kunstledersesselchen sitzen und berichten, wie wir uns kennengelernt haben. Der Moderator wird als Überraschung meine Noch-Frau Sara hinzubitten, und die wird sagen, dass so eine Party-Beziehung niemals hält. Wenn ich also demnächst nach Hause käme, würde sie das Schloss ausgewechselt haben. Angelika und ich werden aber nur lächeln, denn wir wissen, dass wir füreinander bestimmt sind.

14:38. Sie ist ein Engel. Mehr noch: Sie ist eine Göttin!

14:41. Sie sitzt auf dem Schoß eines blondierten Fettsacks am Nachbartisch und singt «Er gehört zu mir». Dabei streichelt sie seinen Kopf.

15:03. Als ich mit zwei Riesenbrezeln zurückkomme, ist sie weg. Ihre Freundinnen wissen auch nicht, wo sie hingegangen ist, und sie kommt auch nicht zurück. So ein Flittchen. Meine Sara würde so etwas nie machen. Nie!

16:00. Ich nicke kurz ein.

16:16. Marco weckt mich auf. Zeit zu gehen, finden seine Freunde, denn Angelikas Begleiterinnen überfordern sie mit ihrer Herzlichkeit. Es kommt noch zu Umarmungen und gegenseitigen Treueschwüren, dann hauen wir ab, nicht ohne vorher mehrere Liter Wasser abzuschlagen. Ich könnte nun langsam ins Bett. Ist ja auch schon spät,

Mensch. Halb fünf ist es schon. Doch Qui, Quo und Qua haben noch eine wichtige Mission: Souvenirs. Sie können unmöglich ohne Festbeute abziehen, das ist doch klar.

Zunächst versuchen sich Francesco und Marco am Schießstand. Ihre Gewinne sind allerdings nicht der Rede wert, über ein mickriges Sträußlein Plastikblumen kommen sie nicht hinaus. Dafür hat Francesco einen Huthändler erspäht, und binnen Sekunden tragen er und die anderen Plüschmützen auf dem Kopf, die Bierfässer darstellen sollen und sogar Zapfhähne haben. Mit den Hüten sind sie ungefähr so groß wie die anderen Oktoberfestbesucher.

Dann brauchen sie unbedingt Lebkuchenherzen. Die italienische Sprachvariante lehnen sie ab, die finden sie albern. Sie entscheiden sich für «I mog di», «Spatzerl» sowie «Mein kleines Schweinchen». Schließlich bitten wir einen Losverkäufer, ein Gruppenfoto von uns zu machen.

Glücklicherweise legen Marco, Furio und Francesco keinen Wert auf große Achterbahnen, was ich im Hinblick auf meine noch im Nacken verbliebenen Wirbel sehr begrüße. Dafür zieht es sie aber in ein Spiegelkabinett, in dem sie sich weisungsgemäß verlaufen. Nach zwanzig Minuten sind Marco, Francesco und ich wieder draußen. Nach weiteren zehn Minuten löse ich erneut eine Karte, um Furio zu suchen. Eine Viertelstunde später bitte ich einen Angestellten, mir zu helfen, und weitere dreißig Minuten später komme ich nach erfolgloser Suche meines Gastes aus Italien wieder raus. Dieser steht fasziniert vor mir und fragt mich, warum ich es trotz fremder Hilfe nicht geschafft hätte, durch das Labyrinth zu gehen?

Nun brauchen wir aber dringend etwas Süßes, also kaufe ich Zuckerwatte für alle und kandierte Äpfel, deren Geschmack anschließend mit einigen Würstchen und Gurken neutralisiert werden muss. Dies sind kulinarisch ziemlich grenzwertige Erfahrungen, ich bin auf diese Weise ernüchtert. Aber meine Freunde sind überaus begeistert, auch und besonders von den tollen gelben Särgen, in denen die ohnmächtigen Besoffenen – «jaaaaa, er lebt noch» – von Sanitätern durch die Menge geschoben werden.

Auf dem Heimweg fragt mich Marco, was denn eigentlich die Polizei zu diesem Oktoberfest sage. Ich verstehe nicht, was er meint. Na ja, so viele Betrunkene, das sei doch ein schlechtes Beispiel für die Kinder. Ob das denn in Deutschland erlaubt sei?

«Natürlich ist das erlaubt, es ist sogar erwünscht», antworte ich.

«Man will, dass die Leute sich mit Alkohol vergiften?»

«Man will es nicht, aber man hat auch nichts dagegen.»

«Aber das ist doch gefährlich. Da kann doch viel passieren. In Campobasso wäre so etwas nicht erlaubt.»

Ich erkläre Marco, dass bei uns sogar der Bürgermeister persönlich das erste Bier einschenkt. Er ist von Amts wegen dazu verpflichtet, das größte Besäufnis der Welt zu eröffnen. Das findet Marco sensationell – und bei Licht betrachtet ist das auch sensationell.

Diesmal übernachten die Jungs bei uns, Sara hat Matratzen ausgelegt. Ich erzähle ihr von Angelika, und Sara ist sehr froh und dankbar, dass ich trotz dieser hammerharten Affäre nach Hause gekommen bin. Am nächsten Tag reisen Marco, Francesco und Furio ab. Ich bringe sie zu ihrem Wohnmobil, die Bierfassmützen werden sorgfältig verstaut, man freut sich schon aufs nächste Jahr.

Drei Wochen später kommt ein großer wattierter Umschlag. Darin befinden sich ein Brief und ein gerahmtes Foto. In dem Brief bedankt sich Marco für das einmalige Wochenende. Das Oktoberfest sei bestimmt das schönste Fest der Welt. Zur Erinnerung habe er ein Bild für mich gerahmt. Es zeigt vier Männer vor einer Losbude. Drei von ihnen tragen Wanderschuhe, ziemlich lächerliche Hüte und riesige Lebkuchenherzen. Sie haben einander die Hände auf die Schultern gelegt und strahlen wie Oscargewinner. Zwischen ihnen steht einer ohne Hut und ohne Herz: ich. Bei diesem Anblick komme ich mir plötzlich schäbig vor.

9
Einer fehlt

Die Thiels haben ihren Bruder Harald verloren. Er wurde von einem Polizisten getötet, der getan hat, was er tun musste. Eine Reportage.

Der 13. August 1997 war ein wunderschöner Tag. Ein Tag fürs Weltmeisterschaftsfinale, für Heubodenfeste oder einen Ausflug ins Grüne. Einer der heißesten Tage des Jahres, an dem vernünftige Leute grillen, baden oder heiraten. Ein Tag, an dem man alles möchte. Nur nicht sterben. An diesem Tag sind sich zwei Männer zum ersten Mal begegnet. Danach war der eine tot. Und das Leben des anderen war zerstört.

Dieser Mittwoch hatte eigentlich schön angefangen für Hauptkommissar Hans-Josef K., den die Kollegen Hajo nannten. Am Vormittag ging er zur Hochzeit eines Freundes. Später dann zum Dienst, in die Nachmittagsschicht. Sein Kollege Polizeiobermeister Frank B. fuhr gern mit Hajo, «weil der immer so ruhig und besonnen war». K. gilt unter den Beamten in der Hückelhovener Wache als besonders korrekt. K. ist der Typ Mann, der lieber noch eine Runde um den Block fährt, damit er nicht zu früh zu einer Verabredung kommt. Er trägt privat gern Jeanshemden mit Perlmuttdruckknöpfen, und die knöpft er bis ganz oben zu. Wenn K. mit der Streife dran war, dann fuhr er auch, egal, ob da ein Fußballspiel lief oder eine spannende Skatrunde. Hans-Josef K. ist 38 und hat schon 21 Dienstjahre hinter sich. Direkt von der Realschule ist er zur Polizei, das

Die Geschwister Thiel, Hückelhoven 1998.

ersparte ihm den Wehrdienst. Er hat eine achtjährige Tochter und ein kleines Haus. Er fährt gern mit dem Rad, sein Lieblingsverein heißt FC Bayern München. An diesem Tag hätte er sich auch freinehmen können, aber mit seinem Urlaub geht er sparsam um. Später wird er das bereuen.

K. und B. haben einen Polizeischüler dabei. Mit ihm fahren sie zu einer Wohnung und schlichten einen Ehestreit, nehmen einen Verkehrsunfall auf und fahren durch Hückelhoven. Das liegt ganz im Westen, zwischen Mönchengladbach und Aachen, die Kennzeichen der Autos beginnen hier mit HS: Landkreis Heinsberg. Um 19.15 Uhr funkt der Wachhabende in der Dienststelle die Beamten an. Hauptkommissar K. und Polizeiobermeister B. fahren mit dem Auszubildenden in die Breite Straße 26a. Über einem Kiosk wohnen dort die Besitzer des Ladens: Ulrike Rütten, 41, und Harald Thiel, 36. Ständig gibt es Streit zwischen den beiden. Sie hat angerufen, er soll sie geschlagen haben.

«Die Ulrike hat unseren Harald versaut», wird dessen großer Bruder, Hans-Gerd, 41, später erzählen. Harald Thiel kommt als zweites von fünf Kindern auf die Welt. Er ist das, was man einen Unfall nennt. Aber als er da ist, ist es auch gut. Außerdem kommen ja noch drei weitere Kinder. Harald ist keine Leuchte, er schafft nur die Sonderschule. Dafür ist er das Lieblingskind seiner Eltern, ein fröhlicher Junge, der allen hilft und alles reparieren kann. Mit 15 hat er einen Unfall, der ihn fast das Leben kostet. Ein angebrochener Halswirbel bleibt zurück. Er muss nicht zur Bundeswehr deswegen – und auch darum nicht, weil er auf Zeche geht. Hier in Hückelhoven gibt es die Sophia-Jacoba, da fährt er ein. Sonst hätte es auch kaum Arbeit für ihn gegeben.

1993 lässt er sich auszahlen und bekommt 70 000 Mark

– seine Stelle wird wegrationalisiert. Harald Thiel kommt sich vor wie ein richtig reicher Mann. Er lernt Ulrike Rütten kennen. Die Frau ist ein paar Jahre älter als er, ein Wesen voller Weiblichkeit und mit einem großen Mundwerk, was im Rheinland als durchweg positive Eigenschaft gilt. Die beiden schmieden Pläne. Er kauft zwei Kioske, einen davon mit Wohnhaus. Das Geschäft läuft ganz gut, aber bald gibt es Streit zwischen Harald und seiner Ulrike. Er habe es ihr nie recht machen können, sagt Hans-Gerd, der Bruder. Er war ihr nicht gewachsen, sagen die Nachbarn.

Harald fängt an zu saufen. Morgens zum Frühstück ein Bier, es ist ja immer welches da. Das gemeinsame Kind kommt mit einer Behinderung zur Welt, wohl weil auch die Mutter so viel trinkt und ständig raucht, munkelt man im Ort. Der Wirt ist oft selbst sein bester Gast, sagt man. Und Harald, der Wirt im «City-Kiosk», wie er seine Trinkhalle optimistisch genannt hat, gießt sich gern einen ein. «Das war so sein Leben», sagt Hans-Gerd.

Am 12. August hatte er zwei Bedienungen aus seinen Trinkhallen rausgeworfen. Dieter Soyka, 37, und dessen Freundin Brigitte Sarkis, 40, so erzählte Harald in letzter Zeit häufiger, würden ihn bescheißen. Doch am nächsten Tag war Brigitte Sarkis wieder da, weil Ulrike das so wollte. Thiel war fassungslos. Hilflos und wütend machte er sich auf den Weg zur Leni. Die betreibt auch eine Art Kiosk, an einem Angelteich. Dort traf Harald regelmäßig seine Kumpel, hier soffen sie und redeten sich in den Rausch der Selbstüberschätzung. Hier steigerte sich der Ärger des Harald Thiel in rasende Wut.

Er radelte zurück zu seinem Kiosk Nummer eins, um endlich reinen Tisch zu machen. Frau Sarkis flog nun endgültig raus. Dann setzte sich Thiel abermals aufs Rad und fuhr zu Kiosk Nummer zwei, dem Geschäft, über dem er mit Ulrike wohnte. Der Weg führte geradewegs den Berg hinab in den Stadtteil Hilfarth, also keine Anstrengung für ihn, der Wind kühlte den Schweiß auf seiner Haut und den benebelten Kopf. Was mag ihm durch den Sinn gegangen sein in der letzten Stunde seines Lebens? «Die mach ich fertig. Das lass ich mir nicht gefallen. Das können die mit dem Harald nicht machen.» Vielleicht so was, vielleicht auch gar nichts, die Gerichtsmediziner ermittelten Stunden später einen Blutalkoholgehalt von 3,09 Promille in seinem Körper.

Als er in der Breiten Straße ankommt, knallt es sofort zwischen ihm und Ulrike. Er habe sie geschlagen, wird sie später aussagen. Danach geht Harald in den Garten, um sich abzureagieren, raucht eine HB nach der anderen. Die Sonne ist um 19 Uhr noch nicht untergegangen, es ist immer noch heiß. Sein Kopf raucht, und Ulrike blutet ein bisschen am Mund. Das reicht ihr, um mal wieder die Polizei zu rufen. Es ist 19.15 Uhr.

Die Polizisten K. und B. fahren also nach Hilfarth. Am «City-Kiosk» finden sie die Frau vor, aber keinen Mann. Der ist noch im Garten und ahnt gar nicht, dass die Polizei vor seiner Tür steht. Ulrike Rütten will einen Koffer packen und ausziehen, die Beamten sollen sie eskortieren, für den Fall, «dass der Verrückte wiederkommt». Als die Polizisten mit der Frau abrücken wollen, erscheint Thiel in der Garageneinfahrt. Er brüllt sie an, als wolle er das Fegefeuer auspusten: «Verpisst euch! Ihr habt hier nichts zu suchen. Das ist mein Grundstück.» Die Polizisten wissen, wie sie mit so einem umzugehen haben. Es gelingt den beiden, Harald Thiel mit Worten zu beruhigen. Aber dann gerät die Situation außer Kontrolle.

Thiel betritt seinen Kiosk, in dem noch der gefeuerte Verkäufer Soyka steht, und dreht die Sicherungen heraus.

Er will abschließen, Schluss machen, er hat's satt. Da stürzt sich Ulrike Rütten in den Kiosk und beschimpft ihn: «Wichser! Du hast hier nichts abzuschließen.» Und dann holt Harald Thiel aus. Er holt aus wie ein taumelnder Preisboxer, und wenn er wirklich zugeschlagen hätte, dann wäre ihr wohl nach übereinstimmender Aussage aller Beteiligten «der Kopf abgefallen». Ob er sie wirklich schlagen oder nur drohen wollte, kann keiner mehr sagen. Denn plötzlich ist K. hinter ihm und hält ihn fest. Das macht Thiel noch wütender. Er wehrt sich mit der Kraft eines Bergmanns, er ist dem Polizisten überlegen – und der hat Angst.

Die Männer kämpfen auf dem schmalen Gang zwischen der Zeitschriftenwand und dem Verkaufstresen. Die Polizisten haben keine Chance. Es ist ein Irrtum, dass Volltrunkene wehrlos sind. Thiel setzt die Muskeln ein, als sein Gehirn abschaltet. Die Polizisten kämpfen längst nicht mehr für die Frau, sondern für sich selbst und wenden die Griffe an, die ihnen auf der Polizeischule beigebracht worden sind. K. versucht es mit dem Rückhaltegriff «Richard». Der misslingt kläglich, Thiel ist zu stark und schlägt um sich. K. probiert den Genickhebel «Gustav», aber Thiel kann sich immer wieder befreien. Wenn sich K. an die Situation erinnert, sagt er: «Bei diesem Einsatz ist wirklich alles schiefgelaufen, was schieflaufen konnte.»

Inzwischen hat der Betrunkene angefangen, in die Hose zu machen. Die Kleidung der Männer ist voller Urin und Kot, es stinkt entsetzlich. Schließlich gelingt es Hajo K. doch noch, den rasenden Thiel auf den Boden zu bringen. Der liegt auf dem Bauch, K. kniet auf seinem Rücken und zwischen den Schulterblättern, B. und der Polizeischüler halten die Füße fest. Normalerweise ist mit dieser Fixierung der Widerstand eines Betrunkenen gebrochen, doch Harald Thiel hört nicht auf, sich zu winden. Er fühlt keinen

Schmerz, der Alkohol betäubt seine Sinne. «Frank, Handschellen», ruft K. Zweimal gelingt es Thiel, sich loszumachen, seine Anstrengung kommt den Polizisten überirdisch vor. Dann ist es geschafft: Thiel liegt röchelnd unter den Polizisten, die Hände auf dem Rücken gefesselt. Doch als K. den Druck von ihm nimmt, beginnt er wieder zu strampeln. Nun drückt K. fester auf den unter ihm liegenden Mann. Frank B. hat inzwischen einen VW-Bully bestellt, um Thiel besser transportieren zu können. Doch der Polizeibus kommt und kommt nicht. Dafür taucht ein Streifenwagen auf. Frank B. begrüßt ihn mit den Worten: «Wir brauchen euch nicht, wir brauchen einen Bully.» So vergehen weitere Minuten, bis endlich der VW-Bus vorfährt. Qualvolle Minuten, in denen Hauptkommissar K. auf Thiel kniet. «Es kam mir unendlich lang vor», sagt K. Währenddessen läuft der Kioskbetrieb weiter, Soyka verkauft Zigaretten. Mit vereinten Kräften tragen die Beamten den schweren Mann in den Bully und fahren zur Wache. In der Ausnüchterungszelle angekommen, versucht K., den Puls zu fühlen. Aber da ist keiner mehr. Thiels Gesicht ist bleich, aus seinem Mund kommt kein Atem. K. gerät in Panik. Zwei Minuten später ist der Notarzt da. Die beiden Beamten sitzen im Aufenthaltsraum und hoffen, dass Thiel noch lebt. Aber der Notarzt kann nichts mehr tun. Harald Thiel ist tot. Es ist kurz nach 20 Uhr.

Seine Geschwister ahnen nicht, was passiert ist. Kurz nachdem die Polizei ihn mitgenommen hat, klingelt bei seinem älteren Bruder Hans-Gerd Thiel das Telefon: Sein Vater ist dran: Der Harald sei auf der Wache. «Wir haben an dem Abend gegrillt», erinnert sich Hans-Gerd Thiel. «Und als ich wieder auf den Balkon ging, haben wir über die Sache diskutiert. Wir haben gesagt, das war wohl jetzt das Halbfinale. Irgendwann geht es bei denen in die letzte

Runde.» In Wirklichkeit ist das Finale zu diesem Zeitpunkt schon vorbei – und Harald hat verloren.

Seit fünf Jahren ist der Reporter Dieter Göbel, 44, mit seiner Videokamera in den Kreisen Aachen, Düren und Heinsberg unterwegs. Er kommt, wenn irgendwo ein Laster mit Gemüse umkippt, eine Bank ausgeraubt wird oder ein Landwirt durchdreht, und verkauft seine Bilder an *taff*, *Explosiv* oder *blitz*, die aktuellen Krawallsendungen des Privatfernsehens. Er weiß, was sich am besten verkaufen lässt: Bilder von menschlichen Tragödien. Um zwanzig vor zehn ist er am Kiosk, um 22 Uhr hat Göbel die erste Sensation im Kasten: Ulrike Rütten erfährt vom Tod ihres Lebensgefährten und bekommt einen Schreikrampf. Göbel weiß vom Tod des Harald Thiel schon vorher, er will es «von einem Informanten aus einer Redaktion» erfahren haben. Als am Kiosk nichts mehr los ist, bringt er sich vor der Wache in Stellung. Kurz darauf kommen die besorgten Thiels, die Wache liegt nur einen Steinwurf entfernt von Hans-Gerd Thiels Wohnung. Der freundliche Herr Göbel überbringt der Familie die schreckliche Nachricht, und dann hält er gnadenlos drauf und filmt so das ganze Elend, die Trauer und die Wut, die über die Familie kommen.

Es gelingen ihm Bilder, die tags darauf dem TV-Publikum bei *taff* serviert werden: «Da soll man ein ordentlicher Bürger sein, wenn die hier selber so eine Scheiße machen? Die bringen meinen Bruder um, und wir sollen da ordentlich bleiben?», schreit Haralds jüngerer Bruder Frank Thiel in die Nacht und schlägt mit der Faust gegen die Eingangstür der Polizeiwache. Göbel filmt die von Tränen aufgedunsenen Gesichter und stellt den armen Menschen Fragen wie: «Wie hat die Polizei Sie denn behandelt?» Er spielt das Spiel der Witwenschüttler.

Das sind Reporter, die mit allen Mitteln ein Foto des Verstorbenen bekommen, die als Erste neben der trauernden Familie sitzen, die noch vor dem Beerdigungsunternehmer auf der Matte stehen. Bereits um 0.38 Uhr hat er ein Foto des Harald Thiel abgestaubt und filmt es mit der Videokamera ab. Es ist ein Bild von einer Familienfeier. Um 3 Uhr in der Nacht gibt Staatsanwalt Ralf Möllmann, 36, eine erste Presseerklärung zur Sache Thiel ab. Sie dauert nur vierzig Sekunden und endet mit den Worten: «Wir haben nun zu ermitteln, woran der Mann gestorben ist.» Möllmann weiß ja gar nicht, wie wichtig dieser Satz noch werden wird. Auch diese Szene nimmt Göbel auf.

Die Thiels halten weiter Wache vor der Polizeistation. Um 4 Uhr darf Hans-Gerd schließlich seinen Bruder sehen, dann kommt der Leichenwagen und bringt Harald um 6.17 Uhr in das Gerichtsmedizinische Institut nach Aachen. An der DEA-Tankstelle gegenüber der Polizeiwache kauft Hans-Gerd Thiel eine Zeitung, da steht die Geschichte von seinem Bruder schon drin. Die *Bild*-Zeitung wurde um 22 Uhr gedruckt, fünf Stunden vor Möllmanns erster Presseerklärung. Also hören wohl viele in dieser Gegend den Polizeifunk ab. Gegen sieben Uhr früh gehen die Thiels nach Hause. Die Sonne scheint schon wieder, und viele Geschäfte öffnen jetzt, auch die beiden Kioske des Harald Thiel. Überall fahren die Menschen zur Arbeit, im Radio wird in diesen Wochen ständig die Nummer eins der deutschen Charts gespielt, ein Lied von den Fugees: *Killing me softly.*

Auch Hajo K. hat in dieser Nacht kein Auge zugetan. Am späten Abend hat er seine Frau angerufen und ihr gleich gesagt, «dass etwas Furchtbares passiert ist». «Wie ein Häufchen Elend saß er da», erzählt Frank B. Er wollte den Kollegen gern in den Arm nehmen, tat es dann aber doch nicht, «weil das nicht üblich ist auf so einer Wache».

Nach Mitternacht fahren Hajo K. und B. zu ihren Familien. Bettina K. umarmt ihren Mann. Dessen Leben ändert sich nun radikal.

Zunächst werden er und Frank B. vorläufig vom Dienst entfernt, dann suspendiert, und schließlich dürfen sie keine Polizeiwache mehr betreten. Seit dem 14. August hat Hans-Josef K. nicht mehr gearbeitet. Seine Kleidung hängt immer noch im Spind, aber sein Name wurde längst aus den Dienstplänen entfernt. «Mein Mann grübelt und brütet», sagt seine Frau, wenn man danach fragt, was er jetzt den ganzen Tag macht. Er weiß nicht, wie er dem Thiel das Leben genommen hat. Keiner weiß es. Aber er soll schuld sein. Irgendwann hat er den Kontakt zu den meisten Kollegen abgebrochen. Die sind froh, dass ihnen nicht passiert ist, was dem Hajo passiert ist.

Im Wohnzimmer der Thiels sitzt in den Tagen nach Haralds Tod Dieter Göbel. Er gibt der Familie das Gefühl, dass sich jemand um sie kümmert. Hans-Gerd Thiel hat einen 16:9-Fernseher, einen Videorecorder und den Premiere-Decoder, damit er die Spiele des FC Bayern München sehen kann. Die Welt der Thiels, das sind die TV-Quasselbuden am Nachmittag und die Berichte vom wahren Leben am Vorabend. Göbel gibt ihnen das Gefühl, dabei zu sein. Durch den Tod des Bruders bekommen sie die Chance, einmal aus diesem Kasten herauszugucken statt immer nur hinein. Göbel bietet ihnen einen Vertrag an. Alle Fernsehkontakte sollen über ihn laufen. Das Geld für die Auftritte soll der Grabpflege zugutekommen. Alles im Sinne der Gerechtigkeit. Die Underdogs wollen es der Justiz zeigen, und zwar im Fernsehen.

Hans-Gerd Thiel erstattet Anzeigen, nimmt sich einen Anwalt und liest tagelang in den Akten, er befragt Ärzte, er stellt Thesen auf und Tathergangsversionen, er versucht eine jener Wahrheiten zu finden, die das Privatfernsehen täglich in seinen Boulevardsendungen verkauft. Da ist doch was faul; da gibt es ein Geheimnis; nichts ist, wie es scheint. Es scheint, als kämpften *Explosiv* oder *blitz* oder *taff* für eine höhere Gerechtigkeit. In Wahrheit treiben sie nur kleine Schafe über die mediale Weide, täglich neue, eines so hilflos wie das andere. Nach ein paar Tagen lässt das Interesse der Öffentlichkeit nach. «Der Tod von Lady Di hat den Harald quasi abgelöst», sagt Hans-Gerd Thiel. Er meint das ganz ernst.

In der Kleinstadt Hückelhoven machen bald die furchtbarsten Gerüchte die Runde. Je nachdem, auf wessen Seite die Märchenerzähler stehen, werden die Polizisten zu Monstern – oder die Thiels. Über die Familie heißt es bald, sie seien asoziale Schläger, ein zehnköpfiger Trupp mit Ringerausbildung, der alles plattmache, was sich ihm in den Weg stellt. Angeblich bedrohen Hans-Gerd und Frank sämtliche Zeugen und verdienen viel Geld im Fernsehen. Von der anderen Seite aus macht die böse Geschichte die Runde, Hauptkommissar K. sei ein auf Kehlköpfe spezialisierter Nahkämpfer, eine Prügelmaschine ohne Mitleid für seine zahlreichen Opfer. Und er habe etwas mit der Rütten gehabt, wollte den Harald nur aus dem Weg räumen. Alles Blödsinn, aber die Geschichten zeigen Wirkung bei K. und bei den Thiels.

Hans-Gerd fühlt sich von der Polizei gegängelt und verfolgt, vermutet in jedem Polizeiauto ein Schlägerduo, das es auf ihn abgesehen hat. Er kann nachts nicht schlafen, weil er verdächtige Geräusche zu hören glaubt. Und K. geht kaum noch aus dem Haus. Früher war er mit seiner Frau oft im Kino oder mal im Restaurant. Das ist passé. Mit einem Mal ist nichts mehr so, wie es war. Ständig ist der tote Thiel präsent, es ist fast, als wohne er im Hause

K., als läge er nachts zwischen den Eheleuten. Zu Silvester öffnet Hans-Josef K. ein Piccolo-Fläschchen Sekt. Er hat für das neue Jahr nur einen Wunsch: dass endlich Anklage erhoben wird und der Spuk ein Ende hat.

Im Februar ist es so weit. Frank B. wird angeklagt, wegen Körperverletzung. Er habe Thiel in die Seite getreten. Hans-Josef K. muss sich wegen Körperverletzung mit Todesfolge verantworten. Weil es sich um vorsätzlich begangene Straftaten handelt, wird der Fall noch einmal interessant für die Öffentlichkeit. Tagelang belauert ein Filmteam die Wohnungen der Polizisten. Fremde klingeln bei K. und verfolgen ihn, als er mit dem Fahrrad unterwegs ist. Irgendwann öffnet Bettina K. nicht einmal mehr den eigenen Verwandten, sondern versteckt sich, wenn es klingelt, hinter der Tür.

Und immer noch weiß niemand, woran Thiel eigentlich gestorben ist. Zwar gibt es ein Obduktionsgutachten, doch daraus geht nicht hervor, was zum Tod des Kioskbesitzers geführt hat: «*Keine der Gewalteinwirkungen hat (...) zu morphologisch fassbaren Schäden geführt, die den Todeseintritt zwanglos erklären könnten*», heißt es im ersten Gutachten des Professor Althoff vom Institut für Rechtsmedizin der Rheinisch-westfälischen Technischen Hochschule Aachen. Und: «*Inwieweit der Tod durch Gewalteinwirkung auf den Hals verursacht wurde (...), kann zunächst anhand der Obduktionsbefunde nicht sicher entschieden werden.*» Auch die zahlreichen Rippenbrüche des Toten bleiben unerklärlich. Mediziner und Staatsanwalt stehen vor einem Rätsel. Dabei gibt es vielleicht eine Lösung. Und vielleicht hätte Harald Thiel überlebt, wenn nicht Hajo K. genau das gemacht hätte, was er machen musste: Thiel auf dem Boden fixieren.

Die dabei angewendete Technik ist so gebräuchlich wie gefährlich. Auf dem Bauch liegenden Personen werden dabei die Hände auf den Rücken gebunden, ein Beamter kniet auf Rücken und Genick. Studien der ameikanischen Bundespolizei FBI belegen, dass eine derartige Fixierung lebensgefährliche Folgen haben kann. Der Tod tritt ein, weil die am Boden liegende Person sich im sogenannten *Excited delirium* befindet und keine Luft mehr bekommt. Die Ergebnisse der amerikanischen Kriminalisten lassen sich auf den Fall Thiel übertragen. In einer Reihenuntersuchung zum «sudden death» (plötzlichen Tod) bei Festnahmen hatte man Fälle verglichen, in denen die Opfer extrem alkoholisiert oder im Kokainrausch waren. Bei allen untersuchten Fällen hatten sich die Männer aus Leibeskräften gegen eine Festnahme gewehrt und waren dann in Bauchlage mit erheblicher Gewalt von mehreren Beamten festgehalten worden. Wie Harald Thiel.

Möglicherweise hat K. den Todeskampf von Harald Thiel als übermenschliche Gegenwehr missdeutet und deshalb den Druck noch verstärkt. Die Gefahr des «sudden death» bei der so genannten Fesselgelenkbindung in Bauchlage ist in Deutschland kaum bekannt, diese Fesselung gehört zum Standardrepertoire im Polizeialltag, es gibt dazu keine gebräuchliche Alternative. K., wie gesagt, hat getan, was er tun musste, um Thiel ruhigzustellen. Dabei verringerte der Alkoholismus des Harald Thiel seine Überlebenschance erheblich.

Die FBI-Forscher stellen fest, dass *«ein großer Bierbauch ein besonders hohes Risiko darstellt, weil der Inhalt des Bauches in dieser Stellung gegen die Bauchhöhle gedrückt wird. Dies übt Druck auf das Zwerchfell aus, welches für die Atmung gebraucht wird. Wenn das Zwerchfell sich nicht mehr bewegen kann, kann die Person nicht mehr atmen.»* Harald Thiel hatte an diesem Tag mindestens ein Dutzend Flaschen Bier getrunken. Sein Bauch war voll davon.

In Deutschland sind diese Studien nahezu unbekannt, Hajo K. wusste nicht, dass er Thiel tötete, als er auf ihm kniete, und dann auch noch viel zu lang. Wäre doch der Bully schneller gekommen! Hätte Thiel doch aufgehört, sich zu wehren! Hätte K. doch das zankende Pärchen sich selbst überlassen! «Im Nachhinein denke ich, ich hätte den Thiel machen lassen sollen.» Ganz egal, wie der Prozess ausgeht, wenn er demnächst eröffnet wird: Den 13. August 1997 wird Hans-Josef K. nie mehr los.

10

Über Franken

Zu den schönsten der vielen wunderbaren Eindrücke, die man beim Reisen gewinnt, gehört das Ankommen in einer fremden Kultur. Man überwindet innerhalb kurzer Zeit den eigenen Sprachhorizont, indem man ein Flugzeug besteigt und am Ziel alle um einen herum plötzlich portugiesisch oder dänisch sprechen, als seien sie verzaubert.

Aber eigentlich muss man dafür gar nicht unbedingt fliegen. Schon knapp zweihundert Kilometer nördlich von München gestaltet sich der Spracherwerb ähnlich schleppend wie in Dubai. Man nimmt in München den Zug und verlässt ihn beispielsweise in Bamberg, setzt sich, bisher wurde geschwiegen, ins Taxi, nennt als Fahrtziel den «Bamberger Hof» und stellt überrascht fest, dass die Taxifahrerin in einer gurgelnden Lautsprache antwortet, in der D und R wichtige Funktionen übernehmen. Ich höre genau zu, aber es entgeht mir das meiste. Ich verstehe immerhin, dass sie mit «Gudd» fahren müsse, weil sie sonst im «Audo» hin und her «schaugld». Das ist also Wrangn, da reden die alle so. Oder jedenfalls so ähnlich.

Das Fränkische ist bei weitem nicht so leicht zu imitieren wie zum Beispiel das Oberbayerische. Jedenfalls nicht für Rheinländer. Dass ein scharfes F zu einem weichen W und ein zackiges K zu einem gemütlichen G mutiert, ja, das mag noch angehen. Aber das fränkische «R» kann ein Rheinländer nicht, völlig unmöglich. Im Rheinischen ist das «R» so eine Art undefinierter Kehllaut, ähnlich wie das holländische «ch», nicht mehr als ein kurzes Stolpern in einem Wort. Der Franke hingegen braucht sein «R» wie der Almbauer die Sense. Rheinländer halten daher dieses fränkische «R» für so etwas wie eine regionale Schrulle. Wenn das fränkische «R» etwas zu essen wäre, dann wahrscheinlich ein Würzburger blauer Zipfel.

Trotz der weitreichenden Verständigungsschwierigkeiten gibt es aber überhaupt keinen Grund, nicht nach Franken zu kommen, schließlich reisen die Menschen ja auch nach China, ohne dort ein Wort zu verstehen. Und Franken ist kaum weniger exotisch, man muss sich bloß mal die tatarischen Züge des früheren Ministerpräsidenten Günther Beckstein ins Gedächtnis rufen.

Jedenfalls belohnt Franken den Reisenden mit einer kaum steigerbaren Gastfreundschaft, welche nicht nur Bett und Frühstück beinhaltet, sondern zum Beispiel auch das Angebot einer unübersichtlichen Vielzahl verschiedener Bratwürste. Genannt seien hier neben der schon erwähnten Würzburger noch die Hofer, die Coburger, die Kulmbacher und natürlich die Nürnberger Bratwurst, deren Name durch eine europäische Verordnung geschützt ist, was sie stark vom Schwarzwälder Schinken unterscheidet, den man auch in der Lüneburger Heide herstellen und trotzdem Schwarzwälder Schinken nennen darf.

Ich habe mehrfach das Vergnügen gehabt, in fränkischen Städten aufzutreten, und es war immer sehr schön, in Bamberg zum Beispiel. Dieses Schatzkästlein von einer Stadt hat 70000 Einwohner und fast ebenso viele Kirchen und japanische Touristen. In Bamberg habe ich Rauchbier getrunken, was bei Japanern vermutlich Epiphanien auslöst und selbst für einen erfahrenen Biertrinker wie mich eine sehr spezielle Erfahrung ist. Man kann nicht sagen, dass das Zeug nicht schmeckt. Nur: Wonach schmeckt das eigentlich? Es kam mir vor, als habe ein in Lüneburg hergestellter Schwarzwälder Schinken seinen Aggregatzustand geändert und würde nicht mehr gegessen, sondern getrunken. Das Bezaubernde daran war: Das zweite Glas ging schon viel besser.

Ich habe also in den letzten Jahren zum Zwecke der Unterhaltung von Fränkinnen und Franken sowohl Ober- als auch Mittel- sowie Unterfranken bereist und von allen Stationen wertvolle Eindrücke behalten, die ich gerne mit Ihnen teile.

Das oberfränkische Bayreuth hat mich zum Beispiel gleich bei meiner Ankunft mit der schockierenden Tatsache konfrontiert, dass ich den Namen der Stadt 38 Jahre lang falsch ausgesprochen habe, ich habe nämlich immer Bay*reuth* gesagt und musste feststellen, dass es tatsächlich *Bay*reuth heißt.

Ich machte meinen obligatorischen Stadtrundgang und entdeckte hinter Richard Wagners Haus im Garten das Grab des Komponisten und darüber hinaus das seines Hundes Russ. Man muss nun einmal feststellen, dass Herrchen und Hund froh sein können, schon eine Weile tot zu sein, denn nach aktueller Auffassung oberfränkischer Beamter läge in diesem Garten nicht nur ein Hund begraben, sondern auch ein eklatanter Verstoß gegen das sogenannte «Tierische Nebenprodukt-Beseitigungsgesetz» vor. Dieses verbietet nämlich das Vergraben toter Haustiere. Es gibt Ausnahmen, und die betreffen mehrheitlich Wellensittiche, Meerschweinchen und Katzen, keineswegs jedoch Neufundländer, die man mindestens einen halben Meter tief vergraben muss, sofern das Grundstück nicht in einem Wasserschutzgebiet liegt.

Tiere, erst recht in der Größenklasse von Russ, gelten in der Stadt Bayreuth als Objekte der Materialkategorie 1, es besteht demnach Seuchengefahr. Heutzutage würde

Richard Wagner für die Beerdigung seines Hundes im eigenen Garten eine Geldbuße in einer Höhe von bis zu 200 000 Euro drohen.

Es ist eingedenk dieser formalistischen Strenge überhaupt kein Wunder, dass es so geniale Künstler wie Richard Wagner zurzeit in Deutschland nicht mehr gibt, denn heute hätte so jemand gar keine Zeit, sich mit der Tonsetzerei zu befassen, weil er ständig Ärger mit dem Bayreuther Gesundheitsamt hätte, weil den dort einsitzenden Beamten der Tristan vermutlich zu laut wäre. Heutzutage bekäme er wohl einen Brief, in dem er angewiesen würde, die Waldhörner und die Kesselpauken zu entfernen, um eine Lautstärkereduktion von 14 Dezibel zu erreichen.

Weiter nach Unterfranken. Nach Würzburg. Dieser Ort war mir bis zu meinem ersten Auftritt dort vor allem wegen seiner durch ihre Dauerperformance in den Verkehrsnachrichten prominent gewordenen Autobahnausfahrten «Kist» und «Randersacker» bekannt. Das ist ungerecht, denn immerhin hat diese Stadt große Baudenkmäler aufzuweisen und eine mir sehr intensiv in Erinnerung gebliebene Stadtbibliothek sowie eine Unbefleckte Empfängnis. Jawoll. Sie haben richtig gehört, das gibt es hier noch. Außen an der Marienkapelle. Da ist nämliche Maria zu sehen mitsamt ihrem Sohn, der durch eine Art Schlauch vom Himmel direkt in ihren Schoß gesaust ist. Der Schlauch sieht dabei aus wie eine Ohrenkerze. Kennen Sie Ohrenkerzen? Man zündet sie an und hält sie sich ans Ohr, dabei entsteht ein Unterdruck, der einem die Ohren reinigt. Kitzelt ein bisschen, ist aber nicht unangenehm, also einer Unbefleckten Empfängnis nicht unähnlich.

Ich war also bereits in allen drei fränkischen Regierungsbezirken, sowohl in Ober- als auch in Mittel- und in Unterfranken, womit ich vermutlich weiter durch Franken gereist bin als die Franken selbst, die sich durch einen hohen Grad von Lokalpatriotismus auszeichnen. Dessen Zeuge wurde ich einmal in Mittelfranken, genauer gesagt in Nürnberg, und zwar am 21. Februar 2008. Ich weiß das deswegen noch so genau, weil es ein fußballhistorischer Tag für Nürnberg war. Der 1. FC Nürnberg spielte an diesem Abend zu Hause gegen Benfica Lissabon um den Einzug ins Achtelfinale des UEFA-Pokals. Quasi in hoffnungsloser Konkurrenz trat ich währenddessen in der Tafelhalle auf.

Als meine Veranstaltung beendet war, nahm ich ein Taxi ins Hotel und hörte mit einem fiebrigen fränkischen Taxifahrer die letzten zehn Minuten dieses Spiels im Radio an. Nürnberg führte mit 2:0, das Tor zum Achtelfinale stand sperrangelweit offen nach Toren von Charisteas und Saenko. Doch dann fiel der Anschlusstreffer in der 90. Minute, und mein fränkischer Fahrer begann sofort unartikuliert zu brüllen. Nur eine Ampel weiter fiel der Ausgleich – und Nürnberg war ausgeschieden. Nun begann mein Taxifahrer laut und ungeniert zu weinen und schluchzte in tiefem Fränkisch: «Und jetzt steigen wir auch noch ab.» Da wollte ich ihn trösten und sagte mit aufmunterndem Schwung: «Na ja, is doch nicht so schlimm, dafür hat Bayern München 5:1 gewonnen.»

Der Mann hat dann nicht mehr mit mir gesprochen. Das Trinkgeld lehnte er ab. Und eine Quittung habe ich auch nicht gekriegt. Ich bewundere den Mann – und alle Franken – für ihren einmaligen fränkischen Stolz.

11

*Warum wollen Frauen ständig
gekrault werden?*

Es war einmal ein Zen-Schüler. Der war wissbegierig und ungeduldig. Er ging zu seinem Meister und fragte ihn: «Meister, bitte sage mir, was ist das oberste Prinzip?» Der Meister dachte nach und sprach dann: «Mein lieber Freund. Wenn ich es dir sage, dann ist es nur noch das zweitoberste Prinzip.» Er drehte sich um und ging. Über solche Sachen kann man sich ja stundenlang den Kopf zerbrechen, während man eine Frau krault. Kraulkraulkraul. Zen. Ommmm. Kraul. Kraul.

Nun neigen die meisten Männer nicht unbedingt zur Esoterik. Und auch nicht zum Nachdenken. Aber was bleibt einem schon übrig, wenn man kraulen soll. Schließlich begreifen Frauen das Kraulen nicht als zielgerichtet. Es geschieht einfach so, zur Entspannung, und Frauen haben dabei blöderweise auch keine sexuellen Absichten. Das wäre ja wenigstens etwas. Aber nein, kraulen heißt kraulen und nicht poppen. Kraulkraulkraul.

Noch so eine Zen-Geschichte. Ein Zen-Meister trifft im Garten des Klosters einen seiner Schüler und sagt: «Es ist gut, schon bei Tagesanbruch das Schweigen zu wählen.» Darauf der Schüler verblüfft: «Woher weißt du, dass ich das Schweigen gewählt habe?» – «Ich habe dich gehört», antwortet der Meister. Jawoll. Kraulen läuft ja auch immer schweigend ab.

Zwischendurch heißt es mal: «Mmhhm», oder so etwas.

Sagt mal, Frauen, wisst ihr eigentlich, wie langweilig das ist? Kraul. Kraul. Kraul. Ihr könntet ja wenigstens etwas Nettes erzählen, während wir euch streicheln und kleine Landkarten auf den Rücken malen. Die Finger werden irgendwann so komisch taub davon. Wirbelsäule rauf und runter, Hals, Schultern. Kraul. Für nichts und wieder nichts. Da kommt man ins Grübeln. Was soll das eigentlich? Befragte Nutznießerinnen loben den Entspannungseffekt des Kraulens, schlafen dabei mitunter ein. Letzteres kann man auch als Ignoranz werten. Und Ersteres? Schwer zu sagen. Die meisten Männer stehen ja nicht so drauf, weil sich Kraulen anfühlt, als würde eine Fliege auf einem herumlaufen. Und das mag man ja eher nicht so.

Also nochmal fragen: Wofür geben wir uns eigentlich so viel Mühe? Berufskrauler aus dem Fachbereich der Massage behaupten, das Kraulen fördere die Blutzirkulation und sei mitunter zur Lockerung der Muskeln viel sinnvoller als harte Massagen, welche von Männern bevorzugt werden.

Herumkneten versetzt also demnach den Körper eher in Stress, Kraulen verringert dagegen den Pulsschlag. Übrigens auch beim Kraulenden. Kraulkraul.

Noch eine philosophische Geschichte: Fragt ein Wasserbüffel einen kleinen Hund: «Sag mal, warum kratzt du dir mit der Hinterpfote immer das Ohr?» Darauf sagt der kleine Hund: «Weil ich es kann.» Das ist natürlich in unserem Fall auch die Antwort auf die heutige Frage: Warum wollen Frauen immer gekrault werden? Antwort: Weil wir Jungs das so gut können.

12

Frank Schirrmacher fährt aus Gleis zehn
(4.11.2005)

Wenn Sie den Ort Vellmar jetzt nicht kennen, oder wie man heute sagt: jetzt nicht gleich parat haben, dann ist das nicht so schlimm. Vellmar ist nämlich ganz jung und klein und grenzt nördlich an Kassel. Mein Hotel liegt in einem tatsächlich noch kleineren Ort namens Espenau, direkt neben einer Barackensiedlung, die einst für Fremdarbeiter gebaut wurde. Ob es in Vellmar auch Publikum gibt, das auf Lesungen geht? Ich habe meine Zweifel, denn in dieser Gegend hatte ich einmal die merkwürdigste Lesung meines Lebens. Das war so: Damals, es war im Winter, buchte man mich also für einen Auftritt an einem Samstagmorgen «in die Nähe von Kassel», wie es euphemistisch hieß, tatsächlich habe ich den Namen des Ortes vergessen. Am ICE-Bahnhof Kassel-Wilhelmshöhe holte mich an einem Freitagabend ein Mann ab, der mit mir durch die geradezu unwirkliche Dunkelheit dieses Landstrichs fuhr und mich mit Anekdoten aus dem kulturellen Leben der Gemeinde unterhielt. Wir stoppten an einer Gaststätte, wo er mich dazu anhielt, eine regionale Wurstspezialität (sehr hart, sehr, sehr hart) zu verzehren, dann fuhren wir weiter durch die Nacht, bis zu einem Ort, der von genau einer Laterne beschienen wurde.

Von weitem kam ein Auto auf uns zugefahren. Der Mann verließ unseren Wagen und winkte. Das Auto hielt an, und eine Frau stieg aus. Es war so, wie man sich den Agentenaustausch auf der Glienicker Brücke vorstellt. Der Mann gab mir die Hand und sagte: «Gute Nacht und bis morgen früh.» Dann stieg ich zu der Frau ins Auto, und wir fuhren über eine schnurgerade und sehr schmale Straße kilometerweit im Stockfinsteren bis zu einem Bauernhof. Die Frau schloss eine Tür auf und sagte: «Gute Nacht und bis morgen früh.»

Ich übernachtete in einer ungeheizten Wohnung, in der wohl im Sommer Feriengäste Urlaub machten. Jedenfalls war es schrecklich kalt, und man sah nichts, wenn man aus dem Fenster sah. Das änderte sich auch am Morgen nicht. Ich schob die Gardinen zur Seite und erblickte nur Acker, nichts als Acker. Kein Baum, kein Growian, kein Haus, nicht einmal ein Kernkraftwerk wies hier auf Zivilisation hin. Eigentlich schon wieder toll.

Die Frau holte mich aus der Wohnung, und wir setzten uns in ihren Wagen, in dem wir nun eben im Hellen durchs absolute Nichts fuhren. «Frühstück gibt es dort, wo wir hinfahren.» Bisher hatte ich geglaubt, wir führen zur Volkshochschule, denn der Mann, der mich abgeholt hatte, war von der Volkshochschule. Nun erfuhr ich, wo und für wen ich an diesem Samstagmorgen tatsächlich lesen sollte: für den Landfrauenverband, genauer gesagt für das samstägliche gemeinsame Frühstück der Landfrauen in einer Mehrzweckhalle.

Es standen große runde Tische darin, für je sechs bis zehn Landfrauen, und in der Mitte ein Büfett von grotesker Größe, das in der Mitte mit einem Blumenbouquet verziert worden war. Es erschienen hungrige Landfrauen sonder Zahl, und dann wurde gefrühstückt. Ich aß wenig.

Nach einer halben Stunde klopfte die Oberlandfrau an ihre Tasse und sagte: «So. Lecker. Und jetzt wird gelesen. Bitte.» Klatschklatschklatsch. Ich fragte leise, wo ich denn nun zum Lesen hingehen müsse, und sie deutete Richtung Büfett.

Hinter dem Büfett stand ein kleines Tischlein, und daran setzte ich mich nun, gut versteckt hinter dem Blumenschmuck und einem großen Haufen Streichleberwurst, und begann, meinen Text zu lesen, nein zu rufen. Es war nämlich kein Mikrophon da, und es war ein großer Raum und sehr viel Bewegung, weil man ja immer mal Hunger bekommt, wenn irgendwo ein Büfett aufgebaut ist. Dann geht man halt hin und holt sich noch eine Scheibe Brot und, na, vielleicht ein Scheibchen Zungenwurst, während hinter den Blumen einer liest.

Nachdem ich eine knappe Stunde meinen Text dem mäßig enthusiasmierten Publikum zugerufen hatte, wurde dieses langsam unruhig. Ich beendete meinen Vortrag und erhob mich, worauf mich eine Menge Frauen sehr überrascht ansahen, weil sie gedacht hatten, die Stimme vorher sei vom Band gekommen. Vereinzeltes Klatschen, und dann stoben die Landfrauen aus dem Saal, was der Volkshochschulmann damit erklärte, dass die Damen samstags auch viel zu tun hätten, und die Lesung sei ja doch inklusive Frühstück sehr lang gewesen. Dann brachte er mich zum Zug, und als ich im ICE nach München saß, kam ich mir vor, als sei ich aus einem Traum erwacht oder aus einem Märchen. Es ist die Gegend, wo die Gebrüder Grimm Märchen gesammelt haben.

Mein heutiges Hotel hat sich auf Familienfeiern spezialisiert. In der Lobby hängen kleine Schilder, wer hier in welchem Saal wie alt wird. Der Parkplatz ist gerammelt voll, genau wie das Hotel.

Die Lesung findet im Bürgerhaus Vellmar-West statt. Na, das kann ja heiter werden, denke ich, als wir aus dem Auto steigen. Ich muss gleich wieder an die Landfrauen denken. Aber heute ist alles anders, ganz anders als damals. Es macht heute wirklich großen Spaß. In der vierten Reihe sitzt eine wunderschöne Frau, und überall sehe ich in wohlgesinnte Gesichter. Ein merkwürdiges Fleckchen ist das hier, denn das war wirklich nicht zu erwarten.

Am nächsten Morgen wieder im Zug nach Hause. Zeitung lesen, Musik hören, zwischendurch auch mal Stille, aus dem Fenster gucken und auf Bahnhöfen den Durchsagen lauschen. Das ist eine ganz eigentümliche Art von Lyrik. Da heißt es zum Beispiel, ein Zug fahre aus Gleis zehn. Aus. Früher fuhren die Züge immer von einem Gleis ab, aber jetzt fahren sie *aus* einem Gleis. Und damit nicht genug der Seltsamkeiten. In der Zeitung sehe ich Werbung für die Taschenbuchausgabe eines Werkes von Frank Schirrmacher. Und da steht: «Erstmalig im Taschenbuch.» Hä? Warum denn nicht «erstmalig als Taschenbuch»? Vielleicht klingt «im» irgendwie hochwertiger. So, als habe man das gebundene Buch in einem Taschenbuch verpackt. Eingeschlagen, wie alte Verkäuferinnen sagen. Ich esse Weingummi – erstmalig von der Tüte.

13

~~Liebe~~ Sabine

SFX *(Mailboxansage)*: Das ist die Mailbox von Andi. Bitte hinterlasst eine Nachricht, ich rufe dann zurück. Tschüssi.
SFX: *Piepton.*
SFX *(Telefonvoice)*: Ja, hier ist Sabine. Du. Bitte ruf mich mal an, ja? Es ist wegen Uwe, irgendwie dreht der jetzt total durch. Kann man so jetzt nicht erklären. Ruf bitte an, so schnell du kannst.
SFX: *Handytastentöne. Klingeln.*
SABINE: Sabine. Ach, Andrea.
ANDREA: Was ist los? Ich habe gerade die Mailbox abgehört.
SABINE: Das kann man kaum erklären. Kannst du kommen?
ANDREA: Ja, klar, aber könntest du mir nicht irgendwas sagen, damit ich mir jetzt nicht Sorgen mache?
SABINE: Uwe hat mir einen Brief geschickt. Und seine Sekretärin auch.
ANDREA: Uwe und seine Sekretärin schreiben dir gemeinsam Briefe?
SABINE: Nein, jeder einen, Mann!
ANDREA: Was steht denn drin?
SABINE: Ich weiß es nicht. Ich habe sie noch nicht aufgemacht.
ANDREA: Warum das denn?
SABINE: Ich habe Angst. Du weißt doch, dass Uwe einen Schatten hat.

ANDREA: Was ist es denn für ein Brief? Ist er dick? Dann ist eine Briefbombe drin.
SABINE: Nein, seiner ist ganz normal. Aber der von seiner Sekretärin ist so ein dicker wattierter.
ANDREA: Dann schickt sie dir eine Bombe.
SABINE: Kannst du kommen?
ANDREA: Damit wir gemeinsam explodieren?
SABINE: Bitte!
ANDREA: War doch nur ein Spaß. Ich bin in einer Viertelstunde bei dir.

ANDREA: Okay. Jetzt zeig mal die Dinger.
SABINE: Hier sind sie. Seiner sieht so förmlich aus.
ANDREA: Wann hat bei dem mal etwas nicht förmlich ausgesehen? Der hat ja sogar beim Poppen die Krawatte anbehalten. Sei froh, dass du ihn los bist.
SABINE: Ach komm. So schlimm war er auch wieder nicht.
ANDREA: Und warum hast du dich dann von ihm getrennt?
SABINE: Okay, hast recht. Soll ich ihn aufmachen?
ANDREA: Warte mal. Was ist mit dem anderen?
SABINE: Von seiner Sekretärin. Sie hat ihn privat eingeworfen. Angelika Manz, hier steht es. Mit Kuli.
ANDREA: Vielleicht ist es bloß ein Trick, damit du denkst, er wäre von ihr. Und in Wirklichkeit ist es eine Bombe von ihm.
SABINE: Du tickst doch nicht richtig.
ANDREA: Apropos ticken: Halt doch mal dein Ohr dran.
SABINE: Nichts. Tickt nicht.
ANDREA: Das muss aber nichts heißen. Was könnte die dir schon schicken?
SABINE: Wenn ich nicht reinsehe, werde ich das nie erfahren.

ANDREA: Okay, aber ich gehe so lange in die Küche.
SABINE: Tolle Freundin bist du!
ANDREA: Mach schon, bevor ich es mir anders überlege.
SFX: *Ratsch.*
ANDREA: Was ist drin?
SABINE: Warte. Eine Kassette, schau mal, so eine kleine Kassette aus einem Diktiergerät.
ANDREA: Lass mal sehen. Wie ist die denn drauf? Schickt die der Ex vom Chef Minikassetten.
SABINE: Da ist noch ein Brief dabei. «Liebe Sabine, ich dachte, Sie sollten die ganze Wahrheit kennen. Herzlich Angelika Manz».
ANDREA: Aha.
SABINE: Was soll das denn?
ANDREA: Mach doch mal seinen Brief auf, vielleicht erklärt sich dann die ganze Sache von selbst.
SFX: *Ratsch.*
SABINE: Sieh mal. Chic. Auf Geschäftspapier.
ANDREA: Nicht mal das Porto hat er selbst bezahlt. Lies mal vor.
SABINE: Ey! Das ist Privatsache. Eigentlich.
ANDREA: Hör mal. Erst lässt du mich hier antreten, weil du Angst vor unerledigter Post hast, und dann darf ich nicht mal wissen, was der Herr Geschäftsführer dir schreibt.
SABINE: Also, mal sehen: «Sabine!» … Das geht ja schon mal gut los … «Du wirst Dich jetzt sicher sehr amüsieren, dass ich Dir nicht von Hand schreibe. Ich könnte wetten, Deine Freundin Andrea sitzt neben Dir …»
ANDREA: Falsch geraten. Wir stehen. Idiot.
SABINE: «… und zerreißt sich das Maul über mich. Mir egal. Es kommt übrigens sogar noch schlimmer: Ich habe diesen Brief diktiert. Bitte ziehe keine falschen Schlüsse

daraus. Es ist einfach effizienter. Und warum sollen nicht auch persönliche Dinge zügig erledigt werden.»
ANDREA: So ein Spacken!
SABINE: Die Kassette. Die Kassette!
ANDREA: Was ist mit der Kassette?
SABINE: Darauf hat er seinen Brief diktiert. Da ist er drauf, wie er den Brief diktiert.
ANDREA: Und warum wollte diese Manz, dass du den Brief auch noch auf Band bekommst? So toll ist seine Stimme ja nun auch wieder nicht.
SABINE: Ich habe keine Ahnung. Wir lesen den Brief zu Ende, und dann hören wir das Band ab, okay?
ANDREA: Von mir aus. Was schreibt er denn so?
SABINE: Blablahblah. «… wollte Dir bloß mitteilen, dass nach Deinem unvermittelten Auszug aus unserer gemeinsamen Wohnung und aus meinem Leben noch einiges ungeklärt ist. Insbesondere bitte ich um zeitnahe Rückgabe des Wohnungsschlüssels, des Kellerschlüssels und der Parkkarte. Zudem bitte ich um einen Vorschlag, wie wir den halben Mietmonat aufteilen. Du wirst verstehen, wenn ich darauf bestehe, dass Du zumindest Deinen Mietanteil für den Juli noch komplett bezahlst. Allerdings habe ich feststellen müssen, dass Du offenbar den Dauerauftrag bereits gekündigt hast.»
ANDREA: Der hat sie doch nicht alle.
UWE: «Den gemeinsamen Urlaub habe ich absagen können, jedoch sind Stornokosten entstanden, die Du zumindest hälftig übernehmen solltest. Es handelt sich immerhin um einen Betrag von 1357,96 Euro. Ich weise ehrenhalber darauf hin, dass in dieser Sache keinerlei Rechtspflicht Deinerseits besteht, wohl aber eine moralische.»
ANDREA: Wie lange wart ihr nochmal zusammen?

SABINE: Acht Jahre und 10 Monate. Unglaublich, was?
ANDREA: Und da ist dir nie aufgefallen, dass der einen lupenreinen Dachschaden spazieren führt?
SABINE: Doch, sicher. Das verstehst du nicht. Der konnte auch ganz anders sein.
ANDREA: Ja? Habe ich eigentlich nie erlebt.
SABINE: Du kennst ihn ja auch erst vier Jahre.
ANDREA: Fünf. Mindestens.
SABINE: Soll ich weiter vorlesen?
ANDREA: Unbedingt.
UWE: «Ich bedaure, dass wir so auseinandergehen. Es tut mir im Rahmen meiner nach Deinem Verhalten noch übrigen Möglichkeiten leid, dass ich Dich nicht von mir habe überzeugen können.
 Noch traurig, aber hoffnungsvoll in die Zukunft sehend, verbleibe ich als ehemals Dein Uwe Helstieg.»
ANDREA: Der unterschreibt mit seinem vollen Namen?
SABINE: Und drunter steht der nochmal gedruckt. Mit Titel. Senior Vice President. Wahnsinn, oder?
ANDREA: Warum ist der Typ bloß so?
SABINE: Ich weiß es nicht. Irgendwie tut er mir leid.
ANDREA: Jetzt hör aber auf. Er hat dir das Leben zur Hölle gemacht, dieser Zwangsneurotiker.
SABINE: Ja, ja. Und nu?
ANDREA: Schickst ihm seine Schlüssel und schreibst ihm eine Mail, dass er sich seine Kohle ins Ohr stecken soll.
SABINE: Ich weiß nicht.
ANDREA: Willst du ihm vielleicht noch Zucker in den Arsch blasen nach dem ganzen Theater? Als ob nicht schon genug drin wär. Der Typ verdient mindestens 200 000 im Jahr und verlangt von dir Stornogebühren.
SABINE: Was regst du dich eigentlich so darüber auf?
ANDREA: Ist doch wahr.

SABINE: Ich zahle das lieber und gut ist. Immerhin habe ich ihn dann vom Hals. Oder meinst du, ich will nach achteinhalb Jahren Beziehung und Trennungsterror von dem auch noch abgemahnt werden?
ANDREA: Schmeiß den Brief weg. Meine Meinung. Und die komische Kassette gleich hinterher.
SABINE: Meinst du? Oder sollen wir mal reinhören?
ANDREA: Hast du denn ein Abspielteil dafür?
SABINE: Klar, habe ich. Hat Uwe mir mal zu Weihnachten geschenkt.
ANDREA: Der verschenkt Diktiergeräte? Wie romantisch.
SABINE: Er fand es praktisch. Immer noch besser als ein Römertopf oder eine Munddusche. *(Von weiter weg)* Ich hab das Ding aber nie benutzt. Wahrscheinlich sind die Batterien längst leer. Mal sehen, wo ich das Ding hingetan hab. *(Wieder näher dran)* Hier ist es. Okay. Bist du bereit?
SFX: *Kassette einlegen.*
ANDREA: Bereit.
SABINE: Na, dann mal los.
UWE: «Diktat Freitag, 18 Uhr 31. Bitte auf normalem Papier ohne Kopf ausdrucken …
Liebe Sabine,
Du wirst sicher lachen, … wenn Du siehst, dass ich diesen Brief nicht per Hand geschrieben habe. Du hast ja immer gelacht, wenn es um so was ging. Ich bin so ein förmlicher Mensch, hast Du immer gesagt. Aber es hat Dir auch gefallen. Früher jedenfalls. Du … hast damals auch gelacht, als ich Dich noch gesiezt habe, nachdem wir das erste Mal miteinander geschlafen hatten. Egal. Und es ist nicht nur so, dass ich diesen Brief am Computer geschrieben habe, ich habe ihn sogar diktiert. Ganz schön unpersönlich, ich weiß.

Ach, Schwachsinn. Nochmal.

Also, liebe Sabine,

entschuldige bitte, dass ich diesen so wichtigen Brief nicht mit der Hand schreibe, aber mir fehlt die Übung. Zwar kenne ich mich mit Briefen aus, aber mit der Hand schreibe ich gar nichts mehr, ... höchstens mal meine Unterschrift.

Letzten Satz streichen. Wertloser Scheiß.

Achtung, Achtung, meine sehr verehrten Damen und Herren. Uwe Helstieg weiß nicht weiter. Er beendet seinen Brief nach nur wenigen Zeilen mit den Worten: Durst und Wurst ergeben ein gutes Reimpaar.

Streichen.

Dennoch, nein, trotzdem ist das hier ein persönlicher Brief. Du hast gestern gesagt, dass Du gerne mal für fünf Minuten in meine Seele schauen wolltest, um mich zu begreifen. Leider geht das nicht, und zwar deswegen, weil ich gar keine Seele habe. Ich habe keine Ahnung, was Du damit meinst. Seelen sind was für Esoterik-Spinner wie Deine Freundin Andrea.»
SFX: *Band wird ausgeschaltet.*
ANDREA: Ach ja?
SABINE: Sei nicht so empfindlich. Ist auch gar nicht für deine Ohren bestimmt.
ANDREA: Für deine aber auch nicht.
SFX: *Band wird eingeschaltet.*
UWE: «Letzten Satz streichen. Absatz. Meine Gefühle sind

nicht so interessant. Nicht einmal für mich. Und darum geht es jetzt auch gar nicht.»

SFX: *Stille, Geraschel.*

Uwe: «O Mann, was für ein Gelaber!»

SFX: *Knacken vom Diktiergerät. Pause, los.*

Uwe: «Ich ...»

SFX: *Knacken vom Diktiergerät. Pause, los.*

Uwe: «... ist das hier ein persönlicher Brief. Ich schreibe ihn Dir, weil ich Dir nicht sagen kann, was mit mir ist und warum das mit uns nichts mehr war. Und wenn ich Dir schreibe, kannst Du mich nicht so gut unterbrechen. Obwohl Du es natürlich tust. Gerade jetzt in diesem Moment. Auch jetzt mischst Du Dich ständig in meine Gedanken mit Deinem ‹Ja aber› und ‹Trotzdem› und so. Ich bekomme den Kopf nicht frei. Seit Du weg bist, laufe ich in der Wohnung rum und kann mich auf keinen Gedanken richtig konzentrieren ... Ich kann mich nicht konzentrieren. Kein Gedanke bleibt bei mir, alles läuft so aus dem Ruder. Und ich bin das nicht gewohnt. Normal war ja: Uwe hat alles im Griff. Uwe hat die Kontrolle, Uwe weiß, was man jetzt tut. Aber das ist nicht so und ich befürchte jetzt halt ...»

SFX: *Pause.*

Uwe: «... befürchte ich jetzt halt, dass das auch nie so war und dass ich immer nur dachte, dass ich die Kontrolle hatte, aber in Wirklichkeit habe ich sie eben nicht. Okay? Nee, anders. Aus dem Blödsinn wird ja keiner schlau.
Weißt Du, am besten analysiert man die Gründe für eine Krise, dann macht man einen Plan und prüft dann dessen Umsetzbarkeit in der Praxis, also in diesem Falle unserer Beziehung. Dann kann man immer noch sagen: Okay, das war's, Projekt Partnerschaft ist gescheitert, weg mit Schaden. Das klingt jetzt für Dich sicher auch wieder

schrecklich und so unternehmensberatermäßig, aber ich werde wahnsinnig, wenn ich das nicht machen kann. Und es ist mir scheißegal, ob Du das für zynisch oder sarkastisch hältst. Außerdem kennst Du den Unterschied zwischen Sarkasmus und Zynismus sowieso nicht. ... Ach, entschuldige. Warum entschuldige ich mich eigentlich? Ich weiß ja, dass ich recht habe. Und außerdem wird die liebe Frau Manz genau diese Stelle sowieso hinterher bitte nicht mitnehmen. Danke sehr.

War das jetzt zynisch, sarkastisch oder pragmatisch? Siehst Du, liebe Sabine, das ist gar nicht so einfach zu unterscheiden. Ich war jedenfalls bei uns beiden oft einfach nur eines, nämlich pragmatisch. Und Du hast mich dafür jedes Mal gehasst. Verstehst Du? Es ist aber nicht zynisch, wenn man darauf hinweist, *(wird lauter)* dass die Wildwasserfahrt 400 Dollar kostet und es keinen Sinn hat, sie zu buchen, wenn sie drei Tage dauert und man davon nur einen Tag mitfahren kann, weil man dann abreist. Es ist nur für zwei Tage rausgeschmissenes Geld. ... Und wenn man so etwas freundlich feststellt, dann ist man nicht automatisch ein Geizhals. Und es geht auch gar nicht ums Geld. Auch so ein Missverständnis. Ich scheiße auf das Geld. Es ging mir nur darum, eine von vornherein schwachsinnige Aktion zu verhindern. Aber wenn Du willst, bin ich eben zynisch. ... Ich wollte mich nicht in diesen peinlichen Kleinigkeiten verlieren. Wenn das irgendjemand anders als Frau Manz hören würde, der müsste ja denken, wir hätten einen völligen Dachschaden. Wobei: Derjenige würde nur denken, ich wäre bekloppt. Du sagst ja hier gar nichts. Also kann auch niemand Deine ‹Abers› und ‹Trotzdems› hören und wie Dein Ton immer schriller wird und Du mir erzählst, was

Andrea hierzu und dazu gesagt hat … Ich hätte Dich nicht gehen lassen … Warum bist Du gegangen? Es war ein normaler Streit, es war kein Trennstrei…»

SFX: *Band aus.*

Sabine *(weint)*: Kein Trennstreit? Was soll denn das sein, ein Trennstreit? Du Arschloch! Du hast mich beschimpft, du hast mir vorgerechnet, was mein Handy kostet und der Stand-by-Betrieb von meinem Rechner, und mir irgendwas erzählt von verschimmeltem Kaffeesatz in der Espressomaschine nach dem Urlaub und Verantwortung für die kleinsten Sachen.

Andrea: Aber darum haut man doch nicht ab?

Sabine: Er hat dann irgendwann angefangen, mir überhaupt jede Art von Verantwortung abzusprechen, besonders für Kinder.

Andrea: Ich wusste gar nicht, dass ihr welche haben wolltet.

Sabine: Wollte ich auch gar nicht. Er auch nicht. Aber das heißt ja noch lange nicht, dass man jemandem die Fähigkeit dazu abspricht, welche erziehen zu können. Oder? Das Arschloch!

Andrea: Komm, wir nehmen das ganze doofe Gerät mitsamt Kassette und werfen es symbolisch vor einen Zug. Dann bist du ihn los.

Sabine: Nein.

Andrea: Wie, nein.

Sabine: Ich höre mir das bis zum Ende an. Dann weiß ich wenigstens, woran ich bin.

Andrea: Ich weiß nicht, ob ich mir das antun will.

Sabine: Dann geh halt.

Andrea: Es ist auf jeden Fall besser, wenn ich hierbleibe. Wer weiß, auf welche Gedanken dich der Typ noch bringt. Fahr ab den Scheiß.

SFX *Band ab.*
UWE: «Jedenfalls habe ich es nicht als eine Art finale Schlacht erlebt. Ist ja auch egal. Es ist ja aus. Also habe ich auch Zeit, darüber so zu reden, wie ich will. Die Sache noch einmal zu analysieren. Mit Struktur ... Beginnen wir also mit der Analyse. Absatz.
Themen einrücken, mit a), b), c) und so weiter kennzeichnen. Die Themen sind: ... äh, erst mal: Liebe. Sehr gut. Thema a) ist Liebe. Thema b) Du. Thema c) ich, Thema d) wir. Thema e) Darstellung des Konfliktpotenzials in Form einer Kuchengraphik. Kleiner Witz für die liebe Frau Manz. Kein Thema, e).
Also. Thema a). Liebe.
Was ist Liebe? Liebe ist Ficken bis zum Umfallen, anschließend Hypothekenzinsen abbezahlen und im Abstand von drei Jahren ins Gras beißen. Richtig? Falsch. Was ich gerade beschrieben habe, ist nicht Liebe, sondern Leben. Und das Leben kann man auch gut ohne Liebe hinter sich bringen. Ich wette, das machen Millionen Menschen so. Weißt Du, was Liebe ist? Also, ich weiß es wahrscheinlich nicht. ... Zweiter Versuch: Liebe ist das Gefühl, zu wissen, zu wem man gehört, zu wissen, wer die andere Hälfte von einem ist. Richtig?
Kann schon sein. Die Frage, die dann natürlich dringend im Raum steht, ist: Hast Du mich eigentlich je geliebt? Und: Habe ich Dich je wirklich geliebt. Klare Antwort: ja, obwohl: Wenn Liebe bedeutet, dass man es ohne seine Frau nicht aushält, dass man sich vorstellen kann, später mal ihre Windeln zu wechseln und Gebisse unter dem Wasserhahn zu reinigen, dann wahrscheinlich eher nein, denn: Das kann ich mir nicht vorstellen.

Eher könnte ich mir vorstellen, dass wir uns einmal gemeinsam erschießen. Das ist meine Art von Liebe. So wie das Ehepaar, das in das teure Hotel gegangen ist, auf dem Zimmer schön gegessen hat und sich dann zum Sterben gemeinsam aufs Bett gelegt hat. Er hat beiden intravenös einen Tropf gelegt, weißt Du, der Typ war Arzt. Und dann sind sie gemeinsam friedlich eingeschlafen. Sie hatte Krebs oder so. Und er hat sie nicht einfach umgebracht, sondern sich gleich mit. Aus Solidarität. Die Sache stand in der Zeitung. Und weißt Du, was daran Liebe ist? Jetzt würdest Du sagen: Die Liebe daran ist, dass er nicht ohne sie leben wollte. ÄÄÄÄÄÄÄÄHH. Falsche Antwort. Frauenantwort. Die Liebe daran ist, dass er sie nicht verarscht hat. Er hätte ihr doch locker vorgaukeln können, dass er sich auch vergiftet. Und sobald sie tot gewesen wäre, hätte er aufstehen und noch 50 Jahre leben können. Aber er hat sie nicht hintergangen. Das ist die Liebe daran. Oder Doofheit.

Ich bin nicht sicher, ob ich mich nicht neben Dich legen würde und mich schlafend stellen würde. Der Punkt ist nämlich: Du würdest es nicht merken. Du würdest sterben mit dem tiefen Glücksgefühl, dass ich auch sterbe, und wenn Du tot wärst, wäre es Dir egal, dass ich noch lebte. Okay, kann man auch wieder zynisch finden, das gebe ich so…»

Andrea: Jetzt mal im Ernst: Der ist krank.
Sabine: Wieso? Das finde ich jetzt nicht. Das ist doch wenigstens ehrlich.
Andrea: So können nur Männer denken. Das ist voll romantisch, zusammen zu sterben.
Sabine: Ist es nicht. Es ist nur deprimierend, sonst gar nichts.

ANDREA: Deprimierend ist höchstens, dass du einen Ex hast, der sich nicht für dich opfern würde. Das ist deprimierend.
SABINE: So hat er das nicht gesagt. Ich mach mal weiter, auch wenn mich das jetzt schon mehr runterzieht als jeder Urlaub mit ihm.
ANDREA: Wie viel passt denn drauf auf so ein Band?
SABINE: Das kommt drauf an, wie langsam man das stellt. Ich glaube, bis zu zwei Stunden.
ANDREA: Ach du lieber Himmel!
UWE: «…gar zu. Aber Liebe ist nun mal was für lebende Menschen. Was nutzt mir denn dieses ganze Liebesding, wenn ich nicht mehr bin? Oder? Also habe ich Dich doch geliebt, denn Liebe ist doch wohl das, wo man immer geil aufeinander ist und gerne ins Kino geht, die Wohnung miteinander einrichtet und vor allem einen gemeinsamen Plan hat … Das ist Dir jetzt zu banal …»
SABINE: Kein Wort von Kindern. Siehst du? *(Weint)* Kinder kommen in seiner perfekten Welt nicht vor. Ins Kino gehen kommt vor. Aber Kinder nicht.
ANDREA: Komm. *(Tröstend)* Komm mal her.
SABINE: Ist doch wahr.
UWE: «… und unromantisch, aber ja, dann habe ich Dich geliebt. Das ist doch schon mal was, oder?
Bitte alles löschen. Das ganze Band … Oder doch nicht. Ich entscheide das später. Erst einmal machen wir unsere Themensammlung. Nächstes Thema: Du. In wen oder was habe ich mich eigentlich damals verliebt? In die Frau, die mich seit einem Vierteljahr nur noch mit großen Augen anstarrt, wenn ich zur Tür reinkomme? In die Frau, die nur noch flüstert, wenn sie telefoniert? In die Frau, die mir mit jeder Geste, jeder Bewegung und jeder Silbe nichts als Verachtung entgegenbringt?

In die Frau, die alle unsere Probleme mit Menschen wie Andrea bespricht, anstatt sie zu Hause mit ihrem Partner zu lösen?
Kennengelernt habe ich eine Superfrau, eine, die mich herausgefordert hat. ... Ich habe Dich bewundert. Glaubst Du mir vielleicht nicht, ist aber wirklich wahr. Ich fand Dich so ... frisch. Das ist jetzt ein doofes Wort, ich weiß, aber so kamst Du mir vor. Du warst so, als ob man in einem Tiefkühlschrank tief einatmet. Ich war ganz beschlagen von Dir. Du warst Millionen Tautröpfchen. Ich habe es geliebt, Dich bloß anzusehen ... Du bist die schönste Frau für mich gewesen. Weißt Du noch, am Anfang? Da hast Du Dich immer beschwert, weil Du fandst, dass Du wie eine Ratte aussiehst. Ich habe immer Mäuschen gesagt. Siehst Du, so fein sind manchmal die Unterschiede in der Wahrnehmung. Ich mochte Deine kurzen Haare, Deine kleine Nase und Deinen Mund. Du fandst ihn immer zu klein und Deine Beine zu kurz. Mir war das aber egal. Und am Ende war ich froh, wenn Du mal weg warst. Ist doch komisch, oder? Am Anfang konnte ich nicht genug kriegen von Dir, und am Ende hatte ich so was von genug, als hätte ich mich an Dir überfressen. Du warst mir einfach zu viel ... oder eigentlich: Du warst mir zu wenig. Ich konnte diese Stummheit nicht ertragen. Und da war aus Deiner Frischheit längst Eiseskälte geworden. Weißt Du, dass wir seit Anfang des Jahres genau viermal im Bett waren? Und es ist Juli. Das kann man wirklich niemandem er...»

SABINE: Halt mal. Das stimmt einfach nicht. Es war ja zum Beispiel alleine im Januar schon zweimal.

ANDREA: Aber das ist ja auch jetzt nicht wirklich viel.

SABINE: Mag sein, aber nach acht Jahren ist das doch auch normal jetzt. Abgesehen davon habe ich keine Lust, mich in eine Pornodarstellerin zu verwandeln, wenn Herr Helstieg nach Hause kommt.

Andrea: Aber manchmal hat man doch auch Lust!?

Sabine: Dann bitte, Uwe ist ein freier Mensch.

Andrea: So habe ich das doch gar nicht gemeint. Ich meine nur, viermal in einem halben Jahr, da wäre ich auch sauer.

Sabine: Es war nicht viermal.

Andrea: Sondern?

Sabine: Sechs. Blow Jobs nicht mitgezählt.

Andrea: Na, so doll ist das aber auch nicht.

Sabine: Sag mal, auf wessen Seite stehst du eigentlich?

Andrea: Auf deiner. Aber dann musst du auch Ehrlichkeit vertragen können.

Sabine: Du klingst wie meine Mutter.

Uwe: «…zählen.

Und übrigens, in diesem Zusammenhang. Du kannst nicht blasen. Überhaupt nicht. Null. Ich bin ohnehin der Meinung, dass keine Frau das so gut kann wie ein Schwuler. Ich meine, mir hat noch nie ein Schwuler einen geblasen, und ich bin auch nicht scharf drauf, aber ich bin sicher, die können das besser als Frauen, weil sie nun einmal wissen, wie sich das anfühlt. Ist ja auch egal jetzt. Na ja. Männer können das bestimmt besser als Frauen, und fast jede Frau kann es besser als Du.»

Andrea: Was ist? Warum hast du ausgemacht?

Sabine: Ich finde das so was von infam. Das hat er mir nie gesagt. Wer weiß, was da noch kommt.

Andrea: Ich sage es niemandem weiter. Das ist doch klar.

Sabine: Versprochen? Schwör!

Andrea: Ich schwöre. Alles, was dadrauf ist, bleibt unter uns. Ich kann aber auch gehen, wenn du willst.

Sabine: Nein, bleib hier. Alleine habe ich Angst.

Uwe: «Tut mir leid. Das ist die traurige Wahrheit. Ich will damit nicht sagen, dass ich Superman bin und alle Frauen glücklich mache, aber Du bist auf keinen Fall Superwoman. Ich habe Dir das aber nie gesagt. Nimm das doch einfach als Liebesbeweis. Es war mir nämlich egal. Ich habe sogar beim Onanieren an unseren schlechten Sex gedacht. Meistens jedenfalls. Okay, das war jetzt gelogen.»

Sabine: Ach, mein Süßer, die Gedanken sind frei. Meine übrigens auch. Du selbstgerechter Sack.

Uwe: «Wie war das nochmal mit Dir? Du warst die erste Frau, die mich wirklich gemocht hat. Vielleicht war es das, was mich Dich hat lieben lassen. Du mochtest mich halt, und Du hast zu mir gestanden. Ich bin eine ziemliche Pest. Und Du hast wenigstens drüber lachen können. Ich weiß noch, wie wir damals im Auto gesessen haben, vor der Parkuhr, und ich wollte da noch zehn Minuten stehenbleiben, bis sie abgelaufen war. Ich wollte halt nichts verschwenden. Und Du hast mich angelacht und gesagt: ‹Mal sehen, wie wir die zehn Minuten rumbringen.› Und dann hast Du mich geküsst. Ich war so stolz darauf, weißt Du, weil ich zum ersten Mal das Gefühl hatte, dass da jemand ist, dem das nichts ausmacht, dass ich einer bin, der noch zehn Minuten im Auto sitzt, bis die Parkuhr abgelaufen ist. Du hast mich glücklich gemacht, … mit den … kleinen Sachen, die Du immer einfach gemacht hast. Frische Blumen und so. In meiner Wohnung gab es doch gar keine Blumen, nicht mal Bilder von Blumen. Nicht mal Farbe. Es wäre zu wenig, zu sagen, dass ich mich daran gewöhnt habe. Ich habe das echt gemocht. Auch wenn ich das nicht so gut sagen kann. Oder konnte. Ist ja nun vorbei damit. Ich weiß aber nicht, wie das dann gekommen ist, dass es sich verändert hat, oder wie

Du Dich verändert hast. Kann ich gar nicht sagen. War vielleicht so ein schleichender Prozess. Kannst Du Dich noch erinnern, wann ich Dir das erste Mal so richtig auf den Wecker gegangen bin? Ich wette, ich weiß es noch. Das war nämlich, als wir gerade zusammengezogen sind, also als wir fünf Monate zusammen waren. Da haben wir gefrühstückt und Du hast von meinen Teegewohnheiten angefangen. Und ich habe nicht verstanden, was Du gemeint hast. Und dann hast Du mir einen Vortrag gehalten über die unterschiedlichen Arten, mit einem Teebeutel umzugehen. Du hast dann nachgemacht, wie ich den blöden Teebeutel um meinen Löffel wickle und auswringe. Weißt Du noch? Und dann hast Du gesagt, das sei wesenstypisch für Menschen wie mich, die immer das Beste und noch das Letzte aus einer Situation für sich rauswringen. Damals habe ich gedacht, was willst Du denn mit mir, wenn ich offenbar einem Menschenschlag angehöre, den Du nicht ausstehen kannst. Ich habe aber nichts gesagt, weil ich ja froh war, dass Du da warst. Und ich wollte unsere Sache nicht aufs Spiel setzen. Also habe ich damit aufgehört, den Beutel um den Löffel zu wickeln. Ich habe das vorher immer so gemacht, aus Gewohnheit und weil es für mich einen Sinn hat, aber dann habe ich damit aufgehört. Das nennt man Anpassung.
Du warst ganz anders, hast drei Beutel in die Tasse gehängt und nach einer halben Minute rausgezogen und weggeschmissen. So bist Du halt. Du genießt das Leben schnell, *(brüllt:)* und es ist Dir scheißegal, ob morgen noch Teebeutel im Haus sind, Hauptsache, Du hast Deinen Tee gehabt ...»

ANDREA: Uuuuh, jetzt geht es aber ab hier. So kenne ich den Uwe ja gar nicht.

SABINE: Aber ich. Boah! Immer das Geschiss mit den Teebeuteln. Und dann habe ich eine Espressomaschine gekauft, und da hat ihn der Kaffeesatz gestört.

Uwe: «Entschuldigung. Ich meine es nicht so. Und keine Angst, ich habe mich schon unter Kontrolle. Das hast Du ja auch nicht an mir gemocht. Um mit Thema b) fertig zu werden: Du warst meine Traumfrau und am Ende ein Albtraum. Es tut mir leid, das so zu sagen, aber *(singt:)* es ist auch ganz egal.

Ich weiß was, was Du nicht weißt: Ich trinke jetzt den Wein, den Du mir letztes Jahr zum Geburtstag geschenkt hast. O nein, der muss ja noch mindestens fünf Jahre liegen! *(Ruft von weit hinten, entfernt sich)* Nein, muss er nicht. Ich will, dass ich ihn trinke, solange ich mich noch an Dich erinnere. In fünf Jahren stehe ich sonst vor dem Regal und überlege, *(kommt wieder näher)* wo ich die Pulle herhabe. Nö, trinke ich ihn lieber jetzt.

Korkenzieher, Wein einschenken.

Außerdem ist es gut, wenn man was trinken kann, wenn man über sich sprechen will. ... Thema c) ich.»

Andrea: Au Mann. Ich glaube, ich brauche auch einen Wein.

Sabine: Stimmt. *(Von weiter weg)* Was der kann, können wir auch. Weißwein?

Andrea: Au ja. Prost. Auf Uwe.

Sabine: Wenn du meinst: auf Uwe. Wenn der wüsste, dass wir auf ihn trinken, würde er sich wahrscheinlich ziemlich aufregen. Das fände er zynisch.

Andrea: Er weiß es aber nicht.

Sabine: Okay, Uwe, dann erzähl mal ein bisschen von dir.

Uwe: «Uwe Helstieg. Mit einem weichen ‹s›. Wie in Suppe. Oder Saft. Suppen-Uwe. Prost.»

Andrea: Prost!

Uwe: «Ich bin also Dein neuer Ex. Wen hast Du damals

eigentlich bekommen? Einen 1,84 Meter großen Typen mit Brille und einer beginnenden Glatze. Und das mit 27. Besondere Merkmale? Hab ich nicht, das hast Du mir am Ende ja dann auch vorgehalten. Dabei stimmt das nicht. Ich war immer fair. *(Laut:)* Korrekt. Ja! Das hat nichts Erotisches, na und? Dafür warst Du bei mir sicher. … Ich fand mich ja selber immer langweilig. Echt.
Deswegen habe ich mich ja so gefreut, dass Du mich mochtest. Ich habe Dich geliebt, weil Du nicht gleich abgehauen bist und mir eine Chance gegeben hast. Man könnte sagen: Wenn Du mich nicht – warum auch immer – irgendwie gemocht hättest, dann hätte ich Dich auch nicht gemocht. Aber so hast Du mich eben geliebt. Okay. Negativ formuliert: Du warst die Erstbeste. Man nimmt, was man kriegen kann, und das mag man dann auch.
Nochmal: Was hast Du bekommen? Einen Mann, der Einkaufstüten nicht wegwirft und Kaffeefilter zweimal verwendet. Einen, der sich Ausgaben aufschreibt. Einen, der Bedienungsanleitungen nach Themen sortiert abheftet, einen, der nie was suchen muss, weil er immer weiß, wo seine Sachen sind. Einen, der nie zu spät und nie zu früh kommt. Das ist Fakt. Und das hast Du bewundert, und ich war stolz darauf, dass Du es bewundert hast. Ich bin nun einmal so aufgewachsen.
Wir haben zu Hause halbleere Mineralwasserflaschen mit Leitungswasser aufgefüllt. Glaubst Du vielleicht, mir hat das Spaß gemacht, so erzogen zu werden? Ich wollte immer andere Eltern haben, aber man kann sich die Scheiße nicht aussuchen, ja? Was kann ich denn dafür, dass mein Vater nicht Pantomime am Montmartre war, sondern Verwaltungsangestellter in Heilbronn? Kann ich da was für? Ich bin in einer Klarsichthülle auf-

gewachsen. Sie haben mich erst im Kindergarten, dann in der Grundschule, dann im Gymnasium, dann bei der Bundeswehr und dann auf der Universität abgeheftet. Als ich Dich getroffen habe, war ich im Grunde nichts anderes als ein familiärer Vorga…»
ANDREA: Das klingt aber schon krass jetzt.
SABINE: Das ist es auch. Wir haben seine Alten nur einmal besucht. Weißt du, was sein Vater gemacht hat?
ANDREA: Was denn?
SABINE: Der hat Redezeiten gestoppt. Mit so einer Schachuhr.
ANDREA: Wie, der hat Redezeiten gestoppt?
SABINE: Wir haben da im Wohnzimmer gesessen, und immer, wenn einer was gesagt hat, hat Uwes Alter gestoppt, wie lange das gedauert hat. Und wenn einer zu lang wurde, dann hat der das unterbrochen, damit es gerecht zuging.
ANDREA: Das glaube ich jetzt nicht.
SABINE: War aber so. Die haben sich fünf Jahre nicht gesehen, und Vater Helstieg stoppt die Zeit. Ich fand's den Hammer.
ANDREA: Und Uwe?
SABINE: Der auch, Kannst du dir ja vorstellen. Der hat hinterher im Auto geheult. Das habe ich bei ihm wirklich nur das eine Mal erlebt. Und seine Eltern habe ich nie wieder gesehen. Er wahrscheinlich auch nicht.
ANDREA: Arme Sau.
SABINE: Schon irgendwie, ja.
UWE: «…ng. Ich war so froh, dass Du es mit Humor genommen hast, und dann habe ich mich in Deinen Augen ja auch gebessert. Das kannst Du nicht bestreiten. Ich bin mit der Zeit ein bisschen so wie Du geworden, und Du bist ein bisschen so wie ich geworden. Und je mehr wir

uns aufeinander zubewegt haben, desto weniger haben wir uns am Ende leiden können. Vielleicht waren wir uns plötzlich zu ähnlich. Kann das sein? Du warst doch am Ende nur noch pingelig. Und ich habe Dir meine Unterhosen unters Kopfkissen gelegt. Darauf wäre ich früher nie gekommen.
Ich hör Dich die ganze Zeit sagen: ‹Was bringt das denn noch? Jetzt lass uns doch davon aufhören.› Aber ich finde, jetzt macht es doch gerade erst richtig Spaß. Ich habe Fun, ja?
Ich habe mich also in einen Teil von Dir verwandelt. Ich trage kaum noch Krawatten, ich tanze gern, und ich fahre mit Dir sogar zum Wandern nach Island. Und dann, peng, haust Du ab und lässt mich mit den Wesenszügen, die ich mir im Laufe der Jahre von Dir gedownloaded habe, allein. Es ist noch viel Sabine in mir. Guck mal, jetzt habe ich gekleckert. Hm, da male ich jetzt was Kreatives mit Rotwein auf den Tisch. Siehst Du? Ein lachendes Gesicht. Uwe ist gar nicht so steif. Er ist ein klein wenig wie die tolle Sabine, unsere Französisch-Lehrerin. Und jetzt ist das in ihm drin. Acht Jahre Umerziehungslager gehen nicht spurlos an einem vorbei, ja? Jetzt kann ich zusehen, wie ich wieder ich werde.
Ohne Jules-und-Jim-DVD und Ferien in der Bretagne und ohne unsere französischen Freunde.»
SABINE: Ohne MEINE französischen Freunde.
UWE: «Aber ich wollte nicht jammern. Oberstes Gebot: Es wird nicht gejammert. Wenigstens das habe ich mir von zu Hause bewahrt. *(Laut mit Pathos)* Es war nicht alles schlecht bei Helstiegs. Das habe ich immer versucht zu retten in unserer Beziehung. Wenigstens das Fundament steht noch. Und nun, meine sehr verehrten Damen und Herren, geht Uwilein schiffen und backt sich eine Pizza.

Wir würden uns freuen, Sie später wieder in unserer Sendung begrüßen zu dürfen. Es folgt dann das Kapitel: Wir. Vorher und nachher. Auf Wiederhören.
Thema c) Wir. Wir beide. Sabine und Uwe kommen jetzt nicht mehr gemeinsam zur Party. Sabine kommt jetzt alleine. Am Ende einer Beziehung ist doch immer die Frage, was so übrig bleibt für jeden. Also, ich denke mal, unser Freundeskreis geht geschlossen an Dich. Bisher hat jedenfalls niemand bei mir angerufen. Ich wette, Dein Mobiltelefon glüht: ‹Ach, Sabine, ich hab gehört, ihr habt euch getrennt. Echt? Erzähl mal! Du, ganz ehrlich, ich fand ja, ihr habt sowieso nie so richtig zusammengepasst. Fandste den Uwe nicht selber irgendwie auch 'nen Spießer?› So läuft es doch. Sabine kommt jetzt ohne Uwe, den Manager-Spacken. Okay. Kann ich übrigens mit leben.
Also das Wir. Ich fand uns gar nicht so übel zusammen. Es war doch auf jeden Fall was Besonderes, eine Französisch-Studentin mit nackten Füßen, die neben einem Arschloch mit gestreiftem Hemd und Krawatte durch den Park geht. Weißt Du noch, wie Deine Kommilitonen geguckt haben, als ich Dich mal von diesem Seminar da abgeholt habe, mit meinem Auto. Und wie ich da stand und nach Dir gefragt habe und dieser eine mit dem Vogelnest auf dem Kopf, dessen Namen ich nicht mehr weiß, gesagt hat: ‹Ey, Sabine, da ist so ein Typ für dich›, und Du hast mich gesehen und geantwortet: ‹Das ist mein Freund!› Du hättest ja auch sagen können: ‹Ach so, der, das ist niemand.› Oder: ‹Das ist der Steuerberater meines Vaters› oder so etwas. Aber Du hast zu mir gestanden. Weißt Du, dass ich damals fast geweint hätte? Okay, fast. Ich habe auf jeden Fall später gedacht: Es gibt Leute, die in so einer Situation das Weinen anfangen. So

unsentimental bin ich gar nicht. Ich verstehe jedenfalls, worum es dabei geht.

Es kann sein, dass das auch der Grund dafür war, dass ich Dich so verwöhnt habe. Erst wolltest Du das gar nicht, Du hast es peinlich gefunden, mit dem Prada-Kleid in die Vorlesung zu gehen, aber in Wahrheit hast Du es genossen. Ich hab's doch gemerkt, wie gerne Du es getragen hast, auch weil Du wusstest, dass die dicken behaarten Biester in Deinem Kurs so etwas weder kaufen noch tragen konnten. Gib es doch zu: Das Geld hast Du schon geil gefunden.»

Sabine: Das ist auch wieder so klar. Hinterher wird abgerechnet.

Andrea: So ein bisschen stimmt das aber schon.

Sabine: Was stimmt?

Andrea: Na, dass du schon ziemlich profitiert hast von ihm.

Sabine: Na und? Er hat doch von mir auch profitiert, halt anders. Das ist nun mal ein Geschäft auf Gegenseitigkeit.

Andrea: Jetzt klingst du genau wie Uwe.

Sabine: Ach ja. Siehst du? Er hat was von mir bekommen und ich von ihm. Zum Beispiel so Managersprüche. Ist doch super. Und jetzt brauche ich acht Jahre, um sie mir wieder abzugewöhnen. Weiter?

Andrea: Weiter!

Uwe: «Ich will Dir hier nichts unterstellen, aber ich finde einen gesunden Materialismus keineswegs verkehrt. Wir sind auf der Welt, um das Beste draus zu machen. Und das ist mit Kohle einfacher als ohne. Das bedeutet noch lange nicht, dass ich ein Problem mit Armut habe. Überhaupt nicht. Wenn einer aus Rücksicht auf die anderen Armen arm sein will, dann finde ich das okay. Du, meine liebe Sabine, Du wolltest jedenfalls ganz bestimmt nicht arm sein. Jaja, Du hast natürlich immer gerne so getan, gehobener studentischer Lifestyle hast Du das genannt. Aber: Die Sitzheizung hast Du trotzdem volle Pulle aufgedreht im Winter, obwohl es den Benzinverbrauch ungünstig beeinflusst. Von wegen CO_2-Verbrauch und Klimakatastrophe, meine ich. Das Popöchen musste schön warm sein, wenn Du Dich über spritsaufende Angeberschlitten aufgeregt hast.

Du warst die Moral, ich war das Kapital bei uns zu Hause. Aber Du hast Dich kaufen lassen, meine Liebe. Komm, natürlich habe ich damit recht. ... Aber das ist mir egal. Und ich kann mir nicht vorstellen, dass es das große Problem war. Ich habe Dir nie Vorhaltungen gemacht, weil Du mein Geld ausgegeben hast.

Klar hast Du nicht viel verdient. Du sagtest immer, das machte Dir nichts aus, es wäre nicht so schlimm, und Du würdest auch mit wenig auskommen. Das glaube ich Dir sogar, und jetzt wirst Du das ja auch müssen, bisher war es aber eine schöne Lebenslüge. Du hast bei all Deiner persönlichen Armut immer eine schöne goldene Kreditkarte gehabt, und Du hast sie so oft durch irgendwelche Schlitze gezogen, bis sie durchsichtig war.

Nee, nee, nee, nee! Kein Vorwurf! Das ist kein Vorwurf. Darum geht es nicht, nicht um das Wieviel. Sondern um Deine Vorträge. Um Deine ganze Verlogenheit bei dem Thema. Darum geht es. Du hast doch damals bei dem Essen bei Homanns nichts ausgelassen. Du warst angetrunken, Du warst ekelhaft. Und dann hast Du ihnen erklärt, ich sei der schlimmste anzunehmende Beziehungsunfall für eine Frau mit einem funktionierenden Gehirn, nämlich eine Heuschrecke.

Ob es da nicht noch viel schlimmere Berufe gibt, lassen

wir mal dahingestellt sein. Immerhin: Dass ich bei einer Kapitalgesellschaft arbeite, stimmt ja sogar, da hast Du ausnahmsweise mal etwas kapiert. Und die Annehmlichkeiten, die haben Dir gut gefallen. Denke es doch mal zu Ende. Dann war nämlich die Bulthaupt-Küche der Blutzoll für die Zerschlagung der Binde-AG. 3000 Vollzeitäquivalente haben wir dort als überschüssig und ineffizient identifiziert und freigestellt. So. Dann habe ich den Laden zerlegt und verkauft. Dafür habe ich die Prämie bekommen, von der Du immerhin fast, Moment, fast ein Siebtel in diese Küche gesteckt hast. Und dann wagst ausgerechnet Du es, mir Weißwein übers Hemd zu schütten. Und das Beste war: Ich habe dann anschließend auch noch für Deine Attac-Gruppe gespendet. Weil ich ein schlechtes Gewissen hatte. Und was hattest Du, nachdem Du mich vor neun Leuten bloßgestellt hast? Einen Scheiß. Aber das war ja schon letztes Frühjahr, ab da ging es allmählich in die Binsen.»

ANDREA: Das hast du mir gar nicht erzählt.

SABINE: War übrigens auch total anders. Er hat da mit seinem Scheißjob rumgeprahlt und behauptet, dass man sich für Geld alles kaufen könne. Ich habe mich gefühlt wie eine Nutte. Und da habe ich halt bisschen mehr getrunken.

ANDREA: Prost.

UWE: «Angefangen hat es damit. Mit diesem Abend. Da habe ich schon gemerkt, dass ich Dir einfach nicht mehr genügt habe. Ich habe gespürt, dass Du Dich geekelt hast vor mir. Du hast nicht gemocht, wie ich mich hingesetzt habe, Du hast es gehasst, wie ich gelacht habe, Du hast nicht einmal leiden können, wie ich mein Glas gehalten habe. Sei doch ehrlich, ich habe nichts mehr richtig machen können. Dabei habe ich an dem Abend noch nicht einmal was getrunken, aus Angst, dass ich dann vielleicht ausfallend geworden wäre. Aber das hast Du ja dann übernommen. Wir waren danach Talk of the Town. Jeder hat sich das Maul über uns zerrissen, absolut jeder. Das Beste daran war, dass Du das Opfer warst. Die arme Sabine, die mit diesem entsetzlichen Ekel zusammen sein muss und sich dann vor Kummer betrinkt. Der Typ ist nur im Suff zu ertragen. Fand ich super. Wenn ich larmoyant wäre, und ich bin nicht larmoyant, dann würde ich sagen: Erst wurde ich umerzogen, dann ausgenutzt, dann bloßgestellt und dann verlassen. Aber so sehe ich das gar nicht. Wir hatten ja auch gute Zeiten. Wann waren die nochmal? Ach so, stimmt, am Anfang und im Urlaub, wenn Deine Freundinnen nicht in der Nähe waren. Die feine Andrea. Von der könnte ich Dir Sachen erzählen. Und jetzt verrate ich Dir ein Geheimnis: Ich steh auf die. Echt. Ich meine, sie ist doof wie Bohnenstroh, aber sie hat wirklich den absolut perfekten Arsch. Besonders in Jeans. Sensationell. Leider wird sie das nie als Kompliment auffassen, das ist Teil ihrer Doofh...»

SFX: *Band aus.*
ANDREA: Mir reicht's. Wie krank ist der denn?
SABINE: Ziemlich. Wenigstens hat er Geschmack, oder nicht?
ANDREA: Meinst du, ich hätte nie gemerkt, wie der mir bei wirklich jeder Gelegenheit auf den Hintern geglotzt hat? Widerlich.
SABINE: Ach komm.
ANDREA: Wie meinst du das denn?
SABINE: Auf meiner Party habt ihr euch ziemlich gut verstanden.
ANDREA: Wir haben getanzt, das war alles.

SABINE: Ihr habt ausgesehen wie zwei Spermien unterm Mikroskop.
ANDREA: Das war Lambada.
SABINE: Hat er deinen Arsch angefasst oder nicht?
ANDREA: Das gehört zu diesem dämlichen Tanz. Jetzt hör aber auf.
SABINE: Mal hören, was er noch so sagt. Vielleicht wird es ja jetzt richtig interessant.
ANDREA: Es war nichts. Wenn er irgendwas anderes erzählt, ist er auch noch ein Lügner.
SFX: *Band an.*
UWE: «...eit. Blöde Frauen wissen Komplimente nicht zu schätzen, ficken aber nach landläufiger Meinung gut. Habe ich übrigens nicht ausprobiert. Es ist nicht so, dass sich dazu keine Gelegenheit ergeben hätte. Zum Beispiel im letzten Sommer, nach dem Endspiel. Da war die so spitz, dass sie mir ständig ihren Gin-Tonic-Atem ins Ohr gepustet hat. ‹Willst du ein bisschen spazieren gehen?› ‹Ach komm, die merken das doch gar nicht, wenn wir weg sind.› ‹Bringst du mich nach Hause?› So die Tour. Und wer hat gar nichts gem...»
SFX: *Band aus. Stille.*
ANDREA: Tja. Aus der Nummer komm ich leider nicht so richtig gut raus.
SABINE: Stimmt das?
ANDREA: Hm. Stimmt.
SABINE: Du wolltest mir meinen Freund ausspannen? Meine beste Freundin hat tatsächlich versucht, mir meinen Kerl wegzunehmen, den sie angeblich nicht ausstehen kann?
ANDREA: Ich war angetrunken, sagt er doch selber. Und es war nichts. Echt. Ich war unglücklich. Und ihr wart auch unglücklich, damals schon. War doch kein Geheimnis.

Sabine: Ich glaube, ich möchte das lieber alleine weiter anhören.
Andrea. Es tut mir leid.
Sabine: Ist schon okay. Aber echt, ich möchte jetzt alleine sein. Kannst du das verstehen?
Andrea: Rufst du mich nachher mal an?
Sabine: Ja, klar.
Andrea: Versprochen?
Sabine: Versprochen. Okay? Mach's gut.
Andrea: Du auch.
SFX: *Tür fällt ins Schloss.*
Sabine: *(seufzt)* Also dann. Weiter im Text.
SFX: *Band an.*
Uwe: «…acht? Ich. So. Ehrenwort. Ich habe in den vergangenen achteinhalb Jahren mit definitiv keiner anderen Frau auch nur geknutscht. Nichts. Nada, Nullinger. Ich habe das ernst gemeint mit uns. Du warst der erste Mensch in meinem Leben, der über meine Fehler hinweggesehen hat. Ist ja nicht so, dass mir das nicht klar wäre.

Wie ging es dann nochmal weiter mit uns?
Genau. Ich wollte nicht mehr ausgehen, weil ich keine Lust hatte, ewig der Schuft zu sein. Der böse, böse Uwe mit seiner zarten empfindlichen und gepeinigten Sabine. Hab ich keine Lust mehr drauf gehabt. Und dann kam Dein Geburtstag. 8. September. Dein dreißigster. Die zwei Wochen davor warst Du wirklich lieb, fast so wie früher. Ich habe schon gedacht, unsere Krise wäre vorbei. Ich bin wie ein Hund. Den kann man schlagen und fortjagen, aber er kommt immer wieder zurück. Wie ich. Mann, war ich blöd. Hinterher war mir natürlich klar, warum Du so nett zu mir warst. ‹Och, können wir bei

uns feiern? Mit einem Koch? Und hinterher im Wohnzimmer tanzen? Och, bittebittebitte. Und ich so: Klar, machen wir. Was möchtest Du denn gerne essen? Wer soll denn kommen? Auf Büttenpapier habe ich den Termin für mein Waterloo drucken lassen. Ich habe es sogar noch einmal neu drucken lassen, weil die sich verdruckt haben. Sabiene stand auf der Einladung, mit ‹ie›. Alles nochmal neu. Scheiß drauf.
…
Der Wein ist leer, Madame. Warum hast Du mir eigentlich nur eine Flasche geschenkt? Ich habe sie doch sowieso bezahlt, da hättest Du ruhig großzügiger sein können. Hähä.
(Entfernt sich) Egahal. Habe ja noch andere Flaschen. Nehmen wir diese hier *(kommt wieder näher)* für den letzten Teil. Nüchtern kriege ich's nicht hin. Weißt Du, was das Komische ist? Es tut mir gut, endlich mal mit Dir zu reden, ohne dass Du ständig dazwischenquatschst. Es tut mir richtig gut. Ich glaube, so gut habe ich mich schon lange nicht mehr gefühlt. Ein guter Wein, ein wirklich gutes Gespräch, was will man mehr? Für Frau Manz ist es auch mal eine angenehme Abwechslung, was? Für so viel Top-Klatsch müssten Sie sonst vier Wochen lang ununterbrochen Ihre Heftchen lesen. Wie viel von Ihrem kärglichen Gehalt geht eigentlich für diese Heftchen drauf? Ich wette, mindestens 150 Euro im Monat. Aber egal, geht mich ja nix an.
SFX: *Korken, Wein ins Glas.*
Prosit. Hm. Korkt der? Das kann ja wohl nicht wahr sein. Nee, doch nicht. Ist so an der Grenze, oder der schmeckt so. Ist in Ordnung. Eigentlich: Sehr gut. So.
…
Ich habe mir damals von dem Abend eine Menge ver-

sprochen. Ich dachte: Uwe und Sabine sind wieder da. Ich habe das Hemd angezogen, das du so gerne mochtest, und mal wieder den Duft benutzt, den Du mir geschenkt hast. Ich stehe gar nicht so sehr drauf, mir war der immer zu zitronig. Aber ich wollte frisch sein für Dich. Ich habe die Gäste begrüßt und Aperitif verteilt, Du warst so hübsch. Weißt Du, dass ich an dem Abend eigentlich sehr zufrieden war? Okay, ich habe auch was getrunken, aber moderat. Jedenfalls am Anfang. Ich war ja noch nie ein großer Trinker. Ich habe gemerkt, dass Du Dich unwohl gefühlt hast, weil ich mich wohlgefühlt habe. Es ist Dir auf den Keks gegangen. Und dann, als wir uns in der Küche trafen, hast Du gesagt, es sei Dein beschissener Geburtstag und ich solle mich nicht so in den Mittelpunkt drängen. Da war für mich eigentlich alles gelaufen, ich hätte da ins Bett gehen sollen, dann wären wir vielleicht heute noch ein unglückliches, aber nettes Paar. Habe ich aber nicht gemacht. Weil ich Dir den Alfa ja nicht gekauft habe, um ihn dann mit ins Bett zu nehmen. Der ganze Aufwand mit der Restaurierung, und dann gehe ich um Viertel nach neun schlafen, oder was?

Ich habe fast ein Jahr gebraucht, um das Auto zu finden. Einen Alfa Romeo Giulietta Sprint 1300, Baujahr 1965, Topzustand, natürlich rot, innen schwarzes Leder. Ein Museumsstück, eines der schönsten Autos der Welt. Restauriert mit Originalteilen. Ich habe eine große weiße Schleife drumgebunden und es vor die Tür geschoben. Dann habe ich alle nach draußen gebeten, und Du solltest die Augen zumachen. Als Du die Augen aufgemacht hast, sagtest Du bloß: Was ist das denn? Es hat Dir nicht gepasst, dass ich mit dem Alfa meinen Auftritt hatte, aber hätte ich darauf verzichten sollen, nach der ganzen Mühe? Alle haben geklatscht. Och, guck mal, der Uwe, so schlimm ist er ja auch wieder nicht. Das ist doch das perfekte Auto für die Sabine.

Und Du hast nur mit Deinem Glas davorgestanden und die Augen verdreht. Ich habe Dich gebeten, Dich mal reinzusetzen, damit alle sehen können, wie Du mit Deinen schwarzen Haaren und den roten Lippen drinsitzt. Ich hatte mir das immer so vorgestellt. Und Du hast Dich auch reingesetzt und das Fenster runtergekurbelt, und dann hast Du gesagt: ‹So. Und jetzt?› Die anderen haben gelacht. Und dann hast Du plötzlich den Gurtschneider und das Notfallhämmerchen in der Hand gehabt. Die lagen auf dem Beifahrersitz. Du hast sie hochgehalten und gefragt: ‹Was ist das denn?› Ich habe geantwortet, das sei für den Notfall, weil die passive Sicherheit in Oldtimern zu wünschen übrig lasse. Da hat Andrea schon angefangen zu kichern, die dumme Kuh. Ich habe Dir die Sachen weggenommen, aber Du hast geahnt, dass Du mich damit vorführen konntest, und hast mich gefragt, wozu die Sachen da wären. Ich hätte nicht darauf eingehen sollen, aber ich habe den Hammer gezeigt und gesagt, dass man damit von innen die Scheibe zerschlagen könnte, um sich zu befreien, und das andere sei ein Gurtschneider, um den Sicherheitsgurt auftrennen zu können. Das kann nämlich Leben retten, und jeder sollte so etwas im Auto haben, sogar bei Neuwagen. Die ersten Deiner Scheißfreunde haben angefangen zu grinsen, und Du hast mich mitleidig angesehen und gesagt: ‹Uwilein hat ein Nothämmerchen.› Und da haben dann schließlich alle gelacht. ‹Ein einfaches Danke hätte mir völlig gereicht›, habe ich geantwortet, und Du

hast weitergemacht: ‹Ist der kleine Uwi beleidigt wegen seines Hämmerchens?› Alle sind dann reingegangen, und wir haben uns wieder an den Tisch gesetzt. Ich war absolut bedient und habe ein Glas Weißwein getrunken. Drinnen hast Du weitergemacht und gesagt, man könne mit so einem Gurtschneider vielleicht auch Krawatten durchschneiden, wenn sie zu eng seien und die Blutzufuhr zum Gehirn nicht mehr gewährleistet sei. Ich habe Dich gebeten, damit aufzuhören. Du hast immer weitergemacht. Das Notfallhämmerchen könne man ja im Notfall auch aufs Köpfchen hämmern, um bei langen Autofahrten die geistige Leistungsfähigkeit zu erhöhen. Da kann man mal sehen, wie unterschiedlich Männer und Frauen ticken. Ich hatte bei der Autosache ganz andere Bilder im Kopf: Ich dachte an Fahrten um den Gardasee, an Fotos von uns in der Sonne und im Hintergrund den Alfa. Und ehrlich gesagt dachte ich auch, wir würden, wenn die Gäste weg wären, mal wieder so richtig schön miteinander vögeln. Deswegen der Duft. Und das Hemd. Und wahrscheinlich auch das Auto. Deine Bilder kenne ich nicht. Wahrscheinlich hast Du gedacht, ich wollte mich mit der Karre wichtigmachen, mich schön in den Mittelpunkt stellen und Werbung für Uwe Helstieg machen. Na ja, im Mittelpunkt gestanden habe ich ja dann auch tatsächlich, als ich mit dem Kaminbesteck vor die Tür marschiert bin und auf die Kiste eingedroschen habe. Ich ahne, es hat richtig männlich ausgesehen. Und wie Du dann gesagt hast: ‹Leute, kommt her, hier seht ihr den Knecht des Kapitals bei der Arbeit›, da hat es angefangen, mir richtig Spaß zu machen.
Das war's dann. Die restlichen Wochen unserer kläglichen Beziehung haben wir damit verschwendet, uns bei diversen Mitmenschen zum Essen einzuladen und so

zu tun, als sei bei uns alles wieder im Lot. Dabei wohnst Du schon fast einen Monat gar nicht mehr hier.
Ich fand gut, dass Du vorgestern bei mir warst und wir alles besprochen haben. Dann ist es eben aus. Ich wünsche diesem Pierre übrigens alles Gute. Kein Witz jetzt. … Wahrscheinlich ist er ein besserer Mensch als ich. Er schaltet nicht bei allen Geräten den Stand-by-Modus aus, um Energie zu sparen. Er reklamiert sein Essen nie, auch wenn es kalt oder zäh ist. Er grüßt im Gegensatz zu mir alle Nachbarn. Ich kann nichts mit Kunst anfangen und erst recht nichts mit Künstlern. Er hingegen interessiert sich für alles, redet mit jedem und ist dabei noch sportlich. Er gibt wahrscheinlich mehr als zehn Prozent Trinkgeld. Er raucht Gitanes und kommt aus der Provinz. Seine Schuhe sind scheiße, aber das bekommst Du schon hin. Ach, Pierre. Er lässt sich rechts auf der Autobahn überholen und lächelt dabei durch seinen Fünf-Tage-Bart. Er ist romantisch und kann Französisch. Sprechen. Haha, kleiner müder Scherz. Alles an ihm ist so super. Chérie! Je veux de toi, je veux coucher avec toi, faire l'amour, ficé, bumsbums.
Wahrscheinlich hat er eine verträumte Dachwohnung und bringt Dir Milchkaffee in einer Schale. Du hast die Beine angezogen und umgreifst die Schale mit beiden Händen. Der Regen tropft auf die Dachfenster. Alles ist so anders als bei uns. Und alles, was anders ist als bei uns, liebst Du jetzt.
Er gibt sogar Deinen Freundinnen zur Begrüßung Küsschen auf die Wange. Sie beneiden Dich um ihn. Der ist so süüüüß, sagen sie. Und er macht's Dir wahrscheinlich besser als ich. Was soll's.»
SFX: *Telefonklingeln*
UWE: «Hörst Du? Es klingelt. Es klingelt schon wieder. Es

klingelt hartnäckig. Mich ruft jemand an. Vielleicht bist Du es ja. Bleib dran, ich bin gleich wieder bei Dir.
(Von weiter weg:) Hier ist Uwe Helstieg. Andrea! Hallo. Nein, ich bin alleine … Nicht so gut, kannst du dir ja vorstellen. Und? Hast du mit ihr gesprochen? … Was hat sie denn gesagt? … Und was hat sie dazu gesagt? … Okay. Und du meinst auch, das ist gelaufen. Hat sie das ausdrücklich gesagt, so richtig: Uwe ist Vergangenheit, oder mehr so: Wir haben uns jetzt erst einmal getrennt. … Ach so. Von dem hat sie mir erzählt. Pierre. Ja, genau. Scheißdreckstyp. Weißt du, wie lange das schon geht mit denen? … Ich finde schon, dass mich das was angeht. … Pass auf, Andrea, wir hatten immer ein gutes Verhältnis, und, ich meine, so ein bisschen bist du auch meine Freundin, *(kommt mit dem Telefon näher)* nicht nur Sabines. … Okay, ich rate, und wenn ich richtigliege, musst du es zugeben. … Ich finde das nicht kindisch. Ich finde kindisch, dass du es mir nicht einfach sagst. … Seit wann? … Seit Mai letztes Jahr? … Und du hast es die ganze Zeit gewusst? … Und die sind jetzt richtig zusammen. … Also praktisch seit einem Jahr. … Nein, natürlich habe ich das nicht gemerkt. … Na ja, ist jetzt auch egal. … Das ist lieb von dir. Klar können wir uns mal treffen. Ich mag dich auch. Pass auf: Es ist für mich vielleicht noch ein bisschen zu früh, ich muss da erst einmal drüber hinwegkommen. Okay? Ich meine, das sind nicht gerade gute Nachrichten. Wenn es mir wieder bessergeht und ich mit einer Frau ausgehen will, dann bist du die Erste, die ich anrufe. … Ja, Ehrenwort. … du auch. Hey! Und vielen Dank. … Tschüs.
(Wieder ins Diktiergerät) Du blöde Schlampe. Du bist das Letzte. Weißt Du? Das Letzte. Und das Schlimmste ist: Ich liebe Dich. Aber das musst Du ja nicht wissen, denn

Du musst eigentlich nur wissen, dass Du mich am Arsch lecken kannst.
Frau Manz, jetzt geht es los. Wir behalten nur den Anfang, schreiben Sie das halt ins Reine. Den Anfang mit dem Briefdiktat. Und dann Absatz.
Ich wollte Dir bloß mitteilen, dass nach Deinem … unvermittelten Auszug aus unserer gemeinsamen Wohnung und aus meinem Leben noch einiges ungeklärt ist. Insbesondere bitte ich um zeitnahe Rückgabe des Wohnungsschlüssels, des Kellerschlüssels und der Parkkarte. Absatz. Zudem bitte ich um einen Vorschlag, wie wir den halben Mietmonat aufteilen. Du wirst verstehen, wenn ich darauf bestehe, dass Du zumindest Deinen Mietanteil für den Juli noch komplett bezahlst. Allerdings habe ich feststellen müssen, dass Du offenbar den Dauerauftrag bereits gekündigt hast. Absatz.
Den gemeinsamen Urlaub habe ich absagen können, jedoch sind Stornokosten entstanden, die Du zumindest hälftig übernehmen solltest. Es handelt sich immerhin um einen Betrag von 1357,96 Euro. Ich weise ehrenhalber darauf hin, dass in dieser Sache keinerlei Rechtspflicht Deinerseits besteht, wohl aber eine moralische. Absatz.
Ich bedauere, dass wir so auseinandergehen. Es tut mir im Rahmen … meiner nach Deinem Verhalten noch übrigen Möglichkeiten leid, dass ich Dich nicht von mir habe überzeugen können. Absatz.
Noch traurig, aber hoffnungsvoll in die Zukunft sehend, verbleibe ich als ehemals Dein Uwe Helstieg.
Diktat Ende. Bitte, Frau Manz, streichen Sie in der Anrede das Wort Liebe, ausdrucken auf Geschäftspapier und schnell in die Post. Ich fahre jetzt für drei Tage in die Berge. Reichen Sie für mich den Urlaub ein, sagen

Sie, ich würde dort am Konzept für die Organex arbeiten.»

SFX: *Band Ende.*

ANRUFBEANTWORTER: Guten Tag, hier ist der automatische Anrufbeantworter von Uwe Helstieg. Ich bin momentan nicht erreichbar. Bitte hinterlassen Sie eine Nachricht mit Ihrem Namen und Ihrer Rufnummer nach dem Signalton, und ich werde umgehend zurückrufen. Vielen Dank für Ihren Anruf.

SFX: *Piiieep.*

SABINE: Ja, hallo. Hier ist Sabine. Du, ich habe deinen Brief bekommen, und, ja, das ist natürlich okay mit den Schlüsseln und dem Geld. Das muss ich mir halt leihen, aber es ist schon in Ordnung, okay. Jetzt die Schlüssel, soll ich die mit der Post schicken oder vorbeibringen? Ich kann sie auch vorbeibringen. Ich meine, vielleicht können wir dann nochmal reden. Irgendwie. Ich habe so das Gefühl, es wäre gut, wenn wir nochmal reden würden, weil, ach, ich habe keine Ahnung. Vielleicht ist es auch wieder ein Fehler, aber, egal. Ich wollte auch nochmal über die Sache mit Pierre reden. Das ist längst aus. Meld dich doch mal, wegen den Schlüsseln, wann ich die vorbeibringen kann und überhaupt, ja? Geht's dir gut? Meld dich. Tschüs.

ENDE

EPILOG / HIDDEN TRACK

MAILBOX SABINE: Hier ist die Mailbox von *(Stimme Sabine:)* Sabine. Bitte hinterlassen Sie Ihre Nachricht nach dem Signalton:

ANNELIESE MANZ: Ja, hier ist Manz, hallo. Danke für Ihre Nachricht, aber ich kann Ihnen dazu gar nichts sagen, weil ich schon seit Februar nicht mehr bei Herrn Helstieg arbeite. Er hat mich leider rausgeschmissen. Ich weiß also nicht, von welchem Brief Sie da gesprochen haben, wenn ich das richtig verstanden habe. Ich habe Ihnen jedenfalls keine Kassette geschickt. Ich hoffe, das hilft Ihnen weiter. Ja? Auf Wiederhören.

14

Im Reich der Rechtecke

Reich der Rechtecke
Wo recht ist was eckig ist
Wo selbst die Flecken Ecken haben
Und Kreise
Hinter Hecken hockend
Leise kreisend weinen

15

«Ich liebe Spießer!» —
Ein Interview mit Peter Alexander

Seit Jahren lebt Peter Alexander zurückgezogen am Wörthersee und schweigt. Jetzt – zu seinem 75. Geburtstag – öffnet er uns sein Herz.

Herr Alexander, sehen Sie sich gern ab und zu Ihre alten Filme an?

Schön, dass man in den älteren Filmen am jüngsten aussieht. Aber ich habe schon Tage erlebt, da kamen im Fernsehen drei von diesen Dingern an einem Tag. Na, habe die Ehre!

Sie schämen sich doch nicht etwa?

Nein, das nicht. Es waren zwar sagenhafte Klamotten darunter, aber eben auch viele gutgemachte Unterhaltungsfilme. Wirklich komische Sachen, in denen viel Arbeit drinsteckt. Nur sehe ich leider als Perfektionist immer Details, die ich gern noch einmal gedreht hätte. Dann denke ich darüber nach, was mich die Regisseure alles haben machen lassen. Gleich in meinem zweiten Film wollte ich eine Szene wiederholen. Und das ausgerechnet bei Géza von Cziffra. Das war ein kleiner drahtiger Ungar, der jede Szene nur einmal drehte, höchstens eineinhalbmal. Ich sagte also zu ihm: «Können wir das noch einmal drehen?» Er: «Warrum?» – «Ich hab das Gefühl, ich kann das noch besser.» Er darauf genervt: «Bittä. Licht an. Auf Wunsch von Härrn Alexander die ganze Scheiße noch einmal. Aber spielen

Sie's nicht zu gut, sonst passt's nicht zu dem anderen, was Sie bisher gemacht haben.»

Haben Sie mehr Schnulzen oder mehr Klamotten gedreht?

Mehr Klamotten, würde ich sagen. Die besten waren aber richtig gute Musikfilme. Da gab es viele hervorragende Lieder. Heute wird so etwas gar nicht mehr gemacht.

Sie kamen als Sänger zum Film.

Dabei wollte ich gar keine Filme machen. Ich wollte singen. Und davor Bühnenschauspieler werden.

Der Ordnung halber: Was wollten Sie wann?

Ich war auf dem Max-Reinhardt-Seminar in Wien. Natürlich mit der Absicht, einmal am Burgtheater die großen Rollen zu spielen. Ich wollte mit dem Schwert auf die Bühne stürzen und rufen: «Stirb, Verruchter», oder so ähnlich.

Stimmt es, dass alle Theater, in denen Sie gespielt haben, abgerissen worden sind?

Ja, das ist richtig, nur das Theater in der Josefstadt nicht, da habe ich noch mit Helmut Qualtinger gespielt. Aber dann geschah etwas Wesentliches: 1950 war ich in London, dort sah ich Frank Sinatra auf der Bühne, und ich sagte zu mir: Vergiss das Burgtheater, mach Musik, werde Entertainer. Ich fuhr zurück nach Wien, nahm 1951 eine Platte auf, und die wurde ein Hit: *Das machen nur die Beine von Dolores* hieß die.

Damit war Shakespeare erledigt?

So ist es. Ich wurde ein Schlagerstar. Und von da war es nur ein kleiner Schritt zum Film, denn damals war das alles miteinander vermischt. Mir war das gar nicht recht, dass Regisseur Franz Antel mich regelrecht abkommandierte.

Gegen Ihren Willen?

Wir waren im Urlaub, da rief Antel an und sagte in seinem typischen Tonfall: «Sie spielen die Hauptrolle in meinem nächsten Film. Sofort nach Salzburg kommen.» Ich:

«Das geht nicht, ich bin im Urlaub.» Und er: «Abbrechen den Urlaub. Sofort. Hauptrolle im nächsten Film.» Wir sind also nach Salzburg gefahren. Natürlich war ich wahnsinnig aufgeregt und hatte nasse Hände. Meine erste Szene spielte in einem Wohnwagen. Dadrin habe ich Antel auch kennengelernt. Ich kam rein, und er meckert gleich los: «Jessas, san Sie groß. Sie sind ja viel größer, als ich mir vorgestellt hab. Große Leit san ganz schlecht im Film, wir machen hier Breitwand, da müssen Sie immer gebückt gehen. Immer gebückt gehen.» Ich war völlig entmutigt. Irgendwie hat es aber geklappt.

Was war die angesagteste Droge unter den Schauspielern in den fünfziger Jahren?
Jedenfalls nicht Kokain.
Sondern?
Natürlich Alkohol. Aber es war nicht wirklich ein Problem, mehr ein Element der Geselligkeit. Wir arbeiteten tagsüber, und abends haben wir gut gegessen und getrunken. Millowitsch konnte ewig durchhalten. Wenn ich um zwei in der Nacht schlappmachte, haute er mir auf den Rücken und rief: «Peter, sitz hier nit eröm wie en nasset Handtuch.» Widerstand war bei ihm zwecklos.
Waren denn auch Groupies dabei?
Sie meinen mit Groupies besonders verrückte Fans? Die hat es immer gegeben, und einige Kollegen haben das sehr genossen. Aber ich kann da nicht gut mitreden, ich war nämlich sehr verliebt und sehr verheiratet.
Aber es fiel schwer.
Mir nicht.
Wie hart war der Konkurrenzkampf zwischen den Schauspielern auf dem winzig kleinen Filmmarkt Deutschland?
Wir haben uns wirklich sehr gemocht. Wir waren wie eine Familie. Und ich war sehr stolz, dazuzugehören. Immerhin

habe ich mit Leuten wie Hans Moser, Theo Lingen oder Marika Rökk spielen dürfen. Sie müssen sich das vorstellen: Als Gymnasiast bin ich zu den Stars ins Kino gepilgert, mit denen ich später gearbeitet habe. Hans Moser habe ich immer sehr verehrt.
Der hat so genuschelt.
Wunderbar, es war sein Markenzeichen. Aber es war ein Problem für ihn.
Warum?
Bei Außenaufnahmen gab es immer viele Störgeräusche, also musste im Studio nachsynchronisiert werden. Und das konnte er nicht, weil seine Art zu sprechen so einmalig und unwiederholbar spontan war. Da habe ich es gemacht.
Sie haben Hans Moser synchronisiert?
Ich konnte ihn gut nachmachen, und er wusste das auch. Es gibt ein, zwei Sätze in einem Film, die ich dann für ihn gesprochen habe, er hat mich selbst darum gebeten. Dass ich das durfte, war ein echter Ritterschlag. Auch Theo Lingen war interessant. Ein ganz intellektueller Typ, der meistens sieben bis acht Uhren bei sich trug.
Haben Sie noch viel Kontakt zu Kollegen von damals?
So viele sind ja nicht mehr übrig, aber manche sehen wir noch dann und wann. Caterina Valente zum Beispiel. Die wohnt ganz in der Nähe von uns in der Schweiz. Die kann toll kochen!
Was denn so?
Alles kann die kochen, wirklich ganz große Klasse. Es ist sehr schön bei ihr.
Singen Sie auch ein bisschen miteinander, wenn Sie sich sehen?
Aber ja. Erst essen wir, dann setze ich mich ans Klavier, und dann jazzen wir. Wirklich wahr. Ich bin ein großer Jazzfan.
Die Öffentlichkeit hat davon nie Notiz genommen.

Ja, schade. Ich bin ein leidenschaftlicher Jazzpianist, aber meinem Publikum gegenüber habe ich mir das immer verkniffen, weil ich dachte, die wollten das nicht von mir hören. Einmal habe ich das auf einer Konzerttournee gemacht, mit Paul Kuhn. Die Leute mochten es auch, aber ich habe es nicht weiterverfolgt.

Empfinden Sie das als die Tragik in Ihrer Karriere?

Ach nein, ich hätte etwas daraus machen können, aber im entscheidenden Moment habe ich mich dagegen entschieden. Damals hatte ich ein sagenhaftes Angebot aus Amerika.

Wie lange ist das her?

Das muss Mitte der Sechziger gewesen sein, Caterina Valente hatte ich das zu verdanken. Sie war drüben ein Star, und sie hatte mich empfohlen. Es wurden Verträge gemacht, die nur noch unterschrieben werden mussten: Bühnenshows, Schallplatten, Filme – alles war dabei. Es war die ganz große Chance.

Und was ist daraus geworden?

Zum Glück bekam ich eine Gelbsucht.

Zum Glück?

Ja, ich sah es als ein Zeichen. Ich war monatelang krank; in dieser Zeit habe ich es mir anders überlegt und wollte nicht mehr nach Amerika.

Warum?

Das kann ich Ihnen sagen: Ich bin mit Leib und Seele Europäer. Ich fühlte mich zu Hause so wohl und wollte nicht von meiner Familie getrennt sein. Ich war überall auf der Welt unterwegs. Die Filme haben mich sogar bis nach Japan geführt. Aber immer, wenn ich auf dem Globus ganz weit rum war, wurde ich ziemlich traurig. Ich wollte immer nur wieder heim. Ich habe die Entscheidung nie bereut, aber schade war's schon ein bisschen.

Auch um die Jazzkarriere.
Mag sein. Einmal habe ich in New York Musikaufnahmen gemacht. Das Studio befand sich in einer alten Kirche mit einem herrlichen Naturhall, da hatte auch schon die Barbra Streisand aufgenommen. Ich spielte mit den besten New Yorker Session-Musikern. Als die Aufnahmen irgendwann nachts zu Ende waren, setzte ich mich an einen alten Flügel, der im Aufnahmeraum stand. Er hatte Brandblasen auf dem Lack von den vielen abgelegten Zigaretten und Ränder von unzähligen Schnapsgläsern, aber er klang herrlich. Ich fing also an zu spielen. Zwei Musiker, die schon die Jacke anhatten, kamen zurück, und wir jammten gemeinsam stundenlang. Das werde ich nie vergessen.
Klingt irgendwie traurig.
Ist es nicht, ich habe es ja gemacht, nicht geträumt.
Aber es hat nicht zu Ihrer Popularität beigetragen. Für die Deutschen waren Sie immer der Schwiegersohn par excellence.
Es hat auch Zwischentöne gegeben. Der Herr Leopold im *Weißen Rössl* ist zum Beispiel eine sehr traurige Gestalt, immerhin ist er den ganzen Film hindurch unglücklich verliebt.
Ab Mitte der sechziger Jahre wurden Sie zum Fernsehstar. Wie vollzog sich dieser Wechsel?
Ganz allmählich. Das Medium Fernsehen wurde immer größer, wir sahen das in Amerika. Uns war klar, dass es das Kino überholen würde. Also habe ich mit meinen Shows begonnen.
Ganz wichtige Frage: Wie geht man lässig eine Showtreppe hinunter?
Die Showtreppe ist wirklich eine große Kunst. Diese Stufen sind beleuchtet, dann die Scheinwerfer, alle sehen einen an, es ist ganz schlimm. Ich kenne niemanden, der davor keine Angst hat. Also: Sie müssen mit der Melodie

des Orchesters sozusagen hinunterschweben. Einfacher ist es, wenn Sie dabei singen, das lenkt ab. Und Sie dürfen keinesfalls schleichen. Es darf nicht so aussehen, als bereitete es Ihnen Mühe. Oft sind die Stufen so schmal und steil wie eine Kellerstiege, dass es wirklich gefährlich ist. Und dann sind die Dinger auch endlos lang gewesen. Wünschen Sie sich das nicht.

Man hätte ein Geländer anbringen können.

Ein Geländer? Sie scherzen wohl! Nein, ein Geländer ist verpönt. Johannes Heesters wollte das bis ins hohe Alter nicht. Er würde jetzt noch ohne hinuntergehen. Es ist eben ein toller Auftritt. Selbst Thomas Gottschalk hat eine, auch wenn sie nur fünf oder sechs Stufen hat. In meinen ersten Shows hatte ich einen anderen Auftritt.

Wie ging der?

Da war mein Name als Kulisse aufgebaut. Die Buchstaben wurden zum Ende hin kleiner. Ich bin immer durch das Loch vom d aufgetreten. Das war schon ziemlich klein.

Man musste hindurchsteigen?

Nein, nicht hindurchsteigen, sondern locker durchspringen. Dabei hatten Sie zwei Risiken: entweder mit dem Fuß hängen zu bleiben oder mit dem Kopf anzustoßen. Aber es ist nie etwas passiert. Ein wunderschöner Auftritt war das, aber das d hätte größer sein können.

Sie waren der mächtigste Mann im deutschen Showgeschäft, Sie hätten es einfach fordern können.

Das ist nicht meine Art, ich wollte keinen Streit. Aber natürlich haben meine Frau und ich bei der Gästeauswahl, der Dekoration und den Drehbüchern mitgeredet. Sie hat die Verhandlungen geführt.

Mit Erfolg. Niemand hat so viele Preise eingeheimst wie Sie. Darunter sind fünf goldene Bildschirme, der Ehrenring der Stadt Wien, das Ehrenkreuz erster Klasse, vier Goldene Kameras, dazu

Goldene Schallplatten, elf Bambis. Haben Sie einen Lieblingspreis?

Eigentlich nicht. Aber Heinz Rühmann hat noch einen Bambi mehr als ich. Dafür habe ich einen Spezial-Bambi bekommen. Er ist doppelt so groß und doppelt so schwer wie ein normaler Bambi und steht auf einem Sockel, der aussieht wie eine umgedrehte Bratpfanne.

Wer war größer: Harald Juhnke oder Peter Alexander?

Ach, das kann man so nicht sagen. Wir waren beide groß. Es tut mir so leid, wenn es dem Harald Juhnke heute immer wieder so schlecht geht. Er ist ein anständiger Mensch. Er hat mich mal mitten in der Nacht angerufen.

Warum?

Das war kurz nachdem Peter Frankenfeld gestorben war, in den Siebzigern. Frankenfeld war ein Gigant. Er war der Größte. Jedenfalls klingelt nachts das Telefon, und Juhnke ist dran: «Hallo, jroßer Meester, entschuldjense, det ick so mitten inner Nacht anrufe. Ick habe jehört, ooch Ihnen hat man det Projekt *Musik ist Trumpf* anjetrajen und Sie hätten abjelehnt, und nu will man mir det überjeben. Und denn ha'ick ma jedacht, rufste mal bei höchster Stelle an und fragst, ob Sie jlooben, dat ick ditte kann.» Ich habe gesagt: «Herr Juhnke, Sie sind ein toller Schauspieler, und Sie werden auch die Rolle eines Showmasters sehr gut spielen.» Und dann hat er es gemacht.

Warum haben Sie verzichtet?

Ich hatte meine eigene Show und sah mich nicht so sehr als Conférencier.

1973 hatte Ihr Wunschkonzert *eine Einschaltquote von 79 Prozent. Sie sind ins* Guinness-Buch *damit gekommen.*

Das war wirklich ein Hammer. Wir waren sehr glücklich, aber man muss ehrlicherweise sagen, dass es an einem autofreien Sonntag war. Damals hat einfach alles gestimmt.

Sie hatten alle Großen der Branche in Ihrer Sendung. Wer hat Ihnen am besten gefallen?

Da war natürlich Caterina Valente, ein musikalisches Jahrhunderttalent. Sehr interessant war auch Falco. Er wollte unbedingt in meine Show. Und Heesters natürlich. Einmal fragte ich ihn in seiner Garderobe, ob es in seiner Familie noch andere Begabte gebe. Darauf er: «Mein Bruder ist sehr musikalisch.» Ich: «Wie alt ist er?» Und Heesters: «Genau wissen wir es nicht, aber er ist älter als ich.» Und er selbst war damals schon über neunzig.

Sie waren immer auch ein Plattenstar. Ihr größter Hit?

Aus den letzten 25 Jahren sicher *Die kleine Kneipe*. Das Lied hatten wir aus Holland. Dort hieß es *Das kleine Café am Hafen* oder so ähnlich. Pierre Kartner, der Vader Abraham, hatte es geschrieben.

Stimmt es, dass Die kleine Kneipe *die größte Spießerhymne aller Zeiten ist?*

Ich liebe Spießer. Ich liebe Kleinbürgerliches. Ich weiß auch nicht, warum, aber diese Welt hat etwas Rührendes, sie ist so echt.

Aber Sie waren nie ein Thekenhocker, Sie gehen gar nicht gern unter Menschen.

Da haben Sie recht, ich kenne mich in dieser Kneipenwelt auch gar nicht aus. Aber das Gemütliche am Spießerleben, das habe ich immer irgendwie gemocht. Ich kann gut verstehen, dass jemand eine Stammkneipe hat. Aber ich bin viel lieber zu Hause oder beim Fischen.

Sehen Sie viel fern?

Ich sehe gern Fußball.

Für einen Österreicher ist das doch traumatisch. Warum können Österreicher nicht Fußball spielen?

Na, na, wir haben schon gute Spieler. Andi Herzog zum Beispiel.

Aber das einzige Spiel der österreichischen Nationalmannschaft, an das man sich erinnert, ist das Match gegen die Deutschen …

… von 78, ja. Das stimmt. Das Spiel habe ich mir übrigens angeschaut mit Udo Jürgens zusammen in einem Frankfurter Hotel. Es war schrecklich. Hinterher sagte er: «So, jetzt kann ich meine Platte wegschmeißen.» Er hatte ja mit der deutschen Elf zusammen dieses Lied aufgenommen: *Buenos Días, Argentina*. Der war echt verzweifelt. Können wir nicht lieber vom Fischen reden?

Ist das nicht langweilig?

Es ist die aufregendste Langeweile, die man sich vorstellen kann. Ich bin Fliegenfischer. Da geht man in Watstiefeln durchs Wasser, Ufer rauf, Ufer runter, und versucht, sich in die Psyche eines Fisches hineinzuversetzen. Wie in diesem Redford-Film *Aus der Mitte entspringt ein Fluss*. Man muss sich sehr konzentrieren.

Der stärkste Fisch?

Lachse sind schon sehr stark. Der stärkste war ein Marlin, den ich beim Hochseefischen vor Afrika gefangen habe. So einer wird so schwer wie ein Kleinwagen. Aber inzwischen setze ich die Fische wieder zurück.

Ihre Frau Hilde ist auch Ihre Managerin. Sind Sie ein schlechter Geschäftsmann?

Weiß ich nicht, vielleicht bin ich nicht schlecht, aber nachdem sie das so dominiert hat, ist es bei mir verkümmert. Sie hat immer alles Vertragliche für mich entschieden, egal, ob mit Filmfirmen, Plattenleuten oder den Sendern. Ich bin mit ihren Entscheidungen immer gut gefahren. Danke, Schnurrdiburr!

War sie eifersüchtig?

Sie hatte keinen Grund dazu, obwohl sich verrückte Sachen abgespielt haben. Einmal hat eine junge Dame in einem Baum gehangen, weil sie auf unser Grundstück wollte. Sie ist runtergefallen, und meine Frau hat einen Krankenwagen gerufen. Man hat mir die Krawatte abgerissen und Einstecktücher weggenommen, an mir gezerrt und gezogen, aber ich bin standhaft geblieben.

Fast fünfzig Jahre Ehe ohne großen Stress?

Wir hatten gar keine Zeit zum Streiten. Wir waren ständig unterwegs, hatten immer die Kinder dabei, da hatten wir andere Dinge im Kopf als persönliche Eitelkeiten.

Heute hätten Sie aber doch genügend Zeit zum Zanken.

Ach, jetzt ist es dafür zu spät.

Dafür streiten Sie seit Jahren mit dem ORF, Ihrem Haussender, über eine neue Show. Gibt es noch einmal Peter Alexander im Fernsehen?

Ich bin in Pension.

Sie wirken aber eher wie im Wartestand als im Ruhestand.

Nett, dass Sie das so sehen, aber es gibt Gründe dafür, dass ich nicht mehr auftrete.

Einer könnte sein, dass Ihr Publikum den Sendern zu alt ist. Zwar könnten Sie mehr als zehn Millionen Zuschauer holen, aber mit denen sind keine Werbegelder zu verdienen.

Ich empfinde diese Quotengeilheit als chinesische Tropfenfolter. Außerdem gibt es ja auch noch Sender, die ohne Werbung auskommen.

Denen sind Sie vielleicht zu teuer.

Nein, der wahre Grund ist: Die bekommen keine gescheite Sendung mehr zusammen. Früher haben wir im Februar angefangen, für den Dezember zu planen. Fast ein ganzes Jahr dauerte das. Beim letzten Mal vor fünf Jahren hatten die im August überhaupt erst drei Künstler für die Show. Da haben wir alles abgeblasen.

Es gibt nicht mehr genug Stars für eine Peter-Alexander-Show?

So ist es. Es fehlt am Nachwuchs. In den Jahren davor hatten wir schon das Problem, dass immer dieselben Kollegen bei uns auftraten.

Also nie wieder Peter Alexander?

Man soll nie nie sagen. Aber solange nichts Ordentliches vorliegt, mache ich nichts. Ich weiß, mein Publikum ist deswegen traurig, und das tut mehr sehr leid, denn ich habe das beste Publikum der Welt. Ich möchte mich hier auch für die jahrzehntelange Treue und Zuneigung bedanken.

Sie werden demnächst 75 Jahre alt. Denken Sie manchmal an den Tod?

Den ignoriere ich. Und ich hoffe, er mich auch.

16

Eugen Braatz, König der Braatzkartoffeln

«Mach doch mal Braatzkartoffeln», sage ich zu Corbi.

«Ich mache keine Bratskartoffeln», antwortet er. «Jedenfalls nicht heute.»

Aber ich meine überhaupt nicht ordinäre Bratkartoffeln mit einem falschen Fugen-s zwischen Brat und Kartoffel, sondern eben Braatzkartoffeln, und das sage ich ihm auch. Braatz. Doppel-a und tz.

«Es heißt korrekt Braatzkartoffel, weil Eugen Braatz sie erfunden hat. Nach ihm ist sie benannt», behaupte ich. Corbinian antwortet nicht darauf und bereitet das Kartoffelpüree zu, das er zur Leber vorgesehen hat. Natürlich ein Klassiker. Könnte man aber auch mit Braatzkartoffeln anbieten. Also drängle ich weiter, er solle doch mal bittebitte Braatzkartoffeln zubereiten. Corbinian hat viel zu tun, wie immer. «Schleich di», empfiehlt er mir und vergisst nicht, mir zu attestieren, dass ich ihm auf die Testikel ginge mit meinen Bratkartoffeln.

«Braatzkartoffeln», sage ich und bringe mich in Deckung. Dann ziehe ich mich auf meinen Platz zurück und muss nur fünf Minuten warten, bis Corbinian kommt. Er ist neugierig. Gute Köche sind immer neugierig.

«Was ist das jetzt für ein Quatsch mit deinen Braatzkartoffeln?», fragt er und setzt sich.

Da erzähle ich ihm die ganze Geschichte von Eugen Braatz. Und Ihnen jetzt auch. Eugen Hugo Braatz, geboren am 13. Mai 1823 in Heidelberg, war Apotheker und seiner Zeit voraus. Er erfand an einem windigen Apriltag 1854 die

Braatzkartoffel, indem er eine mehlige, gekochte und über Nacht leicht sämig gewordene Kartoffel in Scheiben schnitt und in Butterschmalz briet, wozu er ein schmiedeeisernes Pfännchen benutzte. Das Ergebnis setzte er seiner Frau Annemarie vor, die es mit großem Genuss verzehrte und ihn lobte. Dies beflügelte Eugen, und er eröffnete in Heidelberg sein Restaurant «Eugen Braatzens Kartoffelhaus», in welchem es nur ein einziges Tellergericht gab, nämlich besagte Braatzkartoffeln. Der Erfolg war bescheiden, denn die meisten Gäste beschwerten sich darüber, dass es bei Eugen genau genommen nichts anderes gebe als okaye Bratkartoffeln und dass dies nichts Besonderes sei und eigentlich auch zu wenig.

Doch Eugen glaubte an sich und an seine Erfindung. Und so tauchte er mit einem kleinen Stand auf der Weltausstellung 1855 in Paris auf. In der Liste der dort gezeigten Weltneuheiten fehlen die Braatzkartoffeln allerdings bis heute, sie wurden einfach unterschlagen, unter anderem wohl deshalb, weil man Eugen Braatzens Stand für eine Imbissbude mit Bratkartoffeln hielt. Berühmt wurden nur die dort gezeigte erste Espressomaschine und das erste Betonboot.

Eugen kehrte nach Heidelberg zurück. Er war pleite und desillusioniert und gab sich dem Alkohol hin. Außerdem schwante ihm, dass die anderen recht hatten. Womöglich waren die von ihm nach sich selbst benannten Kartoffeln tatsächlich nur, was die Öffentlichkeit Bratkartoffeln nannte. Er bestellte in einer Heidelberger Kneipe solche Bratkartoffeln und musste feststellen, dass sie seinen Braatzkartoffeln verteufelt ähnlich sahen und auch so schmeckten.

Da kam ihm eine Idee: Er verfeinerte seine Braatzkartoffeln mit angebräunten Zwiebeln. Euphorisch öffnete er sein Lokal erneut und rief es in die Straßen hinein: «Leute, nur hier bei mir: die original Heidelberger Braatzkartoffel!» Ein erster Gast bestellte, Eugen briet, und der Gast zahlte, nicht ohne zu bemerken, dass es sich bei dem Gericht ganz offensichtlich um Bratkartoffeln mit Zwiebeln gehandelt habe. Daraufhin versank Eugen Braatz in tiefe Schwermut und starb bald darauf geschieden, krank und verschuldet. Er liegt in einem Armengrab.

Und ich weiß auch nur von dieser Geschichte, weil ich einmal ein Buch von einem Schriftsteller erwarb, der mir von Eugen Braatz erzählte. Er selber habe ein ähnliches Schicksal erleiden müssen, sagte der Schriftsteller. Seinen Roman über einen wütenden einbeinigen Kapitän, der einen Wal jagte und dabei elend zugrunde ging, habe auch kein Mensch lesen wollen, weil es angeblich schon so etwas Ähnliches gab. Corbinian stand auf. «Ich finde, wir sollten das Andenken von Eugen Braatz bewahren und mal Braatzkartoffeln zur Leber machen», rief ich.

Corbinian schraubte eine Flasche Wasser auf und goss sich ein Glas ein. «Heute gibt es Kartoffelpüree. Und damit basta.»

Der arme Eugen würde sich im Grabe herumdrehen, wenn er wüsste, wie schändlich selbst heute sein Ansehen mit Füßen getreten wird.

17

Die Experimente des Albert Kamp

Verona, 17. Mai 1906

Lieber Vater,

endlich angekommen. Gestern erst habe ich meine Wohnung hier in Verona bezogen. Du kannst Dir kaum vorstellen, wie glücklich ich darüber war festzustellen, dass die Wohnung, die Brock ausgesucht hat, tatsächlich zu mir passt, mehr noch, meinen Wünschen so sehr entspricht, dass ich mir kaum vorstellen kann, sie jemals wieder zu verlassen.

Du musst Dir die Wohnung als ein perfektes Paradies der Ruhe vorstellen. Sie liegt in einer engen Seitenstraße, aber nicht weit von der Piazza delle Erbe entfernt. Zwar fand ich meine Wohnung in der obersten Etage vor, doch hinaufzusteigen war mir bisher ein Vergnügen. Es handelt sich wohl um den vorderen Teil einer ehemals viel größeren Wohnung, deren restliche Zimmer nur noch von der Hintertreppe zu besuchen sind. Sie wurde in viele kleine Stücke geteilt und dient Handelsreisenden einer Mailänder Tuchfabrik als Zwischenstation. Die Zimmer werden aber selten benutzt, und wenn überhaupt, bewohnen die Gäste die vorderste Kammer, weil es dort eine Waschgelegenheit gibt.

Ich habe drei Räume, Klosett und Waschraum nicht mitgezählt. Vielleicht hat Brock Dir nur von zweien berichtet, aber es sind in Wirklichkeit drei. Ein Wohnzimmer, eine geräumige Schlafkammer und ein geradezu riesiger Austritt, den so zu nennen eine Beleidigung wäre. Es handelt sich vielmehr um eine Terrasse von beträchtlichen Ausmaßen. Hier werde ich wohnen, nicht in dem düsteren Wohnzimmer, das allzeit von Fensterläden verschlossen wird, um über Tag die Hitze nicht hereinzulassen.

Der Balkon ist umrahmt von einem schmiedeeisernen Geländer, das schon bessere Zeiten gesehen hat. Da und dort frisst der Rost an dem Gestell, aber ich bin zuversichtlich, dass die Konstruktion sowohl mich als auch meine Bücher, meinen Tisch und die vielen Pflanzen aushält. Ich blicke geradeaus auf das Seitenschiff einer Kirche, von wo ich es gestern Abend singen hörte. Zwischen der Kirche und meinem Haus liegt eine Art Pfarrgarten mit stillen Bäumen und allerlei Beeten, deren Ertrag ich nicht beurteilen kann, weil ich doch von einer gewissen Höhe herabsehe. Nach links und rechts ist nichts Bemerkenswertes zu sehen, bloß rote und orangefarbene Dächer, aus denen es zu dieser Jahreszeit nicht qualmt. Es ist wunderschön. Morgen werde ich mit dem Einrichten meines Balkons beginnen. Es wird ein Fest werden. Ich werde nur noch daran denken und nicht mehr an die Schweiz. Wenn ich diese Zeilen schreibe, ergreift mich erneut die Schwermut, also lasse ich es sein und widme mich dem Anblick des Abendrots, das die Dächer von Verona erglühen lässt.

Eine Bitte noch: Würdest Du Brock darum bitten, meine Pflanzen aus dem Botanikum des Sanatoriums zu Dir nach Hause bringen zu lassen? Ich vergaß es nicht, aber es schien mir in der Aufregung um meine plötzliche Abfahrt fehl am Platze, auch noch die Pflanzen auf Reisen zu schicken. Ich fürchtete, die Ärzte würden Einspruch erheben, wie sie es mit allem taten, was ich an Wünschen hegte, solange ich im Haus am See war. Hier fühle ich mich frei, ich spüre direkt, wie sich meine Nerven beruhigen. Ich werde hier ausruhen und die Kraft finden, meine Wissenschaft wieder aufzunehmen. Ich schreibe wieder, sobald die See in mir geglättet und die wichtigsten Verrichtungen getan sind.

Dein Albert

München, 23. Mai 1906

Sehr geehrter Doktor Brock,

ich bin noch ganz erschüttert von den Vorfällen in der Schweiz. Der entsetzliche Unfall meiner Nichte und der Schlag, den es meinem Sohn darüber versetzte, ist auch in mir noch nicht zur Ruhe gekommen. Albert schreibt, dass Sie eine vortreffliche Wahl mit der Wohnung getroffen haben, und will nun seine botanischen Forschungen vorantreiben. Er wünscht sich seine im Haus am See verbliebenen Pflanzen zu mir nach München. Darf ich Sie bitten, für den Transport zu sorgen?

Mit den freundlichsten Grüßen in die Schweiz
Ihr Johannes Kamp

Verona, den 2. Juni 1906

Lieber Vater,

ich bin so froh wie noch nie in meinem Leben. Du glaubst nicht, wie schön es hier ist. Seit gestern bin ich Besitzer einer eigenen Plantage auf meinem Balkon. Ich habe mir große Tontöpfe und Erde kommen lassen, was einen Aufruhr unter den Lieferanten verursachte, denn die Burschen, die die großen Tonbehälter brachten, waren weit weniger von meiner steilen Treppe begeistert als ich. Diese tölpelhaften Landburschen zerbrachen einen Topf im Flur, ich habe ihn daraufhin nicht gezahlt.

Überhaupt das Geld: Es ist nun doch alles kostspieliger, als ich dachte. Die Apanage, die mir von Brock geschickt wird, will nicht reichen. Er hat Frühstück und zwei warme Essen für mich im Hotel Royal reserviert, wo ich allerdings pünktlich auftauchen muss, da sonst die Küche erbarmungslos schließt, was mir bisher zweimal einen knurrenden Magen verursacht hat. Vom übrigen Geld kaufe ich mir Material für meine Studien und Kleinigkeiten, die glücklich machen. Den Tag verbringe ich geruhsam auf meinem Balkon. Die Ärzte hatten mich gebeten, noch nicht sofort zu arbeiten, und so genieße ich meine Ferien auf der Terrasse und schaue den Töpfen beim Herumstehen zu. Lange werde ich dies jedoch sicher nicht aushalten, zu sehr kitzelt mich der Anblick der leeren Kübel, ich will sie schon bald füllen und dem Wachstum zusehen.

Auch brauche ich Ablenkung, denn die Mußestunden auf meiner Terrasse führen zum Grübeln. Ich denke viel an Clara. Und ich mache mir Vorwürfe, weil ich den Unfall nicht verhindern konnte. Ich schwöre, ich war gegen den Ausflug. Aber Du kanntest sie und ihren Hang zum Leichtsinn. Immer wieder kehren die Bilder des ersten Maisonntages in mir zurück. Des Nachts träume ich, dass ich im Gewächshaus stehe und meine Pflanzen sprühe. Ich sehe aus dem Fenster und sehe Clara am Ufer, die mir fröhlich winkt. Ich lege alles beiseite und laufe zum Steg, weil ich ahne, was sie vorhat. Als ich bei ihr war, stand sie bereits auf dem Boot und hatte das Ruder in der Hand. Ich konnte sie nicht abhalten, also dachte ich, es sei dann sicher besser, mit ihr auf den See zu fahren. Ich habe geglaubt, ich könnte sie schützen. Aber wer kann zwei Törichte in einer Nussschale vor einem Gewitter auf dem Bodensee retten? Immer, wenn hier ein Wind aufzieht, denke ich an unsere verzweifelten Versuche, zurück an Land zu kommen, ich denke an die Wellen und wie Clara mir schließlich entglitt. Auch wenn die Ärzte ganz sicher einen gegenteiligen Rat geben, so bitte ich Dich, mir Bescheid zu geben, wenn ihr Körper endlich entdeckt wird. Es würde mich beruhigen zu wissen, dass sie nicht für immer und ewig auf dem Grund des Sees ruht. Es würde mein Gewissen entlasten, denn natürlich wäre sie noch am Leben, wenn sie mich nicht im Sanatorium besucht hätte. Sie hätte mich dort genauso vergessen können, wie der Rest der Familie mich dort vergaß, mich in Heimen weggeschlossen hat nach zweifelhaften Gutachten. Ich denke oft daran, wie ihr mich zu Hause verabschiedet habt. Ich bin Dir nicht böse, es mag sein, dass Du nur so und nicht anders handeln konntest. Dieser Balkon und die freie Luft, die ich nun atmen kann, machen mich milde, und so kann ich Dir sagen, dass ich ohne jeden Groll hier sitze und in der Freiheit das Leben genieße, soweit es mir in Gedanken an meine geliebte Cousine möglich ist.

Ich denke viel an Euch und wünschte mir, eines Tages zu Euch zurückkehren zu können, als sei ich tatsächlich nur in diesen Ferien gewesen, als seien die vergangenen fünf Jahre nicht geschehen. Eine Bitte am Schluss dieses traurigen Briefes, die Dir wohl in unser aller Kummer auf merkwürdige Weise albern vorkommen darf, mir aber wichtig ist: Wie geht es meinen Pflanzen? Sie müssen geflissentlich begossen und besprüht werden. Kannst Du mir davon berichten?

Dein Sohn
Albert

München, 11. Juni 1906

Lieber Albert,

erst heute finde ich Gelegenheit, Dir auf Deine Briefe zu antworten. Ich freue mich sehr, dass es Dir ganz offenbar besser geht. Erst vor kurzem traf ich Doktor Brock, der Deine Pflanzen brachte und einen Untersuchungsbericht Deiner Ärzte. Darin steht, dass Du als geheilt gelten darfst. Sie vermuten, dass die Nervenkrankheit, von der Du befallen wurdest, etwas mit dem Tod Deiner Mutter zu tun hatte, der Dich gleichsam umnachtet haben muss. Nur so seien Dein Verhalten und Deine Auffälligkeit zu erklären. Glaube mir, die Entscheidung für die Schweiz fiel wohl überlegt, denn hier in München hätten sich die Ämter Deiner angenommen, und mein Einfluss auf deren Entscheidungen wäre gering gewesen.

Ich bin sicher, Du genießt diese Zeit in Verona, die wir als Probe ansehen möchten, um Dich bald wieder aufnehmen zu können. Zu Deinem 23. Geburtstag wird Dich eine Überraschung erreichen, die Dich sicher erfreut. Ich habe Deine Andeutung, die Du ganz in der Art Deiner Mutter nicht verhehlen wolltest, wohl verstanden und Brock gebeten, Deine Apanage moderat zu erhöhen.

Bevor ich schließe, möchte ich Dir noch berichten, dass ich einen Professor Schlegelmann aus Wien auf einer ansonsten ermüdenden Einladung bei Staatsminister Lohberg kennenlernte. Er ist Botaniker und sehr an Deinen wissenschaftlichen Studien interessiert. Er würde sich freuen, wenn Du ihm über mich einige Ergebnisse zukommen lassen könntest. Deine Pflanzen machen sich, soweit ich das mit unfachmännischem Auge beurteilen kann, ganz ordentlich. Emma kümmert sich darum, das kann ich Dir versprechen.

Ich freue mich auf Deinen nächsten Brief
Dein Vater

Verona, 22. Juni 1906

Vater,

als ich Deinen verspäteten Brief heute las, war mir gleich klar, was Du mit Geburtstagsüberraschung meintest. Sie stand pünktlich vor der Tür und hieß Wilfried, nicht wahr? Natürlich war ich darauf nicht vorbereitet, und Wilfried traf mich nicht gerade in bester Verfassung an. Es war ein ödes Treffen, und von einer Freude kann nicht die Rede sein, denn immerzu hatte ich den Eindruck, Wilfried solle in Wahrheit bei mir spionieren. Er mokierte sich über mein Äußeres und zeigte keinerlei Interesse für meine Arbeiten, erzählte bloß fortwährend alte Geschichten aus München, die ich kannte, weil ich selber dabei war, als sie sich zutrugen. Und er erklärte mir, für wie großartig er uns und unsere Familie hielt, insbesondere Dich. Nenn es degoutant, aber ich hatte fast den Eindruck, er wolle mich heiraten und gut Wetter bei Dir machen, so sprach er von Dir als dem «lieben Generaldirektor». Wenn dieser Besuch eines Freundes, den ich schon lange Zeit nicht mehr dafür halte, eine Überraschung sein sollte, dann ist sie gelungen; eine Freude war sie aber nicht. Ich schreibe diesen Brief eine Stunde nach seiner nach drei quälenden Tagen endlich vollzogenen Abreise, weil ich hoffe, mein Brief erreicht Dich, bevor er selbst nach Hause zurückkehrt. Zwar behauptete er, dass er weiter nach Neapel reisen wollte, doch ich glaube ihm nicht, dass Du es nur auch ruhig weißt. Ich brauche keine rotwangigen Eindringlinge, die mir mit ihrem dummen Getue das Leben aus der Seele saugen. Sicher wird Dir der Geck berichten, ich hätte meine Studien nicht begonnen und vertrödelte den Tag auf meinem Balkon. Aber so ist es nicht. Er kann nur nicht sehen, weil er ein Mensch ohne jeden Verstand ist. Glaube ihm nicht. Glaube ihm nichts! Ich werde Ergebnisse präsentieren, die noch kein Mensch je auch nur geahnt hat. Die Vorbereitungen sind in Kürze abgeschlossen. Ihr werdet Pflanzen sprießen sehen, deren Existenz Euch unglaublich scheinen wird. Glaube mir. Bitte glaube mir.

Albert

Grezzana, 23. Juni 1906

Sehr verehrter Herr Generaldirektor,

ich schreibe mit schmerzlichen Gefühlen. Albert hat unsere Absicht vom ersten Moment an durchschaut. Ich habe drei

Tage mit ihm verbracht, und es waren nicht die erbaulichsten. Ich glaube nicht, dass er ahnt, dass ich mich auf dem Rückweg nach München befinde (ich erzählte ihm, dass ich nach Neapel weiterreisen wolle). Doch ich weiß, wie sehr Sie einen Bericht vor meiner Ankunft benötigen, also schreibe ich aus einem Hotel. Morgen werde ich den Zug Richtung Heimat nehmen. Doch nun zum Bericht, den abzugeben ich als schmerzhafte Pflicht empfinde, denn so unglücklich ich Ihren Sohn vorfand, so bedenklich sind auch meine Eindrücke.

Albert lebt in einer vormals sicher herrschaftlichen, aber durch seine schiere Anwesenheit schon traurigen Wohnung. Das schreibe ich, obwohl seine Wohnung selbst nichts an und für sich Deprimierendes hat. Ich habe sogar den Eindruck, dass er sie kaum bewohnt. Seine ganze Zeit verbringt er auf einem großen Austritt, den er mit allerlei Tontöpfen vollgestellt hat. Die Sicht über die Brüstung dieses Balkons ist fast vollkommen verstellt von den riesigen Behältnissen, die er seine Laborausrüstung nennt. Hinzu kommen allerlei Gartengerät und säckeweise Erde, die mir mehr als einmal den Eindruck machten, als brächte ihr Gewicht die Terrasse zum Abstürzen. Neben die Tür hat er sich einen Tisch und einen Stuhl gestellt, sogar ein Schlaflager sah ich, ein notdürftiges Bett, in dem er die Nächte unter freiem Himmel verbringt. Albert empfing mich am Nachmittag in einer Art Schlafkleidung, die er bis zum Abend anbehielt, und bot mir keinen Stuhl auf seinem Balkon an, sodass ich mir einen Sessel aus dem Wohnraum an die Tür zog, um mit ihm zu sprechen. Ich versuchte, ihn mit lustigen Anekdoten zu unterhalten, doch Albert starrte bald stumpf, bald böse in meine Richtung und ließ sich nicht aufheitern. Widerwillig begleitete er mich auf zwei Spaziergängen durch das schöne Verona. Wir aßen an der Piazza

Bra, und Albert sprach nicht mehr als irgend nötig mit mir. Mir scheint, er hat die Stadt noch gar nicht erkundet. Vieles in der Stadt sah er offenbar zum ersten Mal, auch den Giardino Giusti. Dort endete der zweite Abend beinahe im Streit, als ich ihn im Labyrinthweg dieses herrlichen Gartens von der Notwendigkeit seiner Behandlung und Ihrem lieben Bemühen um ihn überzeugen wollte. Er lachte nur Hohn und Spott über seine Familie und brach schließlich in Tränen aus, als die Sprache auf die unglückliche Cousine Clara kam. Ansonsten sprach er nur Unverständliches von seiner Forschung, die er mir allerdings weder erklären noch nahebringen konnte. Ansonsten interessierte ihn nur seine Pflanzensammlung, die er vom Sanatorium nach München geschickt wissen wollte. Darüber konnte ich ihm nicht Auskunft geben, also verfiel er wieder in missmutiges Schweigen, bis wir zu später Stunde seine Wohnung erreichten, wo er sich augenblicklich auf seine Terrasse zurückzog und die Tür schloss. Mir war fast, als habe er mich ausgeschlossen, obwohl doch er es war, der dann die Nacht im Freien verbrachte.

Am dritten Tage, dem gestrigen, sah ich schließlich ein, dass ich Albert kein Freund mehr bin. Zu meiner Abreise reichte er mir die Hand und sagte nur: «Grüß mir meinen alten Herrn.» Es schnürte mir fast die Kehle zu, und es verstärkte meinen Eindruck, dass Albert von wachem Verstand, aber durchdrungen von bösen Gefühlen ist. Merkwürdig war auch dies, es fällt mir gerade jetzt erst ein: Seine Kübel waren allesamt leer. Nicht einen hat er bepflanzt. Ich sah auch keine Samen. Ich würde so etwas nie sagen, wenn nicht mein Eindruck so stark wäre, aber Albert macht tatsächlich nichts von wissenschaftlichem Belang auf seinem Balkon. Er verbringt dort einen langen Urlaub, der ihm gegönnt sei, aber er forscht keineswegs. Ich habe auch keine

Aufzeichnungen gesehen. Nicht eine beschriebene Seite. Ich bedaure aus tiefster Seele, Ihnen nicht mehr Gutes von meiner Reise berichten zu können. Ich freue mich sehr, Sie bald wieder in München zu sehen, und habe mir auch Ihr Angebot überlegt und sage mit Freuden ja. Ich werde noch im September die Stelle bei Ihnen antreten und bin auch mit der Bezahlung zufrieden. Ich werde Sie nicht enttäuschen.

Mit großem Dank und vorzüglichster Hochachtung
Ihr Wilfried Speer

München, 5. Juli 1906

Sehr geehrter Doktor Brock,

unser Versuch ist fehlgeschlagen, es geht Albert nicht besser, im Gegenteil, er scheint zusehends zu verkommen und ist offensichtlich nicht geheilt. Bitte leiten Sie alles für einen Umzug nach Percha und die Auflösung seiner Wohnung in die Wege. Ich bitte Sie, mit der größtmöglichen Diskretion vorzugehen und Albert vom Familienhaus fernzuhalten. Es ist mir wohler beim Gedanken, ihn nicht wieder zu sehen.
 Ihr Honorar habe ich verdoppelt. Bitte schreiben Sie die Bücher um.

Mit herzlichen Grüßen
Ihr Johannes Kamp

München, 5. Juli 1906

Mein Sohn,

ich halte zwei Briefe in meiner Hand, die mich traurig machen. Es ist Deiner und der Brief, der mich von Wilfried Speer erreichte, nachdem er Dich besuchte. Inzwischen ist er wieder in München und hat mir einen Bericht erstattet, der mich zweifeln lässt, ob diese Unternehmung Sinn hat. Lieber wäre mir, Dich in guter Obhut zu wissen. Ich gebe zu, dass seine Reise dem Zweck diente, mir Aufschluss über Dein Tun zu geben. Ich bedaure nun, dass ich diese Absicht zu verschleiern suchte, aber ich bitte Dich um Dein Verständnis. Nach allem, was gewesen ist, hielt ich es für besser, Deine Angaben zu prüfen. Mir scheint, ich hatte recht mit meinen Zweifeln, es war wohl zu früh für den Versuch, Dich vollkommen freizulassen. Nun wundert mich auch nicht mehr, dass Du keinen Forschungsbericht an Professor Schlegelmann schicken konntest, denn Du hast wohl tatsächlich nichts vorzuweisen. Ich bitte Dich nun, bald zurückzukommen oder zumindest von Fortschritten berichten zu können. Du kannst Deine Versuche auch hier weiterverfolgen. Ich habe mich nach einem Institut am Starnberger See umgehört, das Dich mit Interesse aufnehmen würde. Der Leiter des Hauses macht einen vorzüglichen Eindruck und hat auch erlaubt, dass Du Deine Töpfe mitbringen kannst. Ich hoffe, diese Lösung sagt Dir zu, zumal Du in unserer Nähe wärst und ich, sooft es meine Geschäfte ermöglichen, Dich besuchen könnte. Nebenbei bemerkt sind Deine Pflanzen hier nicht im besten Zustand. Zwar werden sie von Emma mit der Dir sicher bekannten Hingabe begossen und besprüht, doch außer einigen kümmerlichen Zweiglein ist nichts zu sehen. Emma bittet deshalb um Ratschläge zur Pflege. Sie hat schon gemeint, man müsse vielleicht die Töpfe wechseln und das Erdreich erfrischen. Ich habe sie gebeten, damit zu warten, bis Dein nächster Brief eintrifft. Bitte schreibe mir und kehre zurück zu uns, das wolltest Du doch ohnehin. Ich bitte Dich um Verständnis für diese Lösung, die ich für die beste halte.

Dein Vater

Verona, 21. Juli 1906

Vater!

Dein Vertrauen in mich scheint so klein zu sein wie der Mut Deines Prokuristen, der hier gestern vor der Tür stand und einen silbernen Leuchter von mir gegen die Stirn bekam. Hat er Dir schon berichtet? Oder traut er sich nicht, vor Dir einzugestehen, dass er ein Wicht und Hampelmann ist und keine Gelegenheit bekommt, meine Burg einzunehmen. Ihr holt mich hier nicht heraus. Und vielleicht erscheint es Dir ja nach diesem Brief auch nicht mehr nötig, mich gefangen zu nehmen. Es tut mir leid, wenn Du nicht an meine Wissenschaft glaubst, deshalb präsentiere ich hier einige Ergebnisse in einem verschlossenen Umschlag, den Du Deinem wuselbärtigen Professor vorlegen kannst, nur damit Du weißt, dass ich hier auf meinem Balkon beileibe keine Ferien mache, sondern ernsthaft forsche. Leite sie ruhig weiter, und Du wirst es sehen. Was meine Münchner Pflanzen angeht, so soll Emma keinesfalls die Töpfe berühren oder gar das Erdreich auswechseln. Nur gießen und sprühen soll sie, denn die Erde ist mit einem ganz speziellen Dünger durchsetzt, den auszutauschen das Ende meiner

Arbeit bedeuten würde. Sage ihr das bitte deutlich und so klar, dass auch ihr rheinischer Verstand die Anweisungen versteht. Außerdem darf ich Dir berichten, dass ich keineswegs einsam und verlassen meiner Verwesung entgegenkrieche. Ich habe eine Gefährtin getroffen, die Assunta heißt und die Tochter eines Bäckers ist. Sie hat sich gleich in mich verguckt und hilft mir den Tag über bei meinen Studien. Ich denke nicht daran, meine Forschungsterrasse zu verlassen und in ein neues Heim zu reisen. Mit Assuntas Hilfe werde ich die letzten Rätsel des Pflanzenwuchses entschlüsseln und eine neue Düngemethode vorstellen, die mich reich und vollkommen unabhängig von Deiner Gunst machen wird. Gib mir noch bis September Zeit, dann kann Dein Scherge meinetwegen wiederkommen und sich vor einem der größten Wissenschaftler dieser Zeit, nämlich mir, blamieren.

Dein stolzer Albert

München, 30. Juli 1906

Sehr verehrter Herr Professor,

ich möchte gerne nun von Ihrem Angebot Gebrauch machen und Ihnen die Forschungsergebnisse meines Sohnes zur gefälligen Begutachtung schicken. Ich weiß Ihr freundliches Bemühen zu schätzen und verbleibe

hochachtungsvoll
Ihr Johannes Kamp

Verona, 1. August 1906

Sehr geehrter Herr Direktor,

dieser Brief soll der letzte sein, der uns verbindet. Ich erstatte Ihnen hiermit Bericht vom Ableben Ihres Sohnes und über die letzten Tage, die ich in Verona mehr tot als lebendig verbringen musste. Zunächst eines: Ihr Sohn ist ganz und gar verrückt geworden. Seine Entlassung in der Schweiz war entweder ein furchtbarer Irrtum oder die sorgsame Inszenierung eines Irren, der es versteht, sich zu verstellen und seine Umgebung zu nasführen. Auch ich hatte geglaubt, dass er von seiner Schwermut geheilt und vollkommen gesund die Reise angetreten hätte. Doch als ich vor einigen Tagen zu ihm wollte, um ihn von seiner Heimreise zu überzeugen, ergriff ihn der Teufel, und er schlug mir, der ich noch auf der Treppe stand, einen Kerzenleuchter gegen den Kopf, worauf ich beinahe den Treppenabsatz hinabgestürzt wäre. Seine wilde und gänzlich vernachlässigte Erscheinung machte mir Angst, dennoch kündigte ich einen neuen Besuch mit Verstärkung an. Er lachte nur und brüllte: «Kommt doch, ihr Speichellecker meines vermoderten Alten.» Das sagte er wirklich, ich bitte um Verzeihung. Mein Besuch sechs Tage später kann ihn demnach nicht überraschend getroffen haben. Ich brachte diesmal zwei Polizisten mit sowie einen Bäcker, der sich auf dem Weg zu Albert nicht abschütteln ließ und fortwährend behauptete, Ihr Sohn habe seine Tochter entführt und hielte sie in seiner Wohnung fest. Wie ich erwartet hatte, öffnete Ihr Sohn nicht auf Klopfen und Rufen, es blieb uns nichts anderes übrig, als die Tür mit vereinten Kräften aufzubrechen. Er hatte sie von innen mit allerlei Mobiliar verstellt, und es brauchte sicher eine halbe Stunde, bis wir hineinkamen. Wir betraten die Wohnung, aus der uns ein atem- und sinnenberaubender Gestank entgegenschlug, der die zwei braven Polizisten beinahe veranlasst hätte, das Weite zu suchen. Dann durchquerten wir den düsteren Wohnraum, den Ihr Sohn mit allerlei Gerät vollgestellt hatte. Das einzige Licht fiel von der Terrassentür in diesen Raum, sodass wir geblendet, aber in gespannter Erwartung auf der Hut waren. Nach der Erfahrung mit dem Kerzenleuchter war ich auf einiges gefasst und hielt meinen Gehstock abwehrbereit. Doch in der Wohnung war niemand. Dann hörten wir Ihren Sohn singen und trafen ihn schließlich auf dem Balkon an, wo er uns entgegensah. Ich schwöre, seinen Anblick will ich nie vergessen, denn er stand in bester Laune am Geländer, hielt in der Linken eine kleine Schaufel, in der Rechten eine Säge und lachte uns in hellem Singsang an. Doch seine Erscheinung hatte dabei nichts Fröhliches, denn Albert stand uns am ganzen Körper blutüberströmt gegenüber, er war so voller Blut, dass er unter normalen Umständen gar nicht hätte lebendig sein dürfen. Erst nach einigen Momenten bemerkte ich, dass es offenbar nicht sein Blut war, das überall an seinem Gesicht, in den Haaren und an seiner Kleidung klebte. Auch die ganze Terrasse war besudelt und bespritzt von Blut, dessen Besitzer jedoch nicht zu sehen war. Während die Polizisten stocksteif dem Wahnsinnigen gegenüberstanden und ihn ansahen wie den Leibhaftigen, versuchte ich ihn anzusprechen und sagte: «Albert, was tust du da?» Doch er grinste nur leidenschaftlich und sprach endlich freundlich, aber irre lächelnd nach einer langen, unheimlichen Stille: «Ich pflanze, mein lieber Brock.» Das waren seine letzten Worte. Bevor ihn jemand davon abhalten konnte, lehnte er sich nach hinten und stürzte ohne einen Schrei in die Tiefe, wo er zerschmettert im Blumenbeet eines Pfarrgartens liegen blieb. Die Säge und die Schaufel hielt er fest umklammert in den Händen.

Während die Polizisten nun an das Geländer stürmten, um nach Albert zu sehen, sank der arme Bäcker hinter mir auf die Knie und begann jämmerlich das Weinen. Erst jetzt sahen wir blutgetränkte Mädchenkleider am Boden liegen, die der Bäcker wohl erkannte. Von seiner Tochter war indes nichts zu sehen. Was ich nun schildere, dürfen Sie mir glauben, und es ist nur recht, dass Sie es so lesen, uns verbindet nämlich vom heutigen Tag an nichts mehr, denn Ihr Sohn war ein Monster. Auf der Suche nach dem Mädchen Assunta wurden wir schnell fündig, denn auch Alberts Pflanzenkübel waren voller Blut und beileibe nicht voller Erde. Als Erstes entdeckten wir einen Arm, der noch aus der Erde herausschaute, als wolle er uns winken. In den anderen Kübeln, die er wohl im Begriff war, mit Humus aufzuschütten, entdeckten wir den Rumpf des Mädchens, von dem der Kopf und die Gliedmaßen abgetrennt worden waren. Der Kopf steckte in einem größeren Topf, das Gehirn hatte Albert bereits entfernt und durch das Wurzelwerk eines kleinen Orangenbaums ersetzt, welcher nun mitten aus dem Kopf der Unglücklichen zu wachsen schien. Den restlichen Freiraum des Kübels hatte er mit Erde aufgefüllt. Die Hirnmasse entdeckten wir in einem Gemüsebeet, gemeinsam mit den Nieren und dem Herz des Mädchens. Ich erspare Ihnen weitere Einzelheiten, kann aber berichten, dass wir, soweit meine anatomischen Kenntnisse ausreichen, dies zu beschreiben, sämtliche Teile des ausgeweideten und auf das grauenvollste verstümmelten Mädchens Assunta in den Tonbehältern auf dem Balkon ausgruben. Der Bäcker erlitt einen Herzanfall und liegt geschwächt im Spital. Ich habe mir erlaubt, seine Behandlung von Ihrem Geld zu zahlen, und ihm eine Rente hinterlegt. Seien Sie unbesorgt:

Durch den Tod Ihres Sohnes und die Apanage des Bäckers ist für die Polizei die Sache erledigt. Ich habe Albert auf einem Friedhof in der Nähe der Kirche San Giovanni in Valle beisetzen und die Wohnung räumen lassen. Die Terrasse wurde neu bemalt, denn sie war vom Blut nicht mehr zu säubern. Doch in meiner Seele kann man nichts mehr übertünchen. Ich bin von Blut und Elend für immer besudelt. Ich habe nie etwas Furchtbareres erlebt als dies. Selbst der Tod Ihrer lieben gnädigen Gattin hat mich nicht so berührt, und der von Nichte Clara auch nicht, wohl auch, weil wir nie auch nur eine Spur ihrer leblosen Körper fanden. Ich bitte Sie nun, mich aus Ihrem Dienst zu entlassen. Jahr um Jahr habe ich Ihren Sohn aus dem Gefecht genommen, ihn und Sie immer mit tätigen Lügen vor den Ärzten und der Gerichtsbarkeit beschützt. Nun bin ich am Ende und kann so nicht weitermachen.

Brock

Wien, 21. August 1906

Sehr geehrter Herr Generaldirektor,

vielen Dank für die Übersendung der Studien Ihres Sohnes, die ich erst gestern die Muße hatte zu studieren. Seine Ergebnisse sind, verzeihen Sie mir gütigst die Bezeichnung, aber mir fällt dazu nichts Beschönigendes ein, verrückt. Die Annahme, dass tote, aber noch warme menschliche Körper als Dünger für Gemüse und Obst gut dienen sollten, ist mir weder verständlich geworden, noch scheint sie auf einem wissenschaftlichen Fundament zu ruhen. Dafür wären weitreichende Versuche vonnöten, die anzustellen Ihr Sohn wohl kaum die Möglichkeit hat. Es handelt sich also um die geistige Ausgeburt eines abartigen Humoristen. Da schreibt er von hervorragenden Ergebnissen bei Einbringung einer frischen Leber in den Humus einer Tomatenstaude. An anderer Stelle will er Kartoffeln mit Teilen des Gehirns und der Lunge eines Mädchens zum Blühen gebracht haben. Von jahrelangen Erfahrungen ist da die Rede und von den unterschiedlichen Qualitäten älteren und jüngeren Frauenblutes. Er hat Phantasie, das muss man Ihrem Sohn lassen. Alles andere wäre Wahnsinn und müsste zu seiner Verhaftung führen. Ich bitte Sie um Antwort, denn ich weiß nicht, auf welche Art ich mit diesem Brief verfahren soll.

Mit vorzüglicher Hochachtung
Professor Schlegelmann

18

Ich bin ein Nichtschwimmer

Einmal im Jahr, wenn das Wetter besonders schön ist, geht unsere Clique baden. Alle tummeln sich dann im Wasser und genießen die Freuden des Schwimmens. Nur einer sitzt immer nur am Rand und macht sich Notizen: Das bin ich.

Eines wollen wir gleich klarstellen: Ich bin nicht der einzige Nichtschwimmer auf dieser Welt. In Wahrheit kann nämlich kein Mensch schwimmen. Goldfische schwimmen und Seepferdchen und Pottwale. Jedes Tier, das im Wasser lebt, sieht beim Schwimmen eleganter aus als der Mensch. Menschen schwimmen genauso wenig wie Schokoriegel. Sie machen komische Bewegungen und gehen dabei halt meistens nicht unter. Aber von Schwimmen zu sprechen entspricht dem menschlichen Hang zur Übertreibung.

Von klein auf werde ich mit der Frage belämmert: «Und was machst du, wenn du mal auf einem Schiff bist, und das geht unter?» Ich habe immer geantwortet: «Ich ertrinke. Aber du ertrinkst auch, nur später.» Ich bin noch nie auf einem Schiff gefahren, höchstens mit einer Fähre. Ich habe nie schwimmen müssen und habe es auch nicht vor. Schwimmen ist öde und anstrengend. Und schwimmen zu lernen ist eine Qual.

In der vierten Klasse kam der Schuldirektor und fragte, ob irgendjemand nicht schwimmen könne. Ich meldete mich, und er zeigte auf mich und sagte: «Waaas? Du kannst nicht schwimmen? Das musst du aber lernen, bevor du aufs Gymnasium kommst. Da müssen alle schwimmen.»

Alptraum Hallenbad, 1997.

Also steckten mich meine Eltern in Schwimmkurse. Ich habe sie nicht gezählt. Zweimal die Woche brachte mich meine Mutter in düstere Hallenbäder, wo ich mich ausziehen musste und alberne Übungen machen sollte. Einer meiner ersten Schwimmlehrer war eine uralte Frau. Sie trug eine Badekappe und sah im Wasser damit aus wie ein Eisbergsalat. Ich musste mich im Wasser auf ihre Hand legen und so tun, als sei ich ein Frosch. «Los, sei ein Frosch», sagte sie zu mir. Schwimmen habe ich dabei nicht gelernt, nicht einmal quaken. Ich werde es auch nie lernen. Ich kapiere nämlich nicht, wie man beim Schwimmen atmet. Ich kann nur atmen, wie ich es gelernt habe, nämlich wann ich will. Wenn ich beim Schwimmen atmen will, ist mein Kopf immer unter Wasser, und da klappt es natürlich nicht. Ich habe nun mal keine Kiemen und keine Schwimmblase. Ich habe mich damit schnell abgefunden. Aber alle anderen nicht.

Ich wurde in Swimmingpools geschubst, untergetaucht und drangsaliert von Schwimmern ohne Gehirn. Es gibt für mich nichts Widerlicheres als sogenannte Wasserratten mit dem Seepferdchen-Abzeichen der DLRG. Das bekam man, wenn man ein bisschen hin- und herkraulen konnte – meine erste Erfahrung mit der Leistungsgesellschaft. Ich schaffte das Seepferdchen nicht und wurde Opfer des Sozial-Darwinismus, der kleine Kinder in Monster verwandelt, die nichts Besseres zu tun haben, als Nichtschwimmer zu quälen und nass zu machen. Ich finde, Kinder haben ein Recht darauf, selbst zu entscheiden, ob sie lieber trocken oder pitschnass sind.

Auf dem Gymnasium wurde mir diese Entscheidung abgenommen. Jeden Freitagmorgen wurde ich gezwungen, in einen blauen Bus zu steigen, und dann fuhr die Klasse in ein Schwimmbad. Ich habe diese Fahrten gehasst. Um mich abzulenken, zählte ich Häuser und Ampeln und Bäume. Mein Magen drehte sich um beim Gedanken an das Chlorwasser. Jedes Mal schluckte ich mindestens drei Liter dieses ekelhaften Zeugs, das mich von innen desinfizierte. Meistens ging ich als Letzter in den Umkleideraum. Der war gekachelt und stank modrig nach nassen Handtüchern und billiger Seife. Die Ausgelassenheit der anderen Jungs machte mir Angst. Die Badehose trug ich unter den Jeans. Dann unter die Dusche. Die Brausen hatten Knöpfe; wenn man draufdrückte, kam für zwanzig Sekunden Wasser. Ich habe immer mitgezählt und zusammengerechnet, wie viel von der Schwimmstunde nach der Fahrt, dem Umziehen und zehnmal Duschknopfdrücken noch übrig bleiben würde.

Irgendwann musste ich ins Wasser. Es war kalt, furchtbar und tief. Kein Mensch hat mir jemals gesagt, dass man vor dem Baden kalt duschen sollte, damit sich das Wasser hinterher wärmer anfühlt. Ich duschte immer warm und erfror anschließend fast.

Dann wurden grässliche Spiele gemacht: Wettschwimmen, Fangen, Springen. Jedes Mal, wenn der Lehrer die Anwesenheit kontrollierte, rief er alle mit dem Vornamen auf. Mich hat er damals nie mit dem Vornamen aufgerufen, nur mit dem Nachnamen. Ich war ein Nichtschwimmer oder, viel schlimmer, dasselbe Wort ohne «chwimmer»: ein Nichts. Ein Nichts kann sich nicht verweigern, also simulierte ich Schwimmen. Mit dem linken Arm täuschte ich Schwimmbewegungen vor, mit dem rechten zog ich mich heimlich an der Ablaufrinne des Beckens entlang. Ich bekam ein ziemliches Tempo drauf, bis mir der Lehrer mit seinen Sandalen auf die Finger trat und sagte: «Das ist kein Schwimmen. Du sollst schwimmen. Schwimmen ist ein Urinstinkt des Menschen. Das kann jeder.» Ich schwamm aber nicht und schwor mir, es nie, nie, niemals zu lernen. Nicht für ihn und nicht für jemand anderen. Und für mich selbst auch nicht. Mein Urinstinkt befahl mir eher, ihm eine zu scheuern, aber dafür war ich noch zu klein und schwach.

Nach der Schwimmstunde wurde abermals geduscht, warm. Dann ging es zurück in den Umkleideraum, in dem die Größeren anfingen, die Kleineren mit ihren nassen Handtüchern zu vertrimmen. Sehr witzig. Um diesen finsteren Späßen zu entgehen, entwickelte ich eine Umkleidetechnik, die es mir ermöglichte, wie ein geölter Blitz fertig angezogen als Erster im Bus zu sitzen. Mit der Zeit verfeinerte ich diese Technik so weit, dass ich die nasse Badehose gar nicht erst auszog, sondern die Jeans gleich drüberstreifte. Für den Rest des Freitags rülpste ich wie ein Bauarbeiter. Das Chlor verursachte mir Übelkeit, mein Hintern war eiskalt von der Badehose. Der Tag war gelaufen, aber ich hatte überlebt.

Vielleicht hätte ich mich weigern sollen, wie andere sich weigern, an Ringen zu turnen oder hundert Meter zu laufen. Nur: Das hätte die Sache noch schlimmer gemacht. Ich war kein Außenseiter, aber wenn ich nicht mitgefahren wäre in das verdammte Hallenbad, wäre ich zu einem geworden, so viel steht fest. Außerdem hätte ich dann wohl ganz allein in der Schule bleiben müssen. Das wäre wohl noch deprimierender gewesen. So wurde aus mir ein Schwindler.

Jeden Freitagmorgen übermannte mich eine neue Krankheit. Ich arbeitete hart daran, meine Mutter zu täuschen. Ich schlief donnerstags bei weit geöffnetem Fenster und ohne Decke ein, um mich zu erkälten. Ich trank heiße Cola und klemmte mir Tabak unter die Achseln, weil mir jemand erzählt hatte, das sei ein todsicherer Trick, um Fieber zu bekommen. Ich hustete in Vollendung und legte mir den jämmerlichen Gesichtsausdruck eines Dahinscheidenden zu. Es gab verschiedene Versionen. Bauchschmerzen simuliere ich mit einem verzerrten, eher krampfigen Mienenspiel, starkes Kopfweh mit einem starräugigen, nahezu apathischen, der Bewusstlosigkeit ähnlichen Ausdruck. Als Zugabe rieb ich mir so lange die Stirn, bis sie glühte. Wenn mir der Auftritt gut gelang, schloss ich einen unausgesprochenen Pakt mit meinen Eltern. Die riefen in der Schule an und teilten mit, dass ich absolut nicht in der Lage sei, am Schwimmen teilzunehmen. Ich genas dafür wie durch ein Wunder gegen halb zehn und ging zum Mathematikunterricht. Das klappte nicht sehr oft, weil Eltern erstens nicht blöd sind und zweitens manchmal noch andere Kinder haben, die mit denselben Tricks versuchen, ein Diktat blauzumachen.

Einmal habe ich trotzdem eine Zwei bekommen, im Ringetauchen. Ich habe mir gemerkt, wo die Dinger lagen, bin ins Wasser gesprungen, habe mit geschlossenen Augen zugegriffen und bin halb tot an den Beckenrand zurückgekommen. Die fünfte Klasse war eine einzige feuchte Qual. Als ich im Frühjahr 1979 zum letzten Mal mit dem blauen Bus zur Schule zurückfuhr, wusste ich, dass ich nie wieder ein Schwimmbad von innen sehen würde. Das habe ich geschworen. Und wahr gemacht.

Jetzt könnte ich zugeben, dass die Sache nur wegen des kalten Wassers unangenehm war. Stimmt aber nicht. Viele Dinge sind kalt besser als warm. Bier zum Beispiel. Oder Klobrillen. Warmes Wasser ist fürchterlich wie eine weiche, gepolsterte Zwangsjacke. Außerdem bilden sich Keime in warmem Wasser schneller, und wer möchte schon nach dem Baden mit Entpilzungsmitteln duschen. Es gibt nur einen einzigen Grund, in warmem Wasser zu schwimmen, und den erläuterte mir meine Großmutter, als ich 1977 meine Sommerferien bei ihr verbrachte. Sie nahm mich donnerstagnachmittags in ein Schwimmbad für Senioren mit. Während um uns herum riesige Michelin-Männchen in Badeanzügen umhertrieben, weihte sie mich in die Geheimnisse des warmen Wassers ein. Indem sie ins Laue glitt, sagte sie: «Schwimmen ist gut für die Venen.» Meine Venen waren (und sind) in tadellosem Zustand, also nahm ich diese Begründung in die Hitliste der blödesten Schwimmlerngründe auf, wo sie sofort in die Top 3 vorstieß. Dann setzte ich mich an den Rand und zählte die Kacheln des Beckens. Die Vorstellung, Seite an Seite mit Oma in warmer Chlorsuppe meine Venen zu glätten, hat traumatische Narben in mir hinterlassen. Nicht wegen meiner Oma, sondern wegen des warmen Wassers und der Keime.

Aus derselben Zeit habe ich auch eine tiefe Abneigung gegen Freibäder zurückbehalten. Einmal wurde ich vom Fußballverein in eine Badeanstalt verschleppt, in der es von Riesen, Wespen und Eispapierchen nur so wimmelte. Dabei war ich im Fußballverein, weil ich mir eingebildet hatte, dort würde Fußball gespielt. Ich tat, was ich bis heute tue – nämlich am Rand stehen und gucken. Die Menschen im Freibad stanken nach PizBuin und pinkelten ins Wellenbad, was ich von außen gut an ihrem Gesichtsausdruck erkennen konnte. Auf den Sprungbrettern turnten kleine Angeber herum und fabrizierten Arschbomben, bis der Bademeister sie aus dem Wasser zog und nach Hause schickte. Die Menschen bezahlten Geld dafür, sich gegenseitig nass zu spritzen und warme Cola zu trinken. Während alle schwammen, sah ich Dinge, die keiner sah: wie der Bademeister sich im Schritt kratzte, wie einer seine Hose verlor, wie unser Fußballtrainer schöne Mädchen anstarrte und wie einer ein Handtuch stahl. Das alles hätte ich nicht gesehen, wenn ich im Wasser herumgewühlt hätte. Nichtschwimmer haben mehr vom Leben. Sie sehen, während die anderen kraulen.

In den folgenden Jahren mied ich das Wasser und dichtete mein Nichtschwimmersein in eine Tugend um. Wenn mir Freunde sagen, ich müsse schwimmen lernen, frage ich immer zuerst: «Wieso?» Die Unterhaltung entwickelt sich immer gleich: «Weil es Spaß macht.»

«Na und? Sich Strohhalme in die Nase zu stecken macht auch Spaß, und trotzdem würde ich dich nicht dazu überreden.»

«Ich könnte es dir beibringen.»

«Danke, ich mache mir nichts aus albernen Bewegungen.»

«Auf dem Trockenen.»

«Da schon gar nicht.»

«Dann eben nicht. Du weißt ja nicht, was dir entgeht.»

«Doch.»

Ich versuche gar nicht erst, einem Element zu trotzen, das ich ohnehin nie beherrschen könnte. Ich werde nicht von der kommenden Flut davongetragen, weil ich immer festen Boden unter den Füßen habe. Ich biedere mich nicht bei den Quallen und Seeigeln an, die im Gegensatz zu mir wie Meeresbewohner aussehen. Ich habe im Wasser ebenso wenig verloren wie auf dem Mars. Ein Freund, der Taucher ist, berichtet von aufregenden Begegnungen mit Muränen und Stachelrochen. Mir reichen die Silberfischchen in meinem Badezimmer. Wenn ich mich umbringen lassen will, muss ich nicht tauchen gehen, es reicht, eine Straße mit verbundenen Augen zu überqueren oder neben einem Oktoberfestbesucher tief einzuatmen. Ich finde Badehosen grässlich und Baggerlöcher auch. Und ich befinde mich in bester Gesellschaft. Es gibt einen Film, der heißt *White Men Can't Jump*. Das stimmt. Und «Black men can't swim» stimmt auch. Es hat nie einen afrikanischen Spitzenschwimmer gegeben. Menschen mit dunkler Hautfarbe können nämlich nicht schnell schwimmen. Bei den Olympischen Spielen schwimmen immer nur Weiße. Es heißt, die Schwarzen hätten schwerere Knochen als andere. Das glaube ich nicht. Ich glaube eher, die Afrikaner sind viel zu cool zum Schwimmen. Warum sollten sie auch schwimmen, wenn sie die schnellsten Läufer der Welt sind? Ist doch blöde, wenn sich acht erwachsene Männer darin überbieten wollen, schnell zu schwimmen, während ihre Trainer gemütlich neben dem Becken entlanglatschen und sie anfeuern.

Überhaupt sind Wassersportarten seltsam. Synchronschwimmen zum Beispiel oder Wasserball. Die einzigen Wassersportarten, die etwas hermachen, sind Surfen und Wasserski. Und die betreibt man nicht im Wasser, sondern auf dem Wasser. Nicht mal fürs Turmspringen braucht man unbedingt Wasser. Denn es kommt darauf an, was in der Luft passiert. Von mir aus müssen die Turmspringer nicht ins Wasser springen, man könnte den Pool auch mit Apfelmus füllen oder mit Gänsefedern.

Tausendmal hat man im Urlaub versucht, mir das Schwimmen beizubringen. Manchmal habe ich mitgemacht, um des lieben Friedens willen, und mich so doof wie möglich angestellt, um meine Freunde zu entmutigen, was ich auch immer geschafft habe. Zu Hause bewahrte ich mehrere Paar Schwimmflügel auf, die ich von Spaßvögeln über die Jahre zum Geburtstag bekommen habe. Ich würde sie gern weiterverschenken, habe aber dafür im Bekanntenkreis zu wenig Sechsjährige.

Obwohl ich Nichtschwimmer bin, bin ich nicht gleichzeitig Misanthrop und bei Badeausflügen ans Meer ein gerngesehener Begleiter. Und zwar gerade, weil ich nicht ins

Wasser gehe. Ich eigne mich ausgezeichnet für die Bewachung von Mobiltelefonen und Sonnenbrillen. Ich schaue außerdem den anderen dabei zu, wie sie sich im Wasser zum Affen machen, und rufe den Notarzt, wenn ich einen Badeunfall sehe. Das geschieht dauernd, weil ich nicht unterscheiden kann zwischen einem Kopfsprung und einem Selbstmordversuch. Ich mustere die Figuren der Mädchen, verteile im Stillen Noten und bin sehr froh, dass ich nicht ins Wasser muss.

Vor zwei Jahren allerdings ist etwas Seltsames passiert. Etwas, das mich verwirrt. Ich habe nämlich gelernt zu schweben. Irgendwie ist es passiert. Auf einmal lag ich im Meer auf dem Rücken und atmete ganz ruhig. Und als ich aufhörte, mich zu bewegen, und mich steif machte wie ein Brett, schwebte ich im Wasser. Ich konnte es nicht fassen. Liegen ohne Matratze! «Toter Mann» sagen Schwimmer dazu, weil sie keinen Respekt vor der Bewegungslosigkeit haben. Ich nenne es Glückseligkeit. Ich schaute in den Himmel und beobachtete eine Wolke, die aussah wie ein Christstollen. Und als die Wolke weg war, tastete ich mit dem rechten Fuß nach dem Grund. Er war weg. Namenloses Grauen. Ich tastete mit dem linken Fuß. Leere. Ich war wieder ein Nichts. Den Urgewalten ausgeliefertes Plankton. Nun gab es nur noch eins: Ich machte die Bewegungen, die mir so viele Menschen vergeblich beizubringen versucht hatten. Ich schnappte nach Luft und mobilisierte meine Überlebensinstinkte. Kraul. Kraul. Kraul. Der Strand war weit weg, mindestens hundert Meter. Kraul. Kraul. Ich hörte erst auf, als ich mit dem Bauch auf Sand scheuerte. Ich fühlte mich wie Robinson Crusoe. Aber, wie gesagt: Das hatte mit Schwimmen nichts zu tun. Das war Überleben. Schwimmen werde ich nie lernen.

19
Auf Lesereise

Ein wesentlicher Bestandteil von Lesungen ist: Publikum. Ganz ohne geht es nicht, finde ich. Tatsächlich kenne ich Kollegen, die da anderer Meinung sind und keineswegs ihren Mitmenschen etwas vorlesen möchten, sondern ausschließlich sich selber. Wenn jemand kommt und sich das anhört, wird dies vom Künstler billigend in Kauf genommen, ist aber wie gesagt wurscht. Ich bin auf diese Einstellung beinahe ein bisschen neidisch, denn sie zeugt von großer Zuversicht ins eigene Werk oder einem gepflegten Understatement oder einer imponierenden Ignoranz gegenüber zahlenden Gästen. Diese Einstellung ist durchaus bewundernswert, weil mit ihr beschenkte Literaten meist kein Problem damit haben, wenn Zuschauer während des Vortrags einschlafen. Damit komme ich überhaupt nicht klar.

Ich erinnere mich sehr gut an einen Herrn in einem ganz scheußlichen Pullover, der bei einer Lesung in Grevenbroich vor vielen Jahren nicht nur einschlummerte, sondern auch dann und wann entsetzt die Augen aufriss, wenn er sich mit seinem Schnarchen selber weckte. Ich bin durchaus der Ansicht, dass meine Darbietungen nicht total sedierend wirken, daher reagiere ich beleidigt, wenn ich sehe, dass Männer (und es sind immer Männer) einnicken. Warum gehen die dann überhaupt zu einer Lesung, fragt man sich, und die Antwort ist einfach: weil sie müssen. Manche der Einnicker sind von Berufs wegen zur Anwesenheit verpflichtet, wie zum Beispiel Kulturdezernenten, Bürgermeister, Veranstalter und Buchhändler. In ihrem Fall kann man nur sagen: Augen auf bei der Berufswahl. Andere, und sie bilden die eindeutig größere Gruppe, stehen unter einem hohen sozialen Druck, und sie tun mir ehrlich leid: die mitgeschleppten Ehemänner.

Ich stelle mir deren Leidensweg in etwa folgendermaßen vor: Die Eheberaterin hat ihnen gesagt, dass sie mehr mit ihrer Frau unternehmen sollen. «Sie müssen sich wieder spüren, sie müssen sich in gemeinsamer Aktivität erfahren und einfach neu kennenlernen.» Der Mann hat sich natürlich nicht die Bohne darum gekümmert, aber die Frau. Sie hat am Mittwoch schon eine Karte für den nächsten Dienstag besorgt, und der Mann hat sich nicht getraut, ihr zu sagen, dass da Fußball im Fernsehen kommt. Das gefiele der Eheberaterin nämlich gar nicht und führte zu endlosen Selbstentblößungen in der nächsten Therapiestunde. Also geht der Mann lieber mit, denkt während der Vorstellung an etwas Schönes – und schlummert so allmählich ein. Ich kann das von der Bühne aus sehen, manchmal jedenfalls. Und es lenkt mich sehr ab, weil ich immer denke, dass ich schuld bin. Das ist nicht der Fall, aber es fühlt sich in dem Moment so an.

Schlafende Männer sind aber keineswegs so störend wie Zwischenrufer. Das kommt bei mir nicht sehr häufig vor, schmeißt mich aber wirklich aus der Bahn. Ich glaube, dass geht vielen so. Der große Kabarettist Josef Hader beginnt seine Vorstellung unter anderem mit dem Hinweis, es gebe nun, gleich zu Anfang, die Möglichkeit, etwas dazwischenzurufen. Und dann fügt er hinzu: «Aber das machen immer nur die Vollidioten.» Und dann hat er den Rest des Abends Ruhe. Bei mir gibt es das selten, denn ich habe ein bezauberndes Publikum. Es besteht überwiegend aus sehr netten Leuten. Manchmal sind ulkig angeschickerte

Damenrunden dabei oder richtige Kenner, die schon oft da waren und als Stammpublikum wiedererkannt werden wollen. Manchmal gelingt mir das und dann bekommt der Abend einen Zauber, für den man sogar einen Schnarcher in Reihe sechs toleriert.

Wer regelmäßig auf Lesereise fährt, der nimmt meistens den Zug und wohnt in Hotels. Darum soll es jetzt noch gehen, um diese Stätten der guten Gastlichkeit, mal mehr oder weniger perfekt in Bahnhofsnähe gelegen und den Reisenden mit Frühstücksbüfett, Chipsletten und Hotelpornos erwartend.

Inzwischen bin ich ein wahrer Hotelfachmann. Ob ein Hotel etwas taugt oder nicht, ist zum Beispiel nicht unbedingt an der Anzahl der Sterne am Eingang ablesbar. Ein Vier-Sterne-Haus verfügt nicht notwendigerweise über Stil, Flair und ein gutes Frühstück, sondern ausweislich des Kriterienkataloges der Deutschen Hotelklassifizierung über eine Lobby mit Sitzgelegenheiten, eine Duschhaube und eine Nagelfeile im Bad sowie eine Minibar. Das bedeutet aber noch lange nicht, dass man sich in so einem Hotel gut aufgehoben fühlt. Dies liegt auch und besonders am einheitlichen Einrichtungsstil der meisten Zimmer. In einem Kettenhotel vom Schlage «Maritim» oder «Mercure» sieht der Mietraum immer gleich aus: Hinter der Tür geht es rechts ins Bad, gegenüber befindet sich die Garderobe, welche übergangslos zum Schrank wird, dann zum Schreibtisch und schließlich noch im selben Möbel zur Minibar mit kleiner Glasvitrine. Daraus glotzen den Gast Süßigkeiten und Erdnüsse an. Auf dem Schreibtisch zahlreiche Folder mit Hinweisen auf Massagen, Sehenswürdigkeiten und das Hotelfernsehen, welches immer noch ein gutes Geschäft zu sein scheint. Der Fernseher läuft, wenn man zum ersten Mal den Raum betritt, und ganz oft ist darauf eine pixelige Darstellung aus dem Computer-Paläozoikum zu sehen: geöffnete sprudelnde Sektflasche und der Satz: «Herzlich willkommen, Herr Aputhineanyn.» Sie sollten dann noch einmal runter zur Rezeption gehen und sich vergewissern, dass Sie das richtige Zimmer erhalten haben. Oder Sie heißen Aputhineanyn, dann ist alles in Ordnung.

Meistens steht noch ein Sesselchen im Zimmer und daneben ein weitgehend funktionsloser Beistelltisch, auf welchem das regionale Top-Magazin liegt, zum Beispiel die Ausgabe Koblenz mit dem Top-Thema: «Nachgefragt – kommt der Aufschwung 2010?»

So richtig schön ist das alles nicht, zumal es häufig eine deprimiert vor sich hin kalkende Kaffeemaschine gibt, mit der sich der Gast seine Brühe gefälligst selber kochen soll. Es geht aber auch anders. Manche Ketten sind dabei, ihre Zimmer zu modernisieren, was hier und dort zu erfreulichen Ergebnissen führt. Manche bieten inzwischen sogar WLAN gratis an, was ich eigentlich für selbstverständlich halte. Warum? Weil die flächendeckende Versorgung des ganzen Hauses mit kabellosem Internetzugang das Hotel weniger kostet als die Flüssigseife auf den Zimmern. Und die kostet auch nichts. Basta.

Manche sehr modernen Hotelzimmer stellen mich allerdings auf eine harte Probe. Es ist schon ein Jammer, wenn der Hotelgast unterkomplexer ist als die Duscharmatur. Oft schon habe ich nackt und frierend in Duschen gestanden und das Wasser nicht ans Laufen bekommen, weil der entscheidende Knopf entweder gut versteckt oder multifunktionaler war, als man das von einer Duscharmatur annehmen sollte.

Und einmal wäre ich fast ausgecheckt. In Berlin war das, am Gendarmenmarkt. Ich habe das Licht nicht ausbekommen. Ich konnte unter zwölf Lichtstimmungen für das ganze Zimmer wählen, die ich mit wachsender Verzweiflung ausprobierte. Dann rief ich in der Rezeption an. Ein junger Mann kam, drückte zwei Knöpfe, und es wurde dunkel. Ich fragte ihn, wie ich das Licht wieder ausbekäme, falls ich in der Nacht mal aufstehen müsse. Und er antwortete fatalistisch: «Dann rufen Sie einfach nochmal an. Ich bin die ganze Nacht hier.»

20

Das Panoptikum der Maulhelden

Angeber sind die größte gesellschaftliche Minderheit, die es gibt. Manchmal sind sie allerdings in der Mehrheit – je nachdem, wo man den Abend verbringt. Angeben ist einfach, und in Szene setzen möchte sich jeder gern. Die meisten Menschen stellen sich dabei liebenswert-tölpelhaft an. Sie legen Schals und Jacken auf Partys so hin, dass man die Etiketten sieht. Sie lassen den Alessi-Aufkleber auf der Zuckerdose. Sie kratzen sich am Ohr, damit man ihre Cartier-Uhr besser sieht. Sie stecken Mobiltelefone nicht in die Tasche, sondern lassen sie am Gürtel baumeln.

Nur wenige von uns haben den Schneid, als Angeber in die Offensive zu gehen und sich selbst zum Thema zu machen, beispielsweise so: «Neben meinem Talent, meinem guten Aussehen und meinem geradezu sprichwörtlichen Charme ist es vor allem eine Eigenschaft, die anderen den Atem raubt: meine Bescheidenheit.» Leider fehlt den meisten Menschen diese Grandezza. Wer billiges Duschgel in Ralph-Lauren-Behälter umgießt, hat kein Selbstbewusstsein. Ein richtiger Angeber bekennt sich zu seinem Glanz. Das ist nicht schlimm. Schlimm sind hingegen die zahlreichen Nachäffer des klassischen Angebers. Gegen die muss man sich wehren. Notfalls muss man, um sie zu besiegen, noch furchtbarer sein als sie selbst.

Das Gesundheits-Grossmaul

Watschelnde Frauen wissen, was man ihnen nachsagt: Sie hätten sich jahrelang beim Ballettunterricht geschunden. Geschunden. Geschunden! Ostentatives Watscheln verwandelt Frauen um die dreißig in Pina Bausch. Die Wahrheit sieht natürlich anders aus: In Wirklichkeit haben Watschelmädchen einfach nur einen Haltungsschaden. «Ich habe getanzt» klingt eben besser als «Ich habe Plattfüße».

Männliche Sportangeber kultivieren O-Beine. Die weisen einen sofort als Straßenfußballer aus wie den säbelbeinigen Pierre Littbarski oder den henkelförmigen Thomas «Icke» Häßler. Beide sind enorme Sympathieträger und dienen Myriaden von Angebern als Vorbild. Die tummeln sich gern in Sportstätten und drehen richtig auf, wenn es Zuschauer gibt. Regelrechte Nester solcher Helden finden sich in Squashhallen. Hier gibt es Kerle, die mit ihrem Schläger auf die Sohlen ihrer Schuhe hauen, bevor sie eine Angabe (sic!) des Gegners annehmen. Diese Geste stammt vom Tennis und dient eigentlich dazu, die Asche aus dem Profil der Schuhe zu klopfen. Da viele Squashspieler ebenso wenig Profil haben wie ihre Schuhe, ist diese Geste so überflüssig wie ein Kamin in der Hölle.

Vielleicht ist der Mitgliederrückgang im Deutschen Squash Verband (von 28 000 im Jahr 1993 auf 23 000 heute) darauf zurückzuführen, dass normal Sportinteressierte nicht gern den Schweiß böser Menschen riechen. Diesen sei gesagt: Angeben ist lebensgefährlich. Nach einer Studie des Klinikums der Duke-Universität im amerikanischen Durham liegt das Herzinfarktrisiko bei Wichtigtuern erheblich höher als bei Image-Normalverbrauchern. Sozial dominante Männer stehen ständig unter Stress und produzieren schädliche Hormone. Und das ist kein Spaß.

DER LAUT-SPRECHER

Angeber wollen immer gehört werden. Das ist fast wichtiger, als gesehen zu werden, weil Menschen gut aussehen können, aber niemals geistreich. Diese Eigenschaft erschließt sich mehr über das Ohr. Also hat sich der Typus des quälenden Laut-Sprechers herausgebildet. Laut-Sprecher geben sich besonders dort Mühe, wo andere die Klappe halten oder gedämpft nuscheln. In Warteschlangen, halbvollen U-Bahnen, bei Kammerkonzerten, im Kino, im Museum – überall müssen Laut-Sprecher ihre Umwelt tyrannisieren. Sie bringen meist ein willfähriges Opfer mit und unterhalten bald alle Menschen in einem Umkreis von bis zu acht Metern. Zwei gefürchtete Unterspezies des Laut-Sprechers sind der Ohrenkneifer und der Flug-Flegel. Ersterer sucht die Mitreisenden in Bus und Bahn mit seinem fabelhaften Musikgeschmack heim. Irgendeiner im Abteil wird schon erkennen, was er mit dem iPod hört, vorausgesetzt, er hört es laut genug. In der Phantasie des Ohrenkneifers klopft ihm ein Fremder beim Aussteigen auf die Schulter und sagt: «Respekt und Donnerwetter, mein Lieber. Sie hören ja geile Sachen.» In Wirklichkeit will man die Nervensäge tot sehen. Die meisten Angeber aber sind leider Ignoranten und fassen missbilligende Blicke gern als Demutsbezeugung auf. Ignoranz ist auch eine Eigenschaft des Flug-Flegels. Folgende Geschichte ist wahr, Ehrenwort: In Düsseldorf lebt der Besitzer einer Werbeagentur, der häufig auf Geschäftsreisen muss. Beim Abschied sagt er zu seiner Sekretärin: «Lassen Sie mich bitte in 25 Minuten auf dem Flughafen ausrufen.» Er findet, dass das die beste Werbung für seine Agentur ist. Immerhin erfahren auf diese kostenneutrale Weise alle Menschen, die sich im Flughafen aufhalten, dass er a) eine Werbeagentur besitzt, b) auf Geschäftsreise ist und c) in einer dringenden Angelegenheit telefonieren muss. Nachdem er ausgerufen worden ist, eilt er zum Schalter und ruft von dort seine Sekretärin an. Eigentlich hat er ihr nichts zu sagen, will aber das Lufthansa-Personal beeindrucken.

Der Sexprotz

Jürgen Drews trat einmal bei einer Talkshow auf und stritt sich mit einem jungen Mann. Der junge Mann, der übrigens wesentlich älter aussah als Jürgen Drews, sagte: «Ja, ja, ich weiß, du hattest mindestens hundert Frauen.» Drews fand das ungeheuerlich. Nicht die Lasterhaftigkeit, die ihm unterstellt wurde, sondern die Zahlenangabe. «Bist du eigentlich bescheuert?», brüllte Drews. «Da kannst du noch zwei Nullen dranmachen.» Und dann legte er nach: «Ich bin der Mann mit der schnellsten Zunge Deutschlands.» Bei anderen Gelegenheiten präsentierte Drews seinen blanken Hintern im Fernsehen, um zu beweisen, dass er dort nicht geliftet ist. Und wenig später zeigte er stolz ein Heubett vor, das er im TV-Auftrag mit einer Geliebten testen sollte.

Diese Sorte Störenfriede gibt es im wahren Leben selten, im Fernsehen aber ständig. Die virile Kirmesströte Lilo Wanders präsentiert Lederfetischisten, die in spießigen Doppelhaushälften ihre armen Ehefrauen mit Kerzenwachs bekleckern. In einem anderen Programm wird der 368ste erotische Konditor von Lüttich präsentiert, der Piephähne aus Marzipan bastelt.

Da Fernsehen Kunst ist und das Leben die Kunst imitiert, werden wir dadurch alle zu Sex-Protzen. Wir alle sind sexy, und deshalb ist der Sexprotz gar keiner. Es gibt ihn nicht. Streichen Sie dieses Kapitel aus Ihrer Erinnerung und lesen Sie schnell weiter. Aber vorher binden Sie bitte Ihre Frau los. Sie hat Hunger.

Die Göttergattin

Frauen geben mit ihren Ehen an. Männer machen so was nicht. Nie wird man einen verheirateten Außendienstler erleben, der neben einer Blondine an der Hotelbar sitzt und sagt: «Zu Hause läuft's echt super. Meine Frau ist eine sagenhafte Köchin, achtet unheimlich aufs Geld, und im Bett stimmt's auch.» Sorry, Mädels, aber das gibt es einfach nicht.

Frauen hingegen brüsten sich von Gartenzaun zu Thujahecke mit der Beförderung ihres Gatten sowohl in der Firma als auch im Firmenwagen. Sie verweisen dabei auf ihr Mitbestimmungsrecht bei der Auswahl der Wagenfarbe und der Polster. Frauen geben mit dem akademischen Grad des Ehemannes an, notfalls auch mit den Waschbetonplatten auf der Einfahrt. Der Mann bekommt davon nichts mit, registriert aber die interessierten Blicke der Nachbarin und suhlt sich daraufhin selbstzufrieden in seinem Fernsehsessel.

Göttergattinnen setzen auch ihre Kinder als Mittel ein. Kein Kaffeekränzchen vergeht, ohne dass Mütter ihre Kinder als kleine Mozarts, Einsteins oder Beckenbauers anpreisen. Für die Kinder ist das die Hölle; nicht selten werden sie im späteren Leben zu noch schlimmeren Angebern.

Göttergattinnen sind relativ leicht zu ertragen. Unangenehm werden sie allerdings in Verbindung mit ihrem Mann, wenn dieser ein Manager-Maulheld ist. Solche Superpaare vermiesen garantiert jedes Abendessen. Sie geht mit ihrem Kind hausieren, während er nicht müde wird, seine Verdienste um die deutsche Volkswirtschaft im Allgemeinen und seine Leistungen in der Firma im Besonderen zu unterstreichen. Wie er den Ertrag des Unternehmens im letzten Jahr gesteigert hat. Wie er eine ganze Abteilung rausgeschmissen hat. Wie er mit den Herren vom Vorstand Schlitten gefahren ist. Machen Sie sich auf etwas gefasst, wenn Sie Sätze wie die folgenden hören: «Ich muss nur noch die vertraglichen Rahmenbedingungen glattziehen. Unser Unternehmen spielt ja hier nur den Steigbügelhalter für die Shareholder, aber wenn ich das in die Pipeline geschoben habe, dann haben wir ganz schön was festgeklopft, mein Lieber.»

Fragen Sie an dieser Stelle um Himmels willen nicht nach, was er mit «glattziehen» meint, wie das Leben als Steigbügelhalter so ist, wie man etwas in eine Pipeline schiebt und festklopft. Bringen Sie sich in Sicherheit! Schnell! Nach vier Jahren können Sie wiederkommen. Der Manager-Maulheld hat dann entweder Karriere gemacht und verkehrt in anderen Kreisen – oder er wird nicht mehr eingeladen, sitzt zu Hause und ist ganz grau. Er hat einen dicken Po von den vielen Konferenzen, auf denen er mit dem Vorstand Schlitten fährt. Die Kinder sind ausgezogen. Und dann fällt ihm selbst auf, dass er gar kein Angeber mehr ist, weil sich nichts mehr zum Angeben anbietet. Er merkt, dass er etwas ganz anderes ist als ein Angeber, nämlich ein Langweiler. Und das ist im Zweifelsfall schlimmer.

Der Vollprofi

Eine große, vielleicht die größte Gruppe unter den Angebern. Diesem Profi etwas Neues bieten zu wollen ist fast unmöglich. Er kennt alles – und das meistens besser als jeder andere Mensch auf der Welt. Whisky aus Schottland? Trinkt er seit Jahren, wird übrigens zurzeit wieder schwächer. Pralinen von Leonidas? Ja, hat er auch mal gekauft, sind aber in Belgien frischer. Sie haben ein Fabergé-Ei geschenkt bekommen? Seine hat er beim letzten Umzug irgendwie verbummelt. Sie sind stolz auf Ihren Marcel-Breuer-Chair? Hat er drei von, kann man aber nicht gut drin fernsehen. «Abstoßen» ist eines seiner Lieblingswörter: Weine, Möbel, Ferienhäuser werden abgestoßen. Bekannte auch, denn ihn zu hassen ist so leicht, wie mit vollem Mund in die Hände zu klatschen. Gern erscheint der Vollprofi in Gesellschaft der Promi-Perle: Sie kennt praktisch jeden, der noch bedeutender ist als sie. Und war schon mal bei Roberto Blanco zum Frühstück eingeladen.

Nicht weniger scheußlich benimmt sich der Trumpf-Tropf. So einen hat jeder gleich mehrfach im Freundeskreis. Wenn Sie ihm einen Wein servieren, sagt er: «Habe ich auch, aber als Riserva.» Wenn Sie von Ihrem neuen Fernseher berichten, sagt er: «Hab ich auch, aber mit Festplattenrecorder.» Wenn Sie sich verlobt haben, sagt er: «Hab ich auch, bin aber schon wieder geschieden.»

Seine Form des Angebens ist wahrscheinlich die enervierendste. Voll hilfloser Wut müssen sich Mitspieler unterwerfen. Manchmal einen ganzen Abend oder gar einen qualvollen, vierwöchigen Segeltörn lang. Trumpf-Tröpfe machen die besseren Fotos, haben die selteneren Schallplatten, kennen die berühmteren Leute. Alles in ihrem Leben ist steigerungsfähig, nur sie selbst nicht. Zu diesem Schlage gehören auch jene Quälgeister, die bei jeder Gelegenheit sagen: «Was, den Film hast du auf Deutsch gesehen? Den ganzen Witz kriegst du doch nur im Original mit.» Das heißt übersetzt: 1. Ich bin ein großer Kinokenner. 2. Ich spreche super duper Englisch.

Selbst unter den Ärmsten der Armen findet sich immer jemand, dem es noch schlechter geht. Hat einer ein Raucherbein, hat der andere Lungenkrebs. Geht der eine zum Arbeitsamt, muss der andere zum Sozialamt.

Das ganze Getrumpfe funktioniert natürlich nur so lange, bis ein Trumpf-Tropf dem anderen über den Weg läuft. Dann geht ein gnadenloses Gemetzel los. Erinnert Sie das an Hirschkäfer? Richtig, es handelt sich um archaisches Balzgehabe und dient auf dem Umweg der gesellschaftlichen Anerkennung vor allem dem Geschlechtstrieb.

Im Wettlauf mit der Frau hat der Mann dann aber auch ganz schnell ausgetrumpft. Ein alter Kindergartenwitz bringt das Dilemma auf den Punkt: Männer haben eine Wasserpistole, Frauen zwei Atombomben. Bum, das sitzt!

Der Globe-Trottel

Sehr anstrengend ist der notorisch vielgereiste Mensch. Er tritt gern allein, aber auch in der furchtbaren Form des urlaubenden Ehepaars auf. Super-Reisefreaks tragen Fleecehemden und Bauchtaschen, die sie sich in Nepal («für 'n Appel und 'n Ei») gekauft haben. Sie waren in jedem Winkel der Welt, kennen alles, und überall, wo man gerade hinwill, ist es blöd. Sie möchten nach Goa? Goa ist vorbei. Sie haben ein Haus auf Sylt? Wer fährt denn noch nach Sylt! Der Globe-Trottel verdirbt anderen den Urlaub, indem er an allem herummäkelt: «Ihr fahrt doch nicht etwa in den Süden des Landes! Doch? An sich fährt man ja in den Norden, da gibt es ein Knoblauchhuhn, das ist der Wahnsinn.»

Dieser Typ ist noch nie schlecht gereist. Überall, wo er ist, ist es toll. Klasse Wetter, astreines Essen, super Hotels, irre günstig alles. Wenn man selbst hinfährt, erlebt man komischerweise immer das Gegenteil.

Versuchen Sie gar nicht erst mitzuhalten. Beherzigen Sie die Worte Winston Churchills: Wenn du eine Schlacht nicht gewinnen kannst, wechsle das Schlachtfeld. Erzählen Sie also im Gegenzug nicht von Ihrer lächerlichen Sommerfrische an der Mecklenburgischen Seenplatte, sondern von völlig anderen Dingen, lenken Sie vom Thema ab. Nichts demütigt einen Angeber mehr als das Ignoriertwerden. Und geben Sie bloß kein Stichwort. Schon der Satz «Wir haben leckere Salami im Haus» kann Ihnen den Abend verderben, denn der Angeber wird zwangsneurotisch darauf hinweisen, dass er in Anatolien mal eine spitzenmäßige Eselsalami gegessen hat. Und so was kriegt man hier ja nicht.

Wenn alle Versuche, den Globe-Trottel mundtot zu machen, nicht fruchten, gibt es nur noch eins: Schenken Sie ihm einen Trip zur russischen Raumstation.

DER PS-PRAHLHANS

Mit nichts lässt sich so gut protzen wie mit Autos. Hochmotorisierte Angeber reichen Fremden die Hand und sagen Sätze wie: «Manomann, Sie haben ja einen Händedruck wie der Mechaniker in meiner Ferrari-Werkstatt.» Wer dann nicht antwortet: «Ach, Sie haben einen Ferrari?», wird vom Angeber entweder für den Rest des Abends geschnitten oder so lange getriezt, bis er endlich reagiert.

Überhaupt: Gefragt zu werden ist das A und O des Angebens. Auf diese Weise machen Sie sich nicht des Prahlens schuldig, sondern geben einfach nur freundlich Auskunft. Der Eindruck ist dann viel besser als bei durchsichtigen

Angriffen wie: «Entschuldigen Sie meine schmutzigen Fingernägel, aber ich habe den halben Tag an meinem Aston Martin herumgeschraubt.» Beim Thema Auto sollte man niemals zu schnell offensiv trumpfen, sondern immer erst nach maßgeschneiderter Vorlage.

Kommen Sie immer als Erster zu Einladungen und parken Sie Ihr Auto in unmittelbarer Nähe. Garantiert kommt irgendein anderer Gast rein und sagt: «Mensch, habt ihr den perlmuttfarbenen Porsche vor der Tür gesehen?» Super Vorlage, Sie brauchen nur noch einzuschieben. Oder, etwas anders: Sie kommen nicht als Erster, platzieren aber Ihren Schlüsselbund auffällig unauffällig im Flur des Gastgebers, vielleicht auf der Kommode oder sogar am Waschbecken in der Gästetoilette. Es ist nur eine Frage der Zeit, bis jemand vom Klo kommt und sagt: «Wer fährt denn hier den Jaguar?» Das ist Ihre Chance.

Geben Sie jetzt knappe Auskünfte. Verfallen Sie nicht in Monologe, auch wenn Sie im Grunde genau das wollen. Lassen Sie sich die ersten Einzelheiten aus der Nase ziehen. Wenn dann endlich alle zuhören, erzählen Sie, wie Alain Delon Sie in Nizza angefleht hat, ihm das Auto zu verkaufen. Und wie Sie abgelehnt haben, weil Sie das Stück wirklich, also wirklich, über alles lieben. Niemand wird Sie jetzt für einen Angeber halten. Man wird Sie für Ihre automobile Leidenschaft, Ihre Hingabe und Bescheidenheit bewundern.

Der Geschenke-Gockel

Kostspielige Mitbringsel signalisieren Reichtum, Großzügigkeit und Weltgewandtheit. Wer weitläufigen Bekannten teure Feuerzeuge oder fernöstliche Keramik schenkt, erhält selbst was – nämlich die ungeteilte und demütige Aufmerksamkeit des Beschenkten. Und nichts weiter verlangt der Angeber von seiner Umwelt.

Während die meisten Spielarten der Angeberei eher von Männern eingesetzt werden, ist die Unterwerfung durch Geschenke eine weibliche Spezialität. Freundinnen, denen sie lange nicht begegnet ist, wird die Angeberin übermütig versilberten Tand schenken, wie um deren Lebensstandard ein bisschen zu heben. In Wirklichkeit soll diese Geste nur heißen: Guck mal, was ich einer alten Freundin einfach so schenken kann. Die Freundin, meistens heißen solche Frauen Berta oder Heide, wird sich – jetzt kommt's – unterwerfen. Und das ist es, was die Angeberin braucht: freie Bahn für einen Nachmittag voller Halbwahrheiten und böser Übertreibungen.

Am liebsten würde die Angeberin sich Freundinnen halten wie kleine Zofen, die ihr die Haare bürsten und sich den ganzen Quatsch bis zum letzten Tag ihres kleinen sinnlosen Lebens anhören. Aber in unserer Gesellschaft hat fast jeder eine eigene Wohnung. Und deshalb ziehen sich die gedemütigten Opfer bald zurück und kommen nicht mehr zur Angeberin. Dies ist im Übrigen der einzige Notwehrrat, den man hier erteilen kann. Mangelnde Kaufkraft verhindert meist die Gegenwehr.

Manchmal sieht man ältere Damen mit Hund im Feinkostgeschäft stehen. Sie sprechen mit kleinen Tütchen getrockneter Morcheln und blicken bei jeder Bestellung an der Wursttheke beifallheischend um sich. 500 Gramm Paté, ein Kilo von der getrüffelten Leberwurst, für 80 Euro Käse. Die Frau muss ein dolles gesellschaftliches Leben haben, sollen die Wartenden vermuten. Aber die denken bloß: Mach hinne, Alte. Zu Hause verschlingt der Pekinese die ganze Wurst. Der Käse schimmelt vor sich hin, und die

Frau sucht in einem zerfledderten Büchlein nach Telefonnummern, die noch nicht durchgestrichen sind.

Der Zoll-Zampano

Gibt es etwas Originelleres als Fertiggerichte, die Maggi-Wurstpfanne heißen? Ja, nämlich Menschen, die ein bisschen gegen das Gesetz verstoßen und sich dabei für Andreas Baader halten. Wahre Geißeln der internationalen Gesetzgebung sind zum Beispiel Typen, die für den Eigenbedarf Zigaretten schmuggeln und dann eine Stunde lang erzählen, wie sie den Zoll übers Ohr gehauen haben. Nicht deklarierte Reiseandenken sind ein großes Thema des Zoll-Zampanos. Er schmuggelt auch kleinere Elektrogeräte, Krawatten oder Turnschuhe.

Jedenfalls ist der Zoll-Zampano eine Landplage, die im Alltag auch durch andere unsoziale Kleinstrevolutionen ständig auf sich aufmerksam macht. Zechprellen, Falschparken, Schwarzfahren, mildes Steuerhinterziehen, falsch rum in Einbahnstraßen fahren: Das Leben des Zoll-Zampanos ist der Thrill des winzig kleinen Gesetzbruchs. In Gesellschaft palavert er pausenlos von seinen Revolutionen, wer ihm widerspricht, ist automatisch ein Spießer und muss sich die doofe Sentenz anhören: «Das ist jetzt aber typisch deutsch.»

Natürlich verweist der kleinkriminelle Angeber immer wieder darauf, dass er gegen den Strom schwimmt und sich bloß zurückholt, was ihm die Gesellschaft nimmt, nämlich den Spaß am Leben. Natürlich billigt er sein Verhalten auch anderen zu, was ihn unheimlich tolerant aussehen lässt. Und selbstverständlich wird er nie erwischt. Wenn doch, dann macht er sich ganz klein und stellt sich dumm.

Und das, Entschuldigung, also das ist dann doch wirklich typisch deutsch.

Der Klugscheisser

Mit Geschichten verhält es sich wie mit Samenzellen: Nur die allerstärkste kommt durch. Nur die pointierteste, lustigste, beste Story bewegt die Zuhörer. Alles andere zieht vorbei wie ein Schiff in dunkelster Nacht.

Der Angeber, besonders die Spezies des Klugscheißers, schwafelt ununterbrochen und nervt die Tischnachbarn mit blödsinnigen Geschichten, die aus Halbwahrheiten zusammengestoppelt sind und nur einen Sinn haben: den Erzähler wie einen großen Denker aussehen zu lassen. Dass das meist komplett in die Hose geht, liegt einfach daran, dass sich an einem Tisch oft zwei oder drei solcher Alpha-Tiere befinden, die alle durcheinanderquatschen. Und so tritt der oben bezeichnete Effekt ein, dass nämlich erstens viel erzählt wird und zweitens nicht viel davon hängenbleibt.

Um diese Nullbotschaften aufzuwerten, beginnen Angeber ihre Geschichten immer mit endlos verschwurbelten Einleitungen, was meistens der Verschleierung des Umstandes dient, dass sie sich die Geschichte gerade erst ausdenken.

Ein einfacher Trick hilft, und schon steht man als Doppel-Alpha da: die Arrival-Taktik. Sie basiert auf der Theorie, dass man am besten ankommt, wenn man gerade ankommt. Beispiel: Sie betreten ein fremdes Esszimmer, die Aufmerksamkeit ist sofort bei Ihnen. Das ist der Moment, in dem Sie eine packende Geschichte erzählen sollten: Habe auf dem Hinweg jemanden überfahren, bin auf der Flucht vor baskischen Separatisten, lasse mich morgen scheiden. Wenn Sie erst mal sitzen, kommt Ihre Geschichte bestimmt unter die Räder. Solange Sie aber stehen, wird man Ihnen begierig zuhören. Ihre Geschichte ist die Samenzelle, die das ganze Gespräch befruchtet. Und Sie sind der Könner, der die großen Themen des Abends entfacht hat.

Sie können diesen Effekt am selben Abend noch einmal auskosten, wenn Sie von der Toilette kommen. Auf diese Weise lassen sich auch missliebige Konkurrenten ausschalten, denn mit einem Exklusivbericht vom Klo kann man besser ankommen als mit krampfartigen Einwürfen. Aber Vorsicht: Auch die Arrival-Taktik nutzt sich ab. Ständiges Hinauslaufen und Reinkommen setzt bei den Gästen falsche Assoziationen frei. Man könnte denken, Sie litten an Inkontinenz.

Außerdem schützt die Arrival-Taktik keineswegs vor dem Bildungsblödian. Der setzt sich gern mit Dichterworten in Szene, kennt die wahren Zusammenhänge in der Kulturmafia und wird nicht müde, sie zu schildern. Er rezitiert Gedichte, kann alles erklären und vor allem – ungefragt. Die einzige Chance gegen den Bildungsblödian besteht darin, selbst einer zu sein. Bedenken Sie dabei: «Die Bildung ist für die Glücklichen eine Zierde, für die Unglücklichen eine Zuflucht» (sagt Demokrit).

Da Angeber bekanntlich unglücklich sind und die Bildung brauchen wie ein Alkoholiker die Weinbrandbohne, können Sie sich Ihrerseits damit zieren. Lernen Sie dazu Ihre *Trivial Pursuit*-Karten auswendig. Das reicht meistens. Hier einige Fakten und Bonmots, die Ihr Überleben auf Partys sichern: Zamek ist kein Theaterregisseur, sondern eine Suppe. Der Satz «Ich zieh es vor zu schweigen bei Dingen, wo mir das Verständnis fehlt» stammt von Sophokles. Groucho, Chico, Harpo und Zeppo Marx hießen in Wirklichkeit Julius, Leonard, Adolph und Herbert. Der letzte Häftling im Londoner Tower war Rudolf Heß. Die *Bild*-Zeitung kürzt Oskar Lafontaine mit «Lafo» ab.

Und Goofy hat zwei Zähne.

21

Nur einen wenzigen Schock

Experiment Feuerzangenbowle: *Wie fühlt es sich an, zehn Jahre nach dem Abitur noch einmal auf seine alte Schule zu gehen. Eine Reportage.*

Diese Geschichte beginnt vor fast genau zehn Jahren, im Juni 1988. Damals war ich zum letzten Mal hier. Ich saß in der Aula und bekam mein Abiturzeugnis. Ein Freund sagte zu mir: «Das Gute an dieser Veranstaltung ist, dass wir nie mehr zurückkommen müssen. Die da drüben sind alle morgen wieder hier.» Dabei zeigte er nach rechts. Dort saßen die Lehrer.

Jetzt bin ich auch wieder hier. Für eine Woche werde ich noch einmal im Unterricht sitzen. Bei denselben Lehrern wie damals. Es ist Montagmorgen, kurz nach acht. Auf meinem Stundenplan, den ich im Sekretariat abgeholt habe, steht «PH 12 M Fachraum». Übersetzt heißt das, dass ich an einer Doppelstunde Physik in einem Grundkurs der Jahrgangsstufe 12 teilnehme. Die Stunde findet im Fachraum statt, und zwar bei Herrn M. Es ist ein winzig kleiner Kurs, nur neun Teilnehmer, alle so 16 oder 17 Jahre alt. Nur ein Mädchen ist dabei.

Ich setze mich in die hinterste Reihe. Dieselben beschmierten Tische und verkratzten Stühle wie vor zehn Jahren. Derselbe Geruch. Auf meinem Tisch steht: «Rammmmmstein» und daneben «Wo sitzt Vanessa Höllers?» Die Schüler müssen das alles selber wieder wegmachen. Zweimal im Jahr lässt M. die Tische schrubben.

Seiteneingang des Städtischen Meerbusch-Gymnasiums, 1998.

Zwischendurch macht hier jeder, was er will. M. darf keine Rügen mehr ins Klassenbuch schreiben, wegen des Datenschutzgesetzes. Und rausschmeißen kann er auch keinen, wegen der Aufsichtspflicht. Also hält er seine kleine Herde mit Experimenten bei Laune.

Ich verstehe nur Bahnhof. Meine Taktik vor zehn Jahren hieß: Sei ein Blender! Stell irgendeine Frage, damit er denkt, du interessierst dich. Beantworte eine einzige seiner Fragen, und du bekommst eine Drei. Diese Taktik ist den Kursteilnehmern durchaus geläufig. Und M. auch.

Der Versuch: Die Schüler hängen Gewichte an Metallfedern und zählen die Schwingungen. Das ist so aufregend, wie es klingt. Ich mache auch einen Versuch: Ich dehne die Zeit und denke dabei über die wichtigste Frage im Leben nach: Warum machen die das hier eigentlich? Und während Harald M. mit seinem Kurs Schwingungen zählt, fällt es mir ein. Die Antwort ist ganz einfach: Sie machen das, weil sie Schüler sind. Was sollten sie auch sonst machen, wenn nicht Schwingungen zählen oder Jamben oder Anlaufschritte beim Hochsprung? Es ist der Job des Schülers, alle möglichen und unmöglichen Dinge zu hören und wieder zu vergessen.

Der Pausengong. Ich gehe in die Raucherecke, man hat sie an den zugigsten Platz der Schule verbannt. Vielleicht zwei Dutzend Schüler stehen hier herum, und ein paar glotzen mich an. Endlich fragt einer: «Was machen Sie'n hier?» Der hat mich gesiezt, denke ich schockiert. Ich hatte mir eingebildet, mit etwas Glück als Student oder so etwas durchzurutschen. Und der Kerl siezt mich. Also erzähle ich von den lebenslänglichen Lehrern und dass ich auch mal auf dieser Schule war. «Und da wollen Sie wirklich 'ne ganze Woche hier rumhocken?», fragt er und lässt mich stehen.

Zweite und dritte Stunde: CH 13 VJ Fachraum. Chemie also, ein Leistungskurs der Jahrgangsstufe 13. Jens V. heißt der Lehrer. Ein lustiger Mann mit einem gelben Pullover. Ich bin fast sicher, dass ich genau dieses Ding schon einmal vor elf Jahren vor mir sitzen hatte. Es geht um Phenol. Wenn man Wasser in ein Röhrchen mit Phenolkristallen gibt, erhält man eine klare Lösung. «Das ist ein ganz verrücktes Verhalten von Phenol», jubelt V. Dafür habe ich Verständnis. Manche Menschen finden auch Ostwind verrückt oder Waldmeisterbowle. Ich zum Beispiel finde es geradezu verrückt kalt hier. Die Heizung ist ausgefallen, und ich kapiere kein einziges Wort von dem, was der Mann erzählt.

V. macht sich auch gar keine Illusionen über den Fortbestand des heute vermittelten Wissens. «Letztlich behalten die Leute, was eine Säure ist und was eine Lauge. Der Rest verschwindet in den Tiefen des Gehirns», sagt er in der Fünfminutenpause. In der zweiten Stunde des Kurses gebe ich auf. Ich werde wohl doch kein Chemiker. Also schaue ich aus dem Fenster aufs Geld. Die Schule ist vor 22 Jahren mitten auf einen Acker in Meerbusch-Strümp gebaut worden, das liegt zwischen Krefeld und Düsseldorf. Der Wind weht das ganze Jahr über den Niederrhein und zischt an der Fassade entlang. Ein paar hundert Meter weiter verläuft die A 57. In die eine Richtung geht's nach Holland, in die andere nach Köln. «Die Fahrbahn ist ein graues Band, weißer Streifen, grüner Rand», singe ich ganz leise vor mich hin. Früher hat man die Autos treiben sehen, jetzt steht eine Schallschutzmauer davor.

Die große Pause verbringe ich im Lehrerzimmer, dem Allerheiligsten. Fast alle meine Lehrerinnen und Lehrer sind noch immer hier, dieselben Gesichter wie vor zehn, fünfzehn und zwanzig Jahren. Ein riesiges Terrarium mit Schildkröten in farbenfrohen Pullovern. Einige nagen an

Broten, andere sitzen schweigend herum oder sprechen leise mit Kollegen. Mein früherer Klassenlehrer Ronald Sch. sagt: «Wir werden hier gemeinsam alt. Ich schwöre dir, in weniger als zwei Minuten wird Herr S. durch diese Tür kommen, sich auf den Stuhl dort setzen und einen Apfel essen. Es ist jeden Tag dasselbe.»

Vor zwanzig Jahren bestand das Kollegium der damals funkelnagelneuen Schule fast nur aus jungen Lehrern um die dreißig. Fast alle sind noch da. Vor einiger Zeit haben sie gefeiert. Das Durchschnittsalter des Kollegiums hatte die magische Zahl Fünfzig erreicht. An einem Tisch sitzen zehn Referendare, «die sind wie eine Bluttransfusion für uns», sagt Sch. «Aber wir können keinen übernehmen. Bald sind sie wieder weg und lassen uns hier zurück. Es ist gespenstisch.» In diesem Moment kommt Herr S. ins Lehrerzimmer, setzt sich auf seinen Stammplatz und holt einen Apfel aus der Tasche.

PL 13 R Raum 207. Ich beeile mich, weil ich in den zweiten Stock muss. Ich habe Philosophie, Grundkurs, Stufe 13 bei Peter R. Der hat sich kaum verändert. Die Haare sind kürzer, der Bart auch. Und grauer. Er ist jetzt 45 Jahre alt. Ein kleiner Mann mit einem ungeheuerlichen Talent für Ironie. Das Zimmer ist vollgehängt mit gerahmten Bildern und Postern. Die Griechen, Nietzsche, Heidegger, Sartre, auch Freud und Charlie Brown. R. hat sogar Pflanzen aufgestellt. Das macht diesen zugigen Raum ein bisschen sympathischer. Durch die Fenster kann man nicht viel sehen, sie sind beschlagen oder schmutzig. Oder beides. Fürs Fensterputzen fehlt das Geld.

Zehn Teilnehmer hat der Kurs, darunter den Methusalem der Stufe. Otto ist schon 21 und gibt sich rüpelhaft. Aber auch er hat ein Recht auf philosophische Unterweisung. Die möchte R. vertiefen, indem er einen Aufsatz von Heinrich Heine über Kant und seinen Diener Lampe vorträgt. Eine schöne Geschichte. Finden auch die anderen Teilnehmer. Eine vollkommen friedliche Schulstunde nimmt ihren Lauf. Otto veranstaltet Hütchenspiele mit leeren Kaffeebechern, und R. lächelt gequält. Was soll er auch sonst machen? Dann ist der erste Tag vorbei.

Am nächsten Tag gibt meine Mutter mir ein Schulbrot mit. Ich habe nur fünf Stunden. Auf dem Plan steht: E 11 P Raum 201. Englisch, Grundkurs, Jahrgangsstufe 11 bei Wolf-Werner P., 58. Der ist wie früher großartig angezogen und trägt eine bunte Krawatte zu einem lachsfarbenen Jackett. Ich setze mich ganz hinten in die Ecke und genieße seine neunzigminütige Vorstellung. Er zieht gleich zu Beginn einen Überraschungstrumpf aus dem Ärmel und macht einen schriftlichen Test. Nur wer übers Wochenende den Einakter *The Ants* auch wirklich gelesen hat, kann das kleine Quiz bestehen. Und das sind nicht viele.

P. gehört zu jenen Teufeln, die tatsächlich zwei Stunden lang nur Englisch im Englischunterricht sprechen. Dabei ist er auf eine geradezu unheimliche Art freundlich zu seinen Schülern. Seine Tafelarbeit ist vorbildlich: Er klappert mit der Kreide, kratzt aber nicht, seine Sätze reichen genau bis an den Rand, sind leserlich und logisch. Keine Frage: Der Mann ist die Mensch gewordene Routine.

a) Approach by following the structure of the play
b) Approach by analyzing the different themes
c) Approach by analyzing the characters
d) Approach by analyzing the imagery

schreibe ich von der Tafel ab. Die Mädchen neben mir sind wegen des Tests vom Anfang ziemlich mies drauf. Die typische schlechte Laune von 17-jährigen Mädchen. Ich möchte jetzt kein verliebter Junge sein. Ich möchte mein

Pausenbrot essen. Soll ich? Ich traue mich nicht. Bei P. wird nicht gegessen. Auf meinem Tisch steht winzigwinzigklein: «9.11.38 Reichskristallnacht». Daneben mikroskopische Details wie «Putsch» und dann ein kleiner Pfeil nach rechts: «Röhm weg». Eine Meisterleistung der Reduktion.

In der Pause esse ich endlich mein Brot, rauche und unterhalte mich mit ein paar Dreizehnern in der Raucherecke. Stephan ist dabei, der Sprecher der Jahrgangsstufe, seine Freundin Alexandra, Otto und Jörg. Irgendwie sind die alle so brav. So angepasst und unscheinbar. Ein Lehrer hat es mir bestätigt: Es gibt keine Punks mehr, keine Teds, keine Ökos. Früher gab es Diskussionsgruppen und Foto-AGs, Sportmannschaften und Computerclubs, eine deutsche und eine englische Theatergruppe, die rauschende Erfolge feierten. Nur die englischsprachige existiert noch, unter der Leitung von P. Und der Gospelchor. Es wird noch Fußball und Volleyball gespielt. Der Filmclub, der freitags um halb acht im Schultheater *James Bond* für drei Mark zeigte, wurde abgeschafft. Wegen Alkohol und Drogen, heißt es, und weil sich niemand mehr dafür engagieren wollte.

Es wird im Moment auch wieder weniger gekifft. Meine Mitschüler haben neue Sprachcodes, die unseren alten meilenweit überlegen sind. «Kiffen» heißt bei ihnen: «einen Film einlegen». Was für ein zauberhafter Ausdruck! Vor einiger Zeit noch hat der eine oder andere aus Stephans Bekanntenkreis einen Film eingelegt vor langweiligen Schulstunden. «Kinderei» nennt Stephan das jetzt.

Dritte und vierte Stunde: SW 11 H Raum 203, Sozialwissenschaften bei Jürgen H. Der 47-jährige war einst ein Titan des Laberfachs. Kam immer mit dem Fahrrad aus Krefeld, spielte in der Handballmannschaft mit, gab nie Fünfen und konnte jede, absolut jede Frage beantworten –

ein Musterlehrer. Die Schüler, die er jetzt unterrichten muss, sehen aus wie Wachkoma-Patienten. H. hat sich an den Anblick gewöhnt. Anfang der Achtziger gab es noch politisch engagierte Jugendliche, die ihren Lehrern Druck machten, Sitzstreiks organisierten oder Menschenketten. Die heutigen Jugendlichen kommen ihm oft so müde vor. «Aber ich bin ihnen nicht böse», sagt H., «das ist eine gesellschaftliche Entwicklung, die man ihnen nicht vorwerfen kann.» Sehr großzügig von ihm. Weniger großzügig sind seine Zensuren. Unter seinen mündlichen Noten fürs vergangene Quartal sind auch Fünfen. Ich habe eine Theorie: Autoritäre Lehrer werden mit den Jahren sanfter, weniger autoritäre dafür immer strenger. Pädagogische Grundsätze schleifen sich mit den Jahren ab.

In den sechziger Jahren gingen in dieser Gegend sechs Prozent aller Grundschulabgänger aufs Gymnasium, heute sind es in Meerbusch 61 Prozent. Das hat zur Folge, dass immer mehr unterqualifizierte Schüler in viel zu anspruchsvollen Schulstunden herumsitzen. In den Klassen elf, zwölf und 13, der Oberstufe, haben sich die Anforderungen aber nicht dem Leistungsverfall angepasst, im Gegenteil: Das Abitur ist schwerer denn je.

Viele Lehrer würden am liebsten nur noch in der Oberstufe unterrichten. «Bei einer Vertretungsstunde in der achten Klasse kommt du dir vor wie in der Bronx», sagt H. Schon längst fühlen sich die Lehrer in der Mittelstufe nicht mehr als Wissensvermittler, sondern als Sozialarbeiter und Zirkusdirektoren.

Auch H. hat keine Lust mehr, sich beim Handballspielen von Halbwüchsigen umrempeln zu lassen. Wie die Schüler findet er Spaß an Aktivitäten, die nichts mit der Schule zu tun haben: Er ist Vorsitzender der SPD in Krefeld. Bei der Landtagswahl im Mai 95 haben ihm nur ein paar hundert

Stimmen gefehlt. Sonst säße er jetzt in Düsseldorf. Sitzt er aber nicht. Er gibt einen Kurs in Sozialwissenschaften. Thema: *Wirtschaftswachstum und Steigerung des Primärenergieverbrauchs.* Nicht uninteressant.

H. versucht, eine Diskussion über Garzweiler II in Gang zu bringen. Aber die höchst umstrittene Umsiedlung ganzer Dörfer wegen des Braunkohletagebaus ist den Schülern piepegal. H. erzählt vom Ursprung dieses Projekts zu Zeiten der Anti-Atom-Bewegung. Er erzählt vom Aufstieg der Grünen, sagt, dass seit 1984 kein Atomkraftwerk mehr in Auftrag gegeben wurde, dass Garzweiler ein Ergebnis der Energiepolitik der siebziger Jahre sei. Na und?, sagen die Gesichter der Schüler.

1978, als die Grünen groß wurden, kam ich aufs Gymnasium. Die Älteren trugen Palästinensertücher und rauchten Selbstgedrehte. Alle hörten Neil Young und gingen auf Demos. Zu dieser Zeit waren die Schüler in diesem Kurs noch gar nicht geboren. Sie sind Jahrgang 81, schätze ich. Sie kennen die Friedensbewegung nur als Schimpfwort. Als die Neue Deutsche Welle im Radio kam, wurden sie gerade gestillt. Fehlfarben? Nie gehört. «Graue B-Film-Helden regieren bald die Welt, es geht voran.» Keiner hat eine Ahnung, was das bedeutet.

Aber was können sie dafür, dass es den Kalten Krieg nicht mehr gibt? Ihr Feindbild ist die Arbeitslosigkeit, der Blick auf die Studentendemos von einst macht sie nicht wütend, sondern mutlos. Für ihre Bildung wird bald kaum noch Geld da sein. Garzweiler II ist ihnen wirklich scheißegal. «Die kämpfen nur noch für sich selbst», sagt H., «und das müssen sie auch.»

Die meisten Schüler egoistische Armleuchter, meine Lehrer werdende Pensionäre, und ich schlage mich auch noch auf deren Seite – was ist nur aus der Schule geworden?

Die fünfte Stunde mache ich blau und spaziere durchs Gebäude. Im Kunsttrakt höre ich Lärm. In einem Werkraum ist der Teufel los. Eine fünfte Klasse tobt wie ein Orkan, mittendrin steht eine kleine Frau und ruft leise: «Leise, leise!» Heidemarie S., 55. Sie kommt auch aus dem pädagogischen Aufbruch der siebziger Jahre. Kunstunterricht war hier früher was ganz Besonderes. Beuys lebte noch, die Kunstlehrer waren mindestens im Geiste seine Schüler.

Davon ist nicht viel übrig geblieben. Kunst ist bei den älteren Schülern nicht mehr angesagt. Das Fach Musik gibt es kaum noch. Die Abiturienten können sich davon später nichts kaufen. Hoffnungslos. Fast. Denn vielleicht bringt diese fünfte Klasse neuen Schwung in die Schule. Frau S. hat den Sextanern den Film *Der Lauf der Dinge* des schweizerischen Künstlerduos Fischli/Weiss gezeigt. Die Kinder bauen nun in kleinen Gruppen Kettenreaktionen aus Pappe, Murmeln und Legosteinen. Ein anarchischer Haufen voller Ideen. Frau S. steht glücklich im Zentrum des Hurrikans und sagt: «Seid doch mal leise!» «Yoh», brüllt da ein zehnjähriger Rapper.

Am Nachmittag suche ich im Keller meiner Eltern nach Schulheften und finde eine alte Musikkassette. Es steht nichts drauf, außer einem roten Herz aus Filzstiftfarbe. Auf der Kassette ist nur ein einziges Lied: *Clouds Across the Moon*, eine Schnulze von der Rah Band. Die Kassette ist mindestens 14 oder 15 Jahre alt. Und mir fällt einfach nicht ein, wie das Mädchen hieß, das sie mir geschenkt hat.

Der dritte Tag. F6a K Raum 120. Ich sitze in der sechsten Klasse bei Frau K., 57, der neuen Direktorin, die vom anderen Gymnasium der Stadt hierhergewechselt ist und unter anderem Französisch unterrichtet.

Die Klasse hat genau mein Leistungsniveau. Französische Grammatik zu verstehen kam mir immer schon vor wie der

Versuch, einen korsischen Waldbrand mit einer Wasserpistole zu löschen. Aber ich lerne: «Leur» ist sowohl ein Personalpronomen als auch ein Possessivpronomen.

Danach gehe ich in die Turnhalle. Ich besuche den Sportunterricht von Helmut S. Sechzig Jahre wird er; und er hat seine Kraft verloren. Sein Rücken will nicht mehr, die Bandscheiben sind kaputt, genau wie die Knie. Und er hat Arthrose. «Ich kann den Kindern nichts mehr vormachen», sagt er und meint das wohl im doppelten Wortsinn. «Daran kann ich mich einfach nicht gewöhnen.» Er leidet darunter, dass er nicht mehr jede Übung am Reck, an den Ringen oder am Barren demonstrieren kann. Er fährt auch nicht mehr mit seinen Lieblingsschülern in die Skiferien. Es gibt ohnehin kaum noch gute.

«Früher schafften 60 Prozent der Schüler das Sportabzeichen», sagt er. Heute sind es noch drei pro Klasse. Und die wollen nicht Kugelstoßen, sondern Streetball spielen. Er fühlt sich abgemeldet. Dabei liebt er die Kinder wirklich und den Sport erst recht. Ganz klein sitzt er in der Kammer, die er sich in der Sporthalle eingerichtet hat. «Ich kann nicht mehr», sagt er. Nicht einmal die Namen seiner Schüler bekommt er lückenlos zusammen. Er war immer der verrückte Sportnarr, der Schleifer, der Mann im Trainingsanzug. Und er war Fachschaftsvorsitzender, wachte über die Ordnung in der Halle. Inzwischen hält sich kein Mensch mehr an seine Prinzipien. Es tut ihm weh, dass alles wehtut. Und das tut mir leid.

Die fünfte und sechste Stunde. D 1 1 L Raum 2 1 7. Deutsch bei Herrn L. Friedrich L. ist auch so ein Saurier. Gerade 60 geworden, hat er wieder eine fünfte Klasse übernommen, weil es ja keine jungen Pädagogen gibt. L. macht nichts Neues mehr. Immer im Wechsel: *Mutter Courage, Faust,* ein bisschen Schiller, ein bisschen Kafka, ein bisschen Grass.

Für L. hat mit dem Ende seines eigenen Studiums die Geschichte der deutschen Literatur aufgehört. Nie würde er Handke lesen lassen oder einen Krimi von Jörg Fauser. Einen von Dürrenmatt, das ginge schon. Wer ist dieser Fauser eigentlich?

Zur Diskussion steht folgendes Zitat aus Wolfgang Borcherts Drama *Draußen vor der Tür*: «Zweibeiner stehen sofort wieder vom Totenbett auf, wenn sie einem anderen Zweibeiner mit Rock, Busen und langen Haaren begegnen.» Das kann ich bestätigen, Vorteil meiner Altersweisheit. Die Schüler müssen dafür ein bisschen lesen. Die Diskussion gewinnt an Fahrt. Macht richtig Spaß hier.

Als L. den Kassettenrecorder anwirft, um den Schülern eine etwa vierzig Jahre alte Hörspielfassung des Stücks zu präsentieren, wird er jäh unterbrochen. Eine Durchsage der Schulleitung, wie spannend *(knister, knack)*: «Achtung! Karten für die Oberstufenparty nur in der großen Pause!» *(Knack, knister.)* Ich bin elektrisiert. Die Party ist am Freitag. L. spielt tapfer sein Band ab, obwohl der Kurs merklich das Interesse verloren hat, und verteilt den Text. Dann sammelt er von jedem eine Mark ein für die Kopien. Sparmaßnahme der Schule.

Donnerstag. EK 13 S Raum 214, liegt vor mir, genau wie der große *Diercke Weltatlas*, Auflage 1987. Chic, mit DDR und Sowjetunion, Erdkunde bei Ronald Sch. Ich setze mich zu Stephan und den Jungs in die letzte Reihe, instinktiv, weil von denen am meisten Spaß zu erwarten ist. Sch. ist 50. Als ich sitzenblieb und in seine Klasse kam, war er 35. Er hat sich verändert seitdem, aber seine Stimme ist geblieben. «Vier minus, aber mi'm Balken bis nach Köln», hat er mal zu mir gesagt. Heute geht es um Landflucht und Verstädterung in Brasilien. Ein Mädchen trägt ein Referat vor und liest: «Düsseldorf ist fast genauso groß wie Rio, hat aber bloß 5,2 Millionen Einwohner.» Diese Nachricht kann man wirklich nur als Sensation bezeichnen, dennoch rührt sich nichts unter den Abiturienten. Und das ist ein Leistungskurs. Schnell weg.

In der Pause kaufe ich mir eine Karte für die Oberstufenparty. Die gibt es nur für Schüler dieser Schule. So soll verhindert werden, dass Hauptschüler oder eine Türkengang aus dem Nachbarort hier auftauchen. Die Schüler müssen sogar auf eigene Kosten einen privaten Sicherheitsdienst anheuern, Auflage der Schulleitung.

Ich gerate zunehmend in den alten Trott. Was hab ich jetzt? Ach ja, CH 13 VJ Fachraum. Findet aber im Hörsaal statt. Der hat neue Tische, weil die alten nicht mehr hoch genug waren. Die Schüler von heute sind länger, vor allem ihre Beine. Es geht wieder um das gute alte Phenol. Ich versteh nach wie vor kein Wort. Ein Crack namens Timo malt an der Tafel die Phenolbromierung auf. Positiv und negativ geladene Dinger mit kleinen Sechsecken und Fühlern. Die Elektronendichte im Phenol erhöht sich, der Plus-M-Effekt. Aha, mag sein. Jens V. startet ein neues Experiment. Er neigt allerdings dazu, ein bisschen abzuschweifen: «Die Menschen hatten früher keine Glatzen, weil sie vorher starben.» Ein kleiner Kolben heißt bei ihm: «So 'n klein Kölbschen.» Den Schülern geht er mit seinem Frohsinn bisweilen auf die Nerven. Sie wollen, nein, sie müssen bis zum Abitur noch einiges durchpauken und haben keine Zeit für Scherze. Inzwischen kapiere ich, dass diese Jugendlichen keine Streber sind und auch nicht humorlos: Sie haben nur Angst. V. hat bereits Abitur. Sie nicht.

Hurra, eine Freistunde. Früher wäre ich jetzt mit Freunden nach Hause gegangen, wir hätten einen Film eingelegt oder ein Video. Oder beides. Stattdessen besuche ich Alfred B. in der sogenannten Hausmeisterloge. Er ist 61 und geht nächstes Jahr in Rente. 22 Jahre lang hat er versucht, im Winter die verdammte Heizung ans Laufen zu kriegen, den Rasen gemäht und Graffiti übermalt. Wir dachten uns lustige Spitznamen für ihn aus. Manchmal hat er uns daraufhin den Gefallen getan und ist hinter uns hergerannt. Dafür ist er jetzt zu müde. Er hat mal 380 000 Mark im Lotto gewonnen und sich davon ein Boot und ein Ferienhaus in Holland gekauft. Da wird er hinziehen, damit ihn keiner mehr zurückholen kann auf dieses Gespensterschiff mit den kaputten Planken.

Einst war das Städtische Meerbusch-Gymnasium ein hypermoderner Bau – es gab sogar ein Sprachlabor. Die Fachbereiche in den unterschiedlichen Trakten bekamen verschiedene Farben, und die Sprinter-Piktogramme des Olympia-Designers Otl Aicher wiesen die Richtung zu den Notausgängen. Jeder Schüler erhielt einen knallgrünen Spind für Mofahelm, Atlas und Leberwurstbrote. Die Aula nannten sie Pädagogisches Zentrum, und das hatte ein Parkett, auf dem man sogar große Bälle veranstalten konnte. Der ist längst einem PVC-Boden mit Noppen gewichen. So wie hier sehen viele Schulen in Deutschland aus. Es ist kein Geld mehr da, um die Reparaturen zu bezahlen. Und B. hat keine Lust mehr. Immer wenn einer hier etwas kaputt macht, tut es ihm körperlich weh. «Die hauen dann jedes Mal auch ein Stück von mir kaputt.» Die kommenden Winter will er in Spanien verbringen. Da muss er keine Heizung reparieren.

Sechste Stunde: PL 11 R Raum 207, wieder Philosophie bei R. Den Weg kenne ich schon. Ich versuche, mich wie ein Schüler zu bewegen, und latsche mit hängenden Schultern durch die Gänge. Tolles Gefühl. Wodurch unterscheiden sich Epikur und Seneca, will Peter R. wissen und referiert über den Stoizismus, die Gleichgültigkeit gegenüber dem

Schicksal. Die Schüler lassen das mit stoischer Ruhe über sich ergehen.

Die Mädchen haben kleine Evian-Flaschen vor sich stehen. Ich habe ein paar Lehrer gefragt, was sie machen, wenn diese kleinen Sexbomben vor ihnen die Treppe raufwackeln. Guckt man einer 18-jährigen auf den Hintern? Klar guckt man. Doch «der Reiz einer schönen Schülerin schwindet meistens blitzschnell, wenn sie anfängt zu sprechen», sagt Ronald Sch. Mag sein, aber solange sie nichts sagen, sind sie unfassbar hübsch. Die Jungs haben da weniger zu bieten. Die wären gern Rap-Stars und haben Pickel. Für vieles noch zu jung und zum Weinen schon zu alt. Was für ein beschissenes Alter. Bleibt nur die Flucht in etwas, das sie für Coolness halten. Wieder ist ein Schultag um.

Am nächsten Morgen frage ich Stephan und Alexandra, was sie nach der Schule so treiben. Er arbeitet als Fahrradkurier und sie in einem Sonnenstudio. Fast alle ihrer Freunde verdienen eigenes Geld. Und zwar nicht in den Ferien, sondern immer. Einige sitzen nebenher in Tankstellen, andere füllen Supermarktregale auf, einer ist Filmvorführer, und der alte Otto aus dem Philosophieunterricht jobbt als Türsteher.

Und das, obwohl wir hier in Meerbusch sind. Wenn Düsseldorf der Schreibtisch des Ruhrgebiets ist, dann ist Meerbusch das Schlafzimmer, denn hier wohnen die Bosse. Nach dem Pro-Kopf-Einkommen ist Meerbusch eine der reichsten Städte Deutschlands. Keinem geht es schlecht, dennoch arbeiten die Schüler, um ihren Lebensstil nicht vor den Eltern rechtfertigen zu müssen. Aber trotz allen zur Schau gestellten Selbstbewusstseins: Diese Generation wird die erste sein, die den sozialen und wirtschaftlichen Standard der Eltern nicht mehr erreicht. Und das wissen sie auch. Wohl deshalb spielt Spaß bei ihnen so eine große Rolle, jedenfalls außerhalb der Schule.

Freitag, mein letzter Tag. Die erste Stunde. D 13 ST Raum 217, Deutsch bei Dr. Michael St., 54. Der Leistungskurs der Abiturienten. St. war schon immer ein Außenseiter im Kollegium. Antiautoritär aus Prinzip. Im Sommer ließ er sich mit Wasser bespritzen, im Winter mit Schneebällen bewerfen. Er spielte Theater, leitete eine Amnesty-Gruppe, forderte die Schüler zur Revolte auf und provozierte damit vor allem die Kollegen. Katholische Religion darf er schon lange nicht mehr unterrichten.

Die Stunde beginnt mit Verspätung, weil irgendein Spaßvogel von außen auf die Klassentür geschrieben hat: «Sind im Filmraum. St.» Daraufhin verläuft sich der halbe Kurs im Haus und trudelt nach und nach ein. Der Widerstand, den er immer gefordert hat, wendet sich nun vor allem gegen ihn selbst. Die Dienstleistungsgesellschaft hat sich eine dienstleistende Jugend herangezogen. Und die kann nichts mit antiautoritären Lehrern anfangen. «Wie sehen Sie denn aus?», fragt ihn einer. «Stecken Sie mal den Gürtel in die Schlaufe.» St. sagt: «Immer müsst ihr an meiner Kleidung rummeckern», und fummelt an seiner Hose herum. Dann beginnt die Stunde. Ein Vergleich zwischen Johanna von Orléans und der heiligen Johanna der Schlachthöfe steht an. «Es gab noch jemanden, der etwas zu dem Thema gemacht hat. George Bernard Shaw. Schon mal gehört?» Nein, natürlich nicht. Und dann furzt einer seiner Leistungskursler.

In der großen Pause stehe ich im Lehrerzimmer und lese die Anschläge am Schwarzen Brett. Da steht: «HL YX 3010 fällt durch wildes Parken auf.» Das ist mein Mietwagen! Jeder Lehrer hat seinen Stammplatz, und ich habe mich unbeliebt gemacht. So richtig schlimm finde ich das nicht. Da siegt plötzlich meine Schülermentalität über das Erwachsensein. Wenn ich am Montag wiederkäme, würde ich natürlich auf demselben Platz parken.

Mir steht noch die schlimmste Stunde der ganzen Woche bevor: M 12 M. Dabei ist Wilhelm M. ein gutmütiger 56-Jähriger mit viel Humor. Aber ich bin zu dumm für Mathematik. Ein Rechen-Legastheniker. Er gab mir damals den Tipp: «Mach nichts, wo du rechnen musst.» Vielleicht der einzige Rat, den ich je von einem Lehrer angenommen habe. Vor der Schule klatscht der Wind die Seile an die Fahnenmaste. Klingklingkling macht es. M. kritzelt die Tafel voll mit irren Infos zum Logarithmus naturalis.

Ich habe wirklich Angst, dass er mich aufruft. Wenn M. sich in Rage redet, nimmt seine Stimme den Tonfall einer Kreissäge an. Dieses Geräusch habe ich nie aus dem Kopf bekommen. Alles, was ein Mensch wie dieser sagt, erlebt man als Bedrohung, jedenfalls wenn man es nicht versteht. Hausaufgabe: Berechne den Inhalt der Fläche, die begrenzt wird durch den Graph von $f(x) = \ln x$, die X-Achse und die Senkrechten durch die Punkte $(1/2\ f(1/2))$ und $(2f(2))$. Danke schön. Das klingt genauso, als müsste ich mir am Dienstag jemanden suchen, bei dem ich den Mist abschreiben kann. Ach so, da bin ja gar nicht mehr hier. «Und, war's schlimm?», fragt er mich anschließend.

Noch einmal Jürgen H. SW 11 H Raum 203. Die letzte Stunde hat schon angefangen. Ich komme zu spät. H. ist aktiv wie ein Vulkan, seine Schüler wie gewohnt völlig phlegmatisch. Also döse ich mit und meditiere über den Zustand völliger Geistlosigkeit. Ich habe mal gehört, dass man schwebt, wenn es einem gelingt, an absolut nichts zu denken. Kurz bevor ich abhebe, klingelt es.

Im PZ, dem Pädagogischen Zentrum mit dem roten Noppenboden, stellen die Jungs eine riesige Lichtanlage auf. Für heute Abend sind ein paar hundert Karten verkauft.

Ich wandle noch einmal durch die Gänge und sehe mir die Schaukästen an. Hinter Glas die Schülerzahlkurve. In diesem Jahrgang sind nur 83 Abiturienten, bei uns waren es noch 120. In den nächsten Jahren werden es wieder mehr, denn es gibt wieder volle Sextanerklassen. Dass Meerbusch-Gymnasium wird zu neuem Leben erwachen. Wenn die Kleinen Abitur machen, ist auch das letzte Lehrerfossil dieser Schule in Pension. Das ist eine neue Chance. Die Lehrer sehen das genauso.

Am Abend höre ich die Bässe schon auf dem Parkplatz. Am Schuleingang steht Otto mit seiner schusssicheren Weste. Einen Zwischenfall hat es schon gegeben: Jörg wollte ausprobieren, wie sicher der Kevlar-Panzer der Weste ist, hat volle Pulle draufgedroschen und sich zwei Finger gebrochen. Er ist jetzt im Krankenhaus. Ich bekomme einen Stempel auf die Hand und gehe an der Garderobe vorbei ins PZ. Hunderte Teenager tanzen zu guter Musik. Ich hole mir ein Altbier.

Und plötzlich bin ich ganz glücklich. Die Jungs stehen cool herum und trinken, die Barbie-Girls tanzen in ihren engen T-Shirts mit verschwitzten Haaren, die Zigarette in der Hand. Der Klang der Anlage ist gut, bumm macht der Bass in meinem Bauch. Die Mädchen lächeln mich an, als sei ich ein netter Außerirdischer. Und da merke ich, dass ich immer auf ihrer Seite stehen werde. Die Alwins und Svenjas, Stephans, Ottos, Timos, Alexandras und Jörgs sind mir eben doch näher als die Lehrer. Obwohl ich die viel länger kenne. «Noch hundert Tage bis zum Abitur» steht auf einem Transparent.

Nach der Party fahren wir noch mit zwei Autos über die Felder. Alexandra schläft auf dem Beifahrersitz, obwohl die Musik zum Schlafen zu laut ist. Es geht nach Krefeld, zu McDonald's. Da sitzen wir zu siebt auf unbequemen Stühlen und schmeißen die Gurkenscheibchen aus unseren Hamburgern an die Scheibe. Und dann fragt Stephan: «Und? Willst du jetzt mit uns tauschen?» – «Im Moment, ja.» Ende der Geschichte.

22

Mister Ctvrtlik sollte die Frauenkirche meiden (9.2.2006)

Man kommt mit dem Zug aus Weimar und rollt an Millionen von Kleingärten vorbei. In Radebeul, kurz vorm Ziel, stehen herrliche Villen, richtige alte Prunkkästen auf Hügeln, von denen aus man womöglich bis Tschechien sehen kann. Aber eben vor allem Kleingärten mit Häuschen. Der Sachse wulackt halt gern in seiner Scholle. In Dresden-Neustadt, also immerhin ziemlich im Zentrum, passiert der Zug eine gigantische Schrebergarten-Kolonie, die auf den total unzutreffenden und daher amüsanten Namen «Fortschritt» getauft wurde. Ist wahrscheinlich noch in früheren Zeiten geschehen, als man Sportmannschaften «Turbine» nannte.

Mit dem Taxi geht es ins Hotel, das heute auch die Fußballer vom TSV 1860 München beherbergt. Das Team spielt in der zweiten Liga und würde gerne wieder aufsteigen, schon wegen der Investition in die Allianz Arena. Dafür muss aber morgen Dresden besiegt werden, das wiederum gegen den Abstieg kämpft. Ob es zu diesem Spiel kommt, ist fraglich, weil der allmählich tauende Schnee den Dresdner Rasen unter Wasser gesetzt hat. Und es gibt ja nicht überall Rasenheizungen mit daran angeschlossenem Atomkraftwerk wie in München.

Die Autos fahren hier mit dem Kennzeichen «DD» herum. Gleich nach der Wiedervereinigung entstand eine gewisse Aufregung um dieses Kürzel. In meiner Heimatstadt steht nämlich «D» auf den Nummernschildern. Und aus Dresden erklang damals der Ruf, dass dieses «D» eigentlich Dresden zustünde. Daraufhin brach in Düsseldorf hysterisches Gelächter aus, und die Zeitungen titelten sinngemäß: «Sachsen wollen uns unser ‹D› wegnehmen.» Es gab Leserzuschriften, denen zufolge die Dresdner sich kennzeichenmäßig mal ganz hinten anstellen könnten, also ungefähr hinter Bad Dürkheim/Weinstraße (DÜW). Am Ende erhielt Dresden dann «DD» und fühlte sich vom Westen betrogen.

Das Hygienemuseum ist eine piekfeine Adresse für alle, die in Ausstellungen gerne auf Knöpfchen drücken. Das kann man hier sehr ausgiebig, und es macht viel Freude, auch wenn der Erkenntniswert der vieltausendfachen Vergrößerung einer menschlichen Zelle enge Grenzen hat. Ich finde ja, dass man dabei immer ein sehr gutes Gefühl für die handwerklichen Fähigkeiten eines Modellbauers bekommt, aber eher keines für das Wirken der Zellbestandteile. Egal. Das ganze Museum strahlt eine Joachim-Bublath-mäßige Lässigkeit aus, von der man nicht mehr als Staunen lernt. Das Staunen steht heutzutage offenbar höher im Kurs als das Wissen, das oft mit Staunen verwechselt wird.

Um noch viel mehr zu staunen, mache ich mich auf den Weg zur Frauenkirche. Ist nicht weit, Viertelstündchen. Die Gegend um die Frauenkirche erinnert mit ihrem aktionistischen Baustellengedöns sehr an Berlin. Als ich auf die Frauenkirche zugehe, steigert sich meine Vorfreude in eine Art patriotisch-bildungsbürgerliche Raserei. Ich öffne eine Tür und stehe in einer Art Foyer, in dem mir aber die Sicht von den Mützchen und Hüten einer älteren Reisebusbesatzung verstellt wird. Kann ich hier mal durch, darf ich mal, danke. Ich ackere mich durch den Touristenkloß, bis sich mir eine Frau von etwa fünfzig Jahren in den Weg stellt und mir wütend in die Augen schaut. Dann schleudert sie mir hasserfüllt entgegen:

«Sie können sich hier nicht reindrängen!»

«Wie bitte?»

«Das gibt's doch gar nicht.»

«Was gibt's nicht?»

«Sich hier in eine bezahlte Führung reinmogeln.»

«Was denn für eine Führung?»

Schnappatmung: «Bezahlte Führung! Bezahlte Führung!»

«Wovon reden Sie eigentlich? Und warum schreien Sie mich so an?»

«Sie haben sich hier einfach in eine Führung reingeschlichen, zu der Sie gar nicht gehören.» Es ist keineswegs so, dass ihre Stimme sich beruhigt, im Gegenteil. Sie hyperventiliert, sie erreicht einen Zustand von postmenopausaler Hysterie.

«Ich habe mich nirgendwo reingeschlichen.»

«Doch, das ist eine Führung für andere.»

«Jetzt lassen Sie mich doch endlich mit Ihrer doofen Führung in Ruhe. Ich wollte lediglich die Kirche ansehen und sonst gar nichts.»

Ich will auf den Innenraum der Kirche zustreben, aber sie hält mich nun am Arm fest und zetert: «Die Kirche ist geschlossen.»

«Ich denke, da ist jetzt eine Führung?»

«Aber dann ist die Kirche geschlossen, da ist jetzt Orchesterprobe.»

Aha, da kann man nichts machen. Das ist aber noch lange kein Grund, sich derart aufzuregen. Und das sage ich der Frau auch, worauf sie mich anschreit: «Verlassen Sie jetzt die Kirche!»

Ich drehe mich um und gehe grußlos. Ich habe mich wirklich auf diese Kirche gefreut. Sollen sie mir doch den Buckel runterrutschen mitsamt ihrer Zuckerbäckerkirche. Erst jahrelang penetrant um Spenden betteln und dann die Besucher anbrüllen.

Gehe ich eben zur Semperoper, die zu dem Kalauer einlädt, genauso auszusehen wie die Radeberger Brauerei in der Fernsehreklame. Die Semperoper ist bereits: geschlossen. Die letzte Führung war um 14.30 Uhr.

Nebenan befindet sich der Zwinger. Die Keramik-Sammlung ist übrigens – Sie ahnen es – geschlossen. Ausweislich eines Schildes werden die Exponate abgestaubt. Ich komme nun langsam ikonoklastisch in Wallung, und deshalb wäre es überhaupt keine gute Idee, die Gemäldesammlung anzugucken. Ich gehe stattdessen in die Rüstkammer und sehe mir Säbel, Degen, Pistolen, Harnische und Rüstungen an, was gut zu meiner Stimmung passt.

Man empfiehlt mir zum Essen die Gegend um die Kreuzkirche, wo ich in einem sehr stylischen Lokal voller schöner Dresdnerinnen Platz nehme. Die Dresdner Damenwelt muss man als herausragend bezeichnen.

Im Hotel wärme ich mich auf, dusche und lande beim Zappen in einer Sendung, die «Sachsenspiegel» heißt und in der gezeigt wird, wie ein Hubschrauber mit seinem Rotorwind den Rasen des Dresdner Fußballstadions trocken föhnt. Das scheint mir eine ziemlich verkasperte Idee zu sein. Angeblich funktioniert das aber, wie ein Reporter mitteilt. 1860 München kann einem jetzt schon leidtun.

Nach dem Signieren beim Plaudern erzähle ich dem Buchhändler von meiner Begegnung in der Kirche. Er seufzt. Ja, das käme öfter vor. Dann berichtet er, dass man in der Kirche mit dem Besucheransturm nicht gut klarkäme und dass dort aber auch unfassbar viel geklaut würde. Alles, was nicht festgeschraubt sei, sackten die Touristen ein. Der Deutsche ist des Deutschen Wolf.

Ich stehe mit einem Angehörigen des Trainerstabes, dem Masseur oder dem Fahrer (wer weiß das schon) der Sechz'ger, im Aufzug des Hotels.
«Und? Spielen Sie morgen?»
«Des entscheid' sich morgn früh.»
«Die blasen den Platz mit dem Hubschrauber trocken.»
«Dafür hams Geld.»
«Jaja.»
«Soll'ns lieber amoi die Spielerg'hälter zoin. Da wer'ns laufen wie'd Has'n.»
Der muss reden. Wie man hört, geht es 1860 München auch nicht viel besser. Wir steigen aus und gehen den Flur entlang.
«Schlafen Ihre Spieler schon?»
«Schloffan tun's vielleicht net, aber a Ruh' is.»
«Gute Nacht.»
«Servus.»

Sechs Stunden später klingelt mein Wecker. Auf zum Flughafen. In Bayern massive Schneefälle, trotzdem starten wir einigermaßen pünktlich um sieben Uhr. In der Zeitung lese ich einen unglaublichen Namen. Und der Mann ist kein Russe. Er ist Kalifornier und heißt Robert Ctvrtlik. Mister CTVRTLIK ist Mitglied im Internationalen Olympischen Komitee und der Anti-Doping-Kommission. Und das, obwohl er selbst gedopt ist, und zwar mit gleich sechs aufeinanderfolgenden Konsonanten.

Ich brauche dann sechs Stunden nach Hause. Überall Schnee. Aber die Fußballspieler von 1860 haben noch weniger Glück als ich. Sie verlieren gegen Dresden 0:2. Und auf dem Heimweg nach München bleibt ihr Bus liegen.

23

Warum bemalen Frauen ihre Lippen?

Bevor wir uns der Frage aus dem Titel dieses Textes widmen, ein aktueller und dringender Aufruf: Gesucht wird das Pärchen, das am letzten Dienstag neben mir im Kino saß. Ich möchte es gerne mit siedendem Speiseöl übergießen und mich an seinen Schmerzen weiden. Jeder wird mich verstehen. Nicht nur, dass erst der Typ, dann seine Typin ihre Schuhe auszogen und beide ihre Fusselsocken über die Sessellehne hängten. Nicht nur, dass sie dann anfingen, sich aneinanderzukuscheln, wobei er alle zehn Minuten grunzte wie ein Moschusochse. Sie lachten auch. Und zwar genau an den einzigen Stellen, an denen es nichts zu lachen gab. Das kann nur zwei Dinge bedeuten: Die beiden waren doof wie Bohnenstroh. Oder: Sie wollten eine gewisse kritische Haltung gegenüber der Filmindustrie im Allgemeinen und dem Film im Besonderen zum Ausdruck bringen. Falls besagtes Pärchen diese Zeilen liest, möge es sich bitte bei mir melden und seine Adresse hinterlassen. Ich komme dann und foltere. So. Lippenstift. Rot wie Blut, das soll als Überleitung genügen. Frauen machen das, um, ja, warum eigentlich? Um sich wichtigzumachen, vielleicht. Nein, das würde nicht klappen, dann wäre ja jede Frau gleich wichtig. Am naheliegendsten ist natürlich der erotische Aspekt. Rotgeschminkte Lippen sagen: «Hallo, du da. Küss mich bitte.» Dagegen spricht die Tatsache, dass auch Frauen Lippenstift benutzen, die bestimmt nicht von allen geküsst werden möchten, zum Beispiel Rita Süssmuth. Also weiter. Frauen benutzen Lippenstift, weil sie weiterhin in alten Rollenmodellen leben und aus traditioneller Unterdrückung durch das internationale Patriarchat alles tun, um ihrem Klischee zu entsprechen. Nur so sind die unsagbar mühseligen Prozeduren zu verstehen, die nötig sind, Lippenstift aufzutragen. Fachleute raten, die Lippen zunächst einzucremen, danach zu grundieren und erst dann das Rot aufzupinseln, das dann auch länger hält. Und das nur, um es uns Männern recht zu machen? Quatsch. Es gibt in Wahrheit nur einen Grund, warum ihr euch Läuseblut und Plazenta (ja, das muss man mal sagen) ins Gesicht schmiert: weil ihr unendlich cool seid. Und das gefällt euch. Natürlich wisst ihr, dass es nichts Sexyeres gibt, als wenn sich Frauen die Lippen nachziehen. Der Lippenstift kann verschmieren oder abgehen oder nicht zur Jacke passen, das merken wir eh nicht. Aber wenn man einer Frau dabei zusehen kann, wie sie den Lippenstift aufträgt, ist das das Größte. Lippenstift aufmalen hat so etwas Selbstbewusstes, Starkes, Sicheres. Um die Sache mit den Zähnen zu verhindern, wenden manche Frauen einen unerhörten Trick an: Sie stecken sich einen Finger in den Mund, umschließen ihn mit den Lippen und ziehen ihn ganz langsam wieder raus. Dann bleibt der überschüssige Lippenstift an dem Finger kleben und nicht am Zahn. Auf diese unerhörte Form des weiblichen Pragmatismus kann man nur auf eine Art reagieren: Man fällt in Ohnmacht vor Begeisterung. Versteht ihr? Wenn nicht, denkt nochmal an das Pärchen aus dem Kino. Es war nämlich auch deshalb so unglaublich unsexy, weil die Frau keinen Lippenstift trug. Diese Frau wird niemals dabei beobachtet, wie sie Lippenstift aufträgt, sondern nur, wenn sie Hornhaut abhobelt. Wenn man sich solche Menschen beim Sex vorstellt, ist einem zumute wie bei einem Nachtspaziergang über den Friedhof.

24

Das Kölner Wartezimmer-Massaker

SFX: *Telefonklingeln.*
Tina: Allgemeinärztliche-Praxis-Doktor-Kettmann, Tina-Stumpf-am-Apparat-Guten-Morgen, was-kann-ich-für-Sie-tun? … Wer sind Sie? Von welchem Verband? Ach, wegen der Verbände. Nein, das ist schon richtig. Das haben wir so bestellt. In der Menge ist das richtig. Nein, nein, das ist kein Missverständnis.
SFX: *Türsummer, Klacken des Türöffners.*
Bode: Guten Tag. *(Pause)* Guten Tag? *(Pause)* Hallo?
Tina: Moment. *(Ins Telefon)* Wann liefern Sie das?
Bode: Ich müsste zum Arzt.
Tina: Moment! *(Ins Telefon)* Schneller geht es nicht? Kann man nichts machen. Dann tschüs. Tschö.
Bode: Entschuldigung.
Tina: Gern geschehen. Was war jetzt mit Ihnen?
Bode: Ich müsste zum Arzt.
Tina: Aha. Soso. Sagen Sie mal: Können Sie sich eigentlich vorstellen, wie viele Menschen hier jeden Tag stehen und sagen: «Ich müsste zum Arzt»? Alle wollen immer irgendwas. Und niemand, wirklich niemand macht sich darüber Gedanken, wie es mir dabei geht.
Bode: Wie geht es Ihnen denn dabei?
Tina: Das ist Ihnen doch so egal.
Bode: Nein. Gar nicht. Wie geht es Ihnen?
Tina: Wie wird's mir schon gehen? Nicht gut.
Bode: Was haben Sie denn?
Tina: Was ich habe? Was ich habe? Arbeit habe ich. Jede

Menge Arbeit. Und da kommt keiner rein und sagt: Guten Tag, kann ich Ihnen vielleicht etwas von Ihrer Last abnehmen? Nein. Da kommen nur immer Kranke und Faule und Einsame und wollen was von mir.

Bode: Eigentlich will ich ja gar nichts von Ihnen. Ich will ja nur was von Ihrem Arzt hier.

Tina: Na also! Für mich interessieren Sie sich nicht die Bohne.

Bode: Gut, ehrlich gesagt, so habe ich mir das noch gar nicht überlegt.

Tina: Und dann immer dieser Spruch: «Ich müsste zum Arzt.»

Bode: Ich kann ja auch was anderes sagen, wenn Ihnen das lieber ist. Aber eigentlich müsste ich zum Arzt.

Tina: Was haben Sie denn eigentlich?

Bode: Ich hatte vor vier Jahren mal eine Operation an der Milz ...

Tina: Jetzt kommt aber nicht Ihre Lebensgeschichte, oder?

Bode: Wie? Nein, jedenfalls: Wenn ich mich bücke, tut's dahinten weh.

Tina: Dann bücken Sie sich nicht.

Bode: Ohne Bücken geht es aber nicht.

Tina: Und ob das geht. Fragen Sie mich mal!

Bode: Ist ja auch egal. Man müsste da vielleicht mal eine Ultraschalluntersuchung machen. Oder eine Kernspintomographie.

Tina: Na, das wollen wir doch vielleicht dem Doktor überlassen, was?

Bode: Ist der denn schon da?

Tina: Ja, selbstverständlich ist der schon da. Schon seit zwei Stunden ist der da. Waren Sie schon einmal bei uns?

Bode: Nein, aber ich wohne in der Nähe und ...

TINA: Zehn Euro.
BODE: Wofür?
TINA: Schon mal was von Praxisgebühr gehört?
BODE: Ach so. Ich gehe nicht oft zum Arzt, ich kenne das noch gar nicht. Und das muss jeder zahlen?
TINA: Außer, Sie sind privat versichert.
BODE: Ach. Privatpatienten haben's gut.
TINA: Das kann mal wohl sagen. Wir haben jetzt auch das Wartezimmer geteilt. Links sitzen die Privatpatienten und rechts die Kassenpatienten.
BODE: Und wo ist der Unterschied?
TINA: Bei den Privaten gibt es neue Zeitschriften, bequeme Sessel und Latte macchiato. Und wer darf die Latte macchiato machen? Ich natürlich. Sehe ich aus wie eine Kellnerin? Demnächst darf ich den Damen und Herren Patienten noch die Füße massieren.
BODE: Ich will gar keine Latte macchiato.
TINA: Cappuccino? Espresso macchiato?
BODE: Ich trinke lieber Tee.
TINA: Ach so, der Herr trinken lieber Tee? Auch noch Sonderwünsche, na super. Der Tag fängt ja schon super an.
BODE: Ich bin ja gar nicht berechtigt, ich bin ja nur Kassenpatient. Ich muss auch gar nichts trinken. Mir ist überhaupt nicht nach Trinken. Ich müsste bloß zum Arzt.
TINA: Jetzt fangen Sie schon wieder damit an?
SFX: *Bohrmaschine.*
BODE: *(Laut)* Was ist denn das?
TINA: *(Laut)* Das ist der Doktor. Er operiert gerade.
BODE: *(Laut)* Wie bitte?
SFX *Bohrmaschine aus.*
TINA: Was schreien Sie mich denn so an?
BODE: Entschuldigung. Was haben Sie eben gesagt?
TINA: Ich habe nichts gesagt.

BODE: Aber Ihr Mund hat sich bewegt.
TINA: Weil ich durch Kiemen atme und nach Luft schnappen muss.
BODE: Haben Sie Handwerker in der Praxis?
TINA: Ja, das hat der Mann jedenfalls behauptet, als er heute morgen früh hier reingekommen ist.
SFX: *Bohrmaschine an.*
BODE: *(Laut)* Wie lange wird's denn dauern?
TINA: *(Laut)* Bis er fertig gebohrt hat?
BODE: *(Laut)* Bis ich drankomme.
SFX: *Bohrmaschine aus.*
TINA: Haben Sie einen Termin?
BODE: Nein.
TINA: Eben. Da muss man sich schon ein bisschen Zeit mitbringen. Außerdem sind Sie ja krank und haben heute sowieso nichts mehr vor.
BODE: Woher wollen Sie das denn wissen? Ich könnte doch Familie haben. Kinder, die aus dem Kindergarten abgeholt werden müssen. Eine Frau, der ich Bescheid sagen muss. Ich könnte wichtige Termine haben.
TINA: Sie haben weder eine Frau, noch haben Sie Kinder. Und wichtige Termine haben Sie auch nicht.
BODE: Aha. Sie scheinen mich ja gut zu kennen.
TINA: Sie sind ungekämmt. Sie haben Eigelb auf dem Pullover. Sie haben keinen Ring am Finger, und für jemanden, der wichtige Dinge im Kopf hat, haben Sie viel zu viel Zeit, mit mir zu diskutieren.
BODE: Wissen Sie was? Lassen Sie mich in Ruhe. Ich setze mich in Ihr Kassenpatientenräumchen und warte.
TINA: Meine Güte, sind Sie schnell beleidigt.
BODE: Ich mag es nur nicht, wenn man mich gängelt. Überall wird man runtergeputzt. Niemand ist noch einfach so freundlich. Ich habe Ihnen nichts getan, und Sie behan-

deln mich wie den letzten Dreck. Ich habe Schmerzen. Mir geht es schlecht.
HANDWERKER: So, das war's, die Haken sind drin.
TINA: Hat auch lange genug gedauert.
HANDWERKER: Hör'n Sie mal: Das ist eine Betondecke. Aber das hält jetzt. Da können Sie ein Pferd dran aufhängen.
TINA: Ich sage es dem Doktor, und er schult auf Tierarzt um.
HANDWERKER: Ich schicke dann die Rechnung. Schön' Tach noch.
TINA: Tschüs. *(Laut)* Ich habe recht, stimmt's?
BODE: Womit?
TINA: Sie haben weder eine Frau, noch haben Sie Kinder. Und Sie haben heute auch nichts mehr vor.
BODE: Was soll das eigentlich die ganze Zeit? Und was geht Sie das überhaupt an?
TINA: Nichts. Ich bin nur neugierig. Meine Freundinnen sagen immer, ich hätte eine supergute Menschenkenntnis. Ich könnte glatt Profiler bei der Polizei sein. Das sind diese Psychologen, die Täterprofile erstellen und schon am Tatort mehr über einen Mörder wissen als der Mörder über sich selbst.
BODE: Ich weiß, was ein Profiler ist.
TINA: Und Ihr Verhalten sagt mir nun einmal glasklar, dass Sie ein unverheirateter kinderloser Typ ohne Job sind. Stimmt's? Sie haben jede Menge Zeit.
BODE: Also, wenn Sie es unbedingt wissen müssen: Ja. Sie haben recht. Zufrieden? Haben Sie jetzt Ihre Genugtuung?
TINA: Keine Frau, keine Kinder, kein Job. Genau, wie ich vermutet hatte. Gibt es überhaupt irgendwas, was Sie haben?

Bode: Ja, Rückenschmerzen. Und ich würde es begrüßen, wenn ich nun endlich zum Doktor könnte.
Tina: Himmelherrgott, Sie sehen doch, was hier los ist! So schnell geht das nicht.
Bode: Aber die Praxis ist leer. Ich bin extra früh aufgestanden, damit ich als Erster drankomme.
Tina: Die Praxis ist nicht leer.
Bode: Aber es ist außer mir niemand da.
Tina: Im Wartezimmer nicht. Aber in den Behandlungszimmern. Alles voll. Da müssen Sie jetzt Geduld haben.
Bode: Na ja. Gut.
Tina: Und machen Sie bitte Ihr Handy aus. Die Strahlen stören die Geräte hier.
Bode: Ich habe gar kein Handy.
Tina: Umso besser.
Bode: Wieso?
Tina: Weil Sie sich dann nicht von mir gegängelt fühlen müssen.
SFX: *Türsummer, Klacken des Türöffners.*
Postbote: Die Post.
Tina: Guten Morgen erst mal. Irgendwas Wichtiges dabei?
Postbote: Kann ich Ihnen nicht sagen. Ich bringe nur die Post, öffnen müssen Sie sie schon selber.
Tina: Sie könnten ja die Werbung aussortieren.
Postbote: Das darf ich nicht. Und außerdem weiß ich ja nicht, welche Werbung Sie nicht haben wollen.
Tina: Alles nur Werbung. Werbung, Werbung, Werbung. Wenn ich das dem Doktor alles vorlegen würde, der würde ja ausflippen. Und wer darf das alles aufmachen und wegschmeißen? Ich. Ah, da ist ja wenigstens das Besteck. Das Besteck, das Besteck. Damit der Herr Doktor schön rumschnippeln kann.

POSTBOTE: Auf Wiedersehen.
TINA: Tschüs. Besteck, Besteck, Besteck.
BODE: Wie bitte?
TINA: Ach, nichts. Ich habe nur so vor mich hingesungen.
BODE: Schön, dass Sie so fröhlich sind. Sagen Sie, hat der Postbote zufällig auch eine Zeitung gebracht? Die Magazine hier bei Ihnen sind uralt.
TINA: Zufällig ja.
BODE: Kann ich Sie lesen?
TINA: Die ist für den Herrn Doktor. Der mag das gar nicht, wenn vor ihm jemand die Zeitung liest.
BODE: Er hat sowieso keine Zeit zum Lesen. Kommen Sie, geben Sie mir die Zeitung, und ich bin ganz still und leise und brav.
TINA: Na gut. Hier.
SFX: *Telefonklingeln.*
TINA: Praxis Doktor Kettmann, Tina Stumpf, was kann ich für Sie tun? … Nein, das tut mir leid, wir können heute niemanden mehr unterbringen. Es ist voll. Wirklich. Oder kommen Sie am Nachmittag und setzen sich ins Wartezimmer. Aber ich kann nichts garantieren. Jedes Stühlchen besetzt. Bitte sehr. Wiederhören.
BODE: Entschuldigen Sie …
TINA: Was?
BODE: Ich habe das eben mitgehört.
TINA: Ja und?
BODE: Sie haben gelogen.
TINA: Habe ich nicht.
BODE: Sie haben behauptet, das ganze Wartezimmer wäre voll. Ist es aber nicht. Immer noch nicht. Ich sitze hier immer noch mutterseelenallein.
TINA: Ich bin aber auch noch da.
BODE: Warum haben Sie die Frau angelogen?

Tina: Ich habe nur ein wenig übertrieben. Manchmal möchte ich den Herrn Doktor ein wenig entlasten. Wissen Sie, der arme Mann schuftet sich tot. Er nimmt sich noch Zeit für die Patienten.
Bode: Den Eindruck habe ich auch.
Tina: Manchmal muss ich ihn wirklich vor sich selber schützen. Das macht doch sonst niemand. Die Frau weg. Mit den Kindern.
Bode: So genau wollte ich das gar nicht wissen.
Tina: Wissen Sie, es muss schlimm sein, wenn man sich so für andere abarbeitet und dann abends in ein einsames dunkles Haus kommt. Niemand empfängt einen mit einem Lächeln und einem warmen Essen. Kein Kinderlachen, keine Wärme. Traurig muss das sein.
Bode: Hm.
Tina: Verstehen Sie, dass ich da manchmal ein wenig den Druck von ihm nehme?
Bode: Sicher.
Schweigen.
Bode: Das ist eine seltsame Geschichte hier.
Tina: Wovon sprechen Sie?
Bode: Diese verschwundenen Leute. Lesen Sie keine Zeitung?
Tina: Nein, entweder der Herr Doktor liest die Zeitung oder freche, Anspruch stellende Patienten. Ich lese niemals Zeitung, ich habe keine Zeit zum Zeitunglesen, denn ich bin kein Patient und kein Mediziner.
Bode: Brauchen sich ja nicht gleich aufzuregen.
Tina: Ist doch wahr. Und was ist mit Ihren verschwundenen Leuten?
Bode: Die sind alle hier in Köln verschwunden. Acht Personen in vier Wochen. Spurlos verschwunden.
Tina: Zufall.

Bode: Das könnte man sagen. Oder die hatten alle etwas miteinander gemeinsam. Jedenfalls sind acht Menschen verschwunden. Fünf Frauen und drei Männer.
Tina: Vielleicht sind sie zusammen auf eine Reise gegangen.
Bode: Hier steht aber, dass sie sich nicht kannten. Die hatten überhaupt nichts miteinander zu tun. Da waren Rentner dabei, Hausfrauen, sogar ein Schüler.
Tina: Vielleicht sind sie in einer Sekte. Das erzählt man nicht rum.
Sprechanlage: Frau Stumpf, kommen Sie mal bitte in die zwei.
Tina: Ach du liebe Güte. Bewachen Sie für einen Moment das Telefon?
Bode: Ich kann doch nicht an Ihr Telefon gehen.
Tina: Ist ganz einfach. Sagen Sie dem Anrufer, dass er in fünf Minuten noch einmal durchklingeln soll.
Bode: Na herrlich. Man kommt als Patient und geht als Arzthelferin.
SFX: *Telefon.*

Bode: Ich hab's doch gewusst.
SFX: *Telefon.*
Bode: Äh, hallo? Ach so: Praxis Doktor Kettmann, hallo? Nein, ich bin nicht Doktor Kettmann. Der ist in seinem Dings, Behandlungszimmer oder so. ... Weiß ich nicht, ich bin hier auch nur Gast. Patient. ... Nee, da müssen Sie nochmal anrufen. Fünf Minu... Hallo? Aufgelegt.
Tina: Und? War was?
Bode: Ja, ein Anruf, hat aber einfach wieder aufgelegt. Ich glaube, ich bin keine besonders talentierte Sprechstundenhilfe.
Tina: Macht ja nichts.

Bode: Hat der Arzt irgendwas gesagt?

Tina: Ja, sicher. Aber das fällt unter die Schweigepflicht.

Bode: Ich meine, ob er was gesagt hat, wann er dadrin fertig ist.

Tina: Was wollen Sie? Ich habe Ihnen gesagt, dass es dauert. Sie sind doch gerade mal eine Minute hier.

Bode: Mindestens 20 Minuten. Und es ist immer noch kein Mensch außer mir da. Komische Praxis ist das.

Tina: Dann gehen Sie doch woandershin.

Bode: Mache ich auch, wenn das so weitergeht.

Tina: Na dann, auf Wiedersehen.

Bode: Das könnte Ihnen so passen. Ich bleibe.

Tina: Aha. Und warum?

Bode: Wenn ich jetzt woanders hingehe, wo das Wartezimmer voll ist, muss ich auch warten. Und außerdem bin ich neugierig.

Tina: Worauf?

Bode: Darauf, wie lange es noch dauert. Kennen Sie das? Sie rufen eine besetzte Telefonnummer irgendwann nicht mehr an, weil sie da jemanden sprechen wollen, sondern um zu sehen, ob er immer noch telefoniert.

Tina: Nein, das kenne ich nicht. Ich glaube auch langsam, Sie müssten zu einer ganz anderen Sorte von Arzt. Ich bin gar nicht sicher, ob es mir überhaupt recht ist, dass einer wie Sie sich von Doktor Kettmann behandeln lässt.

Bode: Meinen Sie, mein Rücken ist nicht gut genug für Ihren Superdoktor Kettmann?

Tina: Mein Herr Doktor Kettmann ist zufällig weltweit einer der größten Spezialisten auf seinem Gebiet. Er hat in Harvard geforscht und fast ein Dutzend Patente angemeldet. Ich würde ein wenig mehr Respekt erwarten.

Bode: Verstehe. Kapazität. Und wie kommt es, dass sich

eine so berühmte Kapazität wie der berühmte Kettmann ausgerechnet in dieser Praxisklitsche in Ehrenfeld niederlässt?

TINA: Seien Sie doch froh, dass wenigstens einer dem Lockruf des Mammons widersteht und für die Menschen da sein will. Ja, in einer kleinen Praxis. Ihnen kann man es wohl gar nicht recht machen, was?

BODE: Ist ja schon gut. Ich lese jetzt meine Zeitung, und wenn Gott dann immer noch keine Zeit hat, dann gehe ich eben wieder.

TINA: Das ist nicht Ihre Zeitung.

SFX: *Rumpeln aus einem Nebenzimmer.*

TINA: Was ist denn das jetzt wieder für ein Krach?

SFX: *Rumpeln.*

TINA: Da gehe ich lieber mal nachsehen. Können Sie nochmal das Telefon? Danke.

SFX: *Türsummer, Klacken des Türöffners.*

OMA: Guten Tag, ich müsste mal zum Arzt.

BODE: Ich kann Ihnen diese Praxis nicht empfehlen.

OMA: Warum nicht?

BODE: Eine neurotische Sprechstundenhilfe, ein unsichtbarer Arzt, komische Geräusche, Handwerker und alte Zeitschriften. Reicht das?

SFX: *Rumpeln.*

OMA: Kennen Sie einen Arzt in der Nähe?

BODE: In der Helmstraße, aber da ist das Wartezimmer bestimmt voll. Aber ich würde an Ihrer Stelle trotzdem hingehen. Das wird hier eh nichts.

OMA: Und was machen Sie dann hier?

BODE: Gute Frage. Ich sitze hier schon so lange rum. Ich kann jetzt nicht einfach gehen, verstehen Sie?

OMA: Auf Wiedersehen.

BODE: Wiedersehen.

Tina: War was?
Bode: Nein.
Tina: Ich dachte, ich hätte Stimmen gehört.
Bode: Ach so, das. Da hat sich bloß jemand in der Tür geirrt. Was war das für ein Krach?
Tina: Eigentlich darf ich es Ihnen nicht sagen, aber der Herr Doktor hat dadrin eine etwas heikle Situation.
Bode: Was meinen Sie damit?
Tina: Eine schwierige Patientin.
Bode: Und worum geht's?
Tina: Darf ich nicht sagen, aber es dauert noch ein bisschen. Kann ich Ihnen eine Latte macchiato anbieten, auf Kosten des Hauses zur Entschädigung? Dem Herrn Doktor ist es sehr peinlich.
Bode: Okay. Danke. Nett. Geht auch Tee?
Tina: Na gut, ein Tee. Kommt sofort.
Bode: Danke. Sagen Sie, nochmal zu den verschwundenen Leuten.
Tina: Sie mögen wohl diese Gruselthemen.
Bode: Irgendwie schon. Vielleicht sind sie ja gar nicht verschwunden. Vielleicht wurden sie umgebracht. Von einem irren Axtmörder.
Tina: Aha. Und wer soll das sein?
Bode: Ich.
Tina: Hören Sie mit dem Quatsch auf. Damit treibt man keine Scherze.
Bode: Vielleicht ist es ja gar kein Scherz.
Tina: Auf Wiedersehen, war nett, Sie kennenzulernen. Da ist die Tür. Bei drei sind Sie draußen, oder ich rufe die Polizei.
Bode: Oder den Herrn Doktor Kettmann.
Tina: Oder Herrn Doktor Kettmann.
Bode: Okay. Entschuldigung. War nur Spaß.

TINA: Sie sind wirklich ulkig. Haha.
SFX: *Teekessel pfeift.*
TINA: Das Teewasser kocht.
BODE: Aber man könnte diese Täterhypothese ruhig mal durchspielen.
TINA: Ist Ihnen langweilig?
BODE: Ja.
TINA: Mir aber nicht.
BODE: Wenn ich der Täter wäre, was würde Ihnen dann Ihre Profiler-Nase sagen?
TINA: Meine Profiler-Nase würde sagen, hier riecht es nach Früchtetee. Bitte schön.
BODE: Danke. Also: Wie könnten ich und diese verschwundenen Menschen zusammenpassen?
TINA: Okay, wenn es Ihnen eine Freude macht: Wir wissen ja bereits, dass Sie einsam sind. Sie sind ein Loser. Und wahrscheinlich ein paranoider Hypochonder, der mit seinem kerngesunden Rücken gerne in Wartezimmern rumsitzt und schwer arbeitende Sprechstundenhilfen belästigt.
BODE: Das ist bisher nur unverschämt, weist aber nicht auf ein Verbrechen hin.
TINA: Kommt noch. Sie haben Ihre Arbeitsstelle verloren, weil Sie gemobbt wurden. Niemand kann Sie ausstehen. Die Wahllosigkeit, mit der Sie Ihre Opfer aussuchen, weist darauf hin, dass Sie sich an allen rächen wollen, nicht an einem bestimmten Menschentyp. Die Gesellschaft hat Sie krank gemacht, und alle sind die Gesellschaft. Daher Rentner und Schüler, Alte und Junge, Männer und Frauen.
BODE: Und Sprechstundenhilfen.
TINA: Genau.
BODE: Okay. Mag sein. Und wie mache ich es?

TINA: Mal überlegen. Sie locken die Leute zu sich nach Hause. Sie geben Chiffre-Anzeigen auf.
BODE: Kontaktanzeigen?
TINA: Nicht nur. Manchmal sind es auch Anzeigen in Bastelheften oder politische Aufrufe. Oder Sie machen auf Mitleid, mit Ihrem Rücken. Wer sich mit Ihnen einlässt, ist dran.
BODE: Wo bringe ich meine Opfer um?
TINA: Weiß ich nicht. Zu Hause. Sie betäuben Sie, und dann murksen Sie sie ab.
BODE: Und dann?
TINA: … zerteilen Sie Ihre Opfer und schaffen sie in den Wald oder sonst wohin. Die Tatsache, dass niemand gefunden wird, verleiht Ihnen Macht. Sie geilen sich nicht am Töten auf, sondern am Schmerz der Hinterbliebenen. Sie genießen die Zeitungsartikel. So wie jetzt gerade.
BODE: Soso.
TINA: Eigentlich meinen Sie auch nicht Ihre Opfer, sondern deren Umfeld. Sie töten ganze Familien, indem Sie ein Mitglied verschwinden lassen. Ein verschwundener Mensch kann nicht beerdigt werden. So zahlen Sie es der Gesellschaft heim. Weil Sie selbst keine Familie haben. Oder eine ganz schlimme Kindheit. Wahrscheinlich beides.
BODE: Okay. Interessant. Die Sache hat bloß einen gewaltigen Haken.
TINA: Der wäre?
BODE: Das mit den Anzeigen. Viel zu riskant, aus mehreren Gründen.
Erstens: Dadurch, dass ich die Opfer zu Hause erwarte, gehe ich das Risiko ein, dass jemand zu mir ins Haus kommt, der viel zu stark oder viel zu schwer für mich ist

oder noch jemanden mitbringt. Zweitens: Jemand könnte die Leute bei mir reingehen sehen. Drittens: Ich würde zu Hause Spuren hinterlassen wie in einer Wurstfabrik. Viertens: Ich habe keinen Führerschein, die Beseitigung der Leichen wird also kompliziert. Fünftens: Wenn auch nur zwei oder drei der Opfer sich irgendwo zu Hause Notizen über ihren Termin gemacht oder jemandem davon erzählt haben, kann die Polizei sofort eine Verbindung zwischen den Leuten und mir herstellen. Ich glaube, Sie sind doch nicht so ein Profiler-Talent.

TINA: Ich habe auch nicht gesagt, dass Sie es waren, sondern Sie haben gesagt, dass Sie es waren. Ich habe jetzt endlich genug von Ihren Widerlichkeiten. Müssen Sie einer hart arbeitenden Frau derart zusetzen?

BODE: Entschuldigung.

TINA: Schon okay.

BODE: Ich glaube, dass ich die Leute ganz zufällig treffe. Das ist das Erfolgsgeheimnis eines guten Serienmörders. Je geringer die Überschneidungen zwischen den Opfern sind, desto besser. Wenn ich zum Beispiel alle meine Opfer in einer Tanzschule kennenlerne, werde ich über kurz oder lang gefasst. Aber wenn ich sie zufällig treffe …

TINA: Wo zum Beispiel?

BODE: Irgendwo halt. Im Wald. An Bushaltestellen. Imbissbuden. In Wartezimmern.

TINA: Und wie machen Sie das, dass die mit Ihnen gehen?

BODE: Das müssen Sie herausbekommen. Sie sind der Profiler.

TINA: Ich lasse mir was einfallen. Jetzt muss ich die Post sortieren.

BODE: Ich gebe Ihnen einen Tipp. Kennen Sie Jeffrey Dahmer?

Tina: Das war so ein Serienmörder, oder?
Bode: Ja, genau.
Tina: Und? Was war mit dem?
Bode: Eine faszinierende Persönlichkeit. Er wurde das Milwaukee-Monster genannt, weil er 14 junge Männer umbrachte und vorher fürchterliche Dinge mit ihnen anstellte.
Tina: Ich will das überhaupt nicht hören.
Bode: Er war unglaublich manipulativ und überzeugend. Die Menschen vertrauten ihm schon alleine deswegen, weil er ziemlich gut aussah. Als einmal eines seiner Opfer aus seiner Wohnung flüchten konnte und halb tot von der Polizei aufgegriffen wurde, konnte Dahmer die Polizei tatsächlich davon überzeugen, ihm den armen Kerl wieder zu überlassen. Sie gaben ihm wirklich den Jungen zurück, und er tötete ihn.
Tina: Ich halte mir die Ohren zu und singe. Lalala. Ich höre gar nicht zu.
Bode: Dahmer bohrte einigen seiner Opfer bei lebendigem Leibe mit einer Bohrmaschine Löcher in den Schädel und träufelte Säure hinein, um sie in willenlose Zombies zu verwandeln.
Tina: LALALALA. Ich hör nicht zu!
Bode: Aber das Faszinierendste an ihm war –
Tina: LALALA.
Bode: Hallo, hören Sie zu!
Tina: Sind Sie fertig?
Bode: Er wohnte mal in Deutschland.
Tina: Jeffrey Dahmer wohnte in Deutschland? Sie Spinner!
Bode: Er war hier bei der Armee. In Deutschland stationiert.
Tina: Ach ja? Und warum erzählen Sie mir das?

BODE: Weil er mein Vater war.
TINA: Jetzt reicht's aber. Raus hier. Sofort.
BODE: Ach, kommen Sie, das war doch nur Spaß. Denken Sie doch mal nach. Das hätte Anfang der Achtziger sein müssen, dann könnte ich doch erst Mitte zwanzig sein. Außerdem war Dahmer schwul, der hatte gar keine Kinder.
TINA: Mir egal. Raus mit Ihnen. So was habe ich ja wirklich noch nie erlebt. Geben Sie mir die Scheißzeitung und machen Sie, dass Sie rauskommen. Sie kranker Irrer.
BODE: Aber ich müsste zum Arzt.
TINA: Das hier ist Köln. Hier gibt es einen Bischof und ungefähr 15 000 Ärzte, denen Sie Ihre schwachsinnigen Geschichten erzählen können.
BODE: Ich wollte Ihnen keine Angst machen.
TINA: Sie machen mir auch keine Angst. Sie machen mich nur vollkommen meschugge hier.
BODE: Sie müssen zugeben, dass ich hier und jetzt ausreichend Gelegenheit hätte, Sie sofort umzubringen.
TINA: Sie haben aber Ihre Axt leider nicht dabei. Und jetzt raus!
BODE: Es tut mir leid. Ich setze mich hierhin, trinke Ihren köstlichen Früchtetee und halte die Klappe. Und wenn es sein muss, warte ich gerne noch ein Stündchen, wenn ich bloß hier sitzen bleiben darf.
TINA: Sie müssen wirklich einsam sein.
BODE: Ja, okay, stimmt. Ich habe absolut niemanden, der mir zuhört, und ich möchte nur ein bisschen bei Ihnen bleiben, okay? Und ich habe wirklich Rückenschmerzen. Bitte! Bitte!
TINA: Na meinetwegen. Aber keine Horrorgeschichten mehr.
BODE: Versprochen.

Tina: Mein Gott, mir ist richtig schwummrig zumute.
Bode: Entschuldigung. Ich bin zu weit gegangen. Ich weiß auch nicht, was in mich gefahren ist. Es war unmöglich von mir. Und das bei Ihrer Situation.
Tina: Trösten Sie sich. Sie sind auch nicht anders als die anderen Menschen.
Bode: Wie meinen Sie das?
Tina: Ständig werden einem Schmerzen zugefügt. Das ganze Leben ist ein einziger Schmerz. Ich habe niemanden, der mir hilft. Überhaupt niemanden.
Bode: Was haben Sie denn?
Tina: *(Weint)* Alles muss ich alleine machen. Alles muss ich alleine schleppen. Wasserkästen, Mülltüten, Einkäufe. Ich kann bald nicht mehr. Verdammt. Und hier werde ich auch immer nur rumgescheucht. Manchmal will ich nur noch schreien. ICH BIN EIN MENSCHLICHES WESEN! HÖRT MICH JEMAND?
Es geht Sie zwar überhaupt nichts an, aber stellen Sie sich vor: Es gibt Menschen, die müssen sich alleine durchschlagen.
Bode: Doch, das Problem kenne ich.
SFX: *Türsummer, Klacken des Türöffners.*
Vertreter: Guten Tag, Wanner ist mein Name, von Deuto-Pharma.
Tina: Was kann ich für Sie tun?
Vertreter: Ich habe schon ein paarmal angerufen. Aber leider haben Sie nie zurückgerufen. Wissen Sie? Ich habe Ihnen die Proben von dem Dirazamed geschickt. Jetzt war ich gerade in der Nähe und wollte mal fragen, ob der Herr Doktor Kettmann schon die Gelegenheit hatte, das Dirazamed auszuprobieren.
Tina: Ja, hatte er, soviel ich weiß. Aber es tut mir leid, der Herr Doktor Kettmann hat die Praxis voll, der kann heu-

te absolut nicht. Da müssen Sie nochmal wiederkommen. Ich sehe mal nach. Aha aha achja, okay: Am 9. Mai vormittags ist noch was frei.

VERTRETER: Früher geht's gar nicht?

TINA: Sie sehen doch, was hier los ist.

VERTRETER: Na ja, gut. Verstehe. 9. Mai. Na, jedenfalls vielen Dank. Dann auf Wiedersehen.

TINA: Tschö. Nervensäge.

BODE: Der Tee schmeckt ganz schön süß. Ziemlich künstlich, würde ich sagen.

TINA: Immer haben alle was zu meckern. Alle meckern. Ich habe das langsam so satt.

BODE: Wollen wir uns nicht wieder vertragen? Ich meine, vielleicht kann ich es wiedergutmachen. Ich könnte Ihnen ein paar Wasserkästen in die Wohnung tragen oder so.

SFX: *Telefon.*

TINA: Hallo? Hier ist keine Arztpraxis. Sie haben sich verwählt. Bitte? Nein! Ich sage Ihnen doch, hier gibt es keinen Doktor Brettmann! Kettmann auch nicht. Nein. Wiederhören.

BODE: Was war das denn jetzt?

TINA: *(Kalt)* Halt's Maul.

BODE: Was ist los mit Ihnen? Seien Sie doch nicht mehr sauer. Ich habe mich doch entschuldigt. Mir ist schlecht.

TINA: Das ist der Tee. Das Mittel wirkt.

BODE: Was für ein Mittel?

TINA: Dirazamed. Ich habe ein paar Proben geschickt bekommen, damit sich meine Patienten nicht so aufregen. Es wirkt ungemein zuverlässig.

BODE: Was soll der Scheiß?

TINA: Sie werden sich gleich entspannen. Dann werden Sie müde, und Ihre Muskeln werden ganz locker.

BODE: Warum tun Sie mir was in den Tee? Hier stimmt doch was nicht!
TINA: Es ist nur zu Ihrem Besten. Später, bei der Behandlung, werden Sie mir dankbar sein.
BODE: Ich? Ihnen dankbar sein? Holen Sie jetzt sofort den Doktor. Ich bestehe darauf.
TINA: Sie sind doch gleich dran.
BODE: Was ist das hier eigentlich für eine Arztpraxis? Irgendwas stimmt doch hier nicht.
TINA: Schhhh. Ganz ruhig. Sie halluzinieren, das ist eine Nebenwirkung. Vielleicht liegt's an der Dosierung.
BODE: Sagen Sie mir, dass das hier eine Arztpraxis ist.
TINA: Atmen Sie ganz ruhig, dann tut es nicht so weh.
BODE: Warum gibt es hier keine Patienten?
TINA: Oh, es gibt ja Patienten. Immer wieder mal. Acht in den letzten vier Wochen. Das heißt, eigentlich waren es viel mehr, aber acht habe ich nicht abwimmeln können. *(Lauter)* Die sind einfach sitzen geblieben. Die haben hier gesessen, gesessen, gesessen. *(Schreit)* Die Idioten. Sitzen hier den ganzen Scheißtag rum und gehen mir mit ihrem Gejammer auf die Nerven. Genau wie Sie.
BODE: Was ist mit denen geschehen?
TINA: Die wurden alle hervorragend versorgt.
BODE: Was hat Kettmann mit denen gemacht?
TINA: Welcher Kettmann?
BODE: Stellen Sie sich nicht blöd. Was hat Ihr komischer Doktor Mabuse mit den Leuten gemacht? Gott, ist mir schlecht.
TINA: Mein lieber Freund, Sie sollten endlich verstehen: Es gibt keinen Doktor Kettmann.
BODE: Was soll das heißen?
TINA: Spreche ich japanisch? Es gibt keinen Doktor Kettmann.

BODE: Aber ich habe doch seine Stimme gehört. Vorhin. In der Sprechanlage.
TINA: Sind Sie sicher? Haben Sie eine Lautsprecherstimme gehört oder Herrn Doktor Kettmann? Kennen Sie Doktor Kettmann?
BODE: *(Schwach)* Was wollen Sie von mir? Was soll das hier? Das ist gar keine Arztpraxis, was? Sie haben einfach alles weiß gestrichen, ein Wartezimmer eingerichtet und eine Empfangstheke. Und dann haben Sie ein Schild an den Eingang gehängt.
TINA: Sie träumen. Gleich ist es vorbei.
BODE: Ich habe überall rumerzählt, dass ich hier bin.
TINA: *(Geduldig)* Na klar. Ihrer Frau haben Sie das erzählt. Und Ihren Kindern. Sie haben ja so reizende Kinder. Genau wie Doktor Kettmann *(lacht)*.
BODE: Lassen Sie mich gehen.
TINA: *(Sanft)* Sie können nicht gehen. Sie sind doch gar nicht mehr dazu in der Lage. Sie brauchen keine Angst zu haben.
BODE: *(Matt)* Ich habe keine Angst.
TINA: Oh, das glaube ich Ihnen nicht.
BODE: Wer hat schon vor einer Schwangeren Angst?
TINA: Ich bin nicht schwanger.

25

Das Haus mit der langen Leitung

Es geht hier überhaupt nicht um die Katze und erst recht nicht um den Mann. Es geht nur um das Kabel. Das Kabel ist wie unser Land. Ein bisschen umständlich geführt, aber alles in allem vollkommen korrekt und keine Gefahr für die anderen.

Das Haus mit der langen Leitung

26

*Warum verwahrlosen Männer,
wenn man sie allein lässt?*

Habe dich zum Bahnhof gebracht. Als ich zurückkam, hängte ich die Jacke nicht an die Garderobe, sondern über den Küchenstuhl. Du würdest jetzt sagen: «Du kannst die Jacke auch an die Garderobe hängen», und du hättest recht. Ich aber auch. Denn wenn es heißt: «Du kannst sie *auch* an die Garderobe hängen», so bedeutet dies, dass ich sie *auch* über den Stuhl hängen kann.

Ich esse einen Joghurt und plane den Tag. Den Becher werfe ich nicht weg, denn ich habe noch keinen Müllbeutel eingespannt. Den letzten Müll hattest du vorhin mit runtergenommen. Es lohnt sich nicht, einen Beutel in den Mülleimer zu fummeln, wenn man bloß einen kleinen Joghurtbecher hineinwerfen will. Ein Müllbeutel wartet auf große kompostorische Aufgaben: Kartoffelschalen, Kaffeefilter, Essensreste. Also bleibt der Becher, wo er ist: auf dem Esstisch.

Später gehe ich einkaufen. Ich kaufe nur dummes Essen. So nennst du die Fertiggerichte und den Mist in starren Kunststoffverpackungen, den ich manchmal gern mag. «Koch doch was Richtiges», würdest du mir am Handy zurufen, wenn wir jetzt sprächen. Aber warum? Soll ich für mich den Tisch schön decken, vielleicht mit Kerze und Stoffservietten? Soll ich mir etwa Mühe geben, ohne dafür wenigstens einen Kuss zu bekommen? Soll ich mich selber küssen? Quatsch. Ofen vorgeheizt, Packung auf, ratsch, Essen rein, erst in den Ofen, dann in mein Maul. Die Ofentür lasse ich offen stehen, denn so habe ich noch was von der Wärme. Ich lasse den Ofen die ganze Woche über auf, außer ich benutze ihn.

Den ersten, zweiten und dritten Tag bekomme ich ganz gut rum. Ich schreibe Kolumnen und fange ein Hörspiel an, esse Schokolade, sehe fern, drehe die Musik auf. Wenn du mich sehen könntest. Ich habe seit vier Tagen dasselbe an: die weiße Sommerhose, dicke Socken, graues T-Shirt. Hängerlook. Warum? Ich gehe nicht aus. Ich war seit drei Tagen nicht vor der Tür. Wozu auch? Ich wollte nicht weg. Außerdem muss ich arbeiten. Und dazu brauche ich mich nicht rauszuputzen.

Den Müllbeutel habe ich bisher nicht reingefummelt. Wäre auch nicht nötig gewesen, denn ich hatte ausschließlich nicht stinkenden Abfall, Verpackungszeug. Und Teebeutel. Aber die verbreiten keine Gerüche. Es gibt keinen Grund, sie nicht auf der gelesenen Zeitung abzulegen. Diese liegt im Bett, genau wie ihre Vorgänger. Ich lese sie morgens, bei einer Tasse Tee. Neben dem Bett steht heute die vierte Tasse, bald werde ich mindestens eine spülen müssen. Oder den Tee aus Gläsern trinken.

Ich habe am Anfang im Wohnzimmer die Schuhe ausgezogen, sie stehen immer noch da. Sollte ich sie brauchen, zum Beispiel, um dich vom Bahnhof abzuholen, dann weiß ich, wo sie sind. Sie stören niemanden. Sie wohnen jetzt hier, zwischen Couchtisch und Couch. Wenn ich ordentlicher wäre, hätte ich auch ordentlichere Gedanken. Doch dann wäre ich arbeitslos, denn ich hätte nichts, was aufzuschreiben sich lohnte.

Ich rasiere mich nicht mehr, schon den sechsten Tag. Steht mir nicht, aber ich mag es, mir das im Spiegel anzusehen. Auf den Wangen habe ich rechts und links ein Bartloch. Da kommt nix. Und am Hals wachsen die Barthaare wieder zurück in die Haut. Das juckt wie der Teufel. Ich rasiere mich immer gern für dich, weil du den Geruch meines Aftershaves magst und die feuchte glatte Haut nach dem Rasieren. Jetzt sehe ich vergammelt aus. Nimm es doch als Kompliment. Wenn du nicht bei mir bist, mache ich mich auch für keine andere schön. Rasiert bekommst nur du mich. Nicht einmal für mich selbst will ich so gut aussehen wie für dich.

Morgen hole ich dich wieder ab. Bis dahin habe ich noch einiges zu tun. Großes Fiasko. Überall Joghurtbecher und Bananenschalen, Teebeutel, Unterhosen im Flur, Handtücher auf dem Boden. Post geöffnet und ungeöffnet, leere Flaschen. Ich habe deine Pflanzen vergessen, aber ich kann sie bis morgen hinkriegen. Ein Glück, dass sie nicht sprechen können. Ich werde eine Maschine Wäsche waschen. Vielleicht lasse ich aus Spaß einen gruseligen Begrüßungsschnurrbart stehen.

Du willst wissen, wie es dazu kommen konnte? Warum ich in deinen Augen komplett verwahrlose, wenn du mal für eine Woche nicht da bist?

Es ist, weil du nicht da bist. Nichts ist so, wie es sein sollte, wenn du nicht bei mir bist. Das ist der Grund.

27

Nick, Wallace und Gromit

Das Erste, was die Sklaven früher sahen, wenn sie in Bristol ankamen, waren die rotbraunen Lagerhäuser an den Docks. Riesige Ungetüme, vollgestopft mit Zuckerrohr, Tabak und Bananen. Bristol ging es mal gut. Hier wurden herumstreunende Jungs so lange besoffen gemacht, bis sie auf den großen Schiffen anheuerten, hier war das große Geld und die Arbeit. Heute ist alles weg: die Schiffe, das Geld und die Arbeit auch. Die Bristol Rovers spielen schon lange nicht mehr in der ersten Liga, und nur das «Royal Swallow»-Hotel mit seinem eleganten Palmengarten und der viktorianischen Fassade hält den Glanz vergangener Zeiten aufrecht. Die großen Lagerhäuser am Avon, der hinter Bristol ins Meer fließt, sind auch noch da und erinnern die Menschen an die düstere Zeit des Reichtums. In einem der rotbraunen Lagerhäuser an der Ferry Road, einer ehemaligen Bananenhalle, arbeitet der einzige Regisseur der Welt, dessen Filme alle für den Oscar nominiert wurden: Der Mann heißt Nick Park und trägt ein Hemd mit einem Soßenfleck. Nick macht in Knetgummi, wie er selbst sagt. Und wenn er sich mit jemand unterhält und ein Stück Plastilin in der Hand hat, beginnt er Sachen zu kneten, meistens vierfingrige Hände, manchmal auch Füße. Park ist sehr freundlich, gerade 37 geworden und hat etwas dünne Haare. Er ist Modellanimator, Regisseur, Drehbuchautor und einer der Direktoren von Aardman, dem Filmstudio, dem er alles verdankt und das ihn nie wieder gehen lassen wird. Denn die Hauptfiguren von Nick Parks Filmen

Jede Menge Knete. Nick Park mit seinen beiden Stars.

sind Großbritanniens beliebteste Filmstars. Wallace, den Mann, und Gromit, seinen Hund, gibt es auf Zahnbürsten und Teetassen, Handtüchern und Uhren, Pappaufstellern und Schlüsselanhängern; täglich kommt ein neues Produkt dazu. Ohne sein Okay geht nichts in den Handel. Meistens sagt Nick okay und wundert sich darüber, was die Menschen so alles brauchen.

Die Kunststudenten Peter Lord und David Sproxton gründeten das Aardman Animation Studio 1972. Während die großen Londoner Studios mit Zeichentrickfilmen arbeiteten, spezialisierte sich Aardman auf die Kunst der Modellanimation. Mit Morph, einer ziemlich renitenten Knetgummifigur, gelang drei Jahre später der Durchbruch. Die Serie *The Amazing Adventure of Morph*, eigentlich gedacht für taube Kinder, wurde von der BBC ausgestrahlt und veränderte das Leben des 16-jährigen Nick Park aus Preston in der Grafschaft Lancashire. Schon seit ein paar Jahren hantierte er mit der Einzelbildschaltung an der Kamera seines Vaters. Nick zeichnete Cartoons und machte daraus komische Trickfilme, wie er sie bei Monthy Python's Flying Circus gesehen hatte. Jetzt begann er, kleine Monster zu bauen und sie zu animieren. Das geht so: Man bewegt einen Teil des Modells um ein winziges Stück und macht dann – klick – ein Bild mit der Kamera. 24 Bilder ergeben beim Abspielen eine Sekunde. Für ein zwei Sekunden langes Winken, Kaffeetrinken oder Gehen muss man die Figur also 48-mal bewegen. Besonders in der damaligen Tschechoslowakei arbeitete man zu der Zeit mit bunten Männchen aus Knete. Die konnte man in die Luft sprengen, sie konnten ihre Augen oder Nasen verlieren und sie wieder einsetzen, sich gegenseitig boxen und dabei verschmelzen oder zu anderen Wesen mutieren, eine Spezialität von Morph. Park hatte etwas anderes im Sinn. Er wollte richtige Filme machen. Es sollte richtige Storys geben und ein Drehbuch mit Sprechern und einem Regisseur und einem Soundtrack.

Zwei Gestalten, die sich Park für ein Kinderbuch ausgedacht hatte, spielten die Hauptrolle: Ein etwas spießiger Erfinder namens Wallace fliegt mit einer selbstgebauten Rakete und seinem Hund Gromit auf den Mond, um dort Cheddarkäse zu holen, «denn», so Wallace, «jeder weiß, dass der Mond aus Käse besteht». Während seines Studiums an der National Film & Television School begann Nick Park mit dem Film, den er *A Grand Day Out* nannte. Eines Tages hielten die inzwischen renommierten Aardman-Stars Lord und Sproxton einen Vortrag an der Schule und wurden auf Nick aufmerksam. Er begann, für Aardman zu arbeiten, um sein Studium zu finanzieren, und durfte seinen Film in Bristol fertigstellen.

Für die Modellanimation braucht es besonders phantasiebegabte und ausdauernde Künstler. Park ist so einer. Er ist nicht nur nicht erwachsen. Er ist auch nicht besonders groß und ziemlich schüchtern. Das nahm ihm hier keiner übel, denn Animatoren müssen Phlegmatiker sein. Hektische Menschen bringen keinen Trickfilm zustande. Jede noch so kleine Szene wird in Bruchteile gespalten und von Hand eingestellt. Kein Computer kann helfen, nichts ist automatisiert. Kleine Knetgummimännchen zu bewegen bedeutet ein Leben in Superzeitlupe. Der Eigenbrötler Park machte alles allein: Er baute ein kleines Reihenhaus für seine Figuren, bastelte Kohlköpfe für Wallaces Vorgarten, kleine Werkzeuge, winzige Teetassen, stellte Möbel ins Wohnzimmer und baute aus Pappe eine kleine Rakete, die er mit Rostschutzfarbe anpinselte. Als das erste Jahr seines Studiums um war, hatte er gerade mal eine Seite seines Drehbuchs verfilmt. Zwischendurch arbeitete Nick für Aardman. Er bewegte zwei geköpfte Hühner für das berühmte *Sledgehammer*-Video von Peter Gabriel und arbeitete an Werbespots mit, deren Erlös das Studio in die Kurzfilme seiner Animationskünstler steckt. 1989, nach sieben Jahren, war *A Grand Day Out*, der zwanzigminütige Abschlussfilm des Studenten Park, fertig und die Regelstudienzeit heftig überschritten.

Im selben Jahr drehte Nick noch einen weiteren Film. Für *Creature Comforts* interviewte er die Bewohner der Londoner Vorstädte, die ihm von ihren beengten Wohnverhältnissen und dem schlechten englischen Wetter berichteten. Diese Interviews legte er Zootieren aus Knetgummi in den Mund. Der vierminütige Film wurde als Sensation gefeiert. Und so kam es, dass Nick Park 1990 bei der Oscarverleihung in der Kategorie «Bester Trickfilm» gleich zweimal nominiert wurde. *Creature Comforts*, der weniger aufwendige Film, gewann den Oscar. Und Nick Park, der sich für die Verleihung in seinem Hotelzimmer aus Papier und Klebeband eine schicke Fliege gebastelt hatte, nahm verdutzt zur Kenntnis, dass er ein Popstar war.

Bis heute hat das Studio mehr als hundert Preise bekommen. Die meisten stehen in einem Regal in der Küche der Aardman Studios. Jeder der vierzig Mitarbeiter darf sie mal anfassen, von den vielen Fett- und Knetgummifingern haben die Academy Awards ein wenig von ihrem Glanz verloren. Macht nichts, es gibt Wichtigeres im Leben.

Jeder der Mitarbeiter hat Figuren, die er herstellt oder bewegt. Es gibt Kulissenbauer, die im ersten Stock winzige Obstgeschäfte oder Miniaturzeitungsstände für Außenszenen bauen oder Wohnungen einrichten und Sessel polstern. In der Halle stehen die Kulissen, in denen gedreht wird. Meistens für Werbespots, manchmal für die BBC. Das Studio kennt keine Hektik. Alles geht ganz langsam.

Im Keller arbeiten die Model Maker. Sie bauen die Figuren und brennen die festen Teile aus Fimo. Die Krawatte und der Hemdkragen von Wallace sind zum Beispiel aus hartem Material. Wenn die Animatoren zwischen den Aufnahmen den Gesichtsausdruck verändern und mit dem Daumen an die Krawatte kämen, müssten sie diese sonst dauernd neu formen. Um die Dialogszenen mit den vielen Gesichtsausdrücken etwas schneller drehen zu können, gibt es für jede Figur austauschbare Münder. Wenn Wallace ein Wort mit zwei Silben sagen soll, sind immerhin sechs verschiedene Gesichtsausdrücke dafür nötig.

Wallace ist 23 Zentimeter groß und ein typischer Nordinsulaner, einer, der in Lancashire wohnt, wo Park herkommt. Ein bisschen erinnert Wallace ihn an seinen Vater, der ein Tüftler ist und in seinem Schuppen alles Mögliche selbst baut. Als Nick klein war, hat sein Vater sogar einen Wohnwagen gebastelt, tapeziert und mit alten Möbeln ausgestattet. Damit ist Familie Park in Urlaub nach Wales gefahren. Zu siebt. Nick war das mittlere von fünf Kindern. Er selbst steht Gromit, dem Hund, näher. Der ist eigentlich viel schlauer als Wallace und muss immer die Drecksarbeit für ihn tun. Parks Vater hat unangenehme Dinge auch gern delegiert. Wallace spricht einen leicht schwerfälligen nordenglischen Dialekt, er könnte gar nicht in Bristol wohnen, doch die Menschen hier akzeptieren den kahlköpfigen Erfinder als einen der Ihren. Irgendwie kommt Wallace auch aus Bristol. Das kann man in den Wallace-und-Gromit-Filmen sehen. Park baut immer mal ein bekanntes Haus oder ein Detail aus der Stadt ein. Freunde erkennen ihre Telefonnummer im Film oder entdecken, dass der Tabakladen so heißt wie sie selbst. Die Details sind eine Spezialität von Park. Gromit, der Hund, liest im Gefängnis ein Buch mit dem Titel *Crime and Punishment* (von Fido

Dogsdoefsky), und wenn Wallace und Gromit die Rakete zusammenschweißen, sprühen echte Funken. Park zitiert ständig irgendwelche Filme: *Alien* zum Beispiel, *Der dritte Mann* oder *Indiana Jones*.

Heute ist die Premiere von *A Close Shave*, Parks neuem Film. Er wird im Watershed gezeigt, einem ziemlich schönen Kino am Fluss, zwischen den Lagerhäusern. Alle wichtigen Geldgeber, die Leute von der BBC und von der Bristol'schen Kulturstiftung sind eingeladen. Es wird ein Büfett geben, und ein paar Leute wollen eine Rede halten. Nick soll auch was sagen. Das fällt ihm nicht leicht, Reden ist nicht sein Ding. Nur einmal hat er eine wirklich wichtige Rede gehalten, das war, als er 1994 wieder einen Oscar bekam, für seinen zweiten Wallace-und-Gromit-Film *The Wrong Trousers*. In diesem Krimi nimmt Wallace einen Pinguin als Untermieter auf, der sich als gesuchter Einbrecher entpuppt. Der will die neue Erfindung von Wallace, eine selbstlaufende Hose, für einen rififiartigen Raubzug benutzen. Nick, diesmal mit einer riesigen grünen Fliege, hielt eine für seine Verhältnisse glühende Rede und bedankte sich bei der Academy dafür, dass sie überhaupt einen Oscar für den besten Trickfilm vergab. Denn eigentlich sollte diese Kategorie abgeschafft werden. Anschließend war er auf der Party von Elton John eingeladen, dem er bei der Begrüßung auf den Fuß trat. «Ich gab ein Live-Telefon-Interview für einen englischen Sender. Man frage mich, wo ich gerade sei, und ich sagte, bei Elton Johns Party und gerade sei Tom Hanks reingekommen. Der kam zu mir rüber und sagte: ‹Tolle Rede.› Er selbst war bei seiner Rede in Tränen ausgebrochen. Die Reporterin bat mich daraufhin, doch mal den Hörer an ihn weiterzugeben. Meine Freunde saßen zu Hause vor dem Radio, und ich lief auf dieser merkwürdigen Party rum und trat Elton John auf den Fuß.»

Inzwischen ist die Videokassette von *The Wrong Trousers* in England das meistverkaufte Video aller Zeiten. Und in Australien lief der Film länger in den Kinos als *Der König der Löwen*, wenn auch insgesamt nur in zwei Kinos. Dabei sind Parks Kurzfilme eigentlich Fernsehproduktionen. Das kulturbeflissene zweite Programm der BBC gibt seit Jahren bei Aardman Animations-Kunststücke in Auftrag. Wallace und Gromit kommen, seit es sie gibt, jedes Jahr an Heiligabend und sorgen für Quotenrekorde. Als Parks neuer Film *A Close Shave* an Heiligabend 1995 lief, hatte der Sender eine Einschaltquote von 47 Prozent. Zu Ostern wird der Film im ersten Programm wiederholt. Dann rechnen alle bei Aardman mit 60 Prozent. Dafür müsste Axel Schulz in Deutschland vor knapp dreißig Millionen Zuschauern boxen. Bei ihm reichten 18 Millionen für die beste deutsche Einschaltquote des letzten Jahres.

Unter Schafen, wie *A Close Shave* ab dem 7. März in den deutschen Kinos heißen wird, ist Parks aufwendigster Film. Diesmal betreiben Wallace und Gromit einen Fensterputzservice. Eines Tages lernt Wallace Wendolene Ramsbottom kennen, die aussieht wie er selbst mit Perücke. Die beiden verlieben sich, doch zwischen ihnen steht Preston, der bösartige Hund von Wendolene. Außerdem spielen Schafe eine wichtige Rolle und eine teuflische Erfindung, die bei Wallace im Keller steht. Vier Millionen Mark hat der Spaß gekostet. Dreißig Leute haben bei Aardman mitgearbeitet, davon sieben Animatoren. Park selbst hat Regie geführt und deshalb nur ein paar Szenen bewegt, die seine Fans sofort erkennen.

Ein Animator spielt die Figur, die er bewegt, sie trägt seine Handschrift. Das macht Animatoren zu Schauspielern. Park, der Regisseur, muss jede noch so kleine Einstellung mit seinen Animatoren besprechen, und die müssen diese Rolle mit Knetmännchen umsetzen. 13 Monate wurde gedreht, sechs Sekunden, also 144 Bilder, am Tag. Wenn's schnell ging. Meistens ging es nicht schnell, im Durchschnitt kam man auf drei Sekunden. Als einmal jemand kam, einen Haufen Geld auf den Tisch legte und 52 Folgen à fünf Minuten kaufen wollte, lag die ganze Crew vor Lachen auf dem Boden.

Mit dem Erfolg sind im Hafen von Bristol auch die Probleme gewachsen. Disney hat gefragt, ob man zusammenarbeiten könnte. Aardman kann Geld gebrauchen, aber nicht um den Preis des Identitätsverlusts. «Es dreht sich alles nur noch ums Geld. Die Seele des Ganzen bleibt auf der Strecke, und es wollen immer mehr Leute Einfluss ausüben.» Park ist ein Kontrollfreak. Am liebsten würde er alles selbst machen. Außerdem will er nicht nach Kalifornien. Er zieht Bristol vor. In Amerika haben die Leute einen anderen Humor, er findet sogar, sie haben gar keinen. «Ich habe keine Ahnung, was englischer Humor ist. Aber ich habe so etwas in der Art von zu Hause mitbekommen. Als ich Ende der Siebziger mit meinen ersten Plateauschuhen nach Hause kam, sagte meine Oma: ‹Die sind klasse, Junge. Diese Sohlen werden sicher ewig halten!›»

Die Amerikaner verstehen diesen Spaß nicht, sie wollten Wallace und Gromit sogar synchronisieren. In Nicks Augen ein Verbrechen, denn Wallaces Stimme gehört dem Schauspieler Peter Sallis, und der ist in Großbritannien ein nationales Heiligtum. Nick wehrte sich mit Händen und Füßen, also wurde gar nichts synchronisiert. Natürlich sollen Wallace und Gromit Werbung für irgendwas machen. Die Angebote stapelten sich bei Aardman. Hundefutter ginge oder Cheddarkäse. Aber Nick will nicht.

Er wird Wallace und Gromit demnächst ins Bett stecken,

wie er sagt. Der nächste Film von Nick Park muss ohne den Trottel und seinen schlauen Hund auskommen. Schließlich arbeitet Park seit 14 Jahren fast ununterbrochen mit dem Duo. Er will jetzt mal was anderes machen. Park hat in den letzten Jahren nicht viel Zeit für sich selbst gehabt. Er weiß nicht einmal, ob er viel Geld verdient hat. Er fährt einen alten Peugeot 305 Kombi und wohnt in einer Mietwohnung, in der er sich nicht wohl fühlt. Er ist in sechs Jahren nicht dazu gekommen, die Umzugskartons auszupacken. Am liebsten würde er wieder ganz allein arbeiten, ohne den riesigen Apparat und möglichst ohne die Neugier der Geldgeber und der Fans. Als Publikum wünscht sich Nick Park lauter Nick Parks. Park ist Single, er hat keine Kinder, außer Wallace und Gromit. Für heute Abend hat er sich seinen ersten Anzug seit Jahren gekauft, vielleicht überhaupt seinen allerersten. Dazu trägt er eine große rote Lackfliege, wie Leute sie tragen, die ihren ersten Anzug anhaben. Außer ihm ist kein Nick Park gekommen. Die anderen sind Kulturbeauftragte, Stadtpolitiker, Geldgeber und regionale Pressevertreter. Der Film fängt an, und das Publikum rast. Die Bristoler, die den Film heute Abend als Erste sehen dürfen, sind wahrhaft stolz auf ihren Nick. Keiner hat einen Zweifel: *A Close Shave* ist ein großer Film, der größte, der je aus Bristol gekommen ist. Natürlich gewinnt er den Oscar und alle Trickfilmwettbewerbe der Welt. Nick Park hat währenddessen einen ganz anderen Traum. Eines Tages werden seine Figuren ohne Animatoren leben, man wird sie als Schauspieler ansehen und nicht bloß als von ihm zum Leben erweckte Puppen. Sie werden persönlich auf die Bühne gehen und sich ihre Preise abholen. Er wird zu Hause vor dem Fernseher sitzen und kleine Hände modellieren.

28

*Beethoven ist taub, die braune Ente
ist frei, und Beuel ist gefährlich
(22.11.2005)*

Mir fallen zwei berühmte Leute ein, die aus Bonn kommen: Guido Westerwelle und Ludwig van Beethoven. Bisher ist aber nur einem von ihnen ein Museum gewidmet, das ich mir ausführlich ansehe. Das Beethoven-Haus sei da vorne, brummt ein Bonner Rentner und fuchtelt mit den Armen, aber da seien sowieso bloß Japaner, das lohne sich nicht. Der Mann hat unrecht.

Es rennen zwar tatsächlich Japaner in Ludwigs Geburtshaus rum, aber die stören mich nicht, zumal ich einen akustischen Führer für die Ausstellung geliehen habe und siebzig Minuten durch das Leben des großen Komponisten wandere. Hier die *basic facts*: Beethoven ist mit zweiundzwanzig Jahren nach Wien gezogen und nie mehr nach Deutschland zurückgekehrt, woran sich Guido Westerwelle mal ein Beispiel hätte nehmen können. Er hat wie Westerwelle nie geheiratet, aber sehr rührende Liebesbriefe an verschiedene Damen geschrieben und der einen oder anderen auch Werke zugeeignet, wie man damals sagte. Die Mondscheinsonate zum Beispiel. Beethovens ohnedies recht tyrannischer Vater fälschte Ludwigs Alter, um ihn besser als Wunderkind vermarkten zu können, als gewissermaßen zweiten Mozart. Das misslang aber und führte dazu, dass sich Beethoven über sein wahres Alter zeitlebens nicht recht im Klaren war. Das ist furchtbar.

Beethoven ist in Wien Dutzende Male umgezogen, eigentlich saß er immer auf gepackten Koffern. Er nutzte dort mindestens zweiundzwanzig verschiedene Wohnungen, dazu Sommerresidenzen und etliche Häuser außerhalb Wiens. Manchmal war er nicht mit den Vermietern, manchmal nicht mit der Aussicht oder mit den Nachbarn einverstanden. Ein misanthropischer Querulant, möchte man sagen.

In der ersten Etage steht eine Büste, die als einzige originalgetreue Abbildung von Beethoven gilt. Der Künstler hat dafür eine Gipsmaske vom Komponisten nehmen dürfen. Man kann daher objektiv sagen, dass Ludwig van Beethoven nicht unbedingt ein Fest fürs Auge war. Er besaß schlimme Pockennarben, eine unförmige Nase und eine große Narbe zwischen Unterlippe und Kinn. Seine Mundwinkel hingen karpfenartig nach unten, der kartoffeleske Kopf saß auf hängenden Schultern. Beethoven war klein und gedrungen und hatte offenbar die Ausstrahlung eines Serienmörders kurz nach seiner Ergreifung.

In einer Vitrine liegen die Gründe für die übellaunige Aura des Mannes: seine Hörgeräte. Gießkannenartige Rohre, gesiebte Trichter, riesige phantastische Blechschnecken, die er sich an den Kopf schnallte, um arbeiten zu können. Leider halfen diese Prothesen kaum. Schon mit einunddreißig war er schwerhörig, sein Zustand verschlimmerte sich stetig, und dann kam auch noch ein beständig durchs Hirn rauschender Tinnitus dazu.

In einem ausliegenden Brief wirbt er um Verständnis. Er sei doch gar nicht schlecht gelaunt, er leide bloß unendlich unter seiner Taubheit. Besucher können sich anhören, wie Beethoven seine eigene Musik in den unterschiedlichen Stadien seiner Ertaubung gehört haben muss. Es klingt, als öffnete man bei strömendem Regen ein Fenster, um weit in der Ferne so etwas wie Musik zu erahnen. In ruhigen Stunden, wenn er in der Natur unterwegs war und – wie man heute sagen würde – mal so richtig runterkam, war er glücklich. Seine Briefe verraten das. Wie Beethoven wohl reagieren würde, wenn er durch ein Wunder noch einmal auf die Erde käme, man ihm ein topmodernes Hörgerät einsetzte und ihm dann seine fünfte Symphonie vorspielte, unter besten Bedingungen natürlich: im großen Musikvereinssaal der Gesellschaft der Musikfreunde in Wien, mit den Wiener oder Berliner Philharmonikern unter, sagen wir mal, Simon Rattle oder Claudio Abbado. Man darf dabei nicht vergessen, dass die Instrumente heutzutage anders klingen als damals und die Musiker sie viel besser spielen können. Ob Beethoven weinen, in Ohnmacht fallen oder bloß mit offenem Mund staunen würde? Ob sich sein Karpfenmund in den eines Delphins verwandeln würde?

Außer dem Beethovenhaus gibt es natürlich noch viele andere kulturelle Highlights in Bonn. Dazu gehört unbedingt der phänomenale Weihnachtsmarkt mit einer erstklassigen Currywurst, die ich direkt am Stand verzehre. Neben mir steht eine ausgemergelte Kettenraucherin, die sich mit einem Bekannten unterhält. Sie ist offenbar Wirtin und berät den Mann, der eine neue Kneipe aufmachen will. In Bonn-Beuel.

Sie: «Jeh nisch nach Beuel.»
Er: «Nicht?»
Sie: «Beuel is jefährlisch.»
Er: «–»
Sie: «Beuel is jefährlisch. Lasset säin, Beuel is jefährlisch.»
Er: «Was denn sonst?»

Sie: «Nimm doch die ‹Braune Ente›, die is grade frei.»

Er mit wegwerfender Handbewegung: «Doch nisch die ‹Braune Ente›! Wat soll isch denn mitter ‹Braune Ente›?»

Sie: «Die is top, die ‹Braune Ente›. Da is sogar ene kleine Küsche dabäi.»

Er: «Wirklisch? Aber isch will auch 'ne Terrasse.»

Sie: «Warum bis' du so auf 'ne Terrasse kapriziert? Dat macht nur Ärjer un Arbeit. Nimm die ‹Braune Ente›, die is am besten für einen wie disch.»

Mein Gott, was würde ich jetzt dafür geben, diese «Braune Ente» zu sehen.

Ich spaziere am Bonner Hofgarten vorbei. Hier war ich schon mal. Demonstrieren. Gegen den NATO-Doppelbeschluss, Pershing zwo und Cruise Missile. Das Tolle an unserer Entrüstung war auch, dass wir ungestraft dem Schulunterricht fernbleiben konnten. An Einzelheiten der Kundgebung erinnere ich mich leider nicht. Das ist fast ein Vierteljahrhundert her.

Heute Lesung in der Aula des Clara-Schumann-Gymnasiums. Ich warte in einem vergammelten Klassenzimmer. Wenn Clara Schumann wüsste, wie runtergekommen Bildung heute ist. An der verschmuddelten Wand steht mit Edding der schöne Satz: «Schwul sein ist cool». An der Klassentür hängt ein Merkblatt zum Thema «Mülltrennung am Clara». Es wird darauf hingewiesen, dass eine Restmülltonne «13 000 DM» (der Zettel hängt also schon länger da) kostet, und darunter heißt es: «Sauber getrennt ist halb recycelt.»

Das Mülltrennungssystem am Clara funktioniert ausweislich des Merkzettels so: Jede Klasse hat drei Mülleimer. Einen braunen für Restmüll, einen gelben für Verbundstoffe (also Tetrapak, Aludeckel, Bleche, Plastikfolien) und einen blauen für Papier. Na, das ist doch wohl wirklich vorbildlich. Das kleine Problem ist nur: Alle drei Mülleimer in dieser Klasse – sind gelb.

29

Die Maroni-Mafia

Der Maronenmann ist eine Institution in Bayern, auch in der nahe gelegenen Kreisstadt gibt es so einen. Ich war noch nie wild auf Maronen. Den Geschmack weiß ich zu schätzen, aber geschält sehen sie aus, wie ich mir ein Vogelgehirn vorstelle. Und das törnt ja doch eher ab.

Erlauben Sie mir einen kurzen Exkurs, denn zu diesem Gedanken passt ein Rezept, das ich an dieser Stelle anbringen möchte, damit mein Leben nicht umsonst war. Also: Man nehme ein Glas Bessen Jenever – das ist eine niederländische Likörerfrischung, die es bei uns dank Rudi Carrell zu einer gewissen Prominenz gebracht hat – und gieße dorthinein einen Schluck irischen Cremelikörs, welcher aus Whiskey und Sahne hergestellt wird. Beim Eintreten des Cremelikörs in den roten Beerenschnaps gerinnt die Sahne zu einer bräunlichen Wolke, die aussieht wie das Innere einer Marone. Daher wird das Getränk «Spatzenhirn» genannt, und man findet es unter dieser Bezeichnung auf Getränkekarten. Und zwar in Köln, womit alles gesagt ist. Ende der Abschweifung.

Jedenfalls bin ich kein Freund von diesen Maronen, die man, ohne auf seinen Weg zu achten, schält, deswegen gegen Laternenmasten, parkende Autos und Luftballons verteilende Kommunalpolitiker rennt und sich dabei ärgert, Geld für diese Fron bezahlt zu haben. Ich mag Kastanien in Suppe oder zum Wild oder in Gänsen, denn dann hat sich jemand anders damit abgeplagt, aber aus der Tüte sind sie mir ein Graus.

Neulich kaufte ich wieder und gegen meinen Willen so ein Tütlein mit zwölf Maronen, von denen sich fünf als Blindgänger entpuppten, die ich nicht zu reklamieren wagte, weil ich dann immer denke, dass der Maronimann vermutlich ein armer Bursche ist, dessen Esskastanien aus zweiter Wahl stammen und der sich keine besseren leisten kann. Also warf ich die fünf Maronen in einen Abfallbehälter, der voll war mit Tüten derselben Herkunft.

Manchmal bin ich jedoch vergesslich wie ein böhmischer Greis, und als ich beim Auto war, fiel mir ein, dass ich noch etwas aus dem Supermarkt brauchte. Also ging ich zurück und kam wieder an dem Maronenmann vorbei, der soeben im Begriff war, seinen kleinen improvisierten Stand abzubauen. Ich kaufte, was mir fehlte, und als ich ihn ein drittes Mal passierte, zog er mit seinem Ofen, den Tüten und einem Karton Maronen ab. Ich ging hinter ihm her in Richtung Parkplatz. Er schloss einen uralten Kombi auf, für den es wahrscheinlich nicht einmal mehr eine Abwrackprämie gab, und belud diesen mit seinem Krempel. Ich fuhr hinter ihm vom Parkplatz, er blinkte rechts, ich fuhr hinterher. Und dann entschied ich mich, ihn zu verfolgen. Aus reiner Neugier und ohne jede Vorahnung, einfach so, weil ich Zeit hatte und wissen wollte, in welcher Art Behausung er seine zwölfköpfige Familie mit meinem Kleingeld durchbrachte.

Ich folgte ihm unauffällig, jedenfalls machte er keinerlei Umwege, steuerte seinen Kombi auf die Autobahn und fuhr zu einer Raststätte, wo er anhielt und ausstieg. Ich versteckte mich hinter dem Lenkrad. Der Mann ging geradewegs zu einem teuren Auto, Luxusklasse, zwölf Zylinder und Dutzende von Ventilen. Er öffnete den Kofferraum, warf seine abgeschabte Winterjacke hinein und holte ein blaues Kapitänsjackett mit goldenen Knöpfen heraus, welches er anzog. Dann tauschte er die rote Bommelmütze gegen eine glänzend bestickte Baseballmütze und bestieg das Auto, um mit nicht geringer Geschwindigkeit seine Fahrt fortzusetzen. Ich verfolgte ihn, so gut ich konnte. Er nahm die nächste Ausfahrt, fuhr gen Süden und schließlich nach zehn Kilometern in ein schickes Wohngebiet hinein. Dort öffnete sich ein Flügeltor, durch welches er gemächlich steuerte, um im Inneren einer weitläufigen Parkanlage zu verschwinden.

Ich hielt an und stieg aus, sprang an der Mauer hoch, um zu sehen, wie groß sein Haus war. Aber ich sprang nicht hoch genug, landete unglücklich und verstauchte mir beim Aufprall den Knöchel. Das ärgerte mich so sehr, wie es schmerzte. Ich saß eine Weile auf dem Gehweg und jammerte, als sich das Tor abermals öffnete. Zunächst dachte ich, der Maronenmann würde zurückkommen, dann sah ich eine Mischung aus Geländewagen und Limousine, ein Gefährt, das man am Starnberger See scherzhaft Ostufertraktor nennt, die Straße entlangkommen. Darin saß eine hübsche Frau. Sie hielt an, ließ die Scheibe hinunter und fragte freundlich, ob sie mir helfen könne. Ich erwiderte, dass ich meinen Fuß offenbar verstaucht hätte, und sie bot an, mich im Haus zu versorgen. Offenbar erschien ich ihr bürgerlich genug, um so ein Wagnis einzugehen.

Ich zögerte keine Sekunde, stieg in ihr Auto, und wir fuhren minutenlang durch eine Allee, bis wir schließlich zum Herrenhaus gelangten, einem enormen Backsteinbau, vor welchem ich geschmackvolle Tontöpfe mit allerhand Pflanzen stehen sah. Wir gingen – ich humpelte – hinein. Das Haus war bemerkenswert kostspielig, aber geschmackvoll eingerichtet. Ich schleppte mich ins Wohnzimmer, wo die Dame des Hauses mich bat, auf der Couch Platz zu nehmen. Ich zog den rechten Schuh aus, sie kam mit etwas, um den Knöchel zu kühlen, und es brachte sofortige Linderung.

Als ich mich gerade damit abgefunden hatte, dass der Maronimann offensichtlich schwerreich, mit einer entzückenden Frau verheiratet sowie mit einem exzellenten Möbelgeschmack gesegnet war, trat dieser herein. Ich erkannte ihn beinahe nicht wieder. Offenbar trug er bei der Arbeit nicht nur eine Bommelmütze, sondern auch ein zerfranstes Toupet. Sein Gang erschien mir jetzt viel aufrechter und seine Haut rosiger.

«Aha, ein Gast!», rief er erfreut. Offenbar bekam er nicht oft Besuch, höchstens vielleicht von anderen inkognito lebenden Maronimännern.

«Guten Tag», sagte ich. «Ich wollte fünf Kastanien reklamieren.» Etwas Besseres fiel mir nicht ein, aber ich musste ja damit rechnen, dass er mich als Kunden erkannte, was er denn auch tat.

«Ach, Sie sind es», stieß er hervor. «Sind Sie mir gefolgt?» Er schien nervös. Kein Wunder, schließlich konnte seine Enttarnung dazu führen, dass ich seinen beinahe unmoralischen Wohlstand, der sich aus halbguten Kastanien speiste, öffentlich machte.

«Ja», sagte ich. «Tut mir leid. Ich wollte hier nicht eindringen. Aber ich habe mir meinen Knöchel verstaucht.»

«Was wollen Sie von mir? Wollen Sie Geld?»

Mir fiel auf, dass sein karpatischer Akzent einem lupenreinen Hochdeutsch gewichen war.

«Nein, aber eine Erklärung. Was soll das ganze Theater?»

Und dann erläuterte er mir seine Geschäftsstrategie, die darauf basierte, dass man einem einfachen Mann viel eher eine Kastanie abkauft als einem reichen Pinsel, der er zweifellos war. Er habe es auch in seiner normalen Kluft probiert, aber da sei das Geschäft sofort eingebrochen, und er habe nichts mehr verdient. Sein Lebensstil sei aber aufwendig, und daher müsse er sich ein wenig verstellen, es gehe auch für ihn ums Überleben, welches er nur sichern könne, wenn er möglichst arm erscheine.

«Sie betrügen die Menschen», sagte ich.

«Das ist nicht wahr», antwortete er. «Sie lassen mir keine andere Wahl. Ich will doch nur Maronen verkaufen. Ich kann doch sonst nichts.» Er begann beinahe zu weinen und musste von seiner Frau getröstet werden, die nun anbot, für alle ein Abendbrot zu richten.

«Bleiben Sie?», fragte er jämmerlich. Ich bejahte, was hätte ich sonst machen sollen? Er tat mir leid.

Dann erklärte er mir, wie sich mit Maronen Millionen einstreichen lassen. Ungeheuerlich! Der Gewinn ist sagenhaft, wenn man alles richtig macht. Innerhalb von einer halben Stunde hatte er mich als Partner geworben, auch und vor allem, um mich damit von vornherein zum Schweigen zu bringen, denn Verschwiegenheit ist in unserem Business das höchste Gut. Schließlich rief seine Frau uns zu Tisch. Der Maronenmann, er heißt Siegfried, sagte, er wolle uns noch einen kleinen Drink mixen, zum Anstoßen. Er trat an seine Hausbar, nahm drei Gläschen und fuhrwerkte mit zwei Flaschen herum. Dabei drehte er mir den Rücken zu, sodass ich nicht sehen konnte, was er da genau trieb.

Er trat mit einem kleinen Tablett an den Esstisch und sagte: «Wohl bekomm's.» Auf dem Tablett standen: drei perfekt eingeschenkte Spatzenhirne.

30

Sehnsucht, die wie Feuer brennt

Für die nächsten Monate habe ich mir vorgenommen, in loser Folge über Dinge zu berichten, die ich zum allerersten Mal mache. Obwohl ich bereits 42 Jahre alt bin, ist nämlich noch einiges zu erledigen, ich lebe mit erheblichen Erlebnisdefiziten, war zum Beispiel noch nie auf einer Sonnenbank, habe noch nie eine Fliege getragen – und noch nie in meinem ganzen Leben eine Volksmusiksendung im Fernsehen angeschaut. Bis letzten Samstag. Da kam «Das Frühlingsfest der Volksmusik», und ich habe es für Sie und für mich selbst komplett angesehen. Millionen Leute machen das, ich kenne niemanden davon. Aber ich kenne auch niemanden, der Schweinskopfsülze isst. Wahrscheinlich sind das dieselben Menschen. Egal. Die Sendung wird moderiert vom früh vergreist wirkenden Florian Silbereisen (angeblich erst 28), der gleich zu Beginn sein ganzes Witzpulver verschießt: «Der Winter, der war lang und harsch, jetzt treten wir ihm in den Hintern.» Da lacht ganz Riesa.

In der Folge treten mehr oder weniger gut abgehangene Schlagerchargen auf und singen zu billig gebasteltem Ballermannsound über diverse Sehnsüchte und Zärtlichkeit und Augen. Auch Kinder gehören zum Programm. Sie werden als Häschen oder Küken oder Schmetterlinge verkleidet durch die Studiodekoration getrieben, und wenn das jetzt eine Veranstaltung der katholischen Kirche wäre, würde es großen Ärger geben, weil das menschenunwürdig ist. Es ist aber eine Sendung des Mitteldeutschen Rundfunks, und daher tritt ein überdrehter minderjähriger Knirps mit Akkordeon auf, der ein scheußliches Lied übers Küssen vorträgt, danach 35 Opfer aus dem Saalpublikum abknutscht und noch jemanden grüßen will, doch da dreht ihm die Regie unter Altmeister Pit Weyrich klugerweise den Ton ab. Es folgt Stefanie Hertel, die vom volkstümlichen Schlager zum normalen Schlager umgesattelt hat und nicht unsympathisch wirkt, obwohl sie mit dem Trompetendödel Stefan Mross verheiratet ist. Bis hierhin ist die Sendung von einer deprimierenden Schlaffheit, die gar nicht zur quietschbunten Ausstattung passen will. Doch nun bekommt das Grauen ein Gesicht. Eigentlich bekommt es gleich zwei, denn jetzt singen «Die Amigos». Die sehen aus wie unfallflüchtige Busfahrer, haben aber von ihrem letzten Album zwei Millionen Stück verkauft. An wen bloß? Ich habe noch nie von denen gehört.

Die ganze Szene des volkstümlichen Schlagers entpuppt sich bei ihrem Auftritt als riesengroße Subkultur der Sentimentalität: «Sehnsucht, die wie Feuer brennt und nur einen Namen kennt, dann weiß ich, du fehlst mir so, denn mein Herz brennt lichterloh.» Man wünscht sich kurzfristig, dass sich einer der monumentalen Blütenkelche auf der Bühne erbarmt und die beiden Amigos mit einem großen Happs verschlingt. Passiert aber nicht. Stattdessen tauchen die Kastelruther Spatzen auf, die ein millionenschweres Bauernschmalzimperium aufgezogen haben und ein schamlos gereimtes Lied über einen toten Jungen darbieten: «Jonas war ein Junge, und er war erst sieben, alle Menschen rund um ihn konnten ihn nur lieben.» Zum Glück war er sieben und nicht acht, denn darauf reimt sich «ausgelacht». Und wenn er fünf gewesen wäre, gäbe es das Lied gar nicht, denn darauf reimt sich überhaupt nichts. Nach der kurzen, aber angemessen betroffen machenden Nummer meldet sich Pfarrer Brei zum Gesang und wird von Michael Hirte an der Mundharmonika begleitet.

Hirte muss dann sehr stark sein, denn Silbereisen hat eine Überraschung für ihn, auch wenn Hirte darüber nicht sehr überrascht zu sein scheint. Mit eher entsetzter Miene nimmt er zur Kenntnis, dass er mit der neuen Elbphilharmonie Riesa «Time to say goodbye» spielen soll. Zum Glück für ihn und mich findet dies aber erst am Ende der Sendung statt. Zuvor will noch allerhand durchgestanden sein, zum Beispiel der Auftritt der «Original Zillertaler Hey Mann! Band», die eine morsche Brücke zwischen der Ästhetik des Heavy Metal und ödem Volksmusikgemumpfe errichtet hat, über die sich der inzwischen mit einem Akkordeon bewehrte Silbereisen wagt und tollkühn sein Haar zum Zillertaler Hochzeitsmarsch schüttelt. Da ist erst eine Stunde rum, und meine Finger tasten fiebrig über die Fernbedienung, ständig bereit, den Kanal zu wechseln. Aber ich habe es mir vorgenommen! Ich muss da durch! Weiter! Mary Roos beklagt sich darüber, dass ihr Sohn ausgezogen ist, wobei der Grund für dessen Flucht im Dunkeln bleibt. Vier weißgekleidete Eintänzer mit dem Bandnamen «Die Cappuccinos» schwurbeln: «Auch wenn ich kein König bin, will ich dich zur Königin.» Dudel dudel, holper holper, eier eier. Schlagerstar Michelle wird als traurige Verliererin präsentiert, die sich wieder mal den falschen Mann geangelt hat und in Trennung lebt. Wie immer nur Pech mit den Männern. Das kennen die Damen aus der Zielgruppe. Weil sie gerne die «Neue Post» lesen und diese die Sendung präsentiert, wird von Silbereisen noch ein bisschen bei Michelle nachgebohrt, und die gibt bereitwillig preis, wie einsam und unglücklich sie momentan sei. Dann döse ich während des Fernsehballetts des Mitteldeutschen Rundfunks kurzfristig ein und verpasse auch den Song von Brunner und Brunner zur Hälfte. Im anschließenden Interview versprechen die beiden haarigen Herren, ihre Karriere am 16. Oktober dieses Jahres zu beenden. Das gibt mir Kraft für die letzten 45 Minuten der Sendung. Es treten nun auf: Karel Gott und DJ Ötzi. Das ist ein österreichischer Bierzelt-Matador, dessen Fontanelle nur von einer als Mütze getarnten Gipskartonage zusammengehalten wird und der deswegen immer irgendwie frisch operiert, aber eben auch hirngeschädigt aussieht. Das Publikum, die sogenannte schweigende Mehrheit des deutschen Volkes, steht nun auf, klatscht und brüllt. Hoffentlich sehen dies die Außerirdischen nicht, draußen im Weltall. Die Aliens könnten sonst glauben, dass die Erdbevölkerung nur aus durchdrehenden Sachsen in bunten Pullovern besteht – und den ganzen Planeten vor Schreck in die Luft jagen.

Apropos in die Luft jagen: Nun wird eine junge Frau in eine Kanone gesteckt und sagenhafte 25,87 Meter durch die Halle geschossen. Schade. Mich hätten die ballistischen Eigenschaften von Karel Gott viel mehr interessiert.

Die Bude wackelt, das Blut kocht, Hansi Hinterseer kommt, das Bolzenschussgerät der deutschen Seele! Beim Anblick seiner Frisur bekommt der Begriff Alpenföhn eine völlig neue Dimension. Er steigert die Doofheit der bisher vorgetragenen Liedtexte ins Unüberbietbare: «Viva, O viva, Tirol, Lederhosen, Dirndl, Hände an den Po!» Soso. Das kommt dermaßen gut an, dass er es gleich zweimal singen muss.

Dann folgen die Höhner und noch einmal der deprimierte Hirte mit seiner Mundharmonika. Silbereisen fährt mit einem Monstertruck über drei Autos, in denen weder die Amigos, noch Brunner und Brunner sitzen, und endlich ist nach zweieinhalb Stunden Feierabend. Uff. Geschafft. Silbereisen ruft: «Ich hoffe, wir haben mit dieser Show den

Winter endlich vertrieben.» Und ich antworte matt: «Nicht nur den Winter, Florian, nicht nur den Winter.» Fazit dieses Experimentes: Die Sendung sorgt durchaus für eine unheimliche Konträrfaszination, ähnlich wie ein schwerer Verkehrsunfall. Man kann einfach nicht weggucken. In diesem Fall haben sechseinhalb Millionen Deutsche nicht weggeguckt.

31

Sibylle aus Hameln

Sibylle aus Hameln behauptet steif und fest vor ihrer Herde, dass sie keine weiße Kuh mit schwarzen Flecken sei. Sie bezeichnet die anderen als «ordinäre Holsteinische» und sich selbst als die einzige schwarze Kuh der Welt mit weißen Flecken. Diese Angeberei hat inzwischen zu der auf diesem Bild sichtbaren sozialen Isolation Sibylles geführt.

32

*«Die großen Gefühle sind uns
abhandengekommen» —
Ein Interview mit Jean-Christophe Ammann*

*Einer der größten Künstler malte blaue Flächen. Ein anderer nur
ein Datum. Und das soll Kunst sein? Wenn Sie Yves Klein und On
Kawara nicht verstehen, sind Sie nicht borniert, sondern ehrlich.
Der Kunsthistoriker und Kurator Jean-Christophe Ammann sagt
Ihnen, warum.*

Herr Ammann, können Sie uns moderne Kunst erklären?
Das ist schwierig, denn es darf sich nicht im Allgemeinen
verlieren. Besser ginge es an konkreten Beispielen.
*Lassen Sie uns eine Art Spiel machen. Wir zeigen Ihnen Bilder,
die Sie erklären. Das erste ist von Yves Klein. Für einen unbedarften Betrachter ist das einfach eine blaue Fläche.*
Ja, es sieht so aus. Dieses Bild entstand 1960. Klein hat
damals viele davon gemalt. Er hat dieses Blau, an dem er
sehr lange gearbeitet hat, IKB genannt, das International
Klein Blue. Das hat er sich sogar patentieren lassen.
Als habe man damals die Farbe Blau noch nicht gekannt.
Das war eben die Zeit, als es noch Avantgarde gab, wo
alle zehn Jahre eine Behauptung auf den Tisch kam, eine
bildnerische Sprache, die mit einem hohen innovativen
Anspruch verbunden war.
Was war seine?
Die Antwort auf den Tachismus. Klein hatte einfach genug von abstrakter Malerei in dieser Form. «Jetzt kommt

das präzise Konzept, das Blau», sagte er. Dieses Blau ist keine glatte Farbe, sondern es ist ein monochromes Blau, und es hat eine Struktur. Es ist wie aufgeraut. Das Auge rutscht auf der Fläche nicht aus. Für Yves Klein war Blau die kosmische Energie.

Was verstand er darunter?

Es gibt eine phantastische Geschichte dazu. Als Gagarin 1961 als Erster den Globus umkreiste, sagte er im Radio, der Kosmos sei schwarz. Das hört Jean Tinguely in seinem Atelier, telefoniert sofort mit Yves Klein und sagt: «Yves, ich muss dich sehen, wir müssen da etwas besprechen.» Sie treffen sich. «Hör mal, Yves», sagt er, der Tinguely, «weißt du, was der da eben gesagt hat? Der Kosmos ist schwarz, der ist nicht blau, wie du immer behauptest.» Ein Moment der Stille, Yves Klein packt den Tinguely am Hemd und jagt ihm voll die Faust ins Gesicht. Das konnte er nicht akzeptieren. Und Yves Klein war ein Judoka, der hatte ziemlich viel Kraft.

Klein konnte nicht akzeptieren, dass seine Vorstellung falsch war?

Es ging immerhin um sein künstlerisches Konzept.

Warum gibt es Monochromblau in verschiedenen Größen und anderen Formaten?

Ich glaube, dass Yves Klein seinen blauen Kosmos erkunden wollte. Im Weltall gibt es auch nicht nur einen einzigen Ausschnitt, es gibt verschiedene Größen. Je größer sie sind, desto tiefer tauche ich in diese Größe ein, verliere mich gewissermaßen. Je kleiner sie sind, desto mehr sind sie stellvertretend, ein Stück Idee.

In Museen werden diese Effekte kaum vermittelt.

Leider wahr. Unsere Aufgabe sollte sein, diese Werke in den Museen so zu präsentieren, dass sie uns nicht nur als Zeugen eines Jahrhunderts entgegentreten, sondern als Äußerungen, die direkt mit den Menschen zu tun haben.

Ich glaube, dass diese Bilder immer mehr Bedeutung erlangen, wenn uns das gelingt.

Warum erkennen wir diese tiefen Empfindungen eines Malers nicht auf Anhieb in den Bildern?

Weil uns die wirklich großen Gefühle abhandengekommen sind. Als ich noch ein kleiner Junge war, bedeutete zum Beispiel der Begriff Heimweh etwas ganz Besonderes, war eine sehr tiefe Empfindung. Genau wie der Begriff mutterseelenallein. Der ist heute eigentlich nur noch im Fußball gebräuchlich: Andy Möller, mutterseelenallein vor dem Tor. Kleins Vorstellung, dass der Kosmos blau ist, war ein Wunsch, seine tiefe Sehnsucht war stärker als die Realität. Schwarz ist die Realität, aber Blau ist Licht. Und Yves Klein hat sich mit diesem Licht als geistigem Feld sehr stark auseinandergesetzt.

Zum nächsten Kandidaten, On Kawara. Der malt jeden Tag das Datum auf eine Leinwand. Das ist alles.

Primitiver geht es eigentlich nicht mehr, wenn ein Künstler ab 1966 nur noch Datumsbilder malt. Interessantes Phänomen. In Ausstellungen suchen die Leute immer nach dem Datum ihres Geburtstags. Und dann geschieht etwas Merkwürdiges: Wenn er sich zu entscheiden hat, welches Bild er auswählen würde, wird der Betrachter merken, dass er nicht jenes nimmt, das etwas mit ihm zu tun hat.

Andere arbeiten Monate an ihren Bildern. Macht On Kawara es sich besonders einfach?

O nein. Er benötigt einen Tag für ein Bild, und das einzige technische Hilfsmittel, das er hat, ist ein Lineal. Wenn er aus irgendwelchen Gründen das Bild an dem Tag nicht beendet, schmeißt er es weg. Klingt ganz einfach. Doch für die Umsetzung seines künstlerischen Konzeptes braucht er sein ganzes Leben.

Was ist das für ein Konzept?

Der Tag ist der größte gemeinsame Nenner für Gegenwart. Die Konzentration auf die Gegenwart, das ist das Schwierigste, viel schwieriger als ein in die Vergangenheit oder Zukunft gerichtetes Denken. On Kawara ist 63 Jahre alt, und er malt seit 1966 nur diese Datumsbilder, das erste ist vom 4. Januar 1966.

Hatte er damals schon den Plan, sein restliches Leben damit zu verbringen?

Ja. Und er hat in den ersten fünf Jahren keines der Bilder verkauft, weil er nicht wusste, ob er das wirklich auf Dauer durchhalten würde.

Wie kam es zu dieser Konzentration auf die Gegenwart?

Wir haben in unserem Kulturkreis eine Schöpfungsgeschichte, wir haben einen Gott, und diese Welt hat ein Ende, die Apokalypse. Es hat uns auch geprägt, dass wir unter einem Gekreuzigten aufgewachsen sind im Unterschied zu einem Buddhisten, der mit einem lächelnden Buddha groß wird. Wir haben einen Anfang und ein Ende. Die Japaner nicht. Wenn ich keinen Anfang und kein Ende habe, kann nur die Gegenwart zählen.

Jedes der Bilder stammt nicht nur von einem anderen Tag, sondern auch von einem anderen Ort. Warum malt Kawara nicht zu Hause?

Es sind auch viele Bilder in seinem New Yorker Atelier entstanden, aber er reist, um diese Bilder malen zu können.

Damit man erkennt, wo er gemalt hat, legt er dem Bild eine Zeitung bei.

Jedes seiner Bilder gehört in einen Kasten, und am Boden ist die Titelseite der Zeitung eingeklebt. Denn die Zeitung ist genauso Gegenwart wie das Datumsbild.

Da seine Bilder nicht signiert sind, spielt es eigentlich keine Rolle, ob er sie selbst malt.

Cy Twombly, The Geeks, 1955.

Jackson Pollock, Number 3, 1951.

«Die großen Gefühle sind uns abhandengekommen» 313

On Kawara, *10. Okt. 1991*, 1991.

Er könnte natürlich zu seinem Assistenten sagen: «Hör mal, Kamerad, heute malst du ein Bild von der und der Größe, Farbe Rot.» Aber das würde er nicht machen, eher würde er sich eine Kugel durch den Kopf jagen. Wenn On Kawara einen Tag lang dieses Bild malt und seine Energie hineinfließen lässt in dieses doofe Datum, dann ist das nicht dasselbe, wie wenn es sein Assistent macht. Ich habe On Kawara gesehen, wie er die Bilder malt, und es ist ein unerhört konzentriertes Arbeiten.

Das nächste Bild ist von Jackson Pollock. «Geben Sie mir zwei Töpfe Farbe und eine große Leinwand, und ich patsche Ihnen das in einer Viertelstunde hin.» Derartige Sprüche hören Sie wahrscheinlich öfter.

Ja, aber das ist in Ordnung. Bei jedem Museumsbesucher, der sagt, das könne er auch, antworte ich: «Sehr gut, ich gratuliere. Vielleicht machen Sie es sogar noch besser, aber war es denn Ihre Idee?» Ich möchte, wenn jemand so etwas sagt, dass er sich selbst über die Schulter schaut und nicht einem anderen. Dieses Das-kann-ich-auch-Argument ist ja verständlich, deshalb gibt es auch Fälscher. Die machen es handwerklich genauso gut wie die Künstler. Nur: Das Bild ist nicht ihre Idee. Und damit vollkommen wertlos.

Was war denn Pollocks Idee?

Jackson Pollock hat als einer der ersten Künstler nach dem Krieg etwas radikalisiert, das uns alle bewegt, nämlich das Prinzip von Ordnung und Unordnung, von Zufall und Notwendigkeit, von Suchen und Finden und von Ähnlichem und Verschiedenem. Um dieses Prinzip zu visualisieren, hat Jackson Pollock nicht mehr mit dem Pinsel gemalt, sondern direkt mit dem Farbbehälter. Er hat die Farbe in einer Flugbahn auf der Leinwand ausgebreitet. Das kann zwar jeder von uns auch. Aber es wird eine unendlich schwierige Arbeit sein, dieses Formen so herauszukristallisieren.

Je einfacher mir etwas erscheint, desto mehr habe ich das Gefühl: Das kann ich auch. Je komplizierter etwas aussieht, desto stärker wird der Eindruck: Da ist viel Arbeit drin, das werde ich nie können. Und das stimmt nicht.

Die Unordnung in diesem Bild ist erkennbar. Worin besteht die Ordnung?

Die Ordnung besteht darin, dass sie als Unordnung in Erscheinung tritt. Wenn nur Unordnung ist, dann kommt das Bild nicht heraus. Je größer ich die Unordnung zeigen will oder die Zufälligkeit zeigen will, desto mehr muss ich das konstruieren. Es handelt sich immer um gezielte Zufallsstrukturen. Gezielt heißt: Ich muss in einer inneren Spannung sein. Ordnung und Unordnung müssen sich in einem Gleichgewicht halten. Ein solches Werk kann auch in die Hose gehen, weil zum Beispiel die Harmonie von Ordnung und Unordnung auseinanderbricht, weil sich unerwartet Schwerpunkte ergeben, die das Bild zum Kippen bringen. Wie ein Schiff, das sich auf die Seite neigt.

Noch radikaler sieht das Bild von unserem letzten Künstler aus. Cy Twomblys Kunst ist Gekrakel, könnte man meinen.

In der Tat, das Gekrakel oder Gekritzel ist offensichtlich, und es ist schon vorgekommen in Ausstellungen, dass die Besucher darauf herumgekritzelt haben. Wenn es Kugelschreiber ist, ist es eine Katastrophe. Das kriegt man aus einer Leinwand fast nicht mehr heraus.

Was ist das Besondere an dem, was die Besucher für Gekrakel hielten?

Auch Cy Twombly lässt den gewaltigen Ladungen an Emotionen, die er in sich trägt, gezielt freien Lauf, nicht willkürlich. Er hat durchaus ein Konzept in diesem Bild. Es ist der Entwurf seiner Gefühlslage, vergleichbar der Situation, in der man einen sehr persönlichen Brief schreibt. Da ist nicht nur das, was ich lese, von Bedeutung, sondern auch, was durch die Art und Weise des Schreibens mit hineingeflossen ist.

Um einen Brief zu schreiben, muss man seine Gefühle vorher sortieren und eine Struktur hineinbringen.

Das muss Twombly eben auch tun. Wenn er seine Emotionen in diesen Formen ausdrücken will, geht das nur, weil alles durch und durch konstruiert ist und von ihm an den Punkt gebracht wurde, wo es dann wie vom Himmel gefallen selbstverständlich erscheint.

Twomblys Linien wirken ganz zufällig.

Sind sie aber nicht. Wir können mit dreißig Leuten ins Ferienlager gehen und das Gleiche versuchen, es käme etwas Groteskes heraus. Da würde jeder aufs Geratewohl kritzeln, und am Schluss käme eben nur Gekritzel raus. Und zwar, weil dem kein Entwurf, keine wirkliche Emotion zugrunde liegt. Natürlich kann man sagen, das ist weiterhin Gekritzel. Schön, dann würde ich sagen, wir machen ein zweites Spiel und lassen den Leser mal längere Zeit vor dem Bild sitzen. Und plötzlich wird er Teil dieses Bildes werden. Er wird feststellen, da ist ein Rhythmus, und dieser Rhythmus kommt von der anfänglichen Nervosität des Betrachters.

Wenn er sich darauf einlässt.

Wenn er sich darauf einlässt. Plötzlich wird er sehen, dass das nicht mehr Gekritzel ist, sondern dass diese Schwingungen dem eigenen Resonanzkörper gehören und auch der Zustand des Künstlers gewesen sein müssen. Bei Twombly kann man das alles wunderschön nachprüfen. Das ist vielleicht eine der großen Herausforderungen, dass wir in unserer Zeit heute eigentlich zu wenig persönliche Zeit für die Werke aufbringen. Wir checken sie.

Meist vor allem den materiellen Wert des Bildes.

Ja, aber wir lassen nicht die Dinge in uns einfließen. Wir Ausstellungsmacher müssten eigentlich die Zusammenhänge darstellen. Sobald ich dieses große wunderbare Bild habe und vielleicht noch sechs andere Bilder oder Zeichnungen, habe ich schon einen Zusammenhang. Dann sehe ich schon, wie sich die skriptural niedergelegte Emotion im Vergleich zu den anderen Werken verhält. Das wird oft nicht richtig gemacht. Da stehen die Werke zeitgenössischer Künstler einfach in einem großen Raum herum wie bestellt und nicht abgeholt.

Ist das der Grund dafür, dass den Menschen der Zugang zur modernen Kunst fehlt?

Ich glaube, das ist ein Grund. Ich hasse es wie die Pest, Kunst so auszustellen, dass die Werke einfach nur rumstehen. Es wird sich herausstellen, dass wir mit der Gegenwartskunst, vielleicht auch der Kunst der Moderne, in Zukunft anders werden umgehen müssen.

Und wie?

In den großen Museen gibt es irgendwo einen Wurmfortsatz, der heißt zeitgenössische Kunst. Man sollte die moderne Kunst aus diesem Wurmfortsatz herausholen.

Das müssen Sie erklären.

Es könnte helfen, wenn man Kunst von ihrem historischen Kontext lösen und Werke nebeneinander ausstellen würde, die thematisch einander ähnlich sind. In einer Ausstellung zum Thema Angst oder Krieg oder Liebe zum Beispiel. Rembrandt könnte auf diese Weise dazu beitragen, Clemente zu verstehen.

Warum wird das bisher so selten gemacht?

Weil der Kunsthistoriker stärker mit der Geschichte von Kunst konfrontiert ist als mit der Kunst selber und Ausstellungen dementsprechend aufgebaut sind. Ich hoffe allerdings für die Zukunft, dass sich immer mehr Menschen lieber die Kunst angucken. Und auch einmal ein Spiel daraus machen.

Haben Sie dafür eine Spielregel?
Die Leute sollten sich an einen Bibelspruch halten. Christus sagt: «Werdet wie die Kinder!» Er hätte auch sagen können: «Werdet wie Dichter, schaut unverstellt!»

33

Europa aus dem Kopf

Was fällt einem spontan zu einem Stichwort ein? Man darf alles notieren, was durchs Hirn rauscht, aber: Nach zwanzig Sekunden ist Schluss. Es gilt nur, was bis dahin auf dem Papier steht. Man kann dieses Partyspiel mit Schauspielern, Automarken oder Jahrzehnten spielen; wir machen das mit den Mitgliedsstaaten der EU. Also los! Vorurteile und Klischees sind ausdrücklich erlaubt bei diesem Gedankenspiel, denn sonst kommt in zwanzig Sekunden nichts zusammen.

Portugal heißt das kleine Land, das im Westen an Spanien klebt und den Spaniern auf einigen hundert Kilometern den Sonnenuntergang am Meer vermiest, denn Spanien besitzt überall dort keinen Strand, wo es an Portugal grenzt. Das Land hat passablen Wein, passable Fußballer sowie eine ungeheuerlich schlecht gelaunte Musikrichtung namens Fado hervorgebracht. Die Landessprache war früher Hauptexportgut und verhält sich zu Spanisch in etwa wie Holländisch zu Deutsch. Was noch? Lissabon natürlich. Die Hauptstadt soll nach Auskunft von Freunden überwiegend hässlich sein. Im Norden liegt noch Porto, das man von der Champions League kennt. Möglich, dass Porto das portugiesische Wort für Briefmarke ist. Unwahrscheinlich, dass Portugiese das portugiesische Wort für Briefträger ist. Jemand erzählte mir, dass die Portugiesen ziemlich klein seien. Ob das am Essen liegt, weiß ich aber nicht, denn ich war nur ein einziges Mal beim Portugiesen essen und empfand keine deutliche Schrumpfung.

Aber das Restaurant war auch nicht in Portugal, sondern in Hamburg.

In Österreich mögen sie dicke kleine Pferde, die sie Lipizzaner nennen. Wenn ein Lipizzaner stirbt, schneidet man ihn in Scheiben, dreht ihn durch eine Walze und serviert ihn im Wiener Traditionslokal Figlmüller als Kalbsschnitzel. Berühmte Österreicher: Adolf Hitler, Kurt Waldheim, Arnold Schwarzenegger, Georg Danzer, Falco, Toni Polster, Sissi. Mozart hingegen war kein Österreicher, sondern Salzburger, denn die Stadt gehörte damals nicht zu Österreich. Es fällt aber auf, dass die meisten berühmten Österreicher bereits tot sind. Die Österreicher nennen die Deutschen Piefkes, und mancherorts verlangen sie unterschiedliche Preise für Kuchen, je nachdem, ob man ihn als Piefke bestellt oder als Österreicher. Die nur langsam abnehmende Bereitschaft der Deutschen, sich im Österreich-Urlaub von Mitarbeitern der Tourismusbranche demütigen zu lassen ist ein Wunder von ähnlicher Einprägsamkeit wie Salzburger Nockerln, die man überleben kann, wenn man direkt anschließend einen halben Liter Obstler zu sich nimmt. In Wahrheit ist Österreich gar nicht so klein, wie man immer glaubt. Das Land wäre beinahe halb so groß wie Frankreich, wenn man es mal so straff ziehen würde wie die Bettlaken im Hotel Sacher. Allerdings müssten dann die Skihütten schließen, denn niemand hat Lust, im Flachland Ski zu fahren. Österreich war einmal begeisterter Teil des deutschen Reiches, wenn auch nur für kurze Zeit. Hinterher konnten sich die Österreicher jedenfalls kaum noch daran erinnern. Wenn man sie «Bergdeutsche» nennt, flippen die Österreicher aus und verdoppeln die Autobahnmaut für deutsche Transitreisende. Ich war kürzlich in Wien und saß mit einem Mann im Auto, der mich in seine Lieblingsbar einlud, die «Jenseits» hieß. Unterwegs stellte er fest, dass er kein Geld dabeihatte, und sagte: «Egal. Im ‹Jenseits› kann ich anschreiben.» So einen Satz kann überhaupt nur ein Wiener äußern.

Nun Bulgarien und damit zum schamvollen Eingeständnis, dass ich so gut wie gar nichts über Bulgarien weiß. Sie machen dort Joghurt. Aber wo, bitte schön, wird kein Joghurt gemacht? Die Hauptstadt heißt Sofia, die Farben der Landesfahne sind Grün, Weiß, Rot. Das sind international sehr beliebte Landesfarben. Bulgarien befindet sich am Schwarzen Meer und galt zu DDR-Zeiten als beliebtes Reiseziel der Ostdeutschen. Nördlich liegt Rumänien, südlich die Türkei. Erinnerlich sind mir außerdem schnauzbärtige Kugelstoßerinnen bei diversen Olympischen Spielen, die ich irgendwie mit Bulgarien in Zusammenhang bringe. Ich glaube, Bulgarien muss dringend an seiner PR arbeiten.

Bei Malta kommt nicht viel. Aber Malta ist ein grundsympathischer Ort, weil man immer sofort an Hilfsdienste und Schnaps denkt, wenn die Rede auf Malta kommt.

Zugegebenermaßen kommt man im Gespräch eigentlich nie auf Malta. Die Amtssprache ist Englisch. Vielleicht können die sich keine eigenen Schulbücher leisten und benutzen daher gebrauchte aus England. Malta liegt unterhalb von Sizilien im Meer herum, und welchen Nutzen Europa für Malta hat und welchen Malta für Europa, vermag ich nicht zu beurteilen.

Weiter geht es mit Griechenland. Heimat von Aischylos, Diogenes, Aristoteles, Onassis, Demokrit, Platon, Sokrates und Cordalis. Die Griechen werden seit Jahrhunderten für ihren angenehm unprätentiösen Einrichtungsstil (weiß, blau, gern grob lackiert) und die überbordende Gastfreundschaft geschätzt. Die Verpflegung ist dabei allerdings bestenfalls durchschnittlich. Die griechische Küche hat – sofern nicht gerade gegrillt wird – fast nur lauwarme und weitgehend geschmacksfreie Matschkost zu bieten. Salat heißt immer «Bauernsalat» und beinhaltet eine Peperoni sowie drei salzige Brocken Schafskäse. Dafür ist aber der Himmel immer blau. Man hat bloß nicht sehr viel davon, denn es wird furchtbar früh dunkel in Griechenland. Die Griechen gelten als überaus lax in der Buchführung, und wenn man ihnen das vorhält, fangen sie sofort an zu demonstrieren. Sie haben Otto Rehagel gestattet, lebenslang die Busspur im Athener Straßenverkehr zu benutzen, weil er Griechenland zum Europameistertitel geführt hat. Das Land gilt als Wiege der Demokratie und der Homosexualität, was nicht unbedingt etwas miteinander zu tun hat. Die Akropolis wird überbewertet, besonders die in Oberhausen. Die Akropolis in Garbsen hingegen ist ganz ordentlich. Sie haben weder namhafte Automobilhersteller noch namhafte Weine in Griechenland.

Dasselbe gilt für die Iren. Die tragen dicke Koteletten und karierte Jacken, sitzen den ganzen Tag in der Kneipe, um abwechselnd Whiskey und Guinness in ihre vermoosten Kehlen zu kippen, und lästern über die Briten. Sie rauchen dabei aber nicht, denn in Irland ist das Rauchen in Kneipen verboten, und darüber wird komischerweise dort weniger diskutiert als in Bayern. Die Iren essen gerne trockenes Brot mit viel Butter, das habe ich in der Werbung gesehen. Und sie verfertigen andauernd folkloristische Musik. Dafür benutzen sie kleine Pfeifen sowie Pauken, Gitarren und Geigen und tanzen wie Hobbits. Alles ist grün an ihrem Land: die Türen und Fensterläden ebenso wie die Wiesen und Wälder und die Landrover, in denen sie über ihre Weiden gurken, um die Zäune zu prüfen. Und das Wahrzeichen Irlands, das Kleeblatt, ist am grünsten. Früher war Irland entsetzlich arm, dann zwischendurch für drei Jahre reich, und nun ist es wieder arm. In amerikanischen Krimifilmen gibt es IMMER einen Sergeant, der irische Wurzeln hat. Meistens handelt es sich dabei um den unbestechlichen rauen und gutherzigen Kollegen, der im letzten Drittel des Films dran glauben muss. Vorher wird aber noch schnell der St. Patrick's Day gefeiert. Der Schriftsteller James Joyce war Ire. Sein Buch «Finnegan's Wake» gilt als unübersetzbar, da bereits in der Originalfassung als unverständlich. Weitere Schriftsteller aus Irland: Samuel Beckett, William Butler Yeats, Oscar Wilde und Flann O'Brien. Auch Van Morrison ist Ire und hat zumindest auf Fotos immer schlechte Laune. Vielleicht liegt es am Wetter. Morrison soll einmal für das Catering seiner Deutschland-Tournee täglich ein Kilo M&Ms bestellt haben, und zwar nach Farben sortiert. Es regnet ziemlich häufig in Irland. Und dann dieser Nebel. Oder verwechselt man das nun mit Schottland?

In Dänemark haben sie massenhaft durchgestrichene Os, relativ viele Heavy-Metal-Fans und ein hervorragendes Schulsystem. Die dänische Minderheit in Schleswig-Holstein hat durchgesetzt, dass es in einigen Orten des Bundeslandes für die dänischen Minderheitenkinder gilt. Und die sind jetzt besser in der Schule als die deutschen Mehrheitskinder. Die Dänen sind genauso beliebt wie die anderen Skandinavier. Sie wählen gerne sozialdemokratisch, essen Frischkäse und wären Insulaner, wenn es Deutschland nicht gäbe. Zu Dänemark gehört auch noch Grönland, aber dieser immense Landgewinn bedeutet in Wahrheit nichts als bloß Mühe und hohe Kosten. Die Dänen gewannen 1992 die Fußball-Europameisterschaft, zu der sie nachrückten, weil Jugoslawien nicht mehr antrat. Niemand hat die rot-weiß geschminkten Gesichter der dänischen Fans vergessen, die damals kein dänisches Lied sangen, sondern ein englisches, damit man sie versteht: «We are red, we are white, we are danish dynamite.» Ein deutscher Fußballkommentator übersetzte: «Jetzt singen die dänischen Fans wieder ihr Lied: Wir sind rot, wir sind weiß, wir sind dänischer, ähh, ja. Jedenfalls singen sie wieder.»

Estland gehört zu den großen Gewinnern Europas. Das muss man sagen. Seit es die baltischen Staaten auf die europäische Landkarte geschafft haben, kam Estland einmal pro Jahr ganz groß raus, und zwar, wenn der «Eurovision Song Contest» veranstaltet wurde. Dann nämlich hielten alle neuen europäischen Länder fest zusammen. Das hat die altgedienten Teilnehmer genervt, also wurde das Reglement für die Punktevergabe geändert. Diesmal war Estland nicht mehr dabei.

Immer teurer wird Spanien. Oder zumindest Mallorca. Das ist für viele Besucher aus Holland, England und Deutschland dasselbe. Die Mallorquiner, also die Spanier, mögen die Deutschen nicht besonders, akzeptieren aber fast überall Kreditkarten. Immerhin lieben sie ihr Königshaus, weil dessen Bewohner glamourös und freundlich auftreten, sowie ihre sehr langen Mittagspausen. Spanier gelten als skrupellos, was die ressourcenschädigende Bewässerung ihrer Orangen betrifft. Valencia besitzt eine sehr hübsche Markthalle. Im Norden bomben die Basken sich zur Unabhängigkeit. Alle spanischen Großstädte sind bezaubernd, man kann dort sehr gut einkaufen und ausgehen, also leben. Die Wahrnehmung Spaniens beschränkt sich allerdings völlig auf diese Großstädte. Der Rest stellt sich als rötlich- bis ockerfarbene Wüstenei dar, in der alle paar Kilometer ein Sherry-Stier neben der Autobahn steht. Die Spanier haben gerade einen epochemachenden Aufschwung mit eingebautem Abschwung hinter sich und sind stolz auf Ferran Adrià, den besten Koch der Welt, der sein Restaurant gerade wegen des großen Erfolges geschlossen hat. Die Spanier, die sich keine Molekularküche leisten können, trinken Rioja und essen Paella, die in jedem Supermarkt als Dosenmahlzeit erhältlich ist. Paella-Büchsen sollten ungeöffnet als Wurfgeschosse verwendet werden, denn ihr Inhalt ist ungenießbar und kann mit der ballistischen Qualität der Dose nicht mithalten.

Viele Spanier gehen zum Stierkampf, und fast niemand schämt sich dafür. Aber das Schächten ist vermutlich auch hier verboten. Die möglicherweise berühmteste spanische Popgruppe «Gipsy Kings» kommt aus Südfrankreich.

Slowakei heißt der etwas unglückliche zweite Teil von Tschechien. Zweiter Teil, weil beide Länder früher eins waren und Tschechoslowakei hießen. Da man von links nach rechts liest, ist Tschechien also der erste und die Slowakei der zweite, etwas unglückliche Teil, weil er blöderweise auf der Europa abgewandten Seite liegt und damit etwas weit vom Schuss.

Frankreich ist das wichtigste Nachbarland der Deutschen. Mit den Franzosen verbindet uns eine lange traditionelle Völkerfreundschaft. Während jedoch die Deutschen die Franzosen für ihre Lebensart, ihre Mode, ihren Wein, ihren Oralsex, das Stangenbrot, die wundervolle Sprache, Victor Hugo, das Klima, Brigitte Bardot, ihr Selbstbewusstsein und die Champs-Élysées verehren, nein: vergöttern, hassen die Franzosen die Deutschen. Franzosen gehen drei Wochen nach der Geburt eines Kindes wieder zur Arbeit. Sie weigern sich, etwas anderes zu sprechen als Französisch, und wenn sie es ausnahmsweise doch tun, klingt jede Sprache wie ihre eigene. Die Männer pflegen ihre Haare und ihren Chauvinismus. Alain Delon und Jean-Paul Belmondo sind ausgezeichnet gealtert, die Tour de France eher nicht so. Der französische Präsident steht auf hohen Absätzen. Von Pastis wird man impotent, und Ferienhäuser in der Bretagne sind kaum noch zu bekommen, lohnen sich aber auch nicht, weil es dort quasi ununterbrochen regnet. Die Franzosen halten das Patent auf die bürgerliche Revolution und die hydropneumatische Federung, stehen auf Atomstrom und krümeln beim Essen noch mehr als die Italiener. Sie bilden sich eine Menge ein auf ihren Käse. Frankophil ist ein ganz unglückliches Adjektiv. Wahrscheinlich, weil sich frank auf krank reimt.

Neben den Franzosen halten wir die Polen für unsere engsten Freunde in Europa. Frankreich und Polen verbindet noch mehr, aber ich habe vergessen, was es ist. Der französischste Pole der Polen hieß Frédéric Chopin. Der Goethe von Polen heißt Adam Mickiewicz, der Jens Weißflog von Polen heißt Adam Małysz. Die Polen haben dieselben Nationalfarben wie Österreich und pflegen als zweite Gemeinsamkeit eine Ablehnung gegenüber den Deutschen. Polen fahren aber im Gegensatz zu den Österreichern gerne als Erntehelfer nach Deutschland. Der polnische Präsident Lech Kaczynski starb bei einem Flugzeugabsturz, und zu seiner Beerdigung erschienen viele Gäste nicht, wegen eines durch die Aschewolke bedingten Flugsicherheitsrisikos. Das nennt man Ironie der Geschichte. Wir müssen uns bei den Polen für die Zeichentrickserie «Lolek und Bolek» bedanken und für dicke Bratwürste. Die platzen, wenn man hineinbeißt. Polen hingegen platzen, wenn man sich über die Brille von General Jaruzelski lustig macht. Der hat mal das Kriegsrecht verhängt. Er sah ein bisschen aus wie Yoko Ono. Und das war's auch schon zum Thema Polen und Popkultur.

Die Ungarn haben sich einen Ehrenplatz in unserem Herzen erworben, denn über die ungarische Grenze türmten 1989 Zehntausende DDR-Bürger nach Österreich. Außerdem in Ungarn: die Puszta mitsamt Gefiedel und Hackklößchen. Und: Piroschka. Und der Flohmarktklassiker schlechthin: «Zigeunerin schaut hinter der Birke hervor.» Ungarn exportiert hervorragende Salami und Aprikosenschnaps. Gemeinsam mit Österreich bildete Ungarn Ende des 19. Jahrhunderts eine Doppelmonarchie, die bis in die sechziger Jahre des 20. Jahrhunderts in der österreichischen Filmindustrie eine gewisse Rolle spielte. Später kam es zu einem Volksaufstand gegen den Stalinismus, und noch später hielt der sogenannte Gulaschkommunismus Einzug. Dieser zeichnete sich durch eine relativ liberale Haltung des Staates gegenüber seinen Bürgern aus. Und am Plattensee gibt's ein Büffelreservat.

Luxemburg ist total klein. Und deshalb ist der Text über Luxemburg total kurz. Obwohl diese Monarchie so winzig ist, werden hier drei Sprachen gesprochen, nämlich Deutsch, Französisch und Luxemburgisch. Letzteres ist ein unentschieden zwischen den anderen Sprachen pendelndes Idiom, welches angenehm altmodisch klingt und angeblich vom Aussterben bedroht ist. Die meisten Luxemburger sprechen lieber Französisch. Deutsch eher nicht so.

Erster Gedanke über Belgien: Dort haben sie ausgezeichnete Pralinen. Und Pommes. Belgien ist nicht nur auf diese Weise das ambivalenteste Land der Erde. Es bietet zauberhafte Städte auf (Brügge), aber auch ganz grauenhafte (Brüssel). Es ist berühmt für Spitze, seine Comickünstler und für einen der schäbigsten Fälle von Kindesmissbrauch weltweit. Die Republik Kongo war einst eine belgische Kolonie und wurde von König Leopold so hemmungslos ausgeplündert, dass es den Belgiern noch heute peinlich ist. Weniger peinlich ist ihnen die europäische Bürokratie, die zwar auf ihrem Boden stattfindet, an der sie aber als Gastgeber nicht schuld sind. Die Flamen (Mehrheit) und die Wallonen (Minderheit) sind einander nicht grün. Für den Fall eines Bürgerkrieges kann man Belgien zwischen den

Niederlanden und Frankreich aufteilen oder die Provinzen sich selbst überlassen.

Lettland und Litauen heißen zwei von den drei Ländern, die oben rechts in drei quasi gleich großen Wohnungen übereinander im sogenannten Baltikum wohnen. Lettland hat die Wohnung in der Mitte. Oben wohnen die Esten und untendrunter die Litauer. Manchmal klopfen sie an die Decke, wenn die Letten zu viel Lärm machen. Worin sich die Litauer von den Letten und diese von den Esten unterscheiden, vermag ich beim besten Willen nicht zu erahnen. Sie sind noch nicht lange dabei, daher scheint es nicht unbedingt eine große Schande zu sein, wenn man in Bezug auf diese Länder nicht viel weiß. Und man möchte auch nicht gleich von Zigarettenschmuggel und Fährunglücken anfangen. Diese Länder stehen auch noch für völlig andere Dinge. Es ist nur noch nicht raus, wofür genau.

Bei Großbritannien weiß man das schon lange. Es ist einer der wichtigsten Mitgliedsstaaten der Europäischen Union. Und das, obwohl es alle anderen Länder Europas für Außenseiter hält und nie mitmacht, wenn es in Europa interessant wird. Die Mehrheit der Briten ist gegen den Tunnel nach Frankreich und den Euro. Die Briten haben das berühmteste Königshaus der Welt. Sie bauen gerne, aber erfolglos Autos und pflegen einen großartigen Vereinsfußball, versagen jedoch mit ihren Nationalmannschaften zuverlässig seit über 40 Jahren. Und das, obwohl sie sogar mit drei Teams antreten: mit Wales, England und Schottland. Das Essen in Großbritannien ist atemberaubend schlimm, die Gerichte klingen psychedelisch und schmecken auch so, Lamm mit Minzsoße zum Beispiel. Briten mögen keinen Schaum auf ihrem Bier und gießen Essig über ihre Pommes. Sie haben die Popmusik erfunden und die moderne Literatur. London ist so entsetzlich teuer, dass niemand mehr dort wohnt. Gardinen werden von kleinen Motoren hin- und herbewegt, damit die Touristen glauben, sie wären nicht alleine. Alle paar Wochen werden Musikfestivals im Wembley-Stadion abgehalten. Dabei treten immer Duran Duran und Elton John auf. Der britische Humor gilt als global wegweisend.

«Schweden ist das tollste Land der Welt», sangen Die Ärzte einmal. Da kann etwas dran sein. Die Liste der schwedischen Erfindungen ist lang. Hier ein Auszug: Pippi Langstrumpf, die Farbe Gelb, Lachshäppchen, Pornographie, sterbenslangweilige Krimis, Köttbullar. Letzteres steht symbolisch für all die großartigen Artikel im Sortiment von Ikea. Das Möbelhaus ist eine der führenden Ketten im Bereich der sogenannten Systemgastronomie. Köttbullar ist der Döner des hungrigen Schweden. In Südschweden findet jedes Jahr der Weltmückenkongress statt, zu welchem Milliarden von Stechmücken aus aller Welt anreisen, um sich über die dort urlaubenden Deutschen herzumachen. Stockholm gilt als Geheimtipp für Wochenendreisen. Nicht nur schwedische Frauen sind bildschön, sondern auch die Männer, zum Beispiel die komplette schwedische Fußballnationalmannschaft. Leider kann sie nicht Fußball spielen, darauf kommt es bei dem Sport aber schon an, Jungs. Gerhard Polt spricht Schwedisch.

Finnland ist zugleich das deprimierendste und das komischste Land der Erde. Seine Bewohner tanzen gerne Tango und gehen in die Sauna. Das hat damit zu tun, dass sie ungern viel reden, und das ist weder beim Tanzen noch beim Schwitzen angesagt. Paradoxerweise bauen die schweigsamen Skandinavier die meisten Mobiltelefone der Welt. Die Firma Nokia verkauft eine Million Handys. Jeden Tag. Jeder Finne besitzt mehrere Telefone zum Hineinschweigen, eine schnelle Internetverbindung und große

Zahnlücken. Der finnische Winter ist lang, die Selbstmordrate hoch, und die meisten Namen enden mit -alla oder -amma. Oder -anen oder -onen. Oder -innen. Das Bildungssystem gilt als vorbildlich, die KSZE-Konferenz wurde in Helsinki abgehalten, allerdings weiß kein Mensch mehr, was die Abkürzung KSZE bedeutet. Manchmal trifft man in Finnland ein Rentier, das sich aus Schweden verirrt hat. Die Finnen glauben aber, alle Rentiere in Schweden seien eigentlich sich verlaufen habende finnische Rentiere.

Die Tschechen wohnen gleich neben uns in der Tschechischen Republik. Wir mögen die Tschechen, denn sie hatten einen Dichter als Staatspräsidenten. Man muss aber im Taxi aufpassen und den Fahrer bitten anzuhalten, wenn man auf dem Weg zum Bahnhof viermal am Hradschin vorbeigekommen ist. In Tschechien wird das beste Bier gebraut, und das heißt nicht Budweiser oder Urquell, sondern: Gambrinus. Tschechien ist den meisten Deutschen durch Berichte im Spiegel-TV bekannt. Es geht in diesen Reportagen normalerweise um den Lastwagenstrich an der deutsch-tschechischen Grenze oder um Jahrestreffen von Sudetendeutschen. Der Prager Frühling hat den Rest der Welt beeindruckt. Gleiches gilt für die vielen Topmodels, die das Land hervorbringt. In New York hing vor vielen Jahren ein Plakat, mit dem die US Open beworben wurden. Auf dem Plakat abgebildet waren die drei Tennisspieler Pat Cash, Ivan Lendl und John McEnroe. Darüber stand: «What do you want: Cash, Czech or American Express?»

Nie, nie, nie steht auf Tomatenkisten aus Holland: «Tomaten aus den Niederlanden.» Immer steht «Holland» drauf. Holland ist eine niederländische Provinz. Erwachsene Holländer grüßen mit orangefarbenen Fähnchen, wenn ihre Königin vorbeikommt. Erfolgreiche Exportgüter Hollands sind: Gouda, Tulpen, Cannabis und Showmaster.

Die holländische Popmusik gilt als gnadenloser Feind des guten Geschmacks. Zu nennen sind hier: Golden Earring, Bots und Vader Abraham. Der populärste Holländer neben Rudi Carrell dürfte in Deutschland Herman van Veen sein, das Mensch gewordene Hollandrad. Holländisch ist sehr lustig. Fahrrad zum Beispiel heißt «Fits». Und Mofa heißt folgerichtig «Bromfits». Ähnlich wie die Schweizer werden die Holländer nicht recht ernst genommen, wenn sie Deutsch sprechen, was die meisten können, auch wenn sie es leugnen. Die Niederländer bauten früher ein Auto, das konnte so schnell rückwärts- wie vorwärtsfahren. In Domburg kann man schön Urlaub machen, allerdings immer unter den missbilligenden Blicken der Einheimischen. Ich habe nichts gegen Holländer. Im Gegenteil. Ich habe sie früher oft besucht und immer etwas gekauft. Meistens so für zwanzig Mark. Angeblich sind die Holländer doch nicht so liberal, wie man bisher glaubte. Sie haben ein massives Problem mit Rechtsextremismus. Das ist den Holländern unangenehm. Sonst ist ihnen aber wenig peinlich. Die meisten von ihnen haben nicht mal Gardinen am Fenster. Nach einem Blick in die hell erleuchteten holländischen Stuben wünscht man ihnen mehr und dickere Gardinen. Der Spruch «Holland in Not» erhält in den letzten Jahren eine neue Bedeutung, denn wenn der Klimawandel anhält, verschwindet das ganze Land nebst Coffee-Shops und Frikandelfabriken in der Nordsee. Blubb, Holland, blubb!

Slowenien ist eine Art Blinddarm und hängt Österreich aus dem Bauch. Die Slowenen sind ausgezeichnete Skifahrer. Das Land konnte der EU beitreten, weil es von den Mitgliedern der darüber entscheidenden Gremien mit der Slowakei verwechselt wurde. Inzwischen ist jedermann ganz begeistert von Slowenien, und man kann dort sogar Urlaub machen.

Die Bürger von Rumänien haben mit ihrem Diktator Nicolae Ceaușescu ganz kurzen Prozess gemacht und ihn an Weihnachten 1989 nebst Gattin erschossen. Die Rumänen sind engagierte Tischtennisspieler und stellen einen Großteil des Personals weltweit populärer Gruselgeschichten. Neben dem schon erwähnten Ceaușescu sind diverse Werwölfe zu nennen und der berühmte Vlad Dracul aus Transsilvanien, der das Vorbild für Bram Stokers Dracula abgab und seine Gegner mit Vorliebe pfählen ließ. Rumänische Männer sind tüchtig behaart, wie man bei Sportveranstaltungen sehen kann. Peter Maffay kommt aus Siebenbürgen, wohnt aber schon lange im oberbayerischen Tutzing. Er knattert manchmal mit düsterer Miene auf seinem Motorrad durchs Dorf wie Vlad Dracul durch die Karpaten.

Die Italiener erfreuen sich in Deutschland einer Beliebtheit wie Schweinebraten, Sylt und Klaus Wowereit zusammen. Die Deutschen sind ganz wild auf Italien und alles, was damit in irgendeiner Form zusammenhängt. Die Italiener hassen die Korruption in ihrem Land. Sie schimpfen auf die Politik und auf die schmutzigen Gehwege. Und während sie dies alles tun, schmieren sie die Frau vom Bauamt, wählen die falsche Partei und schmeißen mit Bonbon-Papierchen um sich. Diese Lässigkeit fehlt uns. Italiener sind oft zu laut, wirken unkonzentriert und auf kindliche Art genusssüchtig. Selbst dies löst bei uns Deutschen und bei den meisten anderen Weltbewohnern überhaupt keine Ablehnung aus, sondern allenthalben Bewunderung und Neid. Die Italiener spielen mit ganz weitem Abstand den langweiligsten Fußball des Weltalls, dies jedoch bis vor kurzem mit Erfolg. Sie bauen Autos, die nicht fahren, und Parkhäuser mit zu niedrigen Decken. Sie reden durcheinander und wohnen bis zu ihrem 35. Lebensjahr bei ihren Eltern. Aber sie leben nun einmal auf dem Stiefel, diesem

Hotspot der guten Laune, diesem Zentrum der Nudeligkeit. Durch die Verschiebung der Landmassen im Laufe der Zeiten wird Italien in wenigen Millionen Jahren verschwunden sein. Afrika nähert sich Europa, das Mittelmeer verschwindet, und Italien wird zerrieben wie ein riesiger Brocken Parmesan. Freuen wir uns an Italien, solange es noch da ist, und stellen wir nicht allzu viele kritische Fragen. Machen die Italiener ja auch nicht.

Zypern kennt man nur wegen des andauernden Zanks der griechischen und der türkischen Zyprioten um dieses Inselchen, welches meines Wissens bereits in Asien liegt. Zypern wirbt ausdauernd um Feriengäste. Ansonsten besticht der Staat durch seine Randlage im Alphabet, die durch den zweiten Buchstaben «y» geradezu zementiert wird.

Bleibt nur noch: Deutschland. Das Hessen Europas, denn kein Land hat so viele Nachbarn wie wir. Die Deutschen sind in letzter Zeit sehr beliebt, was sie zu einem guten Teil ihren sportlich begabten Migrantenkindern verdanken. Die Deutschen geben sich viel Mühe, von den anderen Europäern gemocht zu werden, deshalb gibt es bei uns auch keine Pkw-Maut. Die Deutschen führen fast gar keine Kriege, bauen keine Atomwaffen und versuchen sich an einer fortschrittlichen Umweltpolitik. Ihr Bildungssystem ist zwar Schrott und ein Teil des Landes verelendet, aber dafür haben sie viel mehr touristische Attraktionen und Gastfreundschaft zu bieten, als man jenseits unserer Grenzen glaubt. Die Deutschen geben sogar mitleidheischend zu, dass sämtliche Vorurteile über Deutschland stimmen. Ist nicht gerade diese Unzulänglichkeit wahnsinnig sympathisch? Muss man uns nicht bitte schön wenigstens dafür mögen?

34

Willkommen im Paradies

Bernd Marbach hielt den Plan verkehrt herum, denn er kannte sich mit Bauplänen nicht aus. Sie interessierten ihn auch nicht. Er hatte nur widerwillig dem Erweiterungsbau des Hotels zugestimmt. Von ihm aus brauchte es keinen Wellnessbereich. Er konnte sich kaum vorstellen, dass überhaupt jemand Lymphdrainagen, Unterwassermassagen und Honigpeelings benötigte, einmal abgesehen von seiner Frau und seinen Teilhabern, die ihn seit einem Jahr bedrängten, aus dem überdachten Pool eine asiatisch anmutende Wohlfühllandschaft mit bodenbeheizter Außenterrasse zu machen.

Wenn die Umbauten fertig wären, würde man von hier einen sagenhaften Blick über das Tal haben. Gäste würden aus München und vielleicht sogar von noch weiter her kommen und jeden Preis dafür zahlen, hier beknetet und umsorgt und abkassiert zu werden, das wusste er. Und doch sträubte er sich hartnäckig. Das lag nicht bloß an der Investition, die er auf eine runde Million Euro schätzte, sondern auch an seiner Liebe zum Wald ringsum. Es war immerhin fast ein halber Hektar zu roden für den Bau und sämtliche Zufahrtswege der Anlage. Und das gefiel ihm nicht. Er liebte seinen Wald, die Stille darin, den Geruch, den tiefen, weichen Boden.

Der Marbach'sche Wald war immer der größte in der Umgebung gewesen. Im ganzen Kreis gab es niemanden, der sich mit den Marbachs messen konnte, was das Ausmaß des Forstgebietes und dessen Pflege anbelangte. Bernds Vater, Alfons Marbach, hatte 1975 das «Sporthotel Paradies» mit allen Wäldern und Skiliften von seinem Vater übernommen, 1976 war Bernd auf die Welt gekommen. Alfons Marbach hatte das Haus konsequent zu einer weithin bekannten Sport- und Luxusherberge ausgebaut, mit Spitzenrestaurant und eben einer Schwimmhalle, die er gleich zu Anfang seiner Ära inklusive Bar im Stil der Zeit hatte bauen lassen. An der Einfahrt zu dem weitläufigen Anwesen hatte er ein Schild aufstellen lassen, auf welchem in großen Lettern stand: «Willkommen im Paradies».

Es war nun ein Jahr vergangen seit Alfons Marbachs plötzlichem Tod. Er wachte einfach morgens nicht auf. Seine Frau Maria versuchte ihn zu wecken, und als sie erkannte, dass sie neben einem Toten lag, da rief sie ihren Sohn über das Haustelefon an, und als der fassungslos vor dem Leichnam seines Vaters stand, sagte sie: «Guck mal, der Papa.» Bernd übernahm die Leitung des Hotels, während seine Mutter fortan stumm am Fenster saß und ins Tal hinabsah, als schaute sie in ein offenes Grab. Sie hatte nicht einmal geweint, als Alfons in die Familiengruft der Marbachs getragen wurde.

Fast schien es Bernd, als sei für seine Mutter mit dem Tod seines Vaters lediglich eine Phase vorüber, manchmal meinte er sogar, so etwas wie eine unausgesprochene Zufriedenheit bei seiner stillen Mutter zu spüren. Er wagte jedoch nicht, sie darauf anzusprechen. Auch wenn er keine Angst vor Maria Marbach hatte, so hütete er sich davor, sie zu verärgern. Ihr harscher Tonfall, der aus dem Schwäbischen stammende Dialekt, die Unerbittlichkeit ihrer Entscheidungen hatten ihn zu einem folgsamen, disziplinierten Sohn geformt, auch wenn er in sich andere Qualitäten spürte als die, die sein Vater von ihm verlangte. Bernd war ein stilles Kind, ein musischer Leisetreter, der bereits mit vierzehn Jahren über 190 Zentimeter maß, und das bei dem pyknischen Vater. Bernd wäre am liebsten Dirigent geworden, auf jeden Fall Musiker. Doch das ließ die Arbeit im Hotel nicht zu. Zur Schule brauchte er eineinhalb Stunden und dieselbe Zeit, um von dort wieder über lange Feld- und Waldwege zurück auf den Berg zu kommen. Nach den Hausaufgaben half Bernd im Hotel.

Zeit für das Erlernen eines Instruments oder für Freunde hatte er nicht. Er fand höchstens welche unter den Kindern der Hotelgäste, jeweils für zwei, manchmal für drei Wochen. Wenn danach Tränen flossen, klopfte ihm sein Vater auf die Schulter und sagte: «Sei doch froh! Die müssen jetzt weg, aber du darfst immer hier im Paradies bleiben.» Das sah er ein und fügte sich schließlich in sein Leben als Hoteliersohn mit Segelohren und unerkannten Talenten.

Nie hatte Bernd Zweifel an seinen fleißigen Eltern gehabt und nie sie sich bei Zärtlichkeiten vorgestellt, wie manche Kinder es tun. Nähe und Zuneigung waren bei den Marbachs keine öffentliche Sache. Bei denen zählten die Leistung und der Erfolg und die Zufriedenheit der Gäste. Bernd übernahm die Prinzipien der Eltern und führte das Hotel, wie er es von seinem Vater gewohnt war. Und nun also dieser Wellnessbereich.

Die Schwimmhalle lag etwa 200 Meter vom Hauptgebäude entfernt und wirkte inzwischen etwas antiquiert, das sah Bernd ein. Seine Frau Ulrike hatte ihm von Anfang an in den Ohren gelegen, daraus etwas zu machen. Und seine Mutter nickte, als die ersten Pläne kamen.

Nun stand Bernd also, die Pläne verkehrt herum in den Händen, im lehmigen Waldboden vor der alten Schwimmhalle und blickte suchend umher. Wochenlang hatte er nach einem stichhaltigen Argument gegen den Neubau gesucht. Er hatte das Testament seines Vaters nach Auflagen und Verboten durchforstet, aber dort nur das Gegenteil gefunden, nämlich den Wunsch, das Hotel immer modern zu führen und nach zeitgemäßen Maßstäben auszubauen. Er hatte einen etwaigen Bestands- und Umweltschutz ins Feld geführt und erkennen müssen, dass die betroffenen Bäume allesamt nicht älter als 25 bis 35 Jahre waren. Sein Vater und sein Großvater hatten sie eigenhändig gepflanzt, manche sogar erst, als Bernd schon auf der Welt war.

Die kostbaren Waldstücke lagen weiter im Westen. Und doch hatte der relativ junge Wald Bernd an etwas erinnert, und schließlich fiel er ihm ein: der Liebesbaum seiner Eltern. Sie mussten einmal anders gewesen sein als zum Ende ihrer Ehe hin. Damals hatten sie in einen jungen Baum etwas geschnitzt, sehr zum Ärger von Alfons' Vater, einer der Bäume trug eine Liebesbotschaft. «M + A» stand in ihm eingeritzt. Vater hatte ihm den Baum einmal auf einem Spaziergang gezeigt und gesagt: «Maria und Alfons. Siehst du, Junge? Das machen nur Verliebte. Du hast einen Baum frei, bei dem du das auch darfst. Aber nur einen! Hörst du? So was darf man nur einmal im Leben machen!» Dann hatte er gelacht, und sie waren weitergegangen.

Das war nun sicher schon fünfzehn Jahre her. Irgendwann hatte Bernd den Baum samt Inschrift vergessen, aber im Zuge seiner hektischen Nachdenkereien war er ihm wieder eingefallen. Irgendwo hier musste er sein. Und wenn er hier war, dann war er ein Denkmal, das man um keinen Preis der Welt abholzen durfte. Der Baum würde die dämliche Wellness-Hütte verhindern, da war sich Bernd sicher. Wenn seine Mutter auch nicht zu Sentiment oder gar Romantik neigte, so würde sie doch kaum die Härte besitzen, diesen einzigen, jemals offen vorgetragenen Liebesbeweis ihres verstorbenen Mannes zersägen zu lassen.

Es hatte geregnet, Tropfen fielen von den Ästen in

Bernds Kragen, als dieser die Stämme der Bäume in einem Radius von fünfzig Metern untersuchte. Er tastete sie rundherum ab, stolperte, verlor die Orientierung, fiel über einen Stumpf, rappelte sich hoch, ärgerte sich über sich selbst, stützte sich an einem Stamm ab und fühlte darin ein Muster. Die Inschrift. M. + A. Er hatte den Baum gefunden.

Bernd klopfte an die Zimmertür seiner Mutter, dann trat er ein. Er hatte die Gummistiefel ausgezogen, Waldaroma dampfte aus seinem Pullover, als er auf sie zuging. Sie saß am Panoramafenster ihrer Wohnung und blickte in die Welt, wie sie es stundenlang am Tag tat. «Wo kommst du her, mein Junge?», fragte sie.

«Ich war im Wald, Mama», antwortete er und zog einen Sessel heran, um sich neben sie zu setzen. Eine Weile blickten sie aus dem Fenster ins Paradies, wie Vater die Aussicht von hier oben immer genannt hatte.

«Wegen der neuen Schwimmhalle. Du weißt, ich war da immer skeptisch», begann er unbeholfen.

«Und?»

«Dort wo gerodet werden muss, habe ich etwas entdeckt», sagte er und zog eine kleine Kamera aus der Jackentasche. Er schaltete sie ein, drückte auf Wiedergabe und gab ihr die Kamera in die Hand. Sie sah lange auf das Display und fragte dann: «Was soll das?»

«Mama, es ist euer Baum. Den kann man doch nicht einfach fällen.»

«Unser Baum», sagte sie matt und gab ihm die Kamera zurück. «Unser Baum.» Dann begann sie zu weinen.

Das hatte Bernd mit seinen immerhin knapp dreißig Jahren noch nicht erlebt. Seine Mutter weinte, tonlos zwar, aber dicke, runde Tropfen rannen ihre Wangen herab. Sie machte sich nicht einmal die Mühe, sie wegzuwischen. Bernd nahm seine Mutter in den Arm.

«Stimmt doch, den sägen wir nicht um, euren Baum, stimmt doch, Mutter!?»

Sie gewann die Fassung zurück und schob ihn von sich. «Setz dich hin, Junge.»

Bernd setzte sich und sah seine Mutter verständnislos an.

«M. + A. Du meinst, das steht für Maria und Alfons.»

«Wofür denn sonst, Mama? Papa hat mir den Baum mal gezeigt und mir die Geschichte erzählt, wie ihr das gemeinsam eingeritzt habt. Das muss ein Jahr vor meiner Geburt gewesen sein.»

«Sagen wir es mal so: Ich habe es tatsächlich mit deinem Vater dort eingeritzt. Kurz darauf habe ich geheiratet, und du bist auf die Welt gekommen, als ein Marbach. Das war das Beste, was ich für deinen Vater tun konnte.»

Bernd Marbach verstand kein einziges Wort. Und doch spürte er, dass der Boden unter ihm ins Wanken geriet. Er fühlte sich wie einer, der im Begriff ist, in eine Schlucht zu stürzen.

«Was redest du denn da, Mama? Was bedeutet denn das?»

Die alte Frau blickte an die Decke, damit ihr die Tränen nicht aus den Augen flossen. Dann nahm sie ein Taschentuch und schnäuzte sich. Bernd wartete.

«Alfons Marbach war nicht dein Vater.»

Bernds Gedanken rasten durch Kindheitsbilder. Er scannte in Windeseile Erinnerungen und Indizien, aber da entstand kein Bild von einem anderen Vater. Er sah seine Mutter verzweifelt an. War sie verrückt geworden?

«Dein Vater gehörte zu dem Bautrupp, der die Schwimmhalle damals gebaut hat. Sie kamen aus der Türkei und lebten im Sommer im Skikeller. Er hieß Achmed.»

«Das glaube ich nicht.»

«Ich war Küchenhilfe. Achmed und ich verliebten uns ineinander, doch niemand durfte das wissen. Wir verbrachten jede freie Sekunde miteinander. Einmal hat Alfons uns erwischt, er sah uns und lief davon. Ich sprach ihn darauf an, und er tat so, als habe er nichts gesehen. Als ich schwanger wurde, bekam ich eine furchtbare Angst. Ich traute mich nicht, es Achmed zu sagen und meinen Eltern erst recht nicht. Die hätten mich totgeschlagen. Und ihn noch dazu. Der Alfons hat es irgendwann gemerkt mit der Schwangerschaft. Es war ja auch dann nicht mehr zu übersehen. Und da hat er sich als Vater angeboten. Er würde das Kind als seines aufziehen, wenn ich ihn dafür zum Mann nähme. Das sei auch besser für den Achmed, denn der würde doch als Frauenschänder verhaftet. Ich habe das damals geglaubt, du weißt doch, wie sie sind im Dorf. Dem Achmed habe ich gesagt, dass es mit uns vorbei sei und ich ein Kind von Alfons erwarten würde. Er hat es mir nicht geglaubt. Aber dann ist er doch zurück in die Türkei.»

«Mein Vater ist ein Fremdarbeiter gewesen?»

«Ja, Bernd. So ist es. Er war die Liebe meines Lebens. Und er war dein Vater.»

Bernd senkte den Blick und versuchte, seine Gedanken zu sortieren, was ihm misslang.

«Was ist aus ihm geworden?»

«Ich weiß es nicht. Einmal stand er urplötzlich vor der Tür. Das war Weihnachten 1982. Da warst du sechs Jahre alt. Er tauchte einfach an der Rezeption auf und fragte nach mir. Alfons hat ihm mit der Polizei gedroht und ihn die Auffahrt hinuntergejagt.»

Sie begann wieder zu weinen.

«Danach habe ich nie wieder von ihm gehört.»

«Und diese Bauminschrift?»

«Das war ganz am Anfang. Er hat es dort eingeritzt. Wir

trafen uns öfter an der Stelle. Und einmal hatte er ein Messer dabei, mit dem er es in den Baum schnitt. Ich werde den Tag nie vergessen. Es roch nach Harz. Ich schäme mich so, dass ich nie zu ihm gestanden habe. Ich habe es mir nie verziehen, das musst du mir glauben.»

Bernd atmete tief durch. Einen Moment lang ging ihm durch den Kopf, die Sache für einen Traum zu halten. War aber keiner. Was nun? Im Moment gab es nur zwei Mitwisser, warum nicht das Spielchen weiterspielen? Und der Baum? Absägen! Weg damit. Oder? Bernd gab seiner Mutter einen Kuss und ließ sie allein. Eine Stunde später saß er im Auto. Er hatte nur das Nötigste gepackt. Als er die Einfahrt hinunterfuhr, ließ er das Schild hinter sich, das dort immer noch alle Abreisenden lesen, bevor sie den Berg abwärtsrollen: «Auf Wiedersehen im Paradies».

Das Sporthotel Paradies wechselte wenig später für fast sechs Millionen Euro den Besitzer. Die Noventa-Kette begann schnell damit, die alte Schwimmhalle abzureißen und ein Wellnesszentrum zu errichten. Der abgeholzte Wald wurde in Scheite geschnitten, die entlang der Bar eine sehr stimmungsvolle Dekoration abgeben.

35

Ein Brief ans Netzbürgertum

Seit einiger Zeit kann man meine Kolumnen bei mir abonnieren. Auf meiner Website. Ich bin also topmodern, aber auch in den Augen einiger Webseitenbesucher hoffnungslos altmodisch, denn das kostet Geld. Und zwar zunächst einmal mich. Ich muss das Hosting bezahlen, ich muss die Illustration bezahlen, ich muss das Layout bezahlen und die Betreuung der Seite durch eine Agentur. Und Steuern. Und Miete. Und so weiter.

Komischerweise wird aber von mir erwartet, dass ich die Kolumne verschenke. Ich habe Mails von Menschen bekommen, die sie zwar gerne regelmäßig hätten, aber nicht dafür bezahlen wollen und von mir wissen möchten, wie ich im Zuge der Globalisierung von Kulturgütern eigentlich dazu komme, für meine Arbeit Geld zu verlangen.

Das macht mich langsam sauer, zumal diese Menschen beständig darauf hinweisen, sie seien Net-Citizens oder so was. Keine Ahnung, was das bedeutet. Mir auch egal. Ich schicke ihnen immer dieselbe Antwort. Hier ist sie:

«Lieber kulturell globalisierter Net-Citizen, ich freue mich sehr über Ihr Interesse an meiner Arbeit und muss Ihnen leider mitteilen, dass Sie dafür trotzdem bezahlen müssen, und zwar pro Kolumne 25 Cent. Ich mache das hier nämlich nicht als Hobby. Ich kann verstehen, wenn Sie das glauben, weil eben so viele Bürger dieser und anderer Welten im Internet so allerhand schreiben, verteilen und verschenken. Und ich finde es auch super, dass man bolivianische Volksmusik und Seesternrezepte aus Australien und die Noten zu Beethovens Symphonien für umme im Internet bekommt, aber für meine Texte gilt: Sie sind nicht aus vollkommen altruistischen Motiven heraus entstanden, ich betreibe das nicht als Freizeitvergnügen, und ich bin nicht seit 182 Jahren tot, das Urheberrecht findet also noch Anwendung bei mir.

Außerdem glaube ich nicht, dass Dinge etwas taugen, die nichts kosten.

Arbeit hat nämlich einen Wert. Allerdings muss man sie eben auch als Arbeit anerkennen, und diese Form der Anerkennung ist im Internet leider verschüttgegangen. Man kann sich durchaus fragen, woran das liegt. Vielleicht ist ein Grund der, dass so viele Urheber ihrem eigenen Werk selber keine große Bedeutung beimessen und einfach bloß möchten, dass überhaupt jemand ihre Texte liest. Sie verschenken Gedichte, Romane oder Erzählungen, die womöglich nichts taugen, worüber sich aber niemand beschwert, weil es eben: umsonst ist. Auf diese Weise düsen Milliarden von kostenlosen Buchstaben um die Welt, und diese Vorstellung hat etwas Poetisches an sich, sie macht friedlich und glücklich, selbst wenn es sich meistenteils um Datenschrott handelt, der da durch die Server saust.

Dadurch mag manch einer auf die Idee kommen, dass eben jede geistige Leistung, mag sie von mir aus in meinem Falle gerne klein sein, umsonst zu haben ist. Ist sie aber nicht.

Und letzten Endes halte ich Ihren Wunsch, von mir beschenkt zu werden, für unmoralisch. Verlangen Sie dasselbe auch von einem Bäcker? Von einem Handwerker? Von dem Anwalt, der Sie wegen der Raubkopien auf Ihrem Rechner vor Gericht verteidigen soll? Nein, oder? Ich muss schon damit fertig werden, dass in den Dateien, die Sie bei mir kaufen können, keinerlei Kopierschutz eingebaut ist.

Ich finde das nämlich unhöflich, weil es bei meinen Leserinnen und Lesern ein unredliches Verhalten präjudiziert. Und das möchte ich nicht. Ich möchte nur: meine Arbeit machen und meine Familie davon ernähren können. Und das ist nicht spießig. Aber die Attitüde, ständig alles umsonst haben zu wollen, die ist von kleinbürgerlicher Lächerlichkeit. Und dies sind Vorwürfe, die gerade Sie als Net-Citizen bestimmt nicht auf sich angewendet wissen wollen, oder?»

Bisher hat niemand ein zweites Mal geschrieben.

36
«Unterhaltung und Achselnässe passen nicht zusammen» — Ein Interview mit Jürgen von der Lippe

Jürgen von der Lippe: Möchten Sie einen Kaffee? Ich habe aber nur Caro-Kaffee.
Nein, vielen Dank. Sie trinken Caro-Kaffee?
Ja, die anderen vertrag ich nicht. Ich habe ein Zwölffingerdarmgeschwür, das alle paar Jahre mal blutet.
Das klingt ja fürchterlich.
Es ist halb so wild. Aber es blutet halt.
Und warum?
Weiß ich nicht. Ich nehme dann Antibiotika, und in einer Woche ist es wieder weg. Bei manchen Menschen macht es eben nichts, und bei anderen macht es was. Ich möchte mal wissen, warum ich zur zweiten Kategorie gehöre.
Vielleicht stehen Sie unter Druck?
Nein, Stress kann es nicht sein, weil mich mein Beruf überhaupt nicht stresst. Im Gegenteil. Mich stressen andere Dinge. Setzen Sie mich in ein Auto und sagen Sie: Du bringst jetzt dieses Paket von Köln nach Düsseldorf, und zwar in einer Stunde. Dann habe ich Stress. Wenn Sie mich in eine Situation bringen, in der ich nicht erfüllt bin von Zutrauen in meine Fähigkeiten, dann werde ich sehr unentspannt.
Sind Sie ein Technikfeind?
Nein. Aber ich bin zu blöd, um einen Geldautomaten zu

bedienen. Außerdem habe ich gelesen, dass man plötzlich erhebliche Abbuchungen hat, die man nie getätigt hat. Davor habe ich auch regelrecht Panik. Ich kann auch nicht am Flughafen an so einem Automaten einchecken. Ich finde mich mit zunehmendem Alter immer schlechter zurecht.

Dann sollten Sie am besten auch nicht Auto fahren.

Ich besitze tatsächlich kein Auto. Ich fahre nur im Urlaub, wenn es gar nicht anders geht.

Es fällt in letzter Zeit auf, dass Ihre Hemden irgendwie unbunter werden.

Der Eindruck entsteht durch meine zweite Sendung. Ich moderiere ja neben *Geld oder Liebe* auch noch *Wat is*. Meine Managerin hat mich gebeten, dort einfach ein anderes Design zu nehmen, damit sich die beiden Sendungen unterscheiden. Mir ist es egal, ich brauche keine bunten Hemden.

Aber grelle Hemden sind Ihr Markenzeichen.

Ich mache mir wirklich nichts draus. Im Gegenteil, ich mag sie nicht mal besonders. Dass ich immer mit diesen Dingern rumlaufe, hat einen praktischen Grund.

Und der wäre?

Ich neige zum starken Transpirieren. Ich würde in einem Anzug schmelzen wie Butter in der Sonne. Kollegen wie Frank Elstner und Michael Schanze haben dasselbe Problem, aber sie schwitzen ein Sakko für zweitausend Mark durch, weil sie es tragen wollen. Dafür nehmen sie auch in Kauf, dass sich unter den Achseln riesige Schweißflecken bemerkbar machen. Gemusterte Hemden kaschieren das, und nur deswegen trage ich sie.

Der Verzicht auf einen Anzug könnte auch als soziales oder politisches Statement gedeutet werden.

Stimmt schon, es steht schon auch eine Haltung dahinter. Aber vor allen Dingen finde ich, dass leichte Unterhaltung und Achselnässe nicht zusammenpassen.

Ist Witzeerzählen anstrengend?

Na klar, ich muss mich immer weiterbilden und jeden neuen Scherz kennen, damit ich ihn benutzen kann.

Das heißt, Sie klauen anderen ihre Pointen.

Pointen gehören einem nicht. Witze und gute Sprüche sind Allgemeingut. Dazu gibt es eine gute Geschichte. Heinz Schenk wurde einmal von einem Heidedichter verklagt. Er habe ihm einen Witz gestohlen. Es war schon deshalb lächerlich, weil es ein uralter Witz war, der in jedem Witzbuch steht. Jedenfalls hat der Richter die Klage zurückgewiesen und etwas sehr Wahres gesagt. Humor ist per Definition zum Weitererzählen bestimmt. Und damit basta. Das ist wie mit Kochrezepten.

Gehen Sie mit Leuten, die bei Ihnen klauen, auch so großzügig um?

Ich habe nie ein Problem damit gehabt. Vor dem Fall der Mauer gab es ein sächsisches Kabarett, die haben meine Programme ins Sächsische übersetzt und Triumphe gefeiert. Das ist völlig okay.

Kann man Sie überhaupt noch zum Lachen bringen?

Aber sicher. Ich lache über einen guten Witz auch gern zwei- oder dreimal. Aber auf beruflicher Ebene ist es schon sehr, sehr ernst genommener Spaß, denn Gags sind mein Handwerkszeug. Es ist ganz erstaunlich, wie ich in der Lage bin, diese Dinge, die ich wirklich brauche, zu behalten. Ich bin ganz sicher, Sie können mir keinen Witz erzählen, den ich nicht schon mal gehört habe.

Ein Versuch: Robin Williams hat mal gesagt: «Golf ist ...

... der einzige Sport, bei dem sich Weiße anziehen dürfen wie schwarze Zuhälter.» Ja, kenne ich, das ist aus einem älteren Bühnenprogramm. Geben Sie sich keine Mühe. Ich würde sagen, weltweit ist das Witzmaterial zu sechzig oder siebzig Prozent gleich. Man lacht überall über dieselben Dinge.

Bei Ihren Auftritten biegen sich die Zuschauer vor Lachen, nur die Kritiker machen nicht so richtig mit. Haben die keinen Humor?

Das ist in der Tat ein Problem des deutschen Feuilletons. Es ist schwer für Intellektuelle, sich mit Dingen zu beschäftigen, die nicht bedeutungsschwer durchhängen.

Leiden Sie darunter?

Früher schon, schlechte Kritiken haben mir sehr wehgetan. Da habe ich immer gedacht: Das muss doch unter einen Hut zu kriegen sein, meine Wirkung beim Publikum und die Anerkennung bei den Kritikern. Inzwischen ist es mir egal.

Dabei sind Sie selbst ein Intellektueller, immerhin haben Sie Germanistik und Philosophie studiert. Sie dürften der einzige Show-Star sein, der Thomas von Aquin und Thomas von Modern Talking auseinanderhalten kann.

Na ja, das mag vielleicht sein, aber es bringt mich nicht weiter. Die Leute wollen keinen intellektuellen Diskurs am Samstagabend. Sie wollen lachen. Und dafür bin ich da.

Man hat Sie mal den Mephisto der Couchgarnituren genannt. Gefällt Ihnen die Beschreibung?

Geht so. Aber es hat noch viel schlimmere gegeben, also habe ich mich damit abgefunden.

Sie heißen eigentlich Dohrenkamp. Kann es sein, dass Sie zu Hause ein schüchterner Jazz- und Weinkenner sind, der, bunte Hemden tragend, im Fernsehen die Sau rauslässt?

Kann sein.

Sind Sie zwei Personen?

Gar nicht. Ich bin im Fernsehen und auf der Bühne der arbeitende und zu Hause der nicht arbeitende Jürgen. In dem bisschen privater Zeit habe ich kein Bedürfnis mehr aufzufallen. Das ist alles.

Amüsieren Sie sich in Ihren Sendungen nie unter Ihrem Niveau?

Sehen Sie, jetzt zitieren Sie auch einen alten Spruch, der ist von Karl Kraus. Jedenfalls amüsiere ich mich wirklich mit meinen Gästen. Alles andere wäre verloren.

Finden Sie wirklich alle Sexwitzchen, die Sie so reißen, lustig?

Der erste Impuls ist doch immer, dass man lacht.

In der Harald Schmidt Show *traten Sie auf und präsentierten ein unsägliches Sortiment von Sexspielzeug. Ist Ihnen nichts peinlich?*

Dazu muss ich Ihnen mal etwas Grundsätzliches sagen: Sex ist kein Thema, sondern eine Technik. Im angelsächsischen Raum wird darüber gar nicht diskutiert. Über Sex zu reden und Späße zu machen ist eine absolute Selbstverständlichkeit in diesem Metier. Wenn Sie ein Publikum zum Lachen bringen wollen, müssen Sie Scherze über die Unzulänglichkeiten der Geschlechter machen. Da gibt es natürlich Niveauunterschiede, aber die machen sich nicht daran fest, ob jemand das sexuelle Tabu häufiger oder seltener bemüht, sondern daran, wie er mit Sprache umgehen kann, wie abwechslungsreich er ist, welchen Blickwinkel er wählt. Daran entscheidet sich, ob jemand ein guter Komiker ist.

Demnach müsste der Bierzelt-Komödiant Fips Asmussen ein Genie sein.

Auf jeden Fall kann er zwei Stunden ohne Pause gute Witze erzählen. Aber es kommt ja nicht nur darauf an, dass die Leute sich ausschütten vor Lachen. Für mich sind die schönsten Stellen in meinem Programm immer die, wo ich in die Komik auch eine Portion Sentimentalität hineinbringen kann.

Sind Sie schnell gerührt?
Ja. Ich habe ziemlich nah am Wasser gebaut.
Was geht Ihnen denn so an die Nieren?
Ich weine, weil ein Buch oder ein Film traurig endet. Oder bei Siegerehrungen – die zerreißen mich regelrecht. Alles, was einen sentimental machen kann, bringt mich an den Rand der Tränen.
Reisen kann sentimental machen, und Sie sind ständig auf Tournee. Sitzen Sie weinend im Bus?
Nein. Wer in diesem Beruf ist, muss die Fähigkeit entwickeln, sich mit ganz wenigen Accessoires ein kleines Zuhause zu schaffen. Das sind bei mir immer ein Tauchsieder, eine Kanne und ein paar Teesorten. Die Tatsache, dass ich mir einen Tee machen kann, beruhigt mich schon sehr. Außerdem habe ich immer meine Kochkiste dabei.
Ihre Kochkiste?
Meine Kochkiste. Mit Töpfen und Pfannen und Gewürzen und allem, was man so braucht. Ich habe sogar einen kleinen Pizzaofen, den ich manchmal anschmeiße. Wir sind zu sechst auf Tournee und machen es uns nett, wann immer wir können. Das Kochen habe ich von meiner Mutter gelernt, die war Köchin.
Und Ihr Vater?
Mein Vater war Barmixer in einem Aachener Nachtclub. Und er war gleichzeitig Therapeut. Und Beichtvater.
Was haben Sie von ihm gelernt?
Eine Menge. Er musste den Geschmack seiner Gäste treffen und hatte dafür ein bestimmtes Repertoire. Genau wie ich. Ich helle die Stimmung von Menschen auf, wenn ich gut bin, sogar eklatant.
Sind Sie nicht immer gut?
Ich bin immer so gut, dass die Leute nicht merken, wenn ich schlecht bin.

Und das haben Sie von Ihrem Vater?
Das Talent zur unterhaltenden Dienstleistung ist bei uns genetisch bedingt, anders kann ich mir das nicht erklären. Er hat mir aber auch das Mixen von Getränken beigebracht.
Haben Sie Ihren Vater manchmal bei der Arbeit besucht?
Nicht oft, aber an meinem sechzehnten Geburtstag durfte ich dort feiern, das war aufregend. Ich saß da mit meinen Schulfreunden, und wir bekamen feuchte Hände. Ich wusste gar nicht, wo ich hinschauen sollte. Ich war sicher, meine rote Rübe hat man bis nach Köln leuchten sehen. Das war wahnsinnig toll.
Haben Sie Ihren Vater bewundert?
O ja. Er kam morgens nach Hause und war erledigt. Es war Showbusiness im Kleinen. Einmal hat mein Vater den großen Peter Frankenfeld zusammengeschissen. Der latschte quer über die Bühne, während gerade eine Tänzerin auftrat und ihr Bestes gab. Mein Vater schnappte sich den und sagte: «Herr Frankenfeld, das hätten Sie auch nicht gern, wenn jemand, während Sie arbeiten, einfach über die Bühne rennt.» Der Fernsehstar Frankenfeld war so was nicht gewohnt.
Was war Ihr erster Bühnenauftritt?
Von ein paar Partys abgesehen, war mein erster Bühnenauftritt mit meiner Band auf einem Schulfest. Ich sang zwei Titel, *Jack the Ripper* und *Wild Thing*.
Dann gingen Sie nach Berlin zum Studieren.
Eine spannende Zeit. Da gab es Insterburg und Co, Schobert und Black und den großen Ulrich Roski. Ich sah ihn auf der Bühne und wollte unbedingt dasselbe machen.
Der Durchbruch kam mit den Gebrüdern Blattschuss und Kreuzberger Nächte.

Dieses Lied mochte keiner von uns. Mein Kollege Beppo hatte diese Schunkelnummer schon seit Jahren in der Schublade, wir hatten sie sogar im Karneval schon mal gespielt, aber wir mochten sie nicht. Das war uns nicht anspruchsvoll genug. Und dann kam das Ding auf die Platte, weil da noch Platz für eine Nummer war, und wurde ein Riesenhit. Rückblickend würde ich sagen: Es war ein wirklich gelungenes Stimmungslied. Aber damals waren wir nicht bereit dazu. Also waren wir auch nicht in der Lage, weitere Partyknüller nachzulegen. Damit war eigentlich klar, was passierte: Der Erfolg läpperte irgendwann aus, und wir haben uns aufgelöst.

Und dann sind Sie zu Jürgen von der Lippe geworden.

Das war eine Idee meines damaligen Managements. Ende der Siebziger hieß es, ohne einen lustigen Künstlernamen könne man keine Karriere machen. Ich bin ursprünglich aus dem Sauerland, und deshalb habe ich mich «von der Lippe» genannt. Damit ist der Fluss gemeint.

Eigentlich ist das Missbrauch eines Adelstitels.

Es gibt eine Familie, die wirklich so heißt. Ich gelte als schwarzes Schaf dieser Sippe, obwohl ich gar nicht dazugehöre. Lustig, nicht?

Im wirklichen Leben waren Sie mal hundert Tage mit Margarethe Schreinemakers verheiratet.

Es gibt Leute, die waren wesentlich kürzer verheiratet. Es war ein Missverständnis, und wir haben es gleichzeitig gemerkt. Niemand war verletzt, was man auch daran sieht, dass wir nun wirklich noch sehr nett miteinander umgehen.

Und Ihre erste Frau, war die nicht verletzt?

Doch, natürlich. Sie musste mir viel verzeihen. Unter anderem den Satz: «Zwischen uns war nichts als ein hauchdünner Schweißfilm.» Ist doch ein großer Spruch.

Sie sind wieder mit Ihrer ersten Frau zusammen, aber Sie haben sie nicht ein zweites Mal geheiratet. Warum nicht?
Weil ich diesen Vorgang zweimal als etwas erlebt habe, was die Beziehung nicht voranbringt. Wir sind glücklicher denn je.
Vertraut sie Ihnen denn noch?
Sie ist sehr eifersüchtig, aber natürlich vertraut sie mir. Das ist, wie wenn man sich mal den Kopf stößt. Danach ist man ja auch weiterhin in der Lage, durch die Welt zu laufen, ohne Angst vor einer Beule zu haben.
Wovor haben Sie Angst?
Vor Krankheit natürlich und vor Misserfolg. Wenn eines Tages die Menschen nicht mehr über mich lachen, werde ich krank.
Ist Ihnen das schon einmal passiert?
Ja, einmal, es war grauenvoll. Bei einem Auftritt in Basel habe ich unendlich viel geschwitzt, weil die einfach nicht lachen wollten. Ich war richtig panisch. Anschließend haben die Leute gesagt, sie hätten sich wundervoll amüsiert. Aber sie haben eben nicht gelacht. Ich bin danach nie wieder in der Schweiz aufgetreten.
Über Ihren Film Nich' mit Leo *hat auch niemand gelacht. Er verschwand nach zwei Wochen aus den Kinos. Es war der Flop Ihres Lebens.*
Nein, der Film war an der Kinokasse ein Flop, aber im Fernsehen ein Riesenerfolg. Sechs Millionen Zuschauer haben ihn gesehen, es war der zweiterfolgreichste deutsche Film überhaupt auf RTL. In zwanzig Jahren werden die Leute ihn erst richtig zu schätzen wissen. Aber natürlich kann es sein, dass ich eher ein Fernsehpublikum habe. Die wollen für mich nicht unbedingt ins Kino gehen.
Im Fernsehen sind Sie ein Superstar. Im Dritten Programm hatten Sie mit So isses *die höchste Einschaltquote aller Zeiten, 38*

Prozent. Dort traten Typen auf wie der Mann, der sich live mit einer Bohrmaschine die Zähne behandelt hat.

Der ist zur Legende geworden. Unsere Sekretärin fiel in Ohnmacht, als der bei uns auftrat.

Sind Sie in einem Interview schon mal nach dem kategorischen Imperativ gefragt worden?

Nein, nur nach meinem Lieblingswitz.

Erst den kategorischen Imperativ, bitte.

Handle stets so, dass die Maxime deines Handelns jederzeit zur Maxime einer allgemeinen Gesetzgebung werden könnte. Und jetzt den Lieblingswitz?

Bitte.

Nach dem letzten Abendmahl kommt der Kellner, und Jesus sagt: «Die Rechnung, bitte.» Der Kellner: «Zusammen oder getrennt?» Darauf Judas: «Getrennt.» Ich könnte noch einen erzählen. Zwei Männer kommen aus der Kneipe und sind beide besoffen. Lallt der eine: «Du, ich muss mal pinkeln.» Sagt der andere: «Ich auch.» Also pinkeln die beiden los. Nach einer Weile fragt der eine den anderen: «Sach mal, warum pinkel ich eigentlich viel lauter als du?» Sagt der andere: «Weil du gegen mein Auto pinkelst und ich gegen deinen Mantel.»

Auweia.

Aber Sie haben gelacht, und zwar ziemlich laut.

Ihr Publikum liebt solche Scherze?

Das Publikum ist immer anders, aber es gibt im Groben zwei Kategorien: Die einen gehen von Anfang an ab wie ein Zäpfchen, die muss man bremsen, damit sie nicht müde werden, und die anderen sind eher ein bisschen abwartend.

Wie bremst man ein begeistertes Publikum?

Man nimmt das Tempo raus und gibt nicht ganz so viel Gas. Man schmückt die Geschichten weniger aus und betont anders. Ich kann eine wundervolle Pointe so präsentieren, dass sie kaum wirkt.

Zum Beispiel wie?

Indem ich die Spannungskurve einfach nicht auskoste, das ist wie ein Liebesspiel. Wenn ich merke, die sind heiß, dann zögere ich eine Pointe immer weiter hinaus, bis zum Höhepunkt. Und dann mache ich sie fertig.

Macht das Spaß?

Ja. Das ist mein Leben.

37

Pissoir-Gespräch

«He. Seid ihr noch wach?»
«Klappe.»
«Wer war das?»
«Ich. Direkt gegenüber. Und jetzt sei still. Wir wollen schlafen. Es ist Sperrstunde.»
«Morgen haue ich ab.»
«Aha. Wie willst du das denn machen?»
«Bei mir sind schon zwei Schrauben locker. Und der Abfluss ist verstopft. Ich falle runter, und dann bin ich weg.»
«Und was hast du vor?»
«Keine Ahnung. Ich suche mir eine neue Toilette. Irgendwas Helles, nicht so ein düsteres Jägerschnitzelgrab wie das hier.»
«Ich find's hier gar nicht so schlimm.»
«Ich aber. Den ganzen Tag sehe ich nichts anderes als entweder dich oder behaarte Pimmel.»
«Du bist ein Pissoir.»
«Ich wäre lieber ein Bidet. Oder ein Waschbecken. Die haben was zu erzählen!»
«Ein Bidet? Bei dir piept's wohl. Ist das so eine Art Midlife-Crisis?»
«Gute Idee. Ich halte es hier nicht mehr aus. Seit einer Woche läuft bei dem dahinten ununterbrochen das Wasser. Und niemand repariert's. Mir hat heute einer auf den Spülknopf getreten. Und manche schmeißen ihre Kippen in meinen Ausguss, obwohl drüber der Aschenbecher hängt. Was sind denn das für Sitten? Ich möchte irgendwo arbei-

ten, wo man mich respektiert. Und wo beim Pinkeln nicht immer nur über Fußball geredet wird. Wie mich das langweilt.»

«Ja, dann hau doch ab, wenn's dir hier nicht gefällt.»

«Sag ich doch, mach ich doch. Morgen. Wirst du schon sehen.»

«He, ihr beiden, könnt ihr jetzt mal den Sabbel halten? Hier gibt es auch noch Pissoirs, die schlafen wollen!»

«Schon gut, 'tschuldigung.»

«Wenn ihr aufwacht, bin ich weg.»

«Schon klar. Gute Reise.»

«Ach, leck mich doch.»

38

La mia nuova famiglia

Nach der Hochzeit verändern sich die Dinge grundlegend. Besonders, wenn man eine Italienerin heiratet.

Als ich meine Frau heiratete, konnte ihre italienische Familie aus Süditalien leider nicht dabei sein. Zu weit, zu teuer, zu kalt. Schade, dachte ich und öffnete ihr Geschenk. Zum Vorschein kam ein monströser Schwan aus Porzellan mit einem großen Loch im Rücken, in das man Bonbons füllt. «Ein ganz typisches italienisches Geschenk», jubelte meine Frau. Menschen, die einem so etwas schenken, muss man einfach kennenlernen.

Also fuhren wir im folgenden Sommer nach Italien in den Heimatort der Familie. Dieser liegt 150 Kilometer östlich von Neapel in den Bergen und langweilt sich. Die Oma, wie alle Omas in Italien «Nonna» genannt, war hocherfreut über unseren Besuch, denn es hatte die Gefahr bestanden, dass der Opa sterben könnte, ohne mich je gesehen zu haben. Und er mochte die Deutschen so sehr. Opa Carmelo war weit über achtzig und ein Faschist reinsten Wassers. Den Sommer über saß er auf einem Stühlchen vor einem kleinen Tisch und schimpfte auf Italien. Bei Weltmeisterschaften hielt er stets zu Deutschland und pries die Kondition der deutschen Spieler. Dies führte dazu, dass ihm ständig einer aus seinem Dorf auf den Hinterkopf hieb, um ihm diese Gedanken auszutreiben. Als er an Alzheimer erkrankte, hieß es nach italienischer Logik folgerichtig, daran seien nur die Deutschen schuld. Jedenfalls saß er bei unserer Ankunft in seinem Stühlchen und erkannte meine Frau nicht mehr. Mich würdigte er keines Blickes, bis Nonna ihm erklärte, ich sei Deutscher. Da lächelte er zahnlos und bot mir eine rosafarbene Tablette aus seinem Fundus an. Am nächsten Tag starb er.

Alle Verwandten kamen, um sich von ihm zu verabschieden. Dabei lernte ich etwa vierzig Marios kennen und noch einmal dieselbe Anzahl Antonios. Es handelte sich dabei um Mitglieder der beiden Zweige der Familie meiner Frau, die sich nicht ausstehen können. Und das hat folgenden Grund: Einer der Marios hat einen Sohn, und der heißt Carmine. Carmine ist leider ein bisschen doof, weil er als Kind – ohne deutsches Zutun – einmal rückwärts von der Mauer gefallen ist und auf seinem Hinterkopf landete. Carmine hat vor einiger Zeit ein Auto geklaut. Er wusste ja nicht, wem, aber es war leider das Auto seines Onkels Antonio. Also ging Antonio zu Mario und wollte sein Auto wiederhaben. Carmine hatte es aber verkauft, und zwar an einen weiteren Antonio (welcher natürlich nicht wusste, dass er das Auto seines Cousins Antonio kaufte). Da sagte Mario, dass sich die Antonios doch, bitte schön, erst mal einigen sollten, wem das Auto nun gehöre, und vorher könne er nichts machen, und außerdem wird immer sein armer Carmine verdächtigt. «Und sieh ihn dir an, der ist doch zu blöd, um in den Krieg zu ziehen, und erst recht, um Auto zu fahren, geschweige denn eines zu stehlen, und damit basta.» Antonio geriet darüber derart in Wut, dass er Mario einen Gangster und dessen Sohn Carmine einen Stockfisch nannte. Und seitdem haben die beiden Familienzweige kein Wort mehr miteinander gewechselt. Das Auto übrigens wurde in stillschweigendem Einvernehmen so lange stehengelassen, bis sich niemand mehr daran erinnerte, wem es nun gehörte. Es verschwand eines Tages, wie so viele Dinge in Italien einfach verschwinden, wenn man sie nur lange genug stehenlässt.

Ich stand also in der Wohnung des Großvaters, und Männer mit staubigen Haaren kondolierten mir und küssten mich, ihren Namen raunend, auf die Wange. Dann gingen sie ins Schlafzimmer, warfen sich auf den toten Opa, küssten alle Umstehenden und gingen wieder. Die Schlange der Wartenden reichte aus dem zweiten Stock bis auf die Straße – und alle waren mit ihm verwandt.

Drei Tage später war die Beerdigung. Ich kaufte bei Benetton einen dunkelgrauen Anzug für 230 000 Lire und war damit ziemlich overdressed, weil niemand in der italienischen Provinz auf die Idee kommt, mittags im Hochsommer einen Anzug anzuziehen, nicht einmal einen von Benetton. Die Tanten und Cousinen trugen Schleier und Sonnenbrille, die Marios und Antonios schwarze Hosen und kurzärmelige weiße Hemden.

Gegen zwei Uhr mittags wurde der Sarg, der schwarz glänzte wie ein Konzertflügel, auf den Schultern von drei Marios auf der einen und drei Antonios auf der anderen Seite durch die Stadt getragen. Am Friedhof angekommen, öffnete man den Sargdeckel. Carmelo trug seinen feinen Anzug nebst Schirmmütze sowie Hosenträger und geputzte Schuhe. Dazu legte Nonna ihm nun sein Klappmesser. Mit diesem Messer hatte er immer seine Salami geschnitten und im Sommer Pfirsiche in seinen gekühlten Rotwein. Als gebürtiger Sizilianer bestand er darauf, immer und überall sein eigenes Messer zu benutzen. Als er einmal ins Krankenhaus musste, warf er das Besteck nach der Krankenschwester und zückte sein Messer, um den Pecorino-Käse damit zu schneiden. Es war so gefährlich, dass Nonna Tesafilm darumband, damit es nicht aufsprang, als sie es in seine Brusttasche steckte. Dann legte sie ihm seinen Gehstock dazu. Diesen hatte er in den letzten Monaten seines Lebens nicht mehr zum Gehen, sondern ausschließlich zum Drohen verwendet.

Es kamen zwei Schreiner und schraubten den Sarg mit Akkuschraubern zu. Immerhin Inbus, 18 Stück. Dann fuhr ein Gabelstapler um die Ecke, und die Marios und Antonios wuchteten den Sarg auf die Gabel. In gemächlichem Tempo folgte die Gemeinde bis zum Grab. Die ganze Zeit war mir der Sarg so extrem kurz vorgekommen, und nun erkannte ich den Grund: Opa Carmelo sollte in einer Art Schließfach beigesetzt werden. Es gab schmale, in die die Toten mit den Füßen voran hineingeschoben wurden. Und es gab solche, die zwar breit, aber nicht breit genug waren. Gut, er war kein Riese gewesen, aber doch größer als sein Sarg. War Opa Carmelo am Ende nicht mehr komplett? Ich habe mich bis heute nicht getraut, diese Frage zu stellen.

Nachdem die Arbeiter den kleinen Sarg in die Nische gekantet hatten, sagte der Pfarrer ein paar schöne Worte, und dann bog ein freundlicher Bauarbeiter um die Ecke. Der rauchte und schob eine Schubkarre mit Zement vor sich her. Er grüßte knapp und begann damit, Opa Carmelo einzumauern. Wir schauten zu, und irgendwann sagte Onkel Mario: «'ne schöne Mauer, die der Opa da bekommt, 'ne wirklich schöne Mauer.» Das ist wohl das größte Kompliment, das Sie posthum in Süditalien kriegen können.

Wir fuhren ans Meer. Und zwölf weitere Familienmitglieder schlossen sich an. Mit Italienern zu reisen ist fast nicht möglich, es sei denn, Sie sind selbst Italiener. Italiener reisen nicht, sie irrlichtern. Wir mieteten schließlich ein Haus, das groß und gemütlich war, und machten Abendessen. Folgender Dialog ist das Mantra italienischen Familienlebens:

«Möchtest du noch von dem Schinken?»

«Nein danke, ich bin satt.»

«Es schmeckt dir nicht!»

«Doch, doch, es war toll, aber ich kann nicht mehr, wirklich.»

«Anna, ihm schmeckt's nicht.»

«Doch, wirklich, äh, ich esse noch ein bisschen Käse.»

«Na also. Und eine Bistecca?»

«Um Himmels willen, nein danke. Ich kann nicht mehr.»

«Schmeckt's nicht?»

«...»

Was die Ernährung angeht, ist es übrigens ein Wunder, dass dieses Land noch existiert, weil seine Bewohner eigentlich längst geplatzt sein müssten, da sie sich fast ausschließlich von Kohlehydraten ernähren. Man beginnt morgens mit einem kleinen Cornetto zum Kaffee und verschlingt dann zwischendurch mehrmals am Tag einen Tramezzino, also ein Weißbrotsandwich. Mittags gibt es Nudeln oder Risotto oder eine schnelle Pizza. Abends dasselbe und immer ein Brötchen oder ein Brot dazu. Das kann man nicht überleben. Und dabei dreht sich alles nur ums Essen. Wann habt ihr gegessen? Wer war dabei? Geht ihr noch essen? Wie viel Knoblauch gebt ihr an den Ossobuco? Gennaro hat eine Cassata gemacht. Es ist noch zu früh für Lamm, aber Kalb geht schon. Selbst Lebensweisheiten haben in meiner Familie immer irgendwie mit Essen zu tun. Über den Cousin Nazario, der ein hübscher Kerl ist und sehr erfolgreich bei den Frauen, sagen seine Freunde voller Anerkennung: Er muss überall seinen Keks eintauchen.

Nach dem Essen ist es spät, Italiener spielen dann Karten, oder sie gehen bummeln. Mein Schwiegervater Antonio ist Weltmeister im Bummeln. Über den Corso zu gehen bedeutet für ihn: nirgendwo zu sein. Wie das geht? Schwer zu erlernen, dabei klingt es einfach: gaaaaanz langsam spazieren. Ein Eis kaufen. Dann unvermittelt stehen bleiben. Alles toll finden und dann wieder ein Stück gehen. Und reden. Ein Stück zurücklaufen. Wieder Richtung Eis. Ich habe an einem einzigen Abend siebenmal Eis gekauft. Und war nirgendwo.

Tagsüber geht meine Familie an den Strand. Für zwölf Personen müssen transportiert werden: 24 Handtücher (je eines zum Abtrocknen und eines zum Liegen), acht Luftmatratzen in Tierform, zwei Tüten Melonen, Schwimmbrillen, Flossen, Harpunen (acht Sätze), Hemden und Hosen zum Umziehen, Schaufel und Eimer für die Kinder, Strandzelte für die Oma, zahlreiche Telefoninos, Wasser, Klappstühle, Sonnenschirme, Bälle, ein Volleyballnetz und Mützen. Das ist logistisch nicht ohne Anspruch, aber es klappt irgendwie. Ich selbst nahm nur eine Zeitung und ein Handtuch mit, worauf Tante Rosalia meine Frau fragte, ob ich vielleicht krank sei. Sie machte sich wirklich Sorgen. Am Strand sind Italiener großartig. Die Kinder essen Strandgut, die Frauen schreien herum, und mein Schwiegervater versucht, den schwarzafrikanischen Strandhändlern seine Uhr anzudrehen.

Mein Schwiegervater Antonio gehört zu den letzten großen Philosophen Italiens. Dabei wohnt er schon seit 1966 in Deutschland. Einmal hielt er mir einen großen Vortrag über die lebenslange Freundschaft von Machiavelli und Sigmund Freud: «Habbe sie alles geteilt, die Wohnung und die Fraue, waren sie beste Freunde, die beide, weisse du?» Ich sage: «Das kann doch gar nicht sein. Freud hat im vergangenen Jahrhundert gelebt und Machiavelli vierhundert Jahre vorher. Die können sich gar nicht gekannt haben.» Darauf er: «Make sein.» Kurze Pause. Dann: «Aber der Freud, hat er alles abgeschrieben bei Machiavelli.»

Gern preist er seinen Mercedes, ein Wunderwerk von «deutsche Kunst von die Ingenieure, die wirklich habbe sich was ausgedacht». Sein Auto hat nämlich Klimaluft «unde tippeditoppe alles drin, bin ich schon 400 000 Kilometer gefahren ohne Dingeschaden». Auf meinen Einwurf, der Wagen habe gerade erst 120 000 Kilometer hinter sich, pariert er, ohne eine Sekunde zu zögern: «400 000 iste italienische Zahl.»

Seit 36 Jahren fährt er jeden Sommer nach Hause. Zum Ritual gehört, dass er niemals selbst fährt, sondern seine Kinder großzügig ans Steuer lässt. Fünf Kilometer vor seinem Heimatort drängt er allerdings plötzlich zum Fahrerwechsel, zieht sein Hemd aus, legt sich ein Handtuch um die Schulter, hängt seinen Arm aus dem Fenster und steuert hupend in den Ort: Toni aus Deutschland ist da.

Am letzten Abend frage ich Antonio, warum er nach so vielen Jahren in Deutschland immer noch so schlecht Deutsch spricht.

«Weisse du, ist eine Trick, Leute denken, Antonio kapierte nix, aber kapiert er alles. Bin i genial? Sag mal, bin i jetzt genial.»

«Natürlich bist du genial.»

«Bin nicht dumm. Weisse du, wie das ist mit die Dumme?»

«Sag's mir.»

«Gotte macht er die Dumme, unde der Teufel verdoppelt sie.»

Ich liebe diesen Mann. Ich liebe meine Familie.

39

Die Geschichte vom Sandkorn Ali

Sie glauben wahrscheinlich, bloß weil ich ein Sandkorn bin und nutzlos in der Wüste herumliegend die eine oder andere Karawane gesehen habe, müsste ich den Drang verspüren, die Wüste zu verlassen und mit der Karawane zu reisen, um diesem langweiligen, von Allah, den Menschen und selbst den Pflanzen verlassenen Ort zu entfliehen. Aber da frage ich zurück: Wofür sollte ich dies tun? Welchen Sinn sollte das haben? Denken Sie wirklich, man ist besser dran, wenn man mit der Karawane geht und nicht auf seiner Düne bleibt? Glauben Sie mir: Man ist keineswegs besser dran. Ich weiß es genau, denn tatsächlich habe ich diesen Ort mit einer Karawane verlassen, und zwar mit jener des großen Karwan-Baschi Mustafa El-Belil.

Ich lag damals zuoberst auf einer Düne, was einem Sandkorn nicht oft innerhalb eines Jahrhunderts vergönnt ist. Die meiste Zeit befindet man sich im Dunklen, vergraben unter anderen Sandkörnern. An jenem Tag vor einhundertsechzehn Jahren jedoch lag ich, emporgespült vom Wind und vom Schicksal – was dasselbe ist –, auf dem Kamm der Düne. Und als sei dies noch nicht Zufall genug, lag ich in jenem Augenblick dort, als die Handelsgesellschaft des Mustafa El-Belil just diese Düne mit ihren dreihundert Dromedaren überschritt. Ich wurde aufgewirbelt. Der Zufall versah ein drittes Mal seinen Dienst an mir, und so fiel ich nicht etwa in das Fell eines Kamels, sondern auf den Rock des Karwan-Baschi. Ich rieselte an seinem Gewand herab durch eine enge Falte in den rechten Schuh, der von Wildleder war und in welchem ich mich verhakte wie eine Klette im Haar eines Kindes.

Ich reiste mit der Karawane wohl über fünf Jahre lang. Ich sah Karawansereien und den Hafen von Dschidda, ich erlebte Überfälle, Sandstürme und von Angesicht zu Angesicht den Tod eines Kameltreibers, der sterbend vor den Karwan-Baschi sank, als dieser ihn für den Diebstahl eines Tuches bestrafte. Der Unglückliche griff nach den Schuhen von El-Belil und hielt sich daran fest, als er seinen letzten Atemzug machte. Fast pustete er mich davon. Aber ich hielt am Leder fest und blieb der treueste Reisebegleiter des Kaufmannes.

Nun mögen Sie diese kurzen Schilderungen für spannend halten und sich fragen, was dieses unbedeutende Sandkorn an so einem Leben auszusetzen hat, zumal es aus eigener Kraft nie in der Lage wäre, derart wunderbare Abenteuer zu erleben. Damit mögen Sie, verehrte Zeugen des Jahreswechsels, große Zusprecher des Perlweines, sogar recht behalten. Ich schenke es Ihnen, das Recht. Denn ich weiß, wie unglücklich der Mustafa El-Belil war und wie sinnlos sein Reisen und sein Streben. Ich war ja dabei, als er nach Wochen und Monaten endlich eine wunderschöne Oase erreichte. Dort warb er um eine Verschleierte, welche er mit Edelsteinen und riesigen Früchten beschenkte. Menschen waren für die Geschenke gestorben, welche der Karwan-Baschi ihr in großer Zahl zu Füßen legte. Der Wert seiner Gaben überstieg den jedes Schatzes, den Arabien jemals gesehen hat. Aber sie rief nur: «Was soll das sein? Orangen? Habe ich Orangen bestellt? Du Nichtsnutz!»

Darauf bat er um Milde und um eine neue Chance. Er trieb seine Karawane wieder nordwärts. Monate trieben wir durch die Wüste. Der Karwan-Baschi handelte mit seinen Schätzen, erwarb gänzlich neue und kehrte zur Oase zurück. Doch wieder war die Verschleierte nicht zufrieden. Immer aufs Neue zog er mit seiner Karawane los. Und nie erhielt er, was ihm der rechte Lohn gewesen wäre. Ich fiel schließlich aus seinem Schuh, als Mustafa El-Belil eines Tages neue Stiefel erwarb und sein altes Paar achtlos auf den Weg warf. Von dort wurde ich zurück in die Wüste geweht. Meiner Schätzung nach liege ich nur knapp dreihundert Kilometer von der Stelle entfernt, wo der Karawanenmeister mich damals unfreiwillig aufgelesen hat.

Immer wenn ich eine Karawane sehe, muss ich an ihn und seine zwecklosen Reisen denken. Jedes Mal denke ich: Da geht Mustafa El-Belil mit seinen Kamelen und sucht vergeblich sein Glück. Stets bin ich dann froh, dass ich hier zwischen Sand und Sand bleiben darf. Meine Existenz mag keinen tieferen Sinn haben, aber der Sinn der vorbeiziehenden Karawanen erschließt sich mir auch nicht.

Aber, ihr Beherrscher der Wunderkerzen und des Räucherlachses, was weiß ich schon von der Sinnlosigkeit des Seins? Was habe ich schon zu sagen? Welche Einsichten ins Universum soll ich schon haben? Ich bin bloß ein Sandkorn.

Und nun lasst mich ruhen, liebe Zuhörer, die ihr auch nicht mehr seid als Fleischstückchen an der Fonduegabel des Lebens. Gebt acht, dass ihr wenigstens in guter Soße badet.

Honigkuchen, du bist hier nicht sicher, Ambach 2010.

Anhang

Quellenverzeichnis

1. Multi-Tasking

Gesendet als Hörfunk-Beitrag im Zweiten Programm des Bayerischen Rundfunks am 31.12.2009 und in überarbeiteter Version in der «Welt am Sonntag» am 3. und 10. Januar 2010.
Christoph Lindenmeyer vom Bayerischen Rundfunk bat mich um einen Text für seine Silvestersendung. Einerseits war dies eine große Ehre und andererseits eine große Belastung, da ich bereits eine Unzahl anderer Aufträge angenommen hatte. Eigentlich konnte ich gar nichts für ihn schreiben, wollte aber etwas zur Sendung beitragen. Herausgekommen ist vorliegender Text, der verdeutlicht, dass man als Autor selbst aus misslichen Lagen den einen oder anderen Funken schlagen kann.

2. Ein Traum von einem Autofahrer

Erschienen 1999 im «Magazin Sprint»
Etwa zehn Jahre lang verfasste ich eine Kolumne in der Kundenzeitschrift eines japanischen Autoherstellers, deren Chefredakteur mein Freund Hans-Georg war. Die Serie schrieb ich unter meinem Pseudonym Philipp Bestier, welches sich aus meinem zweiten Vornamen und dem Mädchennamen meiner Großmutter zusammensetzt. Ich mochte diese Kolumne, weil ich dort ungehemmt alles Mögliche ausprobieren konnte. Hans-Georg wünschte sich lediglich, dass es hier und da um Autos ging und der Markenname einmal vorkam. Es machte Spaß, sie zahlten

passabel, aber leider wurde das Heft 2008 eingestellt. Für diese Version habe ich den Namen des japanischen Herstellers weggelassen. Aber Autos kommen noch vor.

3. Gustav Mahler darf nicht in die Walhalla (24.10.2005)

Erschienen 2005 als Web-Log-Eintrag bei www.zeit.de und in überarbeiteter Fassung 2006 im Rowohlt-Taschenbuch «In meinem kleinen Land».
2005 und 2006 unternahm ich eine neunmonatige Lesereise. Das war sehr anstrengend, weil ich täglich darüber im Rahmen eines Blogs berichten musste. Also lief ich den ganzen Tag durch Kirchen, Museen und über Wochenmärkte, um irgendwas zu erleben, was sich zu beschreiben lohnte. In diesem Text berichte ich von der sogenannten Judensau am Regensburger Dom und schreibe, dass diese dort nicht zu finden sei. Das stimmt nicht. Sie hängt allerdings außen am Dom und nicht innen. Zum Glück hatte ich immer sehr aufmerksame Leser. Zum Ende des Textes kommt Heinrich Heine vor, der sich über die Walhalla lustig macht. Ironischerweise wurde er dort im Juli 2010 aufgenommen. Gustav Mahler nicht.

4. «Moooment» – Das letzte Interview mit Vicco von Bülow

Autorenschaft mit Franziska Sperr, erschienen am 21.6.2002 im «Süddeutsche Zeitung Magazin».
Vicco von Bülow wollte gar kein Interview mehr geben. Aber Franziska Sperr konnte ihn dann doch davon überzeu-

gen, allerdings unter einer Bedingung: Loriot bat sich aus, mich vorher kennenzulernen und dann zu entscheiden. Wir luden ihn und seine Frau also zu uns nach Hause zum Essen ein. Es wurde ein legendär heiterer Abend, und am Ende akzeptierte er mich als Interviewer neben Franziska Sperr. Als Ort für das zweitägige Gespräch wünschte er sich das Hotel Schloss Elmau, wo er viele seiner TV-Sendungen geschrieben hatte und sich wohl fühlte. Franziska und ich trafen ihn dort, und es wurde ein sehr intensives Interview, das wir leider für die Zeitschrift stark kürzen mussten. Das wunderbare Foto machte Albrecht Fuchs im Theatersaal des Schlosses. Vicco von Bülow mochte es sehr und titelte eigenhändig die Coverzeile des Heftes: «Moooment».

5. Die Krise auf der Fahrt nach Goslar

Live-Hörspiel, aufgeführt am 18.3.2005 im Gloria-Theater, Köln. In Textform unveröffentlicht.
Eine Auftragsarbeit für den Hörverlag im Rahmen der Lit-Cologne 2005. Der Clou daran war: Bei diesem Live-Hörspiel durfte das Publikum die Geräusche machen. So etwas veranstaltet man natürlich am besten in Köln. Während Matthias Haase und Cordula Stratmann sich auf der Bühne zofften, mussten die Zuschauer sämtliche Geräusche dazu beisteuern. Angeleitet wurden sie dabei von Regisseur Leonhard Koppelmann, der zunächst einmal zwanzig Minuten mit den lustigen Kölnern im Gloria-Theater übte, bis die eigentlichen Sprecher auf die Bühne kamen. Kleine Nebenrollen wurden ebenfalls mit ambitionierten Zuschauerinnen und Zuschauern besetzt.

«Die Krise auf der Fahrt nach Goslar» wurde nur ein einziges Mal aufgeführt und auch nur bei dieser Gelegenheit aufgezeichnet. Das Hörspiel stand auf der Website des Hörverlags für eine kurze Zeit als kostenloser Download zur Verfügung.

6. Das schlichte Glück der Bodenständigkeit

Erschienen im Magazin «Berge», Ausgabe 1/2005.
Ein ziemlich überholter Text. Damals reiste ich noch selten und ungern. Inzwischen reise ich viel und habe es zumindest teilweise schätzen gelernt. Aber mir gefällt rückblickend der argumentative Eifer dieses kleinen Beitrages.

7. Das tote Eichhörnchen

Aus dem Buch «Land in Sicht» von Rainer Sülflow und mir, erschienen 2007 bei Collection Rolf Heyne.
Im Frühjahr 2007 erhielt ich Post von einem Fotografen aus der Nähe von Hannover. Rainer Sülflow fragte höflich, ob ich eventuell ein Vorwort für seine Aufnahmen von Gegenden und Szenen in Deutschland schreiben könne. Und ob ich helfen könne, einen Verlag dafür zu finden. Ich habe ihm dann aus lauter Begeisterung für seine klugen und melancholischen Beobachtungen angeboten, zu jedem Bild einen Text zu verfassen und auch mit Verlagen zu sprechen. Gleich der erste Gesprächspartner, Jürgen Welte von Collection Rolf Heyne, teilte meine Begeisterung, und so ist das Buch wenige Monate später dort erschienen.

Es macht mir immer noch viel Freude, darin zu blättern. Eigentlich würde ich die Bilder und Texte auch gerne ins Bühnenprogramm einarbeiten, aber das ist so kompliziert.

Man muss einen Beamer und eine Leinwand mitnehmen und Kabel verlegen und so weiter und so fort.

8. Auf der Wiesn

Aus «Antonio im Wunderland», erschienen 2005 bei Kindler.
«Antonio im Wunderland» ist die Fortsetzung von «Maria, ihm schmeckt's nicht». Die Entscheidung, noch einen zweiten Teil zu schreiben, fiel schon unmittelbar nach Beendigung von «Maria, ihm schmeckt's nicht». Die Geschichte schien mir noch nicht zu Ende zu sein, wesentliche Aspekte fehlten noch. Meine Frau bat zum Beispiel darum, auch die Konflikte in so einer Migrantenfamilie zu schildern. Schließlich ist es nicht ganz einfach, als in Deutschland geborenes Gastarbeiterkind aufzuwachsen. Und das nicht nur wegen der Umwelt, sondern eben auch wegen dieses Gastarbeiters.

Die drei am häufigsten gestellten Fragen zu diesem zweiten Teil: 1. Haben Sie in New York wirklich Robert De Niro getroffen? Antwort: Nein. Das ist ein Roman, alles ist erfunden. Allerdings war ich zu Recherchezwecken tatsächlich mit meinem Schwiegervater in New York. 2. Was ist in Benno Tiggelkamps Koffer? Antwort: Das verrate ich nicht. Sie müssen sich mit Ihrer eigenen Phantasie behelfen. 3. Wird es einen dritten Teil geben? Antwort: Nein. Antonios Geschichte ist wohl auserzählt. Allerdings lebt er in den Kolumnen «Mein Leben als Mensch» weiter, wo er regelmäßig auftaucht. Und Benno Tiggelkamp spielt eine Hauptrolle in «Drachensaat».

Der Rezensent der «Frankfurter Allgemeinen Zeitung» bezeichnete den Roman übrigens als «neue deutsche Heimatliteratur» und meinte das positiv. Ich habe darüber vorher nie nachgedacht, kann dieser Beurteilung aber durchaus etwas abgewinnen.

Das hier abgedruckte Kapitel hat wenig mit der eigentlichen Handlung des Romans zu tun. Ich hatte bloß Lust, einmal über das Münchner Oktoberfest zu schreiben. Bei Lesungen kam diese Passage immer sehr gut an, trotzdem wird sie in der geplanten Kino-Verfilmung fehlen. Erstens bringt sie, wie gesagt, die Handlung nicht voran, und zweitens wäre die Umsetzung dieses Kapitels unverhältnismäßig teuer. Man denke nur an die vielen tausend Statisten. Und dann die Requisiten und die riesigen Szenenbilder. Der Produzent des Films war sehr dankbar dafür, dass wir schnell entschieden, das Oktoberfest im Film nicht zu thematisieren. Dafür bekommt es in diesem Buch einen schönen Auftritt.

9. Einer fehlt

Reportage im «Süddeutsche Zeitung Magazin», erschienen am 30.4.1998.
Eines der wenigen journalistischen Stücke in diesem Buch. Ich habe elf Jahre beim Magazin der «Süddeutschen Zeitung» gearbeitet, und diese traurige Geschichte hat mich mit am meisten berührt. Einige der in ihr geschilderten Szenen haben mich später bei der Arbeit an dem Roman «Drachensaat» sehr inspiriert. Auch habe ich einen Satz aus diesem Artikel in der «Drachensaat» noch einmal verwendet.

Der Polizist K. kam damals übrigens recht glimpflich davon. Zwar wurde er wegen Körperverletzung mit Todesfolge angeklagt, letztlich aber im November 1998 wegen fahrlässiger Tötung zu einer Geldstrafe verurteilt. Er hat dann seinen Dienst wieder angetreten.

10. Über Franken

Laudatio, gehalten am 12.7.2009 im Stadttheater Fürth.
Das Studio Franken des Bayerischen Rundfunks feierte seinen 60. Geburtstag, und ich sollte einen Beitrag in Form einer kleinen Festansprache leisten, obwohl und offenbar gerade weil mir Franken ziemlich fremd erscheint. Ich habe den Text aus einigen Auszügen des Reisetagebuchs «In meinem kleinen Land» zusammengebaut und mit neueren Erkenntnissen von Reisen in diese seltsame Gegend angereichert. Nachdem ich den Text bei der Jubiläumsgala vor 400 weitgehend fränkischen Gästen vorgetragen hatte, gab es viel Applaus. Das hat mich gewundert, aber auch gefreut.

11. Warum wollen Frauen ständig gekrault werden?

Erschienen in «Cosmopolitan», Ausgabe 11/2000.
Anderthalb Jahre lang schrieb ich unter dem Pseudonym Philipp Bestier eine Kolumne in der Frauenzeitschrift «Cosmopolitan». Dabei stellte ich jedes Mal eine Frage zum Thema Frauen und versuchte mich meist erfolglos an einer Antwort. Das machte Spaß, aber dann wechselte die Chefredaktion, und die Serie flog raus. Eigentlich schade.

12. Frank Schirrmacher fährt aus Gleis zehn (4.11.2005)

Erschienen 2005 als Web-Log-Eintrag bei www.zeit.de und in überarbeiteter Fassung 2006 im Rowohlt-Taschenbuch «In meinem kleinen Land».

Noch ein Text aus dem Reisetagebuch. Ich habe ihn ausgewählt, weil ich die Lese-Episode immer noch sehr skurril und komisch finde und glaube, dass es vielen Autoren so ergeht wie mir in diesem seltsamen Saal voller essender Frauen. Aber mir fällt nach wie vor nicht ein, wo das noch einmal war. Irgendwo in Nordhessen.

13. ~~Liebe~~ Sabine

Erschienen im August 2007 als Original-Hörspiel im Hörverlag, Textfassung unveröffentlicht.
Eine Auftragsarbeit für den Hörverlag und die erste Zusammenarbeit mit Annette Frier. Ich hatte sie bei einer Veranstaltung in der Alten Oper in Frankfurt kennengelernt, wo wir am Welttag des Buches aus unseren Lieblingsbüchern vorlesen sollten. Sie machte das so toll, dass ich mir unbedingt wünschte, einmal mit ihr zusammenzuarbeiten. Das ergab sich bei «~~Liebe~~ Sabine». An einer Stelle des Textes sollte sie ein bisschen weinen. Sie bot dies im Studio auf ungefähr sechs unterschiedliche Arten an. Ganz erstaunlich.

Regie führte Leonhard Koppelmann, mit dem ich vorher schon zwei Live-Hörspiele mit Cordula Stratmann und Matthias Haase gemacht hatte. Er ist geduldig und sehr professionell, zwei Eigenschaften, die nicht häufig gleichzeitig vorkommen.

«~~Liebe~~ Sabine» wurde 2008 für den deutschen Hörspielpreis im Bereich «Fiktion» nominiert und gilt als meistverkauftes Original-Hörspiel des Jahres 2007. Ein Original-Hörspiel ist ein Hörspiel, das nicht auf einer Vorlage (etwa einem Roman, einer Erzählung oder einer Reportage) basiert. Mit Annette Frier habe ich danach noch zwei Fortsetzungen der Geschichte aufgenommen und eine Live-Hörspiel-Tournee gemacht. Sie ist in jeder Hinsicht toll.

14. Im Reich der Rechtecke

Aus dem Buch «Land in Sicht» von Rainer Sülflow und mir, erschienen 2007 bei Collection Rolf Heyne.
Ich habe nicht viele Gedichte geschrieben, weil ich mich das nicht traue. Lyriker sind anders als ich. Dies hier ist einer der ganz raren Versuche in diesem Metier. Tolles Bild.

15. «Ich liebe Spiesser!» – Ein Interview mit Peter Alexander

Erschienen im «Süddeutsche Zeitung Magazin» am 25.5.2001.
Als Kind war ich überhaupt kein Peter-Alexander-Freund, als Jugendlicher erst recht nicht. Das lag gar nicht an ihm, sondern an seinem Publikum und der kulturellen Umgebung, in der man ihn wahrnahm. Das war alles so bieder und alt, und es fühlte sich wahnsinnig reaktionär an. Gleichzeitig hatte ich aber schon damals das Gefühl, dass Peter Alexander besonders war, so als passte er eigentlich gar nicht in seine Filme und Shows. Dann ergab sich die Gelegenheit zu diesem Interview. Ich schrieb ihm einen Brief, und er lud mich in sein Haus am Wörthersee ein. Dort gab es wahnsinnig viel Kuchen. Peter Alexander und seine Frau waren sehr herzliche Gastgeber. Mir wurde schon nach wenigen Minuten des Interviews klar, worin die Kunst Peter Alexanders bestand, die ich mir als Junge nicht hatte erklären können: Peter Alexander ist – im wahrsten Sinne des Wortes – ein geborener Unterhalter. In jeder

seiner Antworten steckte so viel Erfahrung, Charme und natürlich auch kalkulierte Pointe, dass ich gerne länger als die vier Stunden geblieben wäre, die das Interview letztlich dauerte.

Nur einmal zwischendurch wurde es brenzlig für mich. Wir sprachen über den See hinter seinem Haus, und ich sagte: «Da gehen Sie sicher oft schwimmen.» Er antwortete: «O ja, sehr oft. Wollen wir schwimmen gehen?» Ich antwortete mit dem blödesten Satz, den man in so einer Situation sagen kann, auch wenn er wahr ist: «Ich kann leider nicht schwimmen.» Darauf stand Peter Alexander auf, wischte sich ein paar Kuchenkrümel von der Hose und rief: «Das macht doch nichts! Ich lerne es Ihnen.» Das ist korrektes Österreichisch. Ich sagte mit aufkommender Verzweiflung: «Das haben schon ganz andere versucht.» Darauf er: «Ich bin ein glänzender Schwimmlehrer. Kommen Sie!» Ich blieb sitzen und versuchte, die Sache auf eine extrem kümmerliche Weise abzubiegen, indem ich sagte: «Ich habe leider keine Badehose dabei.» Und dann sagte der große Peter Alexander zu mir: «Ich leihe Ihnen eine alte Badehose.» Und für ein paar Sekunden meines Lebens blitzte die vage Möglichkeit auf, mit einer alten Badehose von Peter Alexander in den Wörthersee zu steigen und dort unter seiner Anleitung das Schwimmen zu lernen. Es stand für einen Moment im Raum, aber dann kam mir Peter Alexanders Frau zu Hilfe, die von ihm so genannte Schnurrdiburr. Sie bat ihn, mich damit in Ruhe zu lassen. Er setzte sich wieder, und das Interview ging weiter.

16. Eugen Braatz, König der Braatzkartoffeln

Aus «Das Marcipane-Kochbuch» von Corbinian Kohn und mir, erschienen 2009 im Verlag Gräfe und Unzer.
Eugen Braatz habe ich vor über zwanzig Jahren in der Wohnküche meiner damaligen WG erfunden. Ich erzählte dann jahrelang immer wieder von ihm, wenn ich irgendwo eingeladen war, wo es Bratkartoffeln gab. Ich bin mehrfach auf Damen (gut, auch Herren) getroffen, die diese Geschichte tatsächlich glaubten.

Als Corbinian Kohn und ich gefragt wurden, ob wir gemeinsam ein Kochbuch schreiben wollten, fiel mir der gute Eugen wieder ein, und deshalb gibt es ihn jetzt auch schriftlich und nicht nur mündlich nach vier Gläsern Bier.

17. Die Experimente des Albert Kamp

Erschienen 1996 in der Anthologie «Kennst Du das Land, wo die Geranien blühen», herausgegeben von Linda Walz, Kabel Verlag.
Meine erste veröffentlichte Kurzgeschichte, auf die ich immer noch besonders stolz bin. Dass die ganze Angelegenheit derart blutig endet, tut mir im Rückblick beinahe leid, aber ich hatte Freude an den Bildern, die sich daraus ergaben. Es ist ein Stück über gestörte Kommunikation und gestörte Konventionen und spielt um 1900, also in einer Zeit, in der das Telefon noch nicht besonders gängig ist. Man korrespondiert also. Da zwischen dem Eintreffen eines Briefes und dessen Beantwortung nebst Zustellung der Antwort eine Menge Zeit vergeht, hat der Begriff «Eile» damals eine ganz andere Bedeutung als heute. «Schnelle Nachricht» bedeutet nicht Antwort binnen weniger Sekunden, sondern bestenfalls innerhalb einer Woche. Auf diese Weise kann alles Mögliche passieren, während man

auf einen Brief wartet. Heute könnte so eine Geschichte gar nicht mehr funktionieren. Ich mag sie auch wegen der altmodischen Sprache.

Viele Jahre nach der Veröffentlichung wurden «Die Experimente des Albert Kamp» in München einmalig als Live-Hörspiel aufgeführt und vom Hörverlag mitgeschnitten, aber nie als CD veröffentlicht. Die Sprecher auf der Bühne des Carl-Orff-Saals waren damals Stefan Wilkening, Christian Baumann, Christian Hoening, Udo Wachtveitl und Thomas Meinhardt.

18. Ich bin ein Nichtschwimmer

Aus dem «Süddeutsche Zeitung Magazin» vom 22.8.1997.
Damals wurde in der Themenkonferenz gefragt, ob es irgendwelche Nichtschwimmer in der Redaktion gäbe. Ich zeigte auf und hatte diese Geschichte am Hals. Später fand sie als Episode Eingang in das Buch «Maria, ihm schmeckt's nicht», und noch viel später gerieten einige Sätze aus dem Text ins Drehbuch der Verfilmung. Christian Ulmen hat mir dann im Film buchstäblich aus der Seele gesprochen.

19. Auf Lesereise

Aus zwei Kolumnen für das «Buchjournal», ursprünglich erschienen in den Ausgaben 2 und 3/2010.
Diese Kolumnen habe ich aufgrund eines Missverständnisses geschrieben. Da rief ein netter Mann vom «Buchjournal» an und fragte, ob ich mal für dieses Magazin eine Kolumne schreiben könnte. «Mal» kann ich schreiben, also sagte ich zu. Er meinte aber «mal ein ganzes Jahr», denn sie

wechseln die Kolumnisten jährlich. Nachdem ich dies erst nach meiner Zusage bemerkt hatte, wollte ich aber auch nicht wieder absagen. Also habe ich mal ein Jahr lang eine Kolumne für Angehörige der Buchbranche geschrieben. Ich dachte, die interessierten sich am ehesten dafür, was man auf einer Lesereise macht. Davon handelte diese Serie.

20. Das Panoptikum der Maulhelden

Überarbeitete Fassung. Das Original erschien im «Süddeutsche Zeitung Magazin» am 26.3.1999.
Das SZ-Magazin leistete sich früher solche Geschichten, wenn der Redaktion danach war. Qualitativ hochwertige journalistische Aufklärung wich dann für einige Seiten der puren Unterhaltung des Publikums. Ich fand gerade das immer besonders schön an diesem Heft. Einige Absätze habe ich verändert und behutsam aktualisiert.

21. Nur einen wenzigen Schock

Veröffentlicht im «Süddeutsche Zeitung Magazin» vom 9.1.1998, überarbeitete Fassung.
Es gab keinen aktuellen Anlass für diese Geschichte, die journalistische Relevanz des Artikels war fragwürdig, aber im Magazin der «Süddeutschen Zeitung» konnte man derartige Reportagen vielleicht gerade deshalb veröffentlichen. Themen, die in Konferenzen anderswo schnell abgebogen worden wären, beschäftigten uns stundenlang. Hier war es die Frage: Wie fühlt man sich, wenn man zehn Jahre nach dem Abitur noch einmal auf seine Schule geht?

Wem steht man näher? Lehrern oder Schülern? Natürlich gibt es dazu keine Daten, keine Umfragen und keine Expertenmeinungen. Also musste das vor Ort recherchiert werden. Die Haltung des Magazins zu derartigen Themen machte das Heft über viele Jahre zu einem einzigartigen unjournalistisch-journalistischen Juwel.

Hinterher gab es ein wenig Ärger. Ein Lehrer fühlte sich falsch zitiert. Ich will das hier aber nicht zu seinem Ungemach ausbreiten. Im Originalartikel waren übrigens sämtliche Klarnamen der Lehrer zu lesen, viele ließen sich für den Beitrag fotografieren. Noch einmal lässt sich der Versuch leider nicht wiederholen. Zwar sind einige wenige Lehrer immer noch an der Schule, aber die meisten sind inzwischen pensioniert, zwei gestorben.

22. Mister Ctvrtlik sollte die Frauenkirche meiden (9.2.2006)

Erschienen 2006 als Web-Log-Eintrag bei www.zeit.de und in überarbeiteter Fassung 2006 im Rowohlt-Taschenbuch «In meinem kleinen Land».
Noch ein Auszug aus dem Reisetagebuch. Ich weiß noch, dass es damals ungeheuerlich kalt war. Bis zum Ende der Reise kurz vor der Weltmeisterschaft im Juni 2006 habe ich monatelang nur gefroren. Auf der Hörbuch-CD wird die überdrehte Dame in der Frauenkirche von Oliver Kalkofe gesprochen. Den Fußballbetreuer gibt Flo Weber von «Sportfreunde Stiller».

23. Warum bemalen Frauen ihre Lippen?

Erschienen in «Cosmopolitan», Ausgabe 4/2001.
Noch eine Frauenfrage. Insgesamt gab es davon elf oder zwölf. Aber ich habe nicht mehr alle gefunden. Belegexemplare verschwinden mit der Zeit einfach, Originalmanuskripte auch. «Zut alors!», würde Monsieur Leroc sagen.

24. Das Kölner Wartezimmer-Massaker

Live-Hörspiel, aufgeführt am 14.3.2006 auf der «MS Rhein-Energie», Köln. In Textform unveröffentlicht.
Nach dem durchschlagenden Erfolg von «Die Krise auf der Fahrt nach Goslar» hat der Hörverlag im Jahr danach auf der LitCologne ein weiteres Live-Hörspiel veranstaltet, diesmal auf einem Ausflugsschiff. Wieder durfte das Publikum mitmachen, kleine Rollen wurden auch diesmal von Laien übernommen, die Hauptsprecher waren wie beim ersten Mal Matthias Haase und Cordula Stratmann unter der Regie von Leonhard Koppelmann.

Auch dieses Stück ist nur ein einziges Mal aufgeführt und dabei aufgezeichnet worden. Der Hörverlag hat es eine Zeitlang seinen Internet-Besuchern zur Verfügung gestellt. Es wurde auch abgefilmt. Man kann es sich bei Youtube ansehen.

25. Das Haus mit der langen Leitung

Aus dem Buch «Land in Sicht» von Rainer Sülflow und mir, erschienen 2007 bei Collection Rolf Heyne.
Diese komische Leitung muss einem erst einmal auffallen. Rainer Sülflow ist sie aufgefallen. Und darum geht es auch bei guten Fotos.

26. Warum verwahrlosen Männer, wenn man sie allein lässt?

Erstmals erschienen in der Zeitschrift «annabelle», Ausgabe 6/2007, sowie in der Anthologie «Ein Mann, eine Frage», Verlag Antje Kunstmann, 2008.
In der Schweizer Zeitschrift «annabelle» erscheint eine Kolumne, die genau andersrum funktioniert wie meine Kolumne damals in der «Cosmopolitan». Dort war ich es, der Fragen über Frauen zu beantworten versuchte. In der «annabelle» antworten Männer auf Fragen, die von der (weiblichen) Redaktion an sie gestellt werden. Während also im ersten Fall das Wesen der Frau als Forschungsgegenstand dient, wird hier also der Mann als solches erkundet. Ein schöner Auftrag war das. Meine Frau mochte den Text sehr.

27. Nick, Wallace und Gromit

Erschienen im «Süddeutsche Zeitung Magazin» am 23.2.1996.
Meine erste längere Reportage für das SZ-Magazin. Nick Park war damals in Deutschland noch nahezu unbekannt, und es war der erste längere Text, der hierzulande über ihn

erschien. Er hat sich damals gewundert, dass jemand extra aus Deutschland kam, um mit ihm zu sprechen.

28. Beethoven ist taub, die braune Ente ist frei, und Beuel ist gefährlich (22.11.2005)

Erschienen 2005 als Web-Log-Eintrag bei www.zeit.de und in überarbeiteter Fassung 2006 im Rowohlt-Taschenbuch «In meinem kleinen Land».
Diesen Text habe ich live immer gerne vorgelesen, weil die Frau am Ende so eine richtig schön eklige Stimme hatte. Ich konnte dafür meinen rheinischen Heimatdialekt einsetzen, der sonst leider immer ungenutzt in meinem Sprachzentrum vergammelt.

29. Die Maroni-Mafia

Aus «Das Marcipane-Kochbuch» von Corbinian Kohn und mir, erschienen 2009 im Verlag Gräfe und Unzer.
Eine ganz schön alberne Story, das gebe ich gerne zu. Das Prinzip des ganzen Buches bestand darin, dass Corbinian Kohn Rezepte ausarbeitete und mir deren Zutatenlisten gab. Dann habe ich mir eine Geschichte zu jeweils einer Zutat aus jedem Rezept ausgesucht. In diesem Fall hätte es auch um Hühnerbrühe, Rosmarin, Milch, Sahne, Muskatnuss oder Zucker gehen können. Aber zu den Maronen ist mir eben diese Kurzgeschichte eingefallen.

30. Sehnsucht, die wie Feuer brennt

Erschienen als Kolumne der Serie «Mein Leben als Mensch» in der «Welt am Sonntag» vom 28.3.2010.

Der volkstümliche Schlager war mir völlig fremd, und so entschied ich, dass man sich das auch einmal ansehen muss. Eine traumatische Erfahrung, deren Schilderung viele Leuten amüsierte, aber bei mindestens einem Leser durchfiel. Er schrieb wütend: «(...) Was muss das für ein armseliger Idiot sein, der etwas im Fernsehen anschaut, nur um sich hinterher richtig ‹auskotzen› zu können. Aufschlussreicher wird es allerdings, wenn man sich dieses treudoofe, dumm-dämliche Konterfei ansieht. (...) Als Ergebnis haben Sie erreicht, dass ich das Abonnement gekündigt habe, ein Blatt, in dem solch indisponierte Schreiberlinge solch einen menschenverachtenden Quark von sich geben können, muss ich nicht haben.»

Der Titel dieser Kolumne war auch im Rennen als Titel für dieses Buch, aber dann klang es uns irgendwie zu sehr nach Arztroman. Überhaupt war die Titelwahl für dieses Buch nicht ganz unproblematisch. Verleger Alexander Fest schlug vor, das Buch «Honigkuchen, du bist hier nicht sicher» zu nennen, als Hommage an unser beider Lieblingsband The Smiths. Bei deren Song «Panic» gibt es die Textzeile «Honey Pie, you're not safe here». Ich war damit sehr einverstanden, aber der Vertrieb des Verlages meuterte und behauptete, dieser glänzende Titel sei überhaupt nicht verkäuferisch genug. Man bat mich um einen neuen Vorschlag, den man gut in den Buchhandel verkaufen könne. Also schlug ich den verkäuferischsten Titel der Welt vor: «Wie man an einem Tag elf Kilo abnimmt». Der Titel wurde aber abgelehnt, weil er angeblich nichts mit dem Buch zu tun hat. Letztlich heißt das Buch nun anders. Aber auch schön. Finden wir.

31. Sibylle aus Hameln

Aus dem Buch «Land in Sicht» von Rainer Sülflow und mir, erschienen 2007 bei Collection Rolf Heyne.
Was für eine bezaubernde Kuh. Ich finde, sie konnte gar nicht anders heißen als: Sibylle.

32. «Die grossen Gefühle sind uns abhandengekommen» – Ein Interview mit Jean-Christophe Ammann

Erschienen im «Süddeutsche Zeitung Magazin» vom 20.10.1995.
Nie habe ich in einem Interview in so kurzer Zeit so viel gelernt wie von dem geduldigen, freundlichen und klugen Kunsthistoriker und Kurator Jean-Christophe Ammann, welcher damals Direktor des Frankfurter Museums für Moderne Kunst war. Dieses Gespräch beeindruckte mich so sehr, dass ich – in ganz kleinem Rahmen – danach begonnen habe, Kunst zu sammeln. Und wenn heute einer beim Betrachten eines Kunstwerkes sagt: «Das kann ich auch», dann weiß ich, was man ihm antworten kann.

33. Europa aus dem Kopf

Siebenteilige Kolumne aus der Serie «Mein Leben als Mensch», erschienen in der «Welt am Sonntag» zwischen dem 1.8. und dem 12.9.2010.
Habe ich genau so gemacht wie zu Beginn beschrieben: Zettel her, Stoppuhr und dann los. Zwanzig Sekunden für jedes Land, mehr nicht. Später wird dann ausformuliert, aber wirklich nur, was auch als Stichwort auf dem Zettel steht. Es

ist wirklich erstaunlich, wie wenig einem manchmal einfällt – und wie unsachlich jene Beobachtungen sind, die man notiert hat. Man kann dieses Spielchen sehr gut mit Musikstilen spielen und auch mit Bundesländern. Weniger gut funktioniert es mit Schauspielern. Meistens landen dann nur Filmtitel auf dem Zettel.

34. Willkommen im Paradies

Kurzgeschichte, erschienen im Magazin der Bayerischen Staatsforsten, Ausgabe Juni 2007.
Die monothematische Zeitschrift widmete sich in dieser Ausgabe dem Thema «Waldeslust». Die Macher suchten nach Beispielen und Beiträgen zur «sozialen Nutzung» von Wäldern. Sie fragten mich, ob mir zu einem Baum mit eingeritztem Liebesschwur etwas einfallen würde. Diese soziale Nutzung von Wald gefiel mir gut, und ich schrieb diese Kurzgeschichte.

35. Ein Brief ans Netzbürgertum

Überarbeitete Fassung einer Kolumne, die in «Change», dem Magazin der Bertelsmann Stiftung, Ausgabe 1/2010, erschienen ist.
Selten erhielt ich so viel Post wie zu diesem kleinen Beitrag in einem Magazin über Globalisierung. Es schrieben lauter Fotografen, Musiker und Autoren. Einige baten darum, den Artikel kostenlos zur Verfügung gestellt zu bekommen, um ihn zu verbreiten, damit endlich jeder begreift, dass Fotografen, Musiker und Autoren nicht kostenlos arbeiten wollen.

36. «Unterhaltung und Achselnässe passen nicht zusammen» – Ein Interview mit Jürgen von der Lippe

Aus dem «Süddeutsche Zeitung-Magazin» vom 13.11.1998.
Jürgen von der Lippe fand ich schon immer super. Als Kind besaß ich eine Audio-Cassette mit einem frühen Bühnenprogramm von ihm, das ich aus dem Radio aufgenommen hatte und manchmal zum Einschlafen hörte. Die Hälfte der Witze kapierte ich nicht, weil sie für Erwachsene gedacht waren. Aber durch die Art und Weise, durch das Timing, mit dem er seine Texte vortrug, kam es mir so vor, als verstünde ich, was er sagt. Seine Präsenz nahm mich einfach mit, egal was er da sagte.

Im SZ-Magazin konnte man im Prinzip jeden Menschen auf der Welt interviewen, wenn man die Redaktion davon überzeugte, dass die betreffende Person für vier bis fünf Seiten große Unterhaltung gut war. Bei von der Lippe gab es Vorurteile, die ich unbedingt ausräumen wollte. Ich besuchte ihn bei den Proben zu seiner Sendung «Geld oder Liebe» in seiner Garderobe, die er beinahe wohnzimmerartig hergerichtet hatte. Unsere Redaktion war dann schwer begeistert von ihm, aber wie er das Interview fand, weiß ich bis heute nicht.

37. Pissoir-Gespräch

Aus dem Buch «Land in Sicht» von Rainer Sülflow und mir, erschienen 2007 bei Collection Rolf Heyne.
Man möge sich dazu die Stimmen von Otto Sander und Martin Semmelrogge vorstellen.

38. La mia nuova famiglia

Erschienen im «Süddeutsche Zeitung Magazin» vom 19.4.2002.
Damit hat diese ganze «Maria»-Geschichte angefangen. Dieser Artikel war nur aus Verlegenheit entstanden, weil wir im SZ-Magazin dringend vier Seiten füllen mussten. Unsere Bildredakteurin Eva Fischer schlug vor, dass ich doch einfach was über meinen Schwiegervater schreiben könne, weil ich ihn manchmal so ulkig imitierte. Ich lehnte das erst einmal ab: zu unjournalistisch, interessiert keinen Menschen, keine Lust zu schreiben. Da aber kein besserer Vorschlag gemacht wurde, schrieb ich missgelaunt diese kurze Geschichte.

Nach deren Erscheinen meldete sich die Lektorin eines Verlages und lud mich zum Essen ein. Barbara Laugwitz fragte, ob ich nicht Lust hätte, aus diesem Beitrag ein ganzes Buch zu machen. Ich lehnte erst einmal ab: zu unjournalistisch, interessiert keinen Menschen, keine Lust zu schreiben. Sie zahlte das Essen und sagte, sie würde sich noch einmal bei mir melden. Das wiederholte sich noch zwei- oder dreimal, und irgendwann war mein Widerstand gebrochen. Ich sagte zu, unterschrieb einen Vertrag und sollte das Manuskript Ostern 2003 abgeben. Das habe ich zur großen Überraschung von Frau Laugwitz auch gemacht. Vorher, im Januar 2003, bin ich mit meinem Schwiegervater Antonio in seine Heimatstadt Campobasso gefahren, wo er mir eine Woche lang seine Lebensgeschichte erzählte. Diese Berichte bildeten das Fundament für den Roman.

Dieses Ur-Stück enthält noch die echten Namen der Verwandten meiner Frau. Für das Buch habe ich dann neue Namen erfunden und viele Figuren sehr stark abgewandelt. Ich bin Eva Fischer und Barbara Laugwitz bis an mein Lebensende dankbar. Der einen, weil sie die Idee zu diesem Artikel hatte, und der anderen, weil sie mich zum Buch überredet hat.

39. Die Geschichte vom Sandkorn Ali

Gesendet als Hörfunk-Beitrag im Zweiten Programm des Bayerischen Rundfunks am 31.12.2008, in überarbeiteter Textform unveröffentlicht.
Dies ist, genau wie der erste Text in diesem Buch, ursprünglich ein Beitrag zur Silvestersendung von B2 gewesen. Er gefiel mir so gut, dass ich daraus einen riesigen Roman machen wollte. Also traf ich den Verleger Alexander Fest zum Essen und erklärte ihm die Geschichte. Er war sehr höflich, riet dann aber davon ab, weil ein Sandkorn kaum als Erzähler eines 2000 Seiten starken Romans (so dick sollte das Werk mindestens sein) funktionieren würde. Vielleicht hat er damit recht. Vielleicht auch nicht. Wir werden sehen. Eines Tages …

Bildnachweis

S. 15: Jan Weiler, 1991, © privat
S. 35: © Albrecht Fuchs, Loriot, Schloß Elmau 2002
S. 81: © Fotografie Rainer Sülflow/Collection Rolf Heyne, entnommen dem Buch «Land in Sicht», Seite 34/35
S. 101: © www.andrezelck.com
S. 163: © Fotografie Rainer Sülflow/Collection Rolf Heyne, entnommen dem Buch «Land in Sicht», Seite 182/183
S. 199: © Susanne Saenger
S. 229: © Albrecht Fuchs, Raucherecke, Gymnasium Meerbusch 1997
S. 277: © Fotografie Rainer Sülflow/Collection Rolf Heyne, entnommen dem Buch «Land in Sicht», Seite 202/203
S. 282: © Unimedia International/Thomas & Thomas
S. 307: © Fotografie Rainer Sülflow/Collection Rolf Heyne, entnommen dem Buch «Land in Sicht», Seite 82/83
S. 312: oben © Cy Twombly, unten © VG Bildkunst
S. 313: © On Kawara
S. 357: © Fotografie Rainer Sülflow/Collection Rolf Heyne, entnommen dem Buch «Land in Sicht», Seite 64/65
S. 369: © Enno Kapitza/2010

Von Jan Weiler sind erschienen

Maria, ihm schmeckt's nicht, 2003

Antonio im Wunderland, 2005

Gibt es einen Fußballgott?, 2006
Mit Illustrationen von Hans Traxler

In meinem kleinen Land, 2006

Land in Sicht, 2007
Fotografien von Rainer Sülflow

Drachensaat, 2008

Das Marcipane Kochbuch, 2009

Hier kommt Max!, 2009
Mit Illustrationen von Ole Könnecke

Mein Leben als Mensch, 2009
Mit Illustrationen von Larissa Bertonasco

Max im Schnee, 2010
Mit Illustrationen von Ole Könnecke

Das für dieses Buch verwendete FSC®-zertifizierte Papier
Schleipen Fly liefert Cordier, Deutschland.